D1691274

Billy Hayes · William Hoffer
Nachtexpress

Billy Hayes
William Hoffer
Nachtexpress

Ins Deutsche übersetzt von Margarete Längsfeld
Titel der Originalausgabe: »Midnight Express«
Copyright © 1977 by Billy Hayes

Lizenzausgabe des Deutschen Bücherbundes
Stuttgart Hamburg München
© der deutschen Ausgabe:
Droemersche Verlagsanstalt Th. Knaur Nachf. München/Zürich 1978
Satz und Druck: Süddeutsche Verlagsanstalt und Druckerei, Ludwigsburg
-03187/2-

MEINEM VATER GEWIDMET

Ich danke meiner Familie und meinen Verwandten, alten und neuen Freunden sowie Freunden, denen ich nie begegnet bin, außerdem folgenden Personen: James und Rita Archambault, Barbara Belmont, Senator James Buckley, Mark Derish, Bulent Eceuit, Bob Greene, Michael Griffith, Harriet James, Howard Mace, William Macomber, Nick Mann, Robert McBee, Irene Moore, Dr. Bernard Schwartz, Norman Shaw, John Sutter und Gene Zajac. Mein besonderer Dank gilt Dr. Ronald Rosen.

1.

Etwa zwölf Meilen westlich von Istanbul, jenseits der Peripherie der Stadt, liegt inmitten von Feldern an der Küste der internationale Flughafen Yesilkoy. Jeden Mittag landet hier der Pan-Am-Flug Nr. 1 aus Teheran. Passagiere steigen aus und zu, und um ein Uhr startet die Maschine zu ihrem Weiterflug nach Frankfurt, London und New York. Am 6. Oktober 1970 kam ich mir wie eine Romanfigur von Ian Fleming vor, als ich mit einer dunklen Pilotenbrille auf der Nase und mit bis zu den Ohren hochgeschlagenem Trenchcoatkragen die Landung des Flugs Nr. 1, einer Boeing 707, auf der betonierten Rollbahn beobachtete. Ich zog die Krempe meines Schlapphutes tief über die Augen und lehnte mich lässig gegen die Wand neben dem Check-in-Schalter.
Ein kleiner untersetzter Mann Mitte Dreißig drängelte sich an mir vorbei und stellte seinen Koffer auf die Waage. Ein hübsches dunkelhaariges Mädchen hinter dem Schalter befestigte einen Anhänger an seinem Gepäck, stempelte sein Ticket ab und winkte ihn zur Sicherheitskontrolle durch. Von der Stelle aus, wo ich stand, konnte ich sehen, wie die kahle Stelle auf seinem Kopf vor Anspannung rot wurde, während er den langen Korridor hinunterschritt, an dessen Ende ein gelangweilter türkischer Beamter in zerknitterter Uniform einen flüchtigen Blick in die Reisetasche und auf den Paß des Mannes warf. Nach einem Zug aus seiner Zigarette hustete der Beamte und winkte den Passagier weiter. Ich beobachtete, wie der untersetzte Mann im Warteraum der Pan-Am verschwand.
»Ja, ja«, machte ich mir Mut. »So muß es gehen. Sieht ganz einfach aus . . .«
Ich trat an den Schalter und kaufte von meinem letzten Geld für den folgenden Tag ein Ticket nach New York.
Ich hatte vorgehabt, auch noch den Abflug der Maschine zu beobachten,

doch was gab es da schon zu sehen? Mußte ich wirklich so gründlich sein? Sicherheit war hier ohnehin eher ein Witz, auf alle Fälle aber eine Sache für später. Wenn ich mich beeilte und ein Taxi nahm, konnte ich noch rechtzeitig zu meiner Verabredung mit dem englischen Mädchen, das ich beim Frühstück kennengelernt hatte, im *Pudding Shoppe* sein. Sie sagte, sie wäre in Istanbul, um Bauchtanz zu lernen. Es war mir gleichgültig, ob ihre Story stimmte; ich brauchte bloß ein bißchen Gesellschaft, bevor mein Abenteuer seinen Anfang nahm. Dieser Nachmittag, dieser Abend, der morgige Tag: alles schien wie aus einem Film zu sein. Und ich war der etwas nervöse Hauptdarsteller, der sich gewaltsam zur Ruhe zwang.
Ich schenkte mir die letzte halbe Stunde meiner sorgfältigen Vorbereitungen und sprang in ein Taxi. Die Pan-Am-Maschine konnte an diesem Tag genausogut ohne mich starten.
Der *Pudding Shoppe* war für mich während dieser zehn Tage in Istanbul unversehens eine Art Zuhause geworden. Überall in Europa hatte ich von dieser verrückten türkischen Kneipe gehört, wo sich die herumziehenden Hippies trafen. Mich selbst würde ich nicht als Hippie bezeichnen, schon meine kurzen Haare sprachen dagegen, doch der *Pudding Shoppe* schien mir der richtige Ort, um mich unauffällig unter Fremde zu mischen.
An einem kleinen Tisch im Freien schlürfte ich den süßen türkischen Tee und wartete auf das Mädchen. Um mich herum redete, lachte und rief es durcheinander. Gauner, Bettler und Hausierer bahnten sich ihren Weg durch die grellbunt gekleidete Menge. Straßenhändler brieten Schischkebab. Der Duft des Fleisches vereinigte sich mit dem Gestank des Pferdemistes im Rinnstein. Ein kleiner Zigeunerjunge kam um die Ecke und führte einen Bären mit einem Maulkorb an einem Seil. Und ich saß dazwischen und erwartete ungeduldig und aufgeregt die morgige Gefahr. Das englische Bauchtanzmädchen tauchte nicht auf. Vielleicht hätte ich das als schlechtes Omen deuten sollen.

Ich war früh dran. Zuerst ging ich zu den Flughafentoiletten und schloß mich in einer Kabine ein. Dort hob ich meinen viel zu großen Rollkragenpullover ein Stück hoch: Alles befand sich an Ort und Stelle. Ich steckte den Pullover wieder unter mein Cordsakko und sah dann auf meine Uhr. Gleich war es soweit.

Die Sache würde ganz einfach sein. Ich hatte gestern alles noch einmal genau überprüft.
Ich schloß die Augen, entspannte mich und holte tief Atem. Das straff gespannte Pflaster um meinen Brustkorb ließ mich zusammenzucken. Mit lässiger Miene verließ ich den Waschraum; jetzt gab es kein Zurück mehr.
Am Ticketschalter stand wieder dasselbe lächelnde dunkelhaarige Mädchen. »Guten Tag, Mr. Hayes«, sagte sie, nach einem Blick auf mein Ticket, auf englisch. Sie sprach mit Akzent. »Ich wünsche Ihnen einen guten Flug. Hier entlang, bitte.«
Sie zeigte auf denselben Korridor, den ich gestern schon gesehen hatte. Ein gelangweilter Beamter mit olivfarbener Haut saß am Schalter der Paßkontrolle. Ich versuchte, nicht auf die Pistole in seinem Halfter zu starren, als ich zu ihm trat.
»Ihren Paß, bitte«, verlangte er.
Ich zog meinen Ausweis aus der Jackentasche und reichte ihn ihm hin. Der Mann warf einen kurzen Blick darauf und gab ihn mir zurück.
»Ihre Tasche«, sagte er dann.
Ich öffnete meine Umhängetasche, so daß er hineinschauen konnte. Er schob die Bücher zur Seite und griff nach einer weißen Plastikscheibe.
»*Ne bu?*« fragte er. Ich hatte diesen türkischen Ausdruck schon öfter gehört. Er bedeutete: Was ist das?
»Ein Frisbee.«
»*Ne bu?*«
»Ein Frisbee. Man wirft es weg und fängt es wieder auf. Ein Spielzeug.«
»Aha!« Er schob das Frisbee in die Tasche zurück und nahm einen kleinen gelben Ball heraus.
»Ein Jonglierball«, erklärte ich ihm.
Er blickte finster. Dann zog er an seiner Zigarette, hustete und kniff einen Moment lang die Augen zusammen.
»Aha!« Er ließ mich passieren.
Durch den Korridor ging ich bis zu einer Treppe, die zu dem niedriger gelegenen Warteraum hinunterführte.
Der Warteraum! Den Zoll hatte ich hinter mir. Ohne alle Schwierigkeiten.
Eine Bedienung fragte mich, ob ich einen Drink wolle, und ich nahm eine

Cola. Ich suchte mir eine Ecke aus, wo ich mit dem Rücken zur Wand sitzen konnte. Dort wartete ich vielleicht zwanzig Minuten lang und tat so, als läse ich die *International Herald Tribune*. Mein Plan schien ausgezeichnet zu klappen.

Eine Lautsprecheransage unterbrach meine Gedanken. Eine Frauenstimme kündigte auf türkisch und dann auf englisch an, daß wir jetzt an Bord des Flugzeugs gehen könnten. Die Passagiere erhoben sich und verließen nacheinander den Warteraum. Ich trat in den hellen Sonnenschein hinaus und strebte mit der Menge zu einem ramponierten schmutzig-olivgrünen Bus, der uns zu unserer Maschine bringen sollte. Auf einem Eckplatz in der Mitte des Busses ließ ich mich nieder.

»Ich habe meinen Sohn besucht«, sagte eine Stimme neben mir. Ich nickte höflich, und die grauhaarige Frau faßte das als freundliche Antwort auf. Sie käme aus Chicago, sagte sie. Ihr Sohn wäre Flugzeugmechaniker. Es ging ihm sehr gut bei der Luftwaffe, er reiste in der ganzen Welt herum und wäre gerade zum technischen Ich-weiß-nicht-was befördert worden. Ich lächelte. Sie erinnerte mich ein bißchen an meine Mutter. Dann schloß ich die Augen und konzentrierte meine Gedanken auf ein Mädchen namens Sharon; wir hatten uns in Amsterdam getrennt und wollten uns in Amerika wiedersehen. Ein Gefühl der Zufriedenheit erfüllte mich.

Der Bus fuhr langsamer und kam zum Stehen. Die Passagiere griffen nach ihren Gepäckstücken und der Fahrer drückte einen Knopf, worauf die Vordertür aufschwang. Ein türkischer Polizist sprang auf. Er erklärte auf englisch: »Achtung bitte. Frauen und Kinder bleiben im Bus. Alle Männer steigen bitte an der Hintertür aus.«

Ich sah durch die schmutzigen Busfenster nach draußen. O nein! Bus und Flugzeug waren von hölzernen Barrikaden umzäunt, die mit Seilen zusammengehalten wurden. Zwanzig oder dreißig türkische Soldaten umringten mit schußbereiten Gewehren die Absperrung. Ein langer Holztisch blockierte den Weg zur Einstiegsrampe. Männer in Zivilkleidung standen in abwartender Haltung in der Nähe des Tisches.

Ein paar Sekunden lang starrte ich ungläubig zum Fenster hinaus. Ich befahl mir, ruhig zu bleiben, denn Panik würde nichts nützen. Ich mußte schnell zu einem Entschluß kommen.

Die Leute im Bus redeten leicht verwundert und verärgert durcheinander. Die Männer stiegen pflichtschuldigst einer nach dem anderen an der

Hintertür aus. Ich fiel in meiner Ecke auf die Knie und versuchte, unter meinen Sitz zu kriechen. Denk nach! Denk nach!
»Was ist mit Ihnen?« fragte mich die grauhaarige Dame. »Ist Ihnen nicht gut?«
»Ich . . . Ich kann meinen Paß nicht finden.«
»Wieso, da ist er doch«, sagte sie strahlend und zeigte auf meine Brusttasche.
Ja, da steckte er, schön aufbewahrt für die Unannehmlichkeiten, auf die ich während der letzten paar ziellosen Jahre zugetrieben war. Ich konnte es einfach nicht glauben, daß meine sorgfältig ausgeklügelten Pläne sich zerschlagen sollten. Ich hatte doch sämtliche Risiken ausgeschlossen! Ich war doch einfach zu clever, um erwischt zu werden! In ganz Europa war ich durch den Zoll gekommen, ohne je etwas Derartiges erlebt zu haben. Verzweifelt bemühte ich mich, einen Rest von Selbstbeherrschung zu bewahren.
Ich tat ein paar tiefe, schmerzhafte Atemzüge. Es gab noch eine letzte Chance. Ich hoffte nur, daß meine Stimme nicht zu zittern begann. Jedenfalls dankte ich der Dame aus Chicago und stieg langsam aus dem Bus auf das geteerte Rollfeld.
Ich stand am Ende der Männerschlange, die sich in zwei Reihen gabelte und an beiden Seiten des Kontrolltisches vorbeizog. Ich schaute mich auf dem leeren offenen Flugplatz um. Nirgends gab es eine Stelle, wo ich mich verstecken, nirgends ein Loch, in das ich mich verkriechen konnte. Ich würde viel Glück brauchen.
Zwei Geheimpolizisten, einer auf jeder Seite des Tisches, untersuchten die Männer. Die unruhigen Passagiere rempelten sich gegenseitig an. Ich zog ein paar Bücher aus meiner Umhängetasche, und als der eine Beamte auf der linken Seite einen Mann abzutasten begann, schlüpfte ich direkt hinter ihm an die Außenseite der Reihe. Der zweite Polizist war noch mit einem anderen Passagier beschäftigt. Ich steckte die Bücher in meine Tasche zurück, als ob ich bereits durchsucht worden wäre, und machte mich auf den Weg zu meinem Platz in der Maschine. Vorsichtig glitt ich hinter dem zweiten Beamten vorbei und ging auf die Rampe zu. Einen Fuß hob ich bereits von türkischem Boden.
Da berührte mich eine Hand am Ellbogen.
Sie packte mich beim Arm.
Ich drehte mich um und machte eine, wie ich hoffte, lässige Geste zu dem

ersten Beamten hin. Und genau in diesem Augenblick sah der zu mir hoch.

»*Ne bu?*« fragte der Mann, der mich festhielt.

Der erste Polizist antwortete ihm auf türkisch, und der Griff um meinen Arm verstärkte sich plötzlich.

Der Mann zog mich zu dem Tisch hinüber. Er war jung und unerfahren. Noch zögerte er einen Moment, aber dann verengten sich seine dunkelbraunen Augen. Er hatte begriffen, daß ich ihn hatte täuschen wollen.

Er brummte etwas und bedeutete mir mit einer Gebärde, daß ich die Arme ausbreiten sollte. Dann begann er, meinen Körper sorgfältig abzutasten. Er begann mit der Außenseite meiner Arme. Als seine Hände meine Achselhöhlen abfühlten, streiften sie etwas Hartes. Unglaublich: er schien es nicht zu bemerken. Er tastete sich weiter abwärts, an Hüften und Beinen entlang.

Dann machte er eine Pause.

Ich merkte, daß ich betete. »Bitte, lieber Gott, mach, daß die Untersuchung vorbei ist. Laß ihn meinen Körper nicht nochmal aufwärts abtasten.«

Langsam bewegten sich die Hände wieder aufwärts, innen an meinen Beinen entlang, dann zu meinem Bauch. Die Finger berührten die harte Beule unter meinem Nabel. Fast wäre ich zusammengezuckt. Aber unglaublicherweise bemerkte er wieder nichts.

Die prüfenden Finger bewegten sich weiter nach oben. Nichts konnte sie aufhalten! Völlig hilflos stand ich da, als die Hände des Mannes auf den Päckchen, die unter meinen Armen festgeklebt waren, innehielten.

Unsere Blicke trafen sich.

Plötzlich sprang er zurück und zog eine Pistole aus der Innenseite seines Rockes hervor. Er ließ sich auf ein Knie nieder und richtete den Lauf der Waffe auf meinen Bauch, wobei seine Hände zitterten. Um mich herum vernahm ich Schreie und die Geräusche der deckungsuchenden übrigen Passagiere. Meine Arme schnellten in die Höhe, und ich kniff meine Augen zusammen. Ich wagte kaum zu atmen.

Totenstille senkte sich über den internationalen Flughafen Yesilkoy. Fünf Sekunden verstrichen, vielleicht auch zehn; mir kamen sie wie eine Ewigkeit vor.

Dann fühlte ich, wie eine Hand an meinem Pullover zerrte. Die Pistolenmündung grub sich in meinen Bauch. Ich blinzelte mit einem Auge und

sah das glänzendschwarze Haar des Polizisten, der sich nach vorn gebeugt hatte, um unter meinen Pullover zu schauen. Er tastete vorsichtig, da er nicht wußte, was ihn erwartete. Hinter ihm konnte ich die Soldaten auf dem Rollfeld sehen, die alle mit ihren Gewehren auf meinen Kopf zielten. Die Hand des Polizisten zitterte leicht, als er den Pullover über der Ecke von einem der Päckchen hochhob. Er zögerte noch, aber dann schob er den Pullover noch höher.
Seine Züge lockerten sich. Ich konnte spüren, wie sich seine Spannung löste. Keine Bombe klebte an meinem Körper, keine Handgranate und kein Dynamit. Er zog den Pullover wieder herunter und rief irgend etwas Türkisches. Ich verstand nur ein Wort: ». . . Haschisch.«
Die Maschine der Pan-Am erhob sich in den strahlend blauen Himmel. Als ich ihr nachsah, verspürte ich auf einmal große Sehnsucht nach New York, und ich fragte mich, wie lange es wohl dauern würde, bis ich die Stadt wiedersähe.

2.

Die Zollbeamten brachten mich in demselben schmutzig-olivgrünen Bus zum Flughafengebäude zurück. Sie schoben mich in einen kleinen Raum neben der Wartehalle, wo ich mich still auf einen Stuhl setzte, während mehrere Polizisten in einer ordentlich aufgestellten Stuhlreihe neben dem Schreibtisch Platz nahmen. Sie zündeten sich alle zu gleicher Zeit eine Zigarette an und redeten durcheinander. Der Chef saß hinter dem Schreibtisch und führte ein paar Telefongespräche. Seltsam, mich schien man kaum wahrzunehmen.
Was ging eigentlich vor? So war das alles doch nicht geplant gewesen! Konnte es wahrhaftig möglich sein, daß man mich geschnappt hatte? Würde ich jetzt ins Gefängnis kommen? Nein, ich doch nicht.
Die Türken handelten so langsam und waren so schlecht organisiert, daß ich tatsächlich ungeduldig darauf wartete, daß irgend etwas geschah, obwohl ich genau wußte, daß mir das dann vermutlich auch wieder nicht passen würde. Endlich war der Chef mit Telefonieren fertig und winkte mich zum Schreibtisch herüber. Er musterte mein Gesicht, öffnete den Mund, um etwas zu sagen, und schien angestrengt nach dem richtigen Wort zu suchen.
»N . . . Name?«
»William Hayes.«
»Vil . . . Vilyum . . . Vilyum . . .«
»Hayes.«
»Hei-yes.« Er schrieb den Namen auf ein Formular. »Amerikaner?«
Ich nickte. »Aus New York.«
Er sah fragend auf.
»New York«, wiederholte ich.
Er dachte einen Moment lang darüber nach. »Ahhh . . . New York.« Er schrieb es hin, grinste und bot mir eine Zigarette an.

Ich war Nichtraucher, doch ich wollte mich in jeder Hinsicht entgegenkommend zeigen und nahm deshalb die Zigarette an. Es war eine türkische Marke. Der Chef gab mir Feuer, und ich zog den strengen, herben Rauch ein, der viel schlimmer war als von jeder amerikanischen Zigarette, die ich je versucht hatte. Ich hustete, doch sofort krümmte ich mich bei dem stechenden Schmerz in meiner Brust zusammen. Ich würde mich mächtig zusammennehmen müssen, um nicht noch einmal zu husten.
Der Chef bedeutete mir aufzustehen. Zwei von den anderen Beamten zogen mir Jacke, Pullover und T-Shirt aus und entblößten die mit Heftpflaster unter meinen Achselhöhlen befestigten wulstigen Päckchen. Sie schnitten das Pflaster durch und rissen die Päckchen von meiner Haut. Der Schmerz ließ mich zusammenzucken. Das Haschisch, in flache, feste Platten gepreßt, polterte auf den Steinfußboden.
Wieder suchte der Chef nach einem Wort. »Mehr?«
Ich nickte und öffnete den Reißverschluß meiner Hose. Unter meinem Nabel waren noch ein paar Platten festgeklebt. Ein Polizist wollte mir eilfertig helfen, doch ich wehrte ihn ab und schnitt das Pflaster selbst durch.
Ungefähr vierzig Platten türmten sich auf dem Boden zu einem kleinen Haufen.
Es war nicht zu verkennen, daß ich, an wirklichen Schmugglern gemessen, ein unbedeutender Fisch war. Haschisch war in Istanbul billiger gewesen, als ich erwartet hatte. Die zwei Kilo hatten mich nur zweihundert Dollar gekostet. Auf den Straßen von New York City könnte ich sie vermutlich für etwa fünftausend Dollar verhökern. Aber das hatte ich gar nicht vor. Einen Teil wollte ich selbst rauchen und den Rest an meine Freunde verkaufen. Die meisten meiner Freunde rauchten Marihuana und Hasch. Aber nun hatte sich mein cleveres Abenteuer in ein Desaster verwandelt.
Wie er so auf dem Fußboden des Flughafenkontrollbüros lag, sah der kleine Haufen Haschisch nach einer Menge Unannehmlichkeiten aus.
Die Tür flog auf, und ein weiterer Beamter marschierte herein. Er hatte einen dicken Bauch und einen dünnen gestutzten Schnurrbart. Im Raum wurde es plötzlich still. Der Mann, der mich ausgefragt hatte, sprang hinter dem Schreibtisch auf und machte eine leichte Verbeugung. Der neue Vorgesetzte dankte ihm und nahm auf dem freigewordenen Stuhl

Platz. Der Ex-Chef rückte auf den zweiten Stuhl in der Reihe und vertrieb den Besitzer dieses Stuhles. Dieser wiederum schob den nächsten Mann weiter, und der letzte in der Reihe stand auf und lehnte sich gegen die Wand.
»Name?« fragte der neue Chef.
»William Hayes.«
»Vil ... Vilyum ...«
»Hayes«, wiederholte ich. Wir gingen die ganze Prozedur noch einmal durch. Während der neue Beamte noch das Haschisch inspizierte, kam wieder einer herein. Auch er war offensichtlich ein hohes Tier, und wieder wurde jeder Mann um einen Stuhl weitergeschoben, bis am Ende ein zweiter zu stehen gezwungen war. Der neue Chef fragte mich nach meinem Namen. Ich wies auf das Blatt Papier auf dem Schreibtisch, doch der Mann guckte nur verdrießlich.
»William Hayes«, erklärte ich ihm. »New York.«
Als dann der vierte und der fünfte Vorgesetzte anlangten, begriff ich allmählich die Bedeutung der Hierarchie im Leben der Türken. Jeder Beamte mußte seine Position bestätigen. Und dies war ein ereignisreicher Tag – irgend so ein dummer Mensch aus New York war mit zwei Kilo Hasch erwischt worden! Die Erkenntnis dieses Behördenspiels brachte mich trotz meiner mißlichen Lage zum Lächeln.
Die Tür öffnete sich erneut, und zwei Männer stürzten herein, jeder mit einer riesigen Kamera bewaffnet. Sie sprachen aufgeregt mit dem zuletzt gekommenen Chef. Der riß seinen ersten Assistenten aus der Stuhlreihe hoch und bedeutete mir, ich solle das Haschisch aufheben. Folgsam sammelte ich die Platten auf und hielt sie unbeholfen in den Händen. Die beiden rangältesten Polizisten flankierten mich zu beiden Seiten und legten mir ihre Arme um die Schultern, wie um für ein »Jäger erlegt Großwild«-Foto zu posieren. Der Raum war voller türkischer Polizisten, Rauch und Fotografen, und mittendrin stand ich, bepackt mit Rauschgift. Die beiden Beamten, die mit der eigentlichen Festnahme überhaupt nichts zu tun hatten, schlangen ihre Arme um mich und grinsten in die Kamera. Vielleicht war es nur eine nervöse Reaktion, aber ich konnte das alles nicht ganz ernst nehmen; folglich grinste ich auch.
Der Chef zu meiner Linken versetzte mir schnell einen Fausthieb in die Leistengegend. Die Platten fielen zu Boden, und ich sank aufstöhnend auf die Knie.

»*Gel! Gel!*« knurrte einer der Männer und packte mich beim Arm. Er wies mich an, das Haschisch wieder aufzuheben. Mit zitternden Händen sammelte ich es ein, und der Polizist zog mich wieder auf die Füße. Aufs neue legten die beiden Männer ihre Arme um meine Schultern. Diesmal zeigte mein Gesicht den richtigen schmerzvoll-unterwürfigen Ausdruck für die Fotografen.

Dann bedeuteten mir die Polizisten, das Haschisch wieder auf den Boden zu werfen, und stießen mich auf einen Stuhl. Ich fühlte mich elend, und mir war zum Erbrechen übel. Keuchend rang ich nach Luft.

Da saß ich nun, lehnte mich an und wartete auf den nächsten Stuhltausch, als mich ein beunruhigender Gedanke durchfuhr: Ich hatte noch mehr Haschisch bei mir. Je zwei Platten waren in jedem Stiefel versteckt; das hatte ich völlig vergessen. Ich wußte, früher oder später würden mich die Türken noch gründlicher durchsuchen und dabei die Platten finden; deshalb schien es mir das beste, freiwillig mit dieser Information herauszurücken.

Ich verhielt mich ruhig, bis ich meinen Körper wieder in der Gewalt hatte. Dann bat ich mit erhobener Hand um die Erlaubnis zu sprechen. Der Chef nickte, und alle sahen mich an. Mit langsamen Bewegungen, teils aus Vorsicht und teils wegen der Schmerzen, zog ich einen Stiefel aus, klopfte auf den Absatz, und zwei Platten plumpsten zu Boden. Sämtliche Münder klappten auf. Die Männer beobachteten mich, während sich der Vorgang mit dem anderen Stiefel wiederholte.

Es folgte ein Augenblick betretener Stille. Ich war seit mehreren Stunden in ihrem Gewahrsam und vermutlich eingehend durchsucht worden; vorne auf dem Chefstuhl hatten mehrere Ablösungen stattgefunden; die Fotografen hatten ihre Aufnahmen gemacht – wieso schüttelte ich dann immer noch mehr Haschisch aus meinen Stiefeln?

Der verantwortliche Beamte wandte sich seinem nächsten Untergebenen zu. Seine Stimme schwoll zornig an; er schimpfte und schrie. Der zweite Befehlsgewaltige wirbelte herum und ließ seine Wut an dem dritten Mann in der Reihe aus. Dieser gab die Beschimpfung weiter, bis sie schließlich beim letzten Stuhl anlangte. Auch der letzte Beamte war außer sich. Er brüllte die beiden Polizisten an, die jetzt in strammer Haltung an der Wand standen. Sie sprinteten herüber, zogen mich von meinem Stuhl hoch und rissen mir die Kleider vom Leib, ohne auf meine Beteuerungen zu achten, daß es nichts mehr zu finden gab. Während sie

mich durchsuchten, filzten die anderen meine Kleider. Als sie fertig waren, stand ich splitternackt da und fühlte mich höchst unbehaglich. Seit ich in der Türkei war, hatte ich immer wieder festgestellt, daß viele Türken zur Bisexualität neigen. Jeder Taxifahrer, jeder Kellner, jeder Basarverkäufer schien mir nachzugaffen, und als ich nun so nackt vor den Zollbeamten stand, fühlte ich wieder dasselbe gierige Starren auf mir. Sie gaben sich nicht die geringste Mühe, ihr Interesse zu verhehlen. Ich ergriff meine Kleider und zog mich rasch wieder an.
Noch mehr Gerede, Telefonate, Zigaretten und heiße, stickige, qualmige Luft. Ich wußte, mir würde bald übel werden, wenn ich das Zimmer nicht verlassen könnte.
Wieder ging die Tür auf, und ein großer, hagerer, blonder Mann in Zivilkleidung kam herein. Es war eindeutig ein Amerikaner. Er ging auf mich zu, ohne ein Wort zu den Türken zu sagen, hob sein mächtiges Kinn in meine Richtung und sagte in astreinem Texanisch: »Hallo.«
Ich erwiderte den Gruß.
»Na, wie geht's? Sind Sie okay?«
Ich nickte.
Er trat an den Schreibtisch, sagte etwas auf türkisch zu dem, der augenblicklich der Ranghöchste war, und unterschrieb ein paar Formulare.
»Okay, kommen Sie mit«, sagte er, und wir gingen zusammen zur Tür hinaus, gefolgt von ein paar türkischen Polizisten. Die Luft war frisch und klar, und sofort belebten sich meine Lebensgeister wieder ein wenig. Der Amerikaner hieß mich auf dem Beifahrersitz seines Wagens Platz nehmen und ging dann auf die Fahrerseite hinüber. Ein paar Augenblicke blieb er noch draußen neben dem Auto stehen und unterhielt sich mit den Türken.
Ich war gerettet! Der Texaner stand auf meiner Seite. Vielleicht brachte er mich zur amerikanischen Botschaft.
Auf einmal wurde mir bewußt, wie nahe ich der Freiheit war. Niemand hatte es für nötig befunden, mir Handschellen anzulegen. Ich saß allein auf dem Vordersitz, und es schien mir einfach, mich aus dem Wagen zu rollen, sobald wir gestartet waren und irgendeine Allee entlangfuhren. Während der Fahrt nach . . ., egal wohin, wollte ich meine Augen offenhalten.
Der Texaner stieg ein und ließ den Motor an. Ich fragte mich, wie streng

er mich wohl bewachen würde, und ich wollte mich zu ihm hindrehen, doch der Druck eines metallenen Gegenstandes gegen meine Schläfe ließ mich den Kopf stillhalten. Dies war das zweitemal in meinem Leben – und das zweitemal an diesem Tag –, daß man eine Waffe auf mich richtete.

»Sie tun mir wirklich leid, William«, murmelte er. ». . . dabei scheinen Sie ein ganz netter Kerl zu sein. Aber wenn Sie versuchen, aus diesem Wagen zu fliehen, dann blase ich Ihnen Ihr verdammtes Hirn aus dem Schädel.«

»Wo fahren wir hin?« fragte ich, als das Auto sich in Bewegung setzte.

»Zum Sirkeci-Polizeirevier. Das liegt in der Istanbuler Hafengegend.«

»Und was soll ich da?«

»Nun . . . dort werden Sie registriert . . . Man wird Ihnen ein paar Fragen stellen. Morgen werden Sie dann wahrscheinlich ins Gefängnis gebracht.«

»Sind Sie von Interpol oder so was?«

»Oder so was«, wiederholte er. Seinen Namen gab er nicht preis.

»Kann ich den amerikanischen Botschafter aufsuchen? Kann ich telefonieren? Kann ich einen Rechtsanwalt bekommen?«

»Später«, brummte der Tex. »Das können Sie alles, aber erst später.«

Ich betrachtete die gewundene Landstraße, die nach Istanbul hinein führte. Die Waffe hatte jeden Fluchtgedanken in mir erstickt. Ich war endgültig auf dem Weg ins Gefängnis.

»Und was . . . dann?« fragte ich unsicher.

Der Tex dachte über die Frage nach, bevor er langsam antwortete: »Das ist schwer zu sagen. Sie können mit ein paar Jahren davonkommen, aber Sie können auch zwanzig kriegen.«

»Zwanzig Jahre!«

»Rauschgiftschmuggel ist ein sehr schweres Vergehen, William, besonders in der Türkei.«

Zwanzig Jahre!

»Es ist doch nur Hasch«, sagte ich. »Kein Heroin oder Opium. Es ist bloß Pot . . . Marihuana . . . Haschisch . . . alles dasselbe.«

»Tja, William, ich weiß da nicht so genau Bescheid. Mir scheint, Rauschgift ist Rauschgift. Aber daß Sie in einer üblen Lage sind, das weiß ich genau.«

Ich schloß die Augen, weil es in meinem Kopf plötzlich zu pochen begann. Zwanzig Jahre! Das durfte einfach nicht wahr sein. Ich versuchte ihm zu erklären, daß Haschisch aus Hanföl gewonnen wird, daß es nicht süchtig macht und ungefährlich ist, solange man, wie bei allen anderen Dingen auch, keinen Mißbrauch damit treibt. Aber er hörte mir gar nicht zu.

Wir schwiegen beide, und zum erstenmal nahm das alles reale Formen an. Ich war in einer bösen Situation. Schlimme Dinge standen mir bevor, und nicht nur mir! Auch für meine Familie würde es hart werden. Als ich kurz vor der Abschlußprüfung das Marquette-College verließ, hatte mein Vater mich gewarnt: Ich sei im Begriff, eine große Dummheit zu machen, die ich später bereuen würde. Er hatte sein Leben lang schwer gearbeitet und es im Laufe der Zeit zu der soliden und respektablen Stellung eines Personalchefs bei der Metropolitan-Lebensversicherungsgesellschaft gebracht. Er selbst hatte nie ein College besucht, und es war eine seiner größten Hoffnungen, daß alle seine drei Kinder ein Examen machen würden. Ich sollte der erste sein. Ich schaffte es auch bis kurz davor, doch irgendwie konnte mich ein Diplom nicht so recht reizen. Ich wußte, ehrlich gesagt, nicht, was ich damit anfangen sollte. Ich wollte in der Welt herumreisen und auf allen möglichen Gebieten Erfahrungen sammeln.

Reisen wäre prima, meinte Dad. Erfahrungen wären auch gut; doch er riet mir, zuerst die Schule abzuschließen. Davon wollte ich jedoch nichts hören.

Das war der erste Schlag. Der zweite folgte ein paar Monate später, als die Armee mich zur Musterung einberief. Dad beobachtete mich, wie ich vor der Untersuchung zwei Tage lang hungerte, und er wußte genau, daß ich vor den Militärärzten verrückt spielte. Sie erklärten mich aus psychologischen Gründen für dienstuntauglich. Dad war wütend. Wie konnte ich mich nur weigern, meinem Vaterland zu dienen? Für ihn bedeutete der Dienst in der Armee der Vereinigten Staaten eine Ehre. An diesem Abend diskutierten wir heftig. Mom hastete mit einem beunruhigten Ausdruck im Gesicht zu ihrer Kirchengemeinschaft, um Bingo zu spielen, während Dads Gesicht unter seinem schneeweißen Haar immer röter wurde und sein irisches Temperament mit ihm durchging. Worte flogen hin und her. Es war klar, daß keiner von uns beiden den Standpunkt des anderen verstehen konnte. Am Ende zeigte mein Vater mit dem Finger auf mich. »Okay«, sagte er. »Geh du nur vom College ab.

Hol dir ein psychiatrisches Gutachten über deinen Geisteszustand. Geh und zieh in der Welt herum. Aber eins sage ich dir – das wird böse enden.«
Dad, du hattest ja so recht!
Ich fragte mich: War das jetzt der dritte Schlag? Würde mein Vater mich verstoßen?
Ganz ehrlich – ich wußte es nicht. Ich hatte mich mit Dad nie über Rauschgift unterhalten. Ich bin sicher, daß Haschisch und Heroin für ihn so ziemlich dasselbe waren. Hätte man mich beim Schmuggeln von Heroin erwischt, dann hätte er das Recht, mich hier vermodern zu lassen . . . aber ob er den Unterschied überhaupt begriff? Und Mom, Rob und Peggy – wie sehr müßten auch sie leiden! Ob ich sie jemals wiedersehen würde?
»Ich muß mich mit dem Botschafter in Verbindung setzen!« platzte ich dem Tex gegenüber heraus.
»Dazu haben Sie später Zeit. Sie können hinterher mit ihm sprechen.«
»Hinter . . . was?«
Der Tex beobachtete mich aus einem Augenwinkel. Kann sein, daß er einen jüngeren Bruder in meinem Alter hatte. Kann sein, daß es auch bloß an meinen lockigen Haaren oder meinen blauen irischen Augen lag. Ich war ein schlanker, glattrasierter Amerikaner, der das College verlassen hatte. Ich sah nicht wie ein Schmuggler aus, und die relativ kleine Menge Haschisch, die ich bei mir hatte, bewies, daß ich zu keiner der großen Banden gehörte. Ich wußte, daß er überzeugt war, ich hätte etwas Schmutziges getan, aber allmählich spürte ich auch sein Mitleid mit mir.
»Haben Sie Angehörige in New York?« fragte er.
Ich nickte. »Auf Long Island.«
». . . wird hart für sie sein.«
»Ja.«
O mein Gott!

»Okay, steigen Sie aus«, sagte Tex. Wir hielten auf einer schmalen Straße mit Kopfsteinpflaster. Neben uns drängten sich schmutzige, schäbige, alte Gebäude. Tex schob mich sachte in eins von diesen Häusern. Überall herrschten Lärm und Durcheinander. Gleich hinter der Eingangstür standen schwarzgekleidete Bauersfrauen in unordentli-

chen Reihen und hielten weinende Kinder an den Händen. Sie klagten sich gegenseitig flüsternd ihr Leid, während sie aus irgendwelchen unerfindlichen Gründen dort warteten. Sie musterten mich kritisch aus zusammengekniffenen Augen.
Das schmutzige Zimmer stank nach Schweiß und Tabak. Türkische Polizisten stießen Gefangene hin und her. Von den Handgelenken der meisten Männer baumelten Fesseln.
Tex brachte mich zu einem Schreibtisch, wo er auf türkisch mit zwei Polizisten sprach. Dann wandte er sich mir zu: »Okay. Man wird sich hier um Sie kümmern.«
Ich wollte nicht, daß er wegging. Ich kannte nicht einmal seinen Namen. Ich wußte nicht, ob er vom Konsulat, von Interpol, vom CIA oder sonstwoher war. Aber er war Amerikaner und er sprach Englisch.
»Könnten Sie den amerikanischen Botschafter verständigen?« fragte ich.
»Das ist nicht nötig. Sie können sich mit ihm in Verbindung setzen. Man wird Sie telefonieren lassen.«
»Könnten Sie es trotzdem tun? Bitte.«
Nach einer Pause sagte Tex: »Okay.« Er nickte den Polizisten zu und war verschwunden.
Die beiden Polizisten glotzten mich an, dann stießen sie mich auf eine Treppe zu. Ich zögerte. Sie knurrten irgendeinen Befehl und schubsten mich weiter. Auf dem ersten Treppenabsatz wurde ein Gefangener mit blutendem Mund in eine Ecke gedrückt, wobei er seine Peiniger anflehte. Er schrie auf, als sie ihm wieder zu Leibe rückten und von neuem auf ihn einschlugen.
Oben führte man mich in einen schmalen Gang neben der großen Halle. Ich konnte noch immer die Schreie hören, die jetzt jedoch von mehreren Menschen zu kommen schienen. Ich schaute mich schnell und ängstlich in dem Raum um, ob ich vielleicht der nächste wäre, der schreien würde.
Man setzte mich an einem Schreibtisch einem türkischen Kriminalkommissar gegenüber, der ganz passabel Englisch sprach. Neben ihm saß ein dicker, dunkelhäutiger Mann in Zivil. Er hatte keinen Schnurrbart, was für einen Türken ungewöhnlich ist, und im Gegensatz zu den anderen Menschen im Haus, von den Polizisten bis zu den Gefangenen, war er sauber. Er grinste still vor sich hin.

»Wo haben Sie das Haschisch her?« fragte der Kriminalbeamte langsam.
Der Taxifahrer fiel mir ein, der mir das Hasch verkauft hatte. Möglicherweise hatte er der Polizei einen Tip gegeben, aber daran glaubte ich eigentlich nicht. Er schien ein aufrichtiger Mensch gewesen zu sein, der mich sogar seiner Familie vorgestellt hatte. Ich wollte nicht, daß er hierhergebracht und vielleicht ebenfalls geschlagen wurde, aber andererseits wollte ich mich selbst auch nicht in noch mehr Schwierigkeiten bringen.
Ganz plötzlich kam mir eine Erleuchtung. Ich tischte eine Story von zwei jungen türkischen Hippies und ihrem älteren Freund auf, die ich im Basar kennengelernt hätte. Ich gab dem Kriminalbeamten eine Beschreibung von ihnen. »Die haben mir den Stoff verkauft«, sagte ich.
»Würden Sie sie wiedererkennen?«
»Ich . . . ich bin nicht sicher. Ich glaube schon.«
Der dicke Mann neben dem Kommissar sagte etwas auf türkisch.
»Er fragt, ob Sie Angst haben«, übersetzte der Polizist.
»Ich habe keine Angst«, log ich.
Die beiden sahen sich an und grinsten.
»Doch, vielleicht ein bißchen«, gestand ich.
»Er meint, das brauchen Sie nicht«, sagte der Polizist.
»Wer ist der Mann?«
Der Kommissar zeigte auf ein paar große, runde, messingfarbene Büchsen auf seinem Schreibtisch. Bei einer war der Deckel aufgebrochen. Der Beamte langte hinein und zog einen Beutel Haschisch in Pulverform heraus, das noch nicht wie das meine zu Platten gepreßt war. Ich blickte in die Dose. Sie war bis oben hin voll mit pulverisiertem Hasch. Es mußten fünf oder sechs Kilo drin sein. Der Kommissar deutete auf acht oder zehn weitere solche Büchsen, die an einer Seite des Zimmers aufgestapelt waren. »Das sind seine«, erklärte er, indem er auf den grinsenden Türken wies. »Den haben wir auch festgenommen, aber mit sechzig Kilo. Das ist viel, nicht wahr?«
»Ja, das ist viel«, stimmte ich ihm zu.
Ich nahm die angebotene Zigarette von dem Kommissar an, um mich höflich zu zeigen. Aber ich inhalierte nur ganz vorsichtig. Dann schlug mir der Kommissar einen Handel vor: Wenn ich mit der Polizei zum Sultan-Ahmed-Bezirk zurückginge, wo ich die Drogen ja vermutlich

gekauft hätte, und ihnen die Dealer zeigte, dann säße ich morgen im Flugzeug nach New York. Es war anzunehmen, daß der Mann log, doch ich hatte nichts zu verlieren. Wenigstens konnte ich auf diese Weise noch ein paar Stunden draußen verbringen. Und wer weiß, vielleicht ergab sich sogar eine Möglichkeit zur Flucht.

Auf diese Weise befand ich mich denn an diesem Abend abermals auf dem Weg zum *Pudding Shoppe*. Vier Detektive begleiteten mich. Mit übertriebener Mühe versuchten sie, sich unauffällig zu geben; doch ich bemerkte, wie die Hippies schon in hundert Meter Entfernung den Gehsteig räumten, als unsere kleine Truppe in der Gegend auftauchte. Der *Pudding Shoppe* leerte sich in dem Augenblick, als wir fünf hereinkamen.

Ich setzte mich an einen Tisch. Seit dem frühen Morgen hatte ich nichts gegessen und war auf einmal sehr hungrig. Ich nahm all meinen Mut zusammen und bestellte zum Ärger der Polizisten Rühreier und Tee. Dabei genoß ich jeden Bissen und brauchte dazu so lange, daß die Beamten ungeduldig wurden und ihre Deckung aufgaben; sie zogen mich vom Tisch weg und fuhren mit mir zur Polizeiwache zurück.

Es ging tief, tief die schlüpfrige Treppe zum Keller des Polizeigebäudes hinunter.

Es war jetzt Nacht; Wände und Finsternis schlossen mich ein. Das Spiel war aus. Mich ergriff panische Angst.

In einem winzigen Vorraum übergaben mich die Polizisten einem mürrischen alten Gefängniswärter, der in dem dämmerigen Licht einer einzigen nackten Glühbirne, die von der hohen, spinnwebenüberzogenen Decke baumelte, auf irgendwelche Papiere schielte. Plötzlich vernahm ich grunzende Geräusche, und als ich mich umdrehte, erblickte ich eine riesige Gittertür. Aus dem Dunkel spähten schwärzliche bärtige Gesichter zu mir herüber. Der Gestank menschlicher Ausdünstungen war überwältigend, und verzweifelt hoffte ich, vor diesen Männern mich nicht übergeben zu müssen. Ich mußte robust auftreten. Mehr als je zuvor war ich mir meiner blonden Haare und meiner schlanken Figur bewußt. Schlank, aber drahtig, fiel mir ein. Durch Ringkampftraining und die vielen Sommer, die ich als Strandwächter auf Long Island verbracht hatte, war ich zäh und in guter Kondition. Aber warum hatte ich bloß mit dem Karateunterricht aufgehört?

Der Wärter langte nach seinen Schlüsseln. »*Git!*« brüllte er die Gefangenen an, die von der Gittertür zurückwichen. Er steckte einen überdimensionalen Schlüssel in das Schloß, riß die schwere Tür auf, stieß mich hinein und schmetterte das Gitter wieder hinter mir zu. Der Klang der zugeschlagenen Tür hallte in meinem hämmernden Kopf noch lange nach.

Ich stand mit dem Rücken zur Tür. Sechs oder sieben neugierige Türken bildeten einen Halbkreis um mich herum. Sie waren ärmlich angezogen und alle schmutzig. Einer von ihnen kratzte sich in seinem bärtigen Gesicht und entblößte grinsend seine Zähne. Ein anderer rülpste. Der Raum war dunkel, fast schwarz. Der Gestank war ekelerregend.

Was hatten sie vor? Hier drin konnte alles mögliche passieren. Die Polizisten waren samt und sonders oben und schienen sich nicht um uns zu kümmern. Ein dicker Mann tauchte zu meiner Rechten aus dem Dunkel auf. Ich überlegte kurz, ob ich ihm nicht einen Kinnhaken versetzen sollte; vielleicht würden die anderen diesen Wink verstehen und mich in Ruhe lassen. Denn falls es zu einem Kampf kommen sollte, wollte ich wenigstens den ersten Schlag tun.

Der grinsende Mann streckte eine Hand nach mir aus und zupfte leicht an meinem Haar. »*Ne bu?*« fragte er, und die anderen Männer brüllten vor Lachen.

Plötzlich machte es »Rrragghh!« aus dem Hintergrund des Raumes. Die Männer stoben auseinander, und aus der Dunkelheit ertönte eine rauhe, aber beruhigende Stimme. »He! He, Joe! *Gel! Gel!*«

Ich blickte in die Richtung, aus der die Stimme kam, konnte aber nichts entdecken.

»*Gel! Gel!*«

Ich kletterte über ein paar schnarchende Leiber und bewegte mich auf die Stimme zu. Sie schien mich aus dem Bereich mit dem schlimmsten Gestank herauszuholen. Als meine Augen sich an die Dunkelheit gewöhnt hatten, mußte ich zweimal hinschauen, denn ich konnte nicht glauben, was ich sah.

Dort, auf dem schmutzigen Fußboden, mitten in diesem Dreck, hatte jemand eine saubere Decke ausgebreitet. Darauf präsentierte sich ein Festmahl mit gebratenen Hähnchen, Orangen, Trauben und Brot. Auf der Decke saß wie ein König, umgeben von einem halben Dutzend lächelnder Freunde, der dicke Türke, dem ich vorhin im Büro des Kommissars begegnet war.

Er grinste und hielt mir eine Keule hin. »Setzen«, sagte er gestikulierend.
Ich zog meine Stiefel aus und ließ mich langsam auf der Decke nieder. Noch bevor ich den Boden berührte, reichte mir jemand eine lange brennende Zigarette.
Ich roch den unverkennbaren Duft von Haschisch.

3.

»Rauchen. Rauchen«, sagte der Türke.
Ich blickte furchtsam zur Tür. Die Männer, die im Kreis auf der Decke saßen, lachten. Einen Moment lang starrte ich verblüfft auf die Zigarette. Am Morgen des gleichen Tages war ich wegen Haschischbesitzes verhaftet worden. Man hatte mich deswegen in einen Kerker geworfen; und das erste, was mir dort begegnete, war wieder Haschisch! Es war nicht zu fassen!
Aber ich hielt tatsächlich Haschisch in meiner Hand, und es schien mir nicht der richtige Zeitpunkt zu sein, meinen Gastgeber zu beleidigen. Von den anderen ermuntert, zog ich an der Zigarette, worauf mich ein Hustenreiz würgte. Ich war gewöhnt, winzige Haschportionen in einer Pfeife zu rauchen, die Türken aber mischten die Droge mit ihrem starken Tabak und rollten sie in dickes braunes Papier. Zum Schluß sah das Gebilde wie eine Havanna-Zigarre aus. Ich machte mehrere vorsichtige Züge und reichte dann die Zigarette dem Mann neben mir weiter.
Die Männer redeten laut und lebhaft, während sie aßen. Ihre Hände vollführten überschwengliche Gesten, und es schien ihnen nichts auszumachen, wo sie sich befanden. Einer von ihnen brüllte einem schäbig aussehenden Häftling, der in der Nähe lauerte, einen Befehl zu, und sofort goß der Gefangene aus einem Plastikkrug einen Becher voll Wasser ein. Er kam mir wie ein aufmerksamer Diener vor, eifrig bemüht, seinem Herrn zu gehorchen.
Ich saß da und versuchte, aus alledem klug zu werden. Wer waren diese Männer, die im Polizeigefängnis feierten und Haschisch rauchten? Ich fragte mich, wie sie das fertiggebracht hatten und warum die übrigen Gefangenen sie respektierten.
Wachsame, hungrige Augen musterten mich aus der Dunkelheit ringsherum. Doch die anderen Gefangenen schienen sich zu scheuen, näher-

zukommen, solange ich noch die Gesellschaft meiner Gastgeber genoß. Der gutgekleidete Türke zeigte auf mich und grinste. Er hielt zwei Finger in die Höhe. »Zwei Kilo«, erzählte er seinen Freunden. Er tippte auf seine eigene Brust, hob dann beide Hände, öffnete und schloß sie sechsmal. Er hatte sechzig Kilo gehabt. Seine Freunde grölten vor Lachen.
Sie aßen und rauchten, redeten und lachten noch stundenlang. Ich war zwar nicht in der Stimmung für eine Party, aber ich wollte auch diesen schützenden Kreis nicht verlassen. Das Lachen wirkte ansteckend, und trotz meiner Misere stimmte ich mit ein. Der Rauch brannte mir in den Augen, aber er überdeckte wenigstens die animalischen Gerüche, die vom anderen Ende des Raumes herüberdrangen.
Schließlich beendeten wir das Mahl. Rülpsend und furzend erhoben sich die Männer, als wäre dies der Gipfel des guten Geschmacks. Mein Gastgeber brummte irgend etwas. Geschwind schüttelte der Diener die Abfälle von der Decke, worauf sofort ein Kampf um Hühnerknochen und Orangenschalen entbrannte. Aber die Männer von der Gruppe der Auserlesenen schien das nicht zu kümmern. Sie begaben sich vielmehr in einen Winkel des Raumes, wo ein vergammeltes Holzpodest an der Steinmauer befestigt und von unten durch dicke Holzpfeiler abgestützt war. Eine kurze Leiter führte hinauf. Männer in Lumpen schliefen dort dicht aneinandergedrängt, um sich gegenseitig zu wärmen. Meine Freunde stiegen hinauf und rollten die Schlafenden einfach von dem Gerüst auf die harten Steine hinunter. »Allah!« schrien die Schläfer, als sie auf den Boden plumpsten. Als sie aber sahen, wer sie vertrieben hatte, trollten sie sich in demutsvoller Haltung davon.
Der Diener trug die Decke herüber und breitete sie über die Bretter. Der dicke Türke ließ sich nieder, und die anderen aus seiner Gruppe brachten von irgendwoher Zeitungen zum Vorschein und legten sie aus. Sie bedeuteten mir, einen Ehrenplatz auf dem Zeitungspapier einzunehmen, doch der dicke Türke brummte und winkte mich zu sich auf die Decke. Ich lächelte dankend, schüttelte den Kopf und zeigte auf einen Fleck am Rande ihres Bereiches. Ich wollte nicht bei diesen mächtigen Männern schlafen, sondern nur in ihrer Nähe sein.
Ich saß auf dem schmalen Holzpodest, meinen Rücken gegen die kalte Steinmauer gelehnt. Meine Freunde reckten sich, gähnten, grunzten und fielen bald darauf in tiefen Schlaf. Ihr zufriedenes Schnarchen bewies, daß sie an diese Umstände gewöhnt waren.

Von mir konnte ich das nicht behaupten. In meinem Kopf drehte sich alles, teils vom Hasch, mehr aber noch von der Erkenntnis der Realität. Zum erstenmal an diesem Tag war ich mit meinen Gedanken allein. Sie waren alles andere als erfreulich. Tex hatte gesagt, vielleicht zwanzig Jahre. Nein! Schon zwanzig Tage würden mich verrückt machen.

»He! He, Joe«, flüsterte jemand. Ich blickte auf und sah einen jungen Türken mit glatten Haaren in einem zweireihigen Anzug, der ihm ein paar Nummern zu groß war. »Komm hier rüber, Mann«, sagte er zweideutig. »*Fik fik. Fik fik.* Komm schon. Komm hier rüber.«

Ich wandte meinen Kopf ab. Der Mann fuhr fort zu flüstern, ich ignorierte ihn jedoch. Weder er noch die anderen Türken schienen sich zu trauen, zu nahe heranzukommen; denn selbst im Schlaf wahrten meine Beschützer noch ihren mächtigen Einfluß.

Jetzt spürte ich einen Druck auf meiner Blase. Der Geruch vom anderen Ende des Raumes – viel zu weit entfernt – verriet mir, wo die Toiletten waren. Aber ich knirschte bloß mit den Zähnen. Bis zum Morgen würde ich es schon aushalten.

Mein Körper schmerzte von der klammen Kälte und von dem harten Holz. Ich brauchte unbedingt Schlaf, aber mein hämmernder Kopf gönnte mir keine Ruhe.

Es war alles kaum zu fassen. Konnte ich das überhaupt jemals überstehen? Mir blieb keine andere Wahl. Ich hatte mich selbst in diese Klemme gebracht; und jetzt mußte ich sehen, wie ich damit fertig wurde. Aber ob mir das gelang? War ich widerstandsfähig genug, ein türkisches Gefängnis zu überleben? Dichte, drückende Finsternis umhüllte mich. Ich hätte am liebsten laut aufgeschrien. Gott, ich muß hier heraus!

Schließlich sank ich in Schlaf. Tief in der Nacht wurde ich aufgeschreckt, weil sanfte Finger meinen Oberschenkel streichelten. Eine kleine dunkle Gestalt huschte davon, sprang vom Podest auf den Boden und löste über die Schläfer stolpernd Aufschreie und Stöhnen aus. Einer meiner Freunde wachte auf.

»*Ne oldu?*« fragte er verschlafen.

Ich rang mir ein Lächeln ab und zuckte die Achseln. Er schlief auf der Stelle wieder ein, doch mir war der Schlaf vergangen.

In weiter Ferne heulte ein Hund.

Ich schwitzte trotz der Kälte. Ein Moskito landete sachte auf meinem Nacken. Ich rührte mich nicht. Es gab hier so viele, daß es nutzlos war, sie zu zerquetschen. Ich hielt meine Augen geschlossen, und die Zeit verrann. Meine Gedanken schweiften zu einem Morgen, der weit zurücklag.

Ich saß in unserer Küche; das Sonnenlicht flutete gelb durch die Fenster, und die weißen Spitzengardinen leuchteten hell. Meine Mutter sang leise vor sich hin, während sie das Frühstück machte, und erfüllte den ganzen Raum mit ihrer Fröhlichkeit. Ihr Gesicht wirkte so jung. Ihre Augen strahlten, als sie sich umdrehte und mich ansah. »Billy, ich weiß wirklich nicht mehr, was ich mit dir anstellen soll. Du hast das ganze Glas Milch schon wieder ausgetrunken. Kein Wunder, daß deine Haare so blond sind. Ich muß doch noch einmal eine Kuh anschaffen, bloß um dich mit Milch zu versorgen.«

»Können wir die hinten im Hof halten, Mom?«

»Klar. Und du kannst mit Bobby auf ihr reiten.«

»Oh, prima! Laß uns sie gleich heute besorgen!!!«

Sie lachte und drückte mich gegen ihre Schürze. »Vielleicht sollten wir erst einmal mit deinem Vater über diese Idee sprechen.«

»Nee. Laß uns einfach eine kaufen und ihn überraschen.«

»Nee«, machte sie mich nach. »Jetzt wollen wir erst mal frühstücken, und dann gehst du hinaus spielen. Solche Art Überraschungen sind nicht das richtige für deinen Vater.«

»Okay«, sagte ich und rannte zur Tür hinaus, um meine Freunde Lilian und Patrick zu suchen. »Aber wir reden später noch darüber, wenn ich nach Hause komme...«

Wenn ich nach Hause komme...

Wenn ich nach Hause komme...

Der Moskito hatte sich an mir gesättigt und flog von meinem Nacken auf. Ich war wieder hellwach, öffnete die Augen und starrte die Wand an.

Bis jetzt war alles in meinem Leben ganz einfach verlaufen. Mom und Dad hatten mir ein angenehmes Dasein ermöglicht. Unser Haus in North Babylon, New York, war bescheiden, aber gemütlich. Seit meiner frühesten Kindheit schien mein Lebenslauf festzustehen: Ich würde gute katholische Schulen besuchen, gute Noten bekommen, auf ein gutes College gehen, ein nettes Mädchen heiraten, einen guten Job finden und ein solides Leben führen.

Alles war gut. Das bezweifelte ich nicht.

Die Nonnen an der Schule lobten meinen Eifer, dabei strengte ich mich jedoch kaum an, und im Sport stellte man mich bei jedem Schulwettkampf auf, ohne daß ich mich dabei verausgabte.
Dann kam das College. Dad wünschte, daß ich die Jesuitenhochschule Marquette in Milwaukee besuchte. Darüber wurde nicht weiter diskutiert, denn er kam schließlich für die Kosten auf. Es war in meinem ersten Schuljahr 1964, daß ich zum erstenmal von zu Hause weg war. Plötzlich befand ich mich unter Menschen, die Fragen stellten, mit dem Erfolg, daß ich ebenfalls zu fragen begann. Mußte mein Leben wirklich in vorgegebenen Geleisen verlaufen? Das Dasein schien so viele Möglichkeiten zu bieten, jenseits dessen, was meine Familie für normal hielt.
Zum Beispiel das Surfing. Nach meinem ersten Studienjahr beschloß ich, einen längeren Urlaub zu machen, um mit mir ins reine zu kommen. Ich trampte nach Mexiko, an die Pazifikküste, wo ich die seltsamsten Jobs annahm, um mich über Wasser zu halten. Ich verbrachte meine Freistunden mit Wellenreiten an der Küste und blieb dort während der ersten Hälfte meines zweiten Studienjahres. Mom und Dad waren außer sich; es war das erstemal, daß ich offen gegen ihre Wünsche rebellierte.
Aber der Krieg in Südostasien zwang mich, nach Marquette zurückzukehren, weil ich sonst die mir als Student bewilligte Zurückstellung von der Einberufung verloren hätte. Wieder in Marquette, machten mich meine Freunde mit einem neuen Zeitvertreib bekannt: Unter den Studenten hatte das Rauschgift das Biertrinken abgelöst. Ich rauchte meine erste Marihuanazigarette, und danach Haschisch.
Die folgenden Jahre wurden noch unsteter. Ich blieb auf der Schule, um nicht zur Armee zu müssen, aber mit Leib und Seele war ich nicht dabei. Meine Noten, die immer ganz gut gewesen waren, wurden durchschnittlich. Ich trieb mich die meiste Zeit irgendwo in Milwaukee herum, während ich eigentlich im Hörsaal hätte sitzen sollen. Auch versuchte ich eine Zeitlang ernsthaft, Kurzgeschichten zu schreiben; aber bald war meine Zimmerwand mit ablehnenden Bescheiden tapeziert. Ich gab es auf.
Zu Hause wunderten sie sich über die ständige Verschlechterung meiner Noten. Sie konnten mich einfach nicht verstehen, als ich ihnen erklärte, ich wüßte mit einer Collegeausbildung nichts anzufangen – warum

sollte ich mich also dafür anstrengen? Mom und Dad waren in einer Zeit aufgewachsen, in der eine Collegeausbildung ein Privileg war. Für mich aber erschien sie in den sechziger Jahren als etwas ganz Gewöhnliches. Diese Auffassung brachte uns noch weiter auseinander.
Von Freunden dazu aufgefordert, nahm ich an ein paar Protestmärschen gegen den Krieg teil. Aber ich dachte nie weiter darüber nach. Mir gefiel die Partyatmosphäre bei den Protesten. Bisher war mein Leben eine einzige große Party gewesen.

Meine Augen waren immer noch offen, als die ersten blassen Strahlen der Morgensonne durch die kleinen vergitterten Fenster, die hoch oben in der schwarzen Mauer eingelassen waren, in unser Gefängnis fielen. Der gelbe Schimmer drang mühsam durch die dicke rauchige Luft. Ich starrte in das Sonnenlicht und war froh, daß die Nacht vorüber war. Dennoch fürchtete ich mich vor dem, was der Tag bringen mochte.
Neben mir räkelte sich ein Mann, gähnte und stieß schließlich ein langgezogenes »*AAAaaaallah!*« heraus. Dann rülpste er, furzte und kratzte sich am Hintern. Er hustete trocken und spuckte eine schleimige Flüssigkeit auf den Boden. Schließlich zündete er sich eine türkische Zigarette an und brach in eine Reihe von Flüchen aus – es hörte sich jedenfalls so an –, um den Morgen zu begrüßen. Überall in der Zelle setzte nun das gleiche Ritual ein. Der Lärm wuchs zu einem ungeheuren Getöse an, als die etwa hundert Männer in dem Kittchen sich zu einem hustenden Chor vereinigten.
Der Mann neben mir sprang vom Podest herunter. Er schlurfte zum weit entfernten anderen Ende des Raumes hinüber, wo ich mehrere in den Boden eingelassene Vertiefungen erkennen konnte. Mein Nachbar blieb vor einem dieser Löcher stehen, ließ seine Hose herunter und hockte sich hin. Zwei Männer stellten sich davor und schauten ihm zu. Ihn schien das nicht zu stören.
Stöhnend kam er dem Bedürfnis der Natur nach und verfehlte dabei das Loch.
»*Turist*. Vilyum! Vilyum! Vilyum Hei-yes!«
Ich stürzte zur Tür. Ein Polizist führte mich die Treppe hinauf in eine kleine ruhige Kammer, die bis auf einen niedrigen Tisch und zwei Stühle leer war. Dort blieb ich einen Augenblick allein und wartete. Ein hagerer, gutgebauter Türke im Straßenanzug trat herein.

»Mein Name ist Erdogan«, sagte er in korrektem Englisch und schüttelte mir die Hand. »Sie können mich Erdu nennen. Ich bin bei der amerikanischen Botschaft beschäftigt.«
Welche Erleichterung! Endlich kam Hilfe.
»Sie tun mir aufrichtig leid, William. Ich will versuchen, Ihnen zu helfen, so gut ich kann.«
»Was hat man mit mir vor?«
Erdu blätterte nervös in einem Stoß Papiere. »Das wissen wir auch nicht. Sie brauchen einen Anwalt. In der Türkei ist Rauschgiftschmuggel ein sehr schweres Vergehen.«
Er zog eine Liste mit türkischen Namen hervor. Es waren Rechtsanwälte, alphabetisch geordnet; hinter jedem Namen standen ein paar Erläuterungen.
»Welchen soll ich nehmen?« fragte ich.
Erdu zuckte die Achseln. »Ich darf keine Empfehlung geben. Suchen Sie sich einfach einen aus.«
»Sprechen die Englisch?«
»Ja. Einige jedenfalls.«
Ich sah die Liste durch, bis meine Augen auf dem Namen Yesil haften blieben. Er hatte an der Maryland-Universität sein Examen gemacht und an der Michigan-Universität Vorlesungen gehalten.
»Ich nehme Yesil. Kennen Sie ihn?«
Erdu nickte. »Ich werde mich mit ihm in Verbindung setzen. Er wird Sie in ein paar Tagen aufsuchen. Heute nachmittag werden Soldaten Sie zum Sagmalcilar-Gefängnis bringen. Das liegt am anderen Ende der Stadt. Yesil wird Sie dort besuchen. Auch der Botschafter wird in ein paar Tagen zu Ihnen kommen.«
Dann folgte die Frage, die ich am meisten gefürchtet hatte. »Möchten Sie, daß wir Ihre Eltern benachrichtigen?«
»Nein. Ich möchte ihnen erst einen Brief schreiben.«
Erdu gab mir einen Füller und Papier. Dann ließ er mich in dem Zimmer allein.

8. Oktober 1970

Liebe Mom, lieber Dad!
Dieser Brief wird Euch viel Unangenehmes zu lesen geben. Es fällt mir schwer, ihn zu schreiben. Innerlich leide ich bei dem Gedanken an den Kummer, den ich Euch mache.

Ich stecke in Schwierigkeiten. Vielleicht in großen Schwierigkeiten. Im Augenblick geht's mir ganz gut. Ich schreibe hier in einem kleinen Raum im Gefängnis von Istanbul. Da geht es sehr verrückt zu: Alles zu erklären wäre zu schwierig. Nur soviel: Ich bin gestern am Flughafen verhaftet worden, als ich versuchte, mit ein bißchen Haschisch mein Flugzeug zu besteigen. Eben habe ich mit einem Beamten von der amerikanischen Botschaft gesprochen. Sie besorgen mir einen Rechtsanwalt. Es besteht die Chance, daß ich freikomme, aber vielleicht kriege ich auch ein paar Jahre Gefängnis. Ich kann wirklich nicht sagen, was augenblicklich vorgeht. Möglich, daß ich eine Weile hierbleiben muß.
Ich wollte, ich könnte Euch mit all dem verschonen, denn ich weiß, in welchen Kummer und was für Aufregungen Euch das stürzt. Und dann die Enttäuschung! Ich weiß, daß Ihr mich liebhabt, aber auch, daß Ihr nicht stolz auf mich sein könnt.
Ich glaubte wirklich, daß ich etwas aus meinem Leben machen könnte. Aber jetzt bin ich mir nicht mehr so sicher. Zwar hatte ich gehofft, hier alles schnell hinter mich zu bringen, so daß Ihr es nie zu erfahren brauchtet. Aber das ist leider nicht möglich.
Jetzt sitze ich also in der Türkei im Gefängnis, genau am anderen Ende der Welt. Am anderen Ende unendlich vieler Welten. Und was soll ich sagen? Kann der Satz: »Es tut mir leid« jetzt noch etwas ändern? Kann er den Schmerz und die Scham lindern, die Ihr empfinden müßt? Ich komme mir sehr töricht vor, weil ich mein Leben so vergeudet habe, und ich weine bei dem Gedanken, wie weh ich Euch tue. Verzeiht mir.
Ich schreibe bald wieder.

In Liebe,
Billy

Am frühen Nachmittag kamen Soldaten und riefen etwa fünfzehn Männer von uns auf. Wir mußten uns in Zweierreihen aufstellen und wurden an den Handgelenken zusammengekettet; dann marschierten wir nach draußen zu der geöffneten Ladeklappe eines roten Lastwagens. Wir kletterten hinein und setzten uns auf hölzerne Bretterbänke. Das Auto fuhr mit uns quer durch die Stadt und lud uns an der Rückseite eines großen Steingebäudes ab. Dort gingen wir eine Treppe hinunter in ein langgestrecktes, niedriges, rechteckiges Zimmer. Es war genauso schmuddelig wie das Polizeigefängnis. Die schmierigen, gekalkten

Wände schimmerten blaßgrün im Licht einer nackten Glühbirne. Nachdem man uns die Fesseln abgenommen hatte, stellten sich die Gefangenen in einer Reihe auf. Ich schlich mich ans hinterste Ende.
Die anderen Häftlinge standen mit leicht gesenkten Köpfen da und ließen die Arme schlaff an den Seiten herabhängen. Der bullige aufsichtführende Sergeant brüllte dem ersten Gefangenen in der Reihe eine Frage zu, worauf der Mann unterwürfig antwortete; trotzdem schlug ihn der Sergeant mit dem Handrücken über den Mund. Wieder eine Frage. Wieder eine demütige Antwort. Wieder ein Schlag, diesmal heftiger. Blut sickerte aus dem Mund des Mannes. Er wimmerte. Der Sergeant brüllte ihn grob an und ging zum nächsten Gefangenen weiter.
Wieder Fragen. Wieder Schläge. Der zweite Mann versuchte, die Hiebe mit den Armen abzuwehren, aber das brachte den Sergeanten nur noch mehr in Rage. Er schlug fester zu.
Er schritt die Reihe entlang, indem er jeden Gefangenen abwechselnd anbrüllte und schlug. Je weiter er kam, desto wütender schien er zu werden. Und ich stand ganz am Ende. Ich bemühte mich verzweifelt, dieselbe demütige Haltung wie die Türken einzunehmen.
Der Sergeant war fast in der Mitte der Reihe angelangt, als ein Gefangener eine besonders unbefriedigende Antwort zu geben schien. Er erhielt einen krachenden Schlag ins Gesicht und wurde dabei gegen die Wand geschleudert. Er griff sich an seine blutende Nase. Der Sergeant brüllte den sich duckenden Mann an und boxte ihn in den Magen, worauf dieser zusammensackte und zu Boden sank. Der Sergeant packte ihn an den Haaren und schleifte ihn in die Mitte des Raumes.
Der bedauernswerte Mann wollte sich in Sicherheit bringen, aber schon kamen die anderen Soldaten heran. Er schrie und winselte und bettelte um Gnade, während die Soldaten mit schwarzen Gummiknüppeln systematisch auf seine Rippen, seine Nieren und seine Beine einschlugen. Er kroch auf dem Boden herum und versuchte verzweifelt, sich zu wehren. Ein Soldat trat ihn heftig in die Leisten, sooft er treffen konnte, und der Mann heulte vor Schmerz und Angst.
Wir anderen standen stumm in der Reihe und warteten. Kalter Schweiß brach mir am ganzen Körper aus. Was würde passieren, wenn sie am Ende der Reihe ankamen, und dort stand ein dämlicher »*Turist*«?
Schließlich zerrten die Soldaten den blutenden Mann in eine Ecke, wo er

wimmernd zusammenbrach. Dann fegten sie die Reihe entlang und schlugen auf die übrigen Gefangenen ein. Das kleine Zimmer hallte wider von Flüchen und Schreien. Bald war auch die Reihe an mir.

Ein dicker, blaßhäutiger Soldat trat neben mich. Er beugte sich vor und blickte in meine Schultertasche.

»*Ne bu?*« brummte er, indem er zwei kleine gelbe Bälle in die Höhe hielt. »*Ne bu? Ne bu?*«

Ich machte eine Bewegung zu den Bällen hin. Ganz langsam, um den Soldaten nicht herauszufordern, holte ich den dritten Ball aus meiner Tasche.

»*Ne bu? Ne bu?*« verlangte der Soldat zu wissen.

Hört auf zu zittern, Hände!

Ich fing zu jonglieren an.

»*Ne bu? Ne bu?*« fragte ein anderer Soldat, während er herüberlief, um zuzuschauen.

Ich hörte auf.

»*Yap! Yap!*« Er bedeutete mir weiterzumachen.

Wieder jonglierte ich und wirbelte die drei Bälle vor mir in der Luft herum.

Bald fanden sich die übrigen Soldaten ein, wie bisher noch jeder fasziniert von der Bewegung und Geschicklichkeit. Der Sergeant rief etwas zu mir herüber. Ich ließ einen Ball fallen, doch der Sergeant sprang vor und fing ihn auf. Er warf ihn mir zu. »*Yap!*«

Ich jonglierte. Was blieb mir anderes übrig? Solange die Soldaten mir zuschauten, schlugen sie niemanden. Vor allem nicht mich. So führte ich meine Geschicklichkeitsübungen vor, mit denen ich meine Freunde in New York und Milwaukee so oft unterhalten hatte. Einfaches Wechseln von drei Bällen: zwei in der einen Hand, einen in der anderen. Schnelles Zuspielen: einen werfen, zwei fangen, zwei werfen, einen fangen. Ein leichter Wechsel von einer Hand in die andere.

Dann hörte ich auf.

»*Yap! Yap!*« rief es von allen Seiten.

Ich yappte.

Ich jonglierte fünfzehn Minuten oder länger. Meine Arme erlahmten. Wieder ließ ich einen Ball fallen. Der Sergeant hob ihn auf, doch statt ihn mir zurückzugeben, streckte er seine Hand nach den anderen beiden Bällen aus.

Ich gab sie ihm. Er warf erst einen in die Luft, dann die beiden anderen. Alle drei sprangen davon und verschwanden in der Menge. Der Sergeant schrie einen Befehl und hatte die Bälle sofort wieder in Händen. Er behielt sie einen Augenblick lang. Dann bedeutete er mir, ihm das Jonglieren zu zeigen. Wir gingen in eine Ecke, wo ich es ihm beizubringen versuchte. Er stellte sich ganz geschickt an, aber ich hatte keine Möglichkeit, ihm zu erklären, daß man lange üben mußte, ehe es richtig klappte. Er begriff es einfach nicht richtig. Schließlich wurde er gereizt. Und ich auch; denn ich wollte nicht, daß er seine vorige Tätigkeit wieder aufnahm.

Höflich zeigte ich auf die Bälle und hielt meine Hand auf. Die Soldaten beobachteten mich argwöhnisch. Ganz langsam zog ich einen Stuhl unter die Glühlampe und hielt ein paar Minuten lang die drei Bälle nahe ans Licht. Dann stieg ich herunter und bedeutete dem Sergeanten, das Licht auszumachen. Seine Augen verengten sich. Doch dann bellte er den Soldaten etwas zu. Zwei von ihnen nahmen an den beiden Türen Aufstellung. Ein anderer knipste das Licht aus.

Ich jonglierte von neuem. Die gelben Bälle leuchteten jetzt blaßgrün und blau, wie Neonkugeln, als sie durch die Dunkelheit wirbelten. Ich kletterte noch ein paarmal auf den Stuhl, um die Bälle neu aufzuladen. Alle Anwesenden sahen gebannt zu.

Schließlich hörte ich draußen einen Laster anhalten. Der Sergeant brüllte abermals einen Befehl. Die Gefangenen stellten sich in einer Reihe auf, wobei einige von den andern gestützt werden mußten. Ich steckte die Bälle weg, denn ich wurde an einen grauhaarigen alten Mann gekettet, der ebenfalls von Schlägen verschont geblieben zu sein schien. Vielleicht lag es an seinem Alter. Abgesehen von uns beiden waren alle übrigen zerschunden und blutig.

Eine seltsame, beinahe übermütige Stimmung überkam mich, als wir aus dem Gefängnis hinausfuhren. Ich hatte Glück gehabt, und vielleicht würde mein Glück anhalten.

Doch beim Anblick der großen grauen Gefängnismauern wurde ich in die Realität zurückversetzt. Der Lastwagen fuhr in eine Kellereinfahrt, bremste und hielt. Die Soldaten stiegen aus, entriegelten den Wagen und trieben uns in einen Empfangsraum. Er bestand aus Zement und Stahl, und alles war mit einer abblätternden Farbe gestrichen. Man nahm uns die Fesseln ab. Die Soldaten übergaben uns Gefängniswärtern in zerknitterten blauen Uniformen, denen ausnahmslos Zigaretten im Mundwinkel klebten. Ein ausgesprochen kleiner Wärter schlenderte zu mir herüber und fragte mich etwas auf türkisch. Ich zog die Schultern hoch. Sogleich verengten sich seine Augen, und er hob seine geballte Faust ...

Plötzlich flog eine Tür auf, und zwei Männer traten ein. Sie trugen die gleichen Uniformen, doch im Gegensatz zu den anderen Wärtern waren sie ordentlich und sauber. Vier Streifen auf den Ärmeln schienen auf irgendeinen höheren Rang zu deuten, und alle Häftlinge nahmen sofort ihre demütige Kriegsgefangenenhaltung ein.

Der größere und jüngere der beiden Oberwärter schritt die Reihe der Gefangenen ab. Trotz seiner körperlichen Fülle bewegte er sich leicht und gab seinem Gang einen überheblichen Schwung. Vor einem Häftling, den er zu erkennen schien, blieb er stehen. Langsam fuhr er mit seiner riesigen Hand, die einem Vorschlaghammer glich, an seinem Körper entlang, als wenn er den Hahn eines Gewehres spannen wollte.

Patsch! Er versetzte dem Gefangenen mit dem Handrücken einen Schlag ins Gesicht, daß der gegen die Wand taumelte. Dann ging er ruhig weiter die Reihe entlang.

Der zweite Wärter war älter. Er hatte kurzgeschnittenes, graumeliertes Haar, ein längliches, dünnes Habichtsgesicht und harte braune Augen. Er hielt seinen Rücken gerade wie einen Ladestock. Er schien einer von jenen Türken zu sein, die die Griechen bei Smyrna ins Meer getrieben hatten. Ich hatte in meinen Geschichtsbüchern darüber gelesen.

Vor mir blieb er stehen. Kühl musterte er meine Haare und sah mir dann in die Augen.

Ich erwiderte seinen Blick, doch dann fiel mir ein, daß das vielleicht nicht die Reaktion war, die sich für einen Gefangenen gehörte. Meine Augen flackerten, erst blickten sie weg, dann wieder zurück. Ein mageres Lächeln zog über sein gegerbtes Gesicht. Ich lächelte auch.

»*Gâvur!*« Er explodierte direkt, und seine Spucke übersprühte mein Gesicht. Das Lächeln war mir im Nu vergangen.

Ich sah auf den Steinboden hinunter und wagte nicht zu atmen. Er rief dem alten Schriftführer etwas zu, und ich hörte »Vilyum Hei-yes«.

»Vilyum Hei-yes«, wiederholte der habichtsgesichtige Aufseher. »Vilyum Hei-yes.«

Er schritt weiter die Reihe entlang.

Man rasierte uns die Köpfe. Wir wurden fotografiert, und man nahm uns unsere Fingerabdrücke ab. Dann trennte man mich von den anderen und führte mich durch einen langen schmalen Betongang zu einer stählernen Gittertür. Ein Wärter sperrte sie auf, schob mich durch und warf sie hinter mir zu.
Ich befand mich in meinem neuen Heim.

4.

Es war ganz aus kaltem Stein und grauem Stahl. Vor mir erstreckte sich ein langer, schmaler Korridor. Auf der linken Seite lagen lauter vergitterte Fenster, die in die Finsternis hinaussahen. Rechts war eine Reihe von zehn oder zwölf kleinen Zellen. Ein paar Steinstufen führten nach oben, wo sich anscheinend ein zweiter Gang mit Zellen befand.
Es war relativ ruhig. Im Augenblick war der Korridor leer, doch von irgendwoher konnte ich gedämpfte Musik hören, und die Steine hallten von leisen Stimmen wider.
In der Mitte des Korridors trat jemand aus einer Zelle, stand nur da und sah mich an. Aus einer anderen Zelle schob sich ein Kopf hervor. Er warf einen Blick auf mich, dann zog er sich zurück. Das Geräusch der Tür mußte die Insassen alarmiert haben. Immer mehr kamen zum Vorschein und gafften mich neugierig an.
Ich ging ein paar Schritte von der Tür weg bis zur ersten Zelle. Es war ein kleiner abgeschlossener Raum, eine Zementbox von etwa zweimal zweieinhalb Meter. Zum Korridor hin war sie offen, abgesehen von den grauen Metallgittern, die vom Boden bis zur Decke reichten. Die Tür bestand aus Gitterstäben, die sich auf Rollen vor- und zurückschieben ließen. Dahinter erblickte ich drei Gefangene; sie saßen beisammen und aßen etwas aus Blechnäpfen, das nach irgendeiner Suppe aussah.
»He, Mann, guck dir das an!« rief ein kräftig aussehender Kerl, der am Fußende des Bettes saß. Seine dicken, behaarten Arme waren über und über mit Tätowierungen bedeckt. »Wie geht's, Mann?« Er erhob sich und schob die Tür auf. »Wo kommst du her? Weshalb haben sie dich hochgenommen? Wie heißt du?«
Er sprach fließend Englisch mit einem starken Akzent, den ich nicht definieren konnte. Er hatte lebhafte dunkle Augen. Dabei grinste er mich an und quasselte weiter.

»He, Jungs, guckt mal, 'n neuer *macum*. Wie heißt du, Mann?« fragte er abermals und schüttelte mir kräftig die Hand.
»William . . .« setzte ich an, doch er schnitt mir das Wort ab.
»William. So was Verrücktes! Ich heiße Popeye, und das hier sind Charles und Arne.« Er deutete auf die anderen – einen Neger und einen Weißen –, die still ihre Mahlzeit einnahmen. »Willst du dich nicht hersetzen, William?« fragte Popeye, während er irgend etwas unter dem Bett hervorzog.
Ich wollte mich ans Fußende des Bettes setzen, aber Popeye packte mich am Arm. Arne guckte verschreckt auf.
»Nein! Hier rüber, Mensch«, sagte Popeye und stellte rasch einen großen Blechkübel auf den Boden. Das Bett sah zwar bequemer aus, aber ich gehorchte. Ich setzte mich auf den Eimer. Popeye sprang aufs Bett.
»Also, wo kommst du her, William?«
»Aus New York.«
Ich blickte mich erstaunt um. Die Zelle war beinahe gemütlich zu nennen. Über einem Schreibtisch hing ein feiner japanischer Seidenteppich an der Wand, der eine Gebirgslandschaft darstellte. Im ganzen Raum waren Schnitzereien aus Seife und kunstvolle Scherenschnitte von Tieren und Vögeln verteilt. Ein Leintuch, geschickt mit astrologischen Symbolen bemalt, bedeckte die Wand hinter dem Bett. Nach den Erlebnissen der letzten beiden Tage kam mir diese Zelle richtig warm und behaglich vor.
»He, Charles, wir haben 'nen neuen Amerikaner«, rief Popeye.
Charles nickte nur.
»Charles ist aus Chicago. Er ist das As von ›Windy City‹. Oh, prima! Jetzt haben wir 'nen schwarzen Amerikaner und 'nen weißen Amerikaner hier. Was uns jetzt noch fehlt, ist die . . .« und Popeye fing an zu singen. Es war ein Rock-Song von der Gruppe »The Guess Who«: *American woman . . . da da da da dee-eee . . .*
Ich konnte nicht anders, ich mußte zu Popeye hinübergrinsen.
Dann blickte ich Charles an. »Hallo, wie geht's?«
»Alles in Ordnung«, bekannte er und schüttelte widerwillig meine dargebotene Hand, um sie schnell wieder fallen zu lassen.
»Hallo, Willie«, sagte Arne mit sanfter, ruhiger Stimme. »Willkommen in meiner Zelle.« Er sah wie ein Skandinavier aus – groß, hager und blaß, mit durchdringenden, stillen blauen Augen.

Ich war heilfroh, daß ich mich unter drei englischsprechenden Burschen ungefähr meines Alters befand. Und der eine war sogar Amerikaner.
»Ihr habt's hübsch hier«, sagte ich.
Charles schaute mich finster an und schüttelte den Kopf.
Popeye fing an zu lachen. »Oooohh, dieser neue amerikanische Knabe. Du bist gut! ›Hübsch hier‹, sagt er. Hahaha!« Und er lachte weiter in seinen Blechnapf hinein.
Arne lächelte nur höflich. Er reichte mir einen Napf Linsensuppe und sah mir zu, wie ich ihn heißhungrig leerte.
»William?« Eine ruhige Stimme unterbrach meine Mahlzeit.
Ich blickte auf und sah zwei Männer an der Tür von Arnes Zelle stehen, in der wir unser Abendbrot aßen. Der eine war mittleren Alters und kräftig. Auf seiner runden Halbglatze waren dünne schwarze Haarsträhnen glatt zurückgekämmt. Er schielte mich aus trüben braunen Augen an. Der andere Mann war klein und sehnig. Er trug eine dicke Brille mit braunem Rand. Er sprach mich auf englisch an. »Das ist Emin«, sagte er, indem er auf den älteren Mann wies. »Mein Name ist Walter. Emin ist unser *memisir*. Er ist der Kapo des Ausländerblocks, des *koğus*. Komm, Emin will dir deine Zelle zeigen.«
»Du kannst später fertigessen«, versicherte mir Arne.
Gehorsam folgte ich Walter und Emin. Sie brachten mich zu einer freien Zelle am Ende des Ganges. Emin murmelte etwas auf türkisch, dabei sabberte er ein bißchen. Er deutete nach drinnen, und ich nickte. Emin schien zufrieden und ging weg.
Die Zelle glich der Arnes, bloß war sie völlig kahl und vor allem kalt. Alles war mit einer dicken Staubschicht bedeckt. Ein kleines graues Eisenbett war auf dem Steinboden festgeschraubt. Es war mit einer zerlumpten Matratze bedeckt, die aussah, als läge sie schon sehr lange dort. An einer Seite fiel die Füllung heraus, dunkle Flecken überzogen das Mittelteil. Ein abgenutzter Holztisch und eine Bank lehnten an der Wand. Am rückwärtigen Ende des winzigen Zimmers befand sich hinter einer halbhohen Trennwand ein in den Steinboden eingelassenes Kloloch. Es roch nach Urin. Ein Metallspind füllte das bißchen Platz zwischen den Gitterstäben und den Füßen des Bettgestells aus.
Dies war nicht gerade der Ort, an dem ich mich lange aufzuhalten wünschte. Aber ich würde auch kaum lange dort bleiben. Zwanzig Jahre? Das sollte mir doch bloß Angst einjagen. Ich wußte, ich brauchte mir gar

nicht erst die Mühe zu machen, meine Zelle so wohnlich einzurichten wie Arne. Er war offensichtlich schon lange hier, und ich fragte mich, aus welchem Grunde wohl.
Ich ging wieder den Flur hinunter, um meine Suppe fertigzuessen. Popeye war ebenfalls wieder da.
»Was sind das für Kerle?« fragte ich.
»Arschlöcher«, antwortete Popeye. »Emin ist Türke. Er sitzt schon lange, deshalb hat man ihn zum Aufseher über den *koǧus* gemacht. Walter ist bloß 'n kleiner Arschkriecher. Er spricht ungefähr sechs Fremdsprachen. Und alle hinter deinem Rücken.«
»Ach ja?«
»Ach ja?« äffte mich Popeye nach. »Glaubst du, du bist hier auf'm College, William? Das ist ein Gefängnis, Mann. Gefängnis! Hast du deine Zelle schon inspiziert?«
»Ja.«
»Und wie gefällt dir deine neue Behausung?«
»Gut«, erwiderte ich ohne große Begeisterung.
»Ja, nicht wahr? Weil es hier ja so hübsch ist«, warf Charles sarkastisch dazwischen.
Ich wechselte das Thema.
»Weshalb bist du hier?« fragte ich Arne.
»Hasch.«
»Wie lange hast du gekriegt?«
»Zwölfeinhalb Jahre.«
»Du meine Güte! Und wieviel hast du gehabt?«
»Hundert Gramm.«
Was? Zwölfeinhalb Jahre für hundert Gramm? Unmöglich! Das war ja nur ein Zehntel von einem Kilo. Ich hatte zwanzigmal soviel gehabt.
»Weshalb haben sie dich geschnappt, William?« wollte Popeye wissen. Seine Stimme klang gespannt.
»Hasch«, erwiderte ich.
»Wieviel?«
»Zwei Kilo.«
»Wo?«
»Am Flughafen. Ich wollte gerade meine Maschine besteigen.«
»O je. Das sieht mies aus. Bist du durch'n Zoll gekommen?«
»Na klar. Sie haben mich direkt am Flugzeug erwischt.«

Popeye pfiff wie Harpo Marx und fuchtelte mit beiden Händen in der Luft herum. »Schlimm, schlimm. Das könnte zehn oder fünfzehn geben. Vielleicht sogar zwanzig.«
»Zwanzig – *was*?«
»Jahre, Mensch, Jahre. Ich würde sagen, zehn mindestens.«
Ich konnte es nicht glauben. Die wollten mich bloß auf den Arm nehmen.
Arne stand auf. Er blickte sanftmütig, und all unsere Verworfenheit erschütterte ihn nicht im geringsten. Er reichte mit einer Hand an mir vorbei und langte nach etwas auf dem Spind. »Hör nicht auf ihn, Willie«, sagte er. »Er will dir bloß Angst machen. Hier in der Türkei weiß man nie, wie das Urteil ausfällt. Hier ist alles möglich.« Er holte eine kleine Holzschale vom Spind herunter. Sie enthielt Äpfel. Er bot mir einen davon an und ließ die Schale dann herumgehen. Irgendwie hatte ich Vertrauen zu ihm; er strahlte soviel Sicherheit aus. Von Anfang an konnte ich ihn gut leiden.
»Mach ihm nichts vor, Arne«, sagte Popeye. »Besser, er macht sich gleich auf das Schlimmste gefaßt. Ich behaupte, der Kerl sieht nach mindestens zehn bis fünfzehn Jahren aus.«
»Ist das dein Ernst?« fragte ich. »Zwölfeinhalb oder zwanzig Jahre für Hasch? Ihr seid ja verrückt.«
Es folgte eine betretene Stille.
Charles, der eine Zeitlang geschwiegen hatte, sah von seiner Schüssel auf. »Hier sind alle verrückt«, meinte er.
Wir wandten uns wieder unserem Essen zu. Ich schmeckte meines kaum. Vor allem versuchte ich, meine Gedanken zu ordnen. Popeye *mußte* verrückt sein. Kein noch so wahnwitziges Land der Erde konnte einem für zwei Kilo Hasch zwanzig Jahre aufbrummen. Mit mir würden sie das nicht machen. Und außerdem war ich Amerikaner. Alle Welt wußte, daß Amerikaner eine besondere Behandlung genossen.
»Wieviel hast du gekriegt?« fragte ich Charles.
Er schaute mich griesgrämig an. »Fünf. Und ich hab' noch zehn gottverdammte Monate vor mir.«
Fünf Jahre! Ein Amerikaner! Gut, das hörte sich schon besser an als Popeyes Prophezeiung. Jetzt hatte ich auch Popeyes Akzent erkannt. Er war Israeli. Klar. In einem moslemischen Land mußte der ja pessimistisch sein. Ich würde bestimmt leichter davonkommen.

Arne schien meine Gedanken zu erraten. »Du könntest eine Kaution beantragen«, schlug er ruhig vor.
Popeye runzelte die Stirn. »Quatsch!«
»Eine Kaution?«
»Kommt drauf an ...« Arne zog ein ernstes Gesicht, als dächte er angestrengt nach. Dann sah er mich an und lächelte. »Wenn du eine Kaution stellst, bist du frei. Die Türken wissen, daß du dich aus dem Land schleichst und nie wiederkommst. Dafür stecken sie die Kaution ein. Wenn sie dich gegen Kaution freilassen, heißt das, sie erwarten von dir, daß du abhaust.«
Das hörte sich interessant an. »Aber wie komme ich aus dem Land raus?«
»Ganz einfach«, erklärte Arne. »Jeder halbwegs korrupte türkische Anwalt – und ehrlich sind die alle nicht – kann dir einen falschen Paß besorgen. Oder aber du versuchst, über die Grenze nach Griechenland zu entwischen. Griechenland ist genau richtig. Die Griechen hassen die Türken derart, daß sie dich auf keinen Fall zurückschicken würden. Wenn die Türken dich gegen Kaution rauslassen, dann wissen sie, daß du abhaust. Und wenn du nach Griechenland kommst, bist du frei.«
»Das klingt gut. Glaubst du, ich hab' 'ne Chance für eine Kaution?«
»Nun ja«, erwiderte Arne, »das kommt drauf an. Du hättest eine Chance, wenn du ein bißchen Geld und einen guten Anwalt hättest.«
»Das treib' ich schon auf«, sagte ich. »Das muß einfach klappen.«
»Scheiße!« fuhr Popeye auf. Seine Munterkeit war ihm vergangen. »Nimm lieber ein Bad und halt die Klappe. Schaff dir endlich diese dreckigen Filzläuse vom Hals.«
»Ich hab' keine Läuse«, erwiderte ich, verwundert über eine solche Verdächtigung.
»Wo warst du letzte Nacht?« wollte er wissen.
»Im Polizeigefängnis.«
»Dann hast du auch Läuse. Was glaubst du wohl, warum wir dich nicht auf dem Bett haben sitzen lassen? Nimm ein Bad und koch deine Klamotten aus.«
Arne nickte bekräftigend.
Ein Bad! Das hörte sich großartig an. Aber ich wollte mich nicht von Popeye herumkommandieren lassen. »Eine Dusche wäre mir lieber«, entgegnete ich.

Charles stieß einen Pfiff aus und schnellte von seinem Sitz hoch. »Jetzt hab' ich genug von diesem Quatsch«, sagte er und stapfte aus der Zelle.
Arne zog mich beiseite. »Hier gibt's keine Duschen«, klärte er mich auf. »Du mußt dich in einem Ausguß in der Küche waschen.« Er führte mich in einen Raum neben seiner Zelle und lieh mir ein Handtuch, einen Plastikkrug und ein kleines Stück Seife. Dabei erklärte er mir, daß in Kürze für eine halbe Stunde das heiße Wasser angestellt würde. Er brachte mich zum Küchentrakt hinten neben der Treppe und zeigte mir, wie man den Ausguß mit einem schmutzigen Putzlappen verschloß. Um mich zu waschen, müßte ich mich einseifen und dann mit dem Krug heißes Wasser über meinen Körper gießen. Aber zuerst beschloß ich, den Ausguß zu säubern. Der war nämlich sehr schmutzig.
»Laß dich nicht auf Popeye und Charles ein«, sagte Arne freundlich. »Die sind schon so lange hier drin, daß Neue . . . also . . . sie kapieren nicht mehr richtig, was los ist draußen. Neuankömmlinge gehen denen auf die Nerven.«
»Wie kommt er zu dem Namen ›Popeye‹?«
»Er ist Seemann. Man hat ihn bei dem Versuch hochgenommen, vierzig Kilo auf sein Schiff zu schmuggeln.«
»Wieviel hat er gekriegt?«
»Fünfzehn Jahre.«
»Kein Wunder, daß er übergeschnappt ist.«
Arne war einen Moment still. »Tja«, meinte er schließlich. »Aber er ist wirklich ein netter Kerl.«
Heißes Wasser gurgelte durch die rostigen Leitungen. Arne lächelte und ließ mich allein, damit ich mich waschen konnte. Ich schrubbte den Ausguß mit Seife aus. Allerdings sah er danach kein bißchen sauberer aus. Während das dampfende Wasser in das Becken lief, zog ich meine verknitterten Kleider aus. Sie stanken richtig. Ich stand nackt vor dem Ausguß und seifte mir Kopf und Gesicht ein. Es war ein komisches Gefühl, daß ich kurze Haare hatte. Die stacheligen Stoppeln auf meinem Schädel erinnerten mich an den Bürstenschnitt, den ich zu meiner Schulzeit trug, als ich mich mit Ringkampf beschäftigte. Mit Arnes abgenutztem Krug schöpfte ich Wasser aus dem Becken und goß es über mich. Es tat richtig gut, wenn es mir so über Kopf und Schultern rann. Langsam seifte ich meine übrigen Körperteile ein. Dann fiel mir ein, was

Popeye gesagt hatte und ich suchte zwischen meinen Beinen nach Filzläusen.
Plötzlich spürte ich, daß ich nicht allein war. Ich drehte mich um und sah einen Mann in der Tür stehen, der wie ein Araber aussah. Grinsend glotzte er auf meinen nackten Körper. Er plapperte aufgeregt etwas auf türkisch. Ich zog die Schultern hoch zum Zeichen, daß ich ihn nicht verstand.
Der Araber verschwand, kam aber gleich darauf mit Arne zurück. Ich sah die beiden verwirrt an, während das Seifenwasser auf den Fußboden tropfte.
»So darfst du dich nicht waschen«, warnte Arne. »Du kannst dich nicht total nackt waschen.«
»Was? Aber wie soll ich denn sonst sauber werden?«
»Du mußt deine Unterwäsche anlassen. Im *koğus* darfst du dich nie nackt sehen lassen.«
»Was sagst du da? Wie kann ich mich denn richtig waschen, wenn ich meine Sachen anbehalte?«
»Das geht nicht, Mensch«, beharrte Arne. »Weißt du, die Türken sind nämlich schrecklich heikel in allem, was bei den Häftlingen wie Sex aussieht.«
»Was heißt hier Sex? Ich wasche mich doch bloß. Geh weg, damit ich weitermachen kann.«
Arne zuckte die Achseln. »Okay. Aber du mußt dich beeilen. Gleich kommt *Sayim*.«
Mir war egal, wer *Sayim* war. Das Wasser tat so gut. Arne ließ mich allein. Als ich mich noch einmal mit einem Krug heißem Wasser übergoß, mußte ich wieder an den Nachmittag denken. Welch ein Glück, daß ich um die Schläge herumgekommen war.
Schlüssel rasselten. Die Tür zum Zellenblock ging auf.
Eine Stimme brüllte auf türkisch: »*Sayim. Sayim.*« Ich konnte ein Stück vom Arm des Wärters sehen, der draußen vor der offenen Tür stand.
Arne kam zurückgerannt. »Ich hab' dir doch gesagt, beeil dich, Mensch. Sie kommen mit *Sayim*.«
Ich hatte keine Ahnung, was *Sayim* war, aber ich war all diese Kommandos langsam leid. Ich machte mit dem Einseifen meiner Beine weiter.
»Bist du verrückt?« flüsterte Arne wütend. »Wenn die dich nackt erwischen, prügeln sie dich durch.«

Das wirkte. Ich dachte an den armen türkischen Häftling, der in seinem Blut auf dem Boden lag, während die Wärter ihn mit Fußtritten und Knüppeln bearbeiteten. Schnell schlang ich mir das Handtuch um die Hüften und lief eilends aus der Küche, wobei meine nassen Füße auf dem Steinboden ausrutschten und ich dahinschlitterte.
Ich stieß mit Emin zusammen. Er hatte jetzt einen Anzug und einen Schlips an. Er knurrte mich an, aber ich rannte weiter.
Charles und Popeye standen fast am Ende der Reihe. Die beiden gafften mich an. Popeye streckte eine Hand aus und ergriff mich beim Arm. Er schob mich hinter sich und Charles. Charles zog seinen weißen Pullover aus und steckte ihn mir zu. Ich zog ihn mir über den Kopf. Die beiden waren groß. Sie verdeckten meine mit einem Handtuch verhüllte untere Körperhälfte vor fremden Blicken.
Sämtliche Häftlinge standen schweigend stramm, während ein Wärter die Reihe entlanglief und zählte. Er rief einem anderen Wärter etwas zu, und dieser hakte eine Liste auf einer Klemmtafel ab. Die Zählung war offensichtlich korrekt.
»*Allah kurtarsin*«, stimmte der Wärter an.
»*Savul*«, antworteten die Gefangenen.
»Schleich dich«, flüsterte Popeye leise.

Später an diesem Abend holte Arne seine Gitarre hervor. Jemand anders hatte eine Flöte, und Charles kam mit einer Bongotrommel an. Ich saß zufrieden dabei und lauschte der Musik. Die Türken, erklärte Arne, mögen Musik gern. Deshalb sind den Gefangenen Instrumente erlaubt.
Ich fühlte mich seltsamerweise glücklich. Der Ausländer*koğus* schien einigermaßen zivilisiert zu sein und war zweifellos ein viel besserer Ort, um dort ein paar Tage – vielleicht auch ein paar Wochen – zu verbringen, als das Sirkeci-Polizeigefängnis. Ich ließ mich von der Musik einlullen und dachte über die Möglichkeit einer Kaution nach. Vielleicht war ich in ein paar Wochen zu Hause auf Long Island.
Die Musik hörte für eine Weile auf, und Charles kritzelte etwas auf einen Notizblock. Ich fragte ihn, was er schriebe.
»Ein Gedicht«, antwortete er kurz angebunden.
»Schreibst du viel?«
»Klar, muß ich doch.«

»Warum?«

»Wenn du schon hier sein mußt, dann mußt du was zu tun haben.«

»Ah ja. Ich schreibe auch. In Marquette hab' ich Journalistik studiert.«

Charles sah mich fragend an. »So so. Hast du schon mal was veröffentlicht?«

»Das nicht. Aber ich hab' eine Geschichte an *Esquire* geschickt. Sie haben mir gleich zurückgeschrieben, sie fänden sie wirklich gut und . . .«

»Scheiße«, erklärte Charles. Er nahm seinen Notizblock und seine Bongotrommel und stürmte hinaus.

Gegen neun Uhr kam Emin mit Walter im Schlepptau.

»*Saat dokuz*«, rief der Jüngere den Korridor hinunter. »Neun Uhr«, übersetzte er zu mir.

»Zeit zum Einschließen, Willie. Gute Nacht.«

»Gute Nacht, Arne«, sagte ich. »Und vielen Dank.«

Er lächelte.

Ich trottete zu meiner Zelle. Hinter mir gingen Emin und der jüngere Mann den Korridor entlang und schlossen jeden Häftling in seiner Zelle ein. Mich schauerte es in der Abendluft. Das vergitterte Fenster gegenüber meiner Zelle hatte eine zerbrochene Scheibe. Draußen stürmte es, und ein kalter Luftzug ging durch meine Zelle.

Als Emin zu mir kam, bat ich Walter um Leintücher und Decken. Er übersetzte das, doch Emin zuckte nur die Achseln.

»Mir ist kalt. Ich brauche Bettwäsche und Decken.«

»Morgen«, übersetzte Walter. »Er sagt, du kriegst sie morgen.«

Die Gittertür wurde vor meiner Nase zugeschoben. Emin fummelte an seinem gewaltigen Schlüsselbund herum. Anscheinend konnte er den richtigen Schlüssel für meine Zelle nicht finden. Ich sah genau, daß er bloß so tat, als ob er abschlösse.

Ich wanderte in der winzigen Zelle auf und ab und schlug mir die Arme um die Schultern, um mich zu wärmen. Ich hörte, wie Emin auf der anderen Seite des Blocks die Zellen zusperrte und dann nach oben in den zweiten Stock ging. Es war wirklich kalt. Auf diese Weise konnte ich keinesfalls die Nacht überstehen. Leise schob ich meine Tür auf. Wo konnte ich eine Decke finden?

»Psssst.« Eine Hand winkte durch die Gitterstäbe der Nachbarzelle. Ich ging hin und erblickte einen großen, stämmigen Mann mit blonden

Haaren, der Deutscher oder Österreicher sein mochte. Er trug kein Hemd, und seine Schultern und Arme strotzten von dicken Muskelpaketen. Er schob mir eine lange Stange zu, die ich ergriff. An ihrem Ende war ein großer Nagel eingeschlagen und zu einem Haken gebogen.
»Da hinunter«, flüsterte er. Er zeigte zum vorderen Teil des Zellenblocks. »Zwei oder drei Zellen weiter vorn.«
Neugierig ging ich den Korridor hinunter. Erstaunt, doch ruhig beobachteten die Männer mich durch ihre Gittertüren. Ich kam zu einer leeren verschlossenen Zelle. Auf dem Bett stapelten sich Laken, Decken und Kissen. Ich bekam ein Leintuch und zwei Decken zu fassen und zog sie auf den Korridor hinaus. Leise schlich ich wieder zu meiner Zelle; die Stange gab ich ihrem Eigentümer zurück. Dann bot ich ihm eine Decke an.
»Danke«, flüsterte er.
Ich bemerkte, daß in seiner Zelle kein Licht war, während bei mir in der Mitte eine nackte Glühbirne brannte. »Das Licht«, sagte ich. »Wie macht man es aus?«
»Du sollst es eigentlich nicht ausmachen«, antwortete er. »Aber sie sagen nichts. Du brauchst dich bloß auf dein Bett zu stellen und dich etwas strecken. Dann kannst du's ausdrehen.«
Ich ging in meine Zelle zurück. Ich fühlte, wie die Erschöpfung mich übermannte. Mehr als vierzig Stunden war ich fast ohne Schlaf gewesen. Jetzt, mit leidlich gefülltem Magen, sauberem Körper, einem Zimmer für mich allein und einer dünnen, doch ausreichenden Decke, fühlte ich mich hundemüde. Ich breitete Leintuch und Decke über das Bett. Dann drehte ich das Licht aus und fiel auf mein Lager.
Ich mußte auf der Stelle eingeschlafen sein. Ich weiß nicht, wieviel Zeit vergangen war; doch plötzlich wurde ich von unsanften Händen wachgerüttelt. Emin stierte auf mich herunter. Er schrie irgend etwas auf türkisch, und ich sprang verwirrt auf. Wütend zerrte Emin die Decke von meinem Bett. Er warf sie auf den Boden. Dann zog er an dem Leintuch. Noch halb im Schlaf, zog ich es zurück. Er wollte es an sich reißen, aber ich hielt fest. »*Birak!*« knurrte er und zerrte stärker. Ich geriet außer mir. Ich warf ihm das Laken ins Gesicht, und er stolperte rückwärts.
Wütend sprang er auf mich zu und brüllte mir irgend etwas ins Gesicht; er stieß mir dabei mit einem Finger gegen die Brust, um seinen Worten Nachdruck zu verleihen.

Da reagierte ich, ohne zu denken. Bevor mir klar wurde, was ich getan hatte, lag Emin der Länge lang auf dem Boden, und aus seiner Nase tropfte Blut.
Er sah mich einen Moment furchtsam an, um dann aufzuspringen und den Flur hinunterzurennen. Er schrie wie am Spieß.
Was hatte ich bloß angestellt? Das würde gewiß schlimme Folgen haben.
Ich sah zur Tür hinaus. Emin stand am Ende des Korridors und hämmerte gegen das Gittertor.
»Der ist übergeschnappt, weißt du.« Es war der Häftling aus der Zelle nebenan, der das zu mir sagte. »Er ist jetzt schon neun Jahre hier. Er hat seine Frau mit einem Rasiermesser umgebracht.«
Auch das noch! Ein Mörder. Ich blickte mich in der Zelle nach etwas um, womit ich mich verteidigen könnte. Noch bevor ich einen klaren Gedanken fassen konnte, vernahm ich hinten im Flur einen tumultartigen Lärm. Schlüssel rasselten. Schnell zog ich mir Hose und Schuhe an. Ich wußte zwar nicht, was auf mich zukam, aber ich wollte auf alle Fälle darauf gefaßt sein.
Wärter kamen in meine Zelle gestürzt und schrien mich an. Sie zerrten mich den Gang hinunter. Emin redete wütend auf sie ein, und ich versuchte, alles zu erklären; doch es war hoffnungslos. Die Wärter konnten mich nicht verstehen.
Das Blut auf Emins Gesicht war ein klarer Beweis, daß ich den Vertrauensmann geschlagen hatte.
Sie schleiften mich aus dem Zellenblock, die Treppe hinunter in ein Zimmer im Erdgeschoß. Die beiden Oberaufseher, die mir schon früher begegnet waren, saßen auf metallenen Klappstühlen und rauchten Zigaretten. Sie schauten auf, als wir hereinkamen. Der eine mit dem graumelierten Haar baute sich vor mir auf. Er verschränkte die Hände hinter dem Rücken.
»Vilyum Hei-yes«, sagte er und starrte mir ins Gesicht. »Vilyum Hei-yes.«
Während er mich unverwandt anblickte, stellte er den Wärtern in scharfem Ton ein paar Fragen. Langsam hob er den rechten Arm und schlug mir mit der flachen Hand ins Gesicht. Ich fiel rücklings in die Arme der Wärter.
Ich machte den Mund auf, um zu protestieren.

Peng! Ein wellenartiges Zucken durchfuhr mein linkes Bein. Es knickte unter mir zusammen. Als ich zu Boden stürzte, spürte ich einen wütenden Schmerz, und ich hörte mich selber schreien. Ich drehte meinen Kopf zur Seite und sah den dicken Wärter, der über mir stand und mit kalten braunen Augen auf mich herabstarrte. Er sah wie ein Grizzlybär aus. In der Hand hielt er einen dicken Holzknüppel, einen guten Meter lang und etwa sechs Zentimeter dick, wie der Ast eines Baumes.

Ich versuchte wegzukriechen. Doch der Mann schwang erneut den Knüppel und traf mich ins Kreuz. Der Schlag stieß mich auf den Boden zurück. Der Schmerz war fürchterlich. Ein neuer Hieb landete auf meinem Bein, und ich zuckte zusammen. Ich versuchte, den nächsten Schlag abzufangen, aber da traf der Knüppel meinen Daumen. Meine Hand war taub.

Die anderen Wärter stürzten sich auf mich. Sie rissen mir die Schuhe weg. Dann meine Hose. Ich trat um mich und schrie. Aber sie hielten mich fest. Sie nahmen ein dickes Seil und banden es um meine Knöchel. Zwei Wärter nahmen je ein Ende des Seils, zogen es auseinander und rissen meine nackten Füße hoch in die Luft. Ich lag in Todesangst mit dem Rücken auf dem kalten Steinboden. Ich blickte dem dicken Aufseher mit dem Knüppel in die Augen.

Ich erschrak. In seinen Augen war eine grausame Kälte. Dieser Mann kannte keine Empfindung, kein Mitgefühl, kein Mitleid. Diese Augen verrieten, daß weder Schmerzensschreie noch Flehen ihn auch nur im geringsten berührten. Ich spürte das nackte Entsetzen in mir aufsteigen. Die schreckliche Angst vor diesen kalten Augen war noch größer als die Furcht vor den Schlägen, vor meinem wehrlosen Ausgeliefertsein. Ich konnte nur noch in diese Augen schauen. Reglos stand er da, nur der Knüppel in seiner Hand bewegte sich ganz langsam vor und zurück. Er wartete immer noch, als wollte er meine Angst und meine Hilflosigkeit genießen.

Er nahm sich Zeit. Langsam führte er den Prügel nach hinten, holte aus und ließ ihn dann mit voller Wucht auf meine nackten Fußsohlen sausen. Der Schlag lähmte mich und entlud sich dann in heißen qualvollen Wellen über meine Beine bis ins Rückgrat. Ich schrie vor Schmerz laut auf. Wieder hob der Mann den Stock. Ich versuchte, meine Füße wegzuziehen, und diesmal traf mich der Knüppel am Knöchel. Blendende Blitze flimmerten vor meinen Augen. Ich verlor beinahe das Bewußtsein. Dann versuchte ich, ohnmächtig zu werden. Aber es gelang mir nicht. Ganz, ganz langsam setzten sich die Schläge fort. Ich wand und krümmte mich vor Schmerzen. Jeder Hieb schien schlimmer als der vorhergehende. Ich schrie und brüllte und fluchte, aber sie wollten nicht aufhören. Ich sah nur die boshaften Gesichter der Wärter über mir – und die kalten Augen.

Die Schläge dauerten an . . . zehn, zwölf, vielleicht fünfzehn im ganzen. Ich habe nicht mitgezählt. Ich verrenkte mich und bekam den Knöchel eines Wärters zu fassen. Der dicke Aufseher ließ daraufhin den Prügel zwischen meine Beine sausen. Ich brach zusammen. Von oben bis unten kotzte ich mich voll.

»Yeter«, grunzte der Dicke. Die anderen ließen das Seil los. Meine brennenden Füße knallten in einem letzten aufwallenden Schmerz auf den Steinboden.

Sie banden mich unsanft los. Ich merkte es kaum. Der Schmerz tobte durch meinen ganzen Körper. Zwei Wärter zogen mich auf die Füße, aber ich sackte wieder zusammen. Wieder hoben sie mich auf. Meine Füße fühlten sich an, als wäre kein Fetzchen Haut mehr an ihnen. Mir wurde abermals übel. Die Wärter schrien mich wütend an und ließen meine Arme los. Wieder fiel ich zu Boden. Sie ließen mich einen Moment liegen. Dann brachten sie es irgendwie fertig, mich die Treppe hochzuschleppen und in meine Zelle zu werfen. Ich sank aufs Bett. Meine kostbaren Laken und Decken waren noch da.

Keuchend lag ich da und versuchte, meine Muskeln wieder unter Kontrolle zu bringen. Wo mich die Schläge wie scharfe Messerspitzen getroffen hatten, setzte jetzt ein pulsierendes Hämmern ein. Quälender Schmerz wütete in meinen Leisten. O Gott! Erlöse mich von diesem Alptraum!

Im Zellenblock war es still, bis auf mein Stöhnen. Jeder Häftling wußte, was passiert war. Sie bedauerten mich. Aber sie waren froh, daß es nicht sie getroffen hatte.

Das Brennen in meinen Füßen wollte nicht aufhören. Ich konnte nicht schlafen, aber ich konnte auch das Wachsein nicht ertragen.

»Psssst«, kam es aus der Zelle nebenan.

Noch einmal.

»Psssst. William.«

Ich hob den Kopf und blickte hoch. Mein Nachbar hatte eine Hand durch das Gitter gesteckt und langte um die Wand zwischen unseren Zellen herum. Er schnippte eine brennende Zigarette in die Luft, und sie landete genau auf meinem Bett. Ich tastete nach ihr und tat einen tiefen Lungenzug.

»Danke«, flüsterte ich.

Haschisch. Die Ursache all meines Übels. Ich war dankbar für seine beruhigende Wirkung. Ich zog an der Zigarette, und allmählich fühlte ich, wie sich mein Körper entspannte. Der Schmerz ebbte ab, und bald darauf fiel ich in erlösenden Schlaf.

5.

Patrick brannte die Zündschnur an und hielt den hellroten Flammenwerfer locker in seiner Hand.
»Laß los! Wirf doch!« schrie ich.
Er grinste und hielt das Geschoß tollkühn eine scheinbar unmöglich lange Zeit fest. Schließlich schleuderte er es mit langsamen Bewegungen in den dunklen Abendhimmel über Loch Ness. Was für eine Art, Allerheiligen zu verbringen! Wenn das Nessie nicht aufscheuchte, dann würde sie nie auftauchen. Patrick hatte Dutzende von Leuchtraketen dabei. Ich saß ihm gegenüber im Ruderboot und hielt Scheinwerfer und Filmkamera bereit. Die Bilder würden uns todsicher reich und berühmt machen.
Aber irgend etwas stimmte nicht. Die Rakete stieg kerzengerade in die Dunkelheit auf und schien dort zu schweben. Ihr Zünder sprühte hellrote Funken. Sie hing direkt über unseren Köpfen.
»O nein!« Jetzt wurde sie größer und größer. Sie fiel direkt auf mich zu. Sie fiel und fiel und fiel, ohne das Boot zu erreichen. Ich wollte ihr kriechend ausweichen, doch meine Füße verfingen sich unter der Bank, und ich fiel auf den nassen Bootsboden. In meiner Panik warf ich die geliehene Filmkamera über Bord, und sie versank in der schwarzen Tiefe des Sees.
Und über mir fiel immer noch das rote Feuer! Langsam, ganz langsam, kam es näher, riesig groß jetzt, und schwebte direkt auf meine eingeklemmten Füße zu. Ich konnte nicht atmen. Ich konnte mich nicht rühren. Ich konnte nur voller Schrecken zusehen, wie der flammende Knallkörper unter meinen Fußsohlen explodierte.

. . . Ich wachte auf. Meine Füße brannten entsetzlich. Der unerträglich beißende Schmerz riß mich aus meinem Traum. Oder begann jetzt der

wirkliche Alptraum? In weniger als drei Wochen sollte ich meinen alten Freund Patrick in Schottland treffen. Wir hatten vor, unseren Kindheitstraum wahrzumachen und an Allerheiligen nach dem Ungeheuer von Loch Ness zu fahnden. Doch dazu würde es jetzt wohl kaum kommen.
Trotz der schneidenden Morgenkälte war mein Laken schweißdurchnäßt. Ich lag, von meinem eigenen Erbrochenen beschmutzt, auf dem Bett und hörte, wie das Gefängnis um mich herum lebendig wurde. Wasser gurgelte durch die Rohre. Ich konnte das metallische Klirren der Schlüssel in den Türen hören. Genau wie im Polizeigefängnis intonierten auch hier Husten, Räuspern und Spucken die Hymne an den Morgen. Unten am anderen Ende des Zellenblocks drehte jemand ein Radio an. Laute Musik erschallte.
»Stell den Kasten ab«, schrie jemand gellend.
Ein anderer brüllte auf deutsch eine Antwort zurück.
Das Rufen und Schreien verstärkte sich. Dann folgte das Geräusch einer Rauferei. Etwas schmetterte auf den Boden. Das Radio verstummte.
Ein fürchterlicher Gestank drang aus dem oberen Stockwerk herunter. Er erinnerte mich an brennenden Gummi. Ich fragte mich, was das wohl sein könnte.
Aber der Drang der Natur war mächtiger als der Schmerz in meinen Füßen. Ich zwang mich mit einem Schwung auf die Bettkante und fiel fast vornüber auf die Erde. Indem ich mich an der Wand festhielt, gelang es mir, zu dem Loch im Fußboden zu humpeln, das als Toilette diente. Ich versuchte, nicht zu atmen. Eine verrostete Blechdose stand neben einem tropfenden Wasserhahn. Ich ließ kaltes Wasser hineinlaufen und goß es über die Steine. Es war zwecklos. Ammoniakdünste stiegen mir in die Nase. Ich stützte mich mit einer Hand gegen die Wand, lehnte mich soweit ich konnte zurück und pinkelte in das Loch.
Anschließend hinkte ich zu meinem Bett zurück und untersuchte meine Füße. Sie waren hellrosa und doppelt so groß wie sonst. Trotz der Schmerzen zwang ich mich, jeden einzelnen Zeh hin- und herzubewegen. Unglaublich, kein Knochen schien gebrochen zu sein. Nur mein Knöchel war eine weiche Masse; eine große, purpurrote Schwellung wölbte sich da, wo der Knüppel getroffen hatte. In meinem Rücken hämmerte es. In meinen Leisten auch. Einmal hatte ich während meiner Schulzeit bei einem Fußballspiel einen Tritt dorthin bekommen und geglaubt, einen schlimmeren Schmerz könnte es nicht geben. Leider

hatte ich mich geirrt. Ich hatte Angst, mir könnte innerlich irgend etwas geplatzt sein.
Arne und Popeye besuchten mich mit hartgekochten Eiern und einem kleinen Glas Tee in meiner Zelle.
»Wie geht's dir, Willie?« fragte Arne.
»Nun, ich bin nicht tot. Jedenfalls nicht ganz.«
»Die haben dich wirklich ganz schön fertiggemacht. Glaubst du, du kannst etwas essen?«
»Ich versuch's mal. Kriegt ihr hier immer sowas zu essen?«
»Zum Teufel, nein«, sagte Popeye. »Sowas kriegst du nie. Manchmal gehen sie mit einem Wagen herum und verkaufen was. Nicht sehr oft. Aber wir kommen zurecht. Wenn du ein bißchen Geld hast, kannst du dir was kaufen. Wenn du allein von den braunen Bohnen leben mußt, mit denen sie dich hier füttern, dann geht's dir allerdings schlecht.«
Ich aß gierig. Arne untersuchte meine Füße. Ganz vorsichtig nahm er sie in seine Hände und tastete sie nach gebrochenen Knochen ab.
»Du mußt Wasser drüberlaufen lassen«, empfahl er.
»Kommt nicht in Frage. Das bringt mich um.«
»Das muß aber sein. Wenn du's nicht machst, schwellen sie noch weiter an, und du kannst dann wochenlang nicht gehen.«
Popeye stieß, um seinen Worten mehr Nachdruck zu verleihen, seinen Harpo-Marx-Pfiff aus.
Sie halfen mir zum Waschbecken hinüber und hielten meine Füße unter den dünnen kalten Wasserstrahl. Ich wimmerte, aber nach dem ersten Schock tat es gut.
»Und jetzt mußt du raus und im Hof herumgehen.«
Ich sah Arne verdutzt an. »Bist du verrückt?«
»Nein. Ich hab dir's doch schon gesagt. Es ist das einzige, was hilft. Wenn du rumliegst, schwellen deine Füße erst recht an, und sie machen dir wochenlang zu schaffen. Aber wenn du in den nächsten Tagen immer ein bißchen herumläufst, werden sie bald besser.« Wieder pfiff Popeye zustimmend.
»Okay. Okay.«
Ich rastete ein wenig aus. Dann humpelte ich, meine Arme um ihre Schultern gelegt, aus der Zelle, den Korridor hinunter und in den Hof. Der sah wie eine kleine Betonbox ohne Deckel aus. Rundherum ragten vier Meter hohe Mauern auf. Überall lagen Zigarettenkippen, Orangen-

schalen, zerknüllte Zeitungen, Steine, Stöcke und Glasscherben herum. Schmutzige Männer schritten auf und ab. Einige marschierten nervös hin und her. Andere drehten enge kleine Runden und starrten dabei zu Boden. Am äußersten Ende marschierten zwei Männer im Gleichschritt vor und zurück.

Ich staunte über die Kinder. Kreischende kleine türkische Straßenbälger spielten Fußball im Hof. Sie sausten zwischen den Männern durch, als wären die lediglich Hindernisse, die man aufgestellt hatte, um das Spiel interessanter zu gestalten. Ein paar von den Männern ignorierten die Kinder. Andere reagierten verärgert auf die geringste Störung ihres gewohnten Ganges.

Der Fußball flog Popeye an den Kopf. Er schrie irgend etwas auf türkisch. Die Kinder hörten gar nicht hin.

»Was sind das für Kinder?« fragte ich Arne.

»Die sind aus dem *koğus* da drüben«, erwiderte er und zeigte auf den anderen länglichen Zellenblock, der dem Hof gegenüberlag. »Wir teilen nur diesen Hof mit ihnen. Dort befindet sich der Kinder-*koğus*.«

»Aber was tun die hier im Gefängnis?«

»Die Türken finden, daß die Kinder relativ harmlos sind und die Ausländer nicht weiter belästigen . . . jedenfalls nicht allzusehr. Außerdem haben die Ausländer immer ein bißchen Geld, und wir helfen den Kindern damit aus. Sie sind die geborenen Bettler. Auf diese Weise ist ihnen und uns geholfen.«

»Ja schon . . . aber was haben sie verbrochen?«

»Dasselbe wie die anderen Türken«, erklärte Popeye. »Die kleinen Nichtsnutze sind Pferdediebe und Taschendiebe, sie haben vergewaltigt und gemordet.«

»Was? Aber sie sind doch noch Kinder!«

»Sie werden hierzulande schnell erwachsen«, meinte Popeye. »O Junge, ich könnte dir was erzählen!«

Wir liefen eine Weile zusammen herum, aber dann ließen mich Arne und Popeye allein. Ich sank in einer Ecke des Hofes auf den Boden und lehnte mich gegen die Mauer. Auf die Kinder hielt ich ein wachsames Auge, damit sie ja nicht über meine schmerzenden Füße stolperten. Diese Kinder hatten etwas Faszinierendes und zugleich Erschreckendes an sich. Bei ihrem Fußballspiel bewiesen sie viel Geschick und Können, aber in ihrem ganzen Treiben lag etwas Bösartiges.

Charles kam auf den Hof heraus. Ich beobachtete ihn, wie er in seinen alten verwaschenen Jeans und seinen knöchelhohen Turnschuhen auf mich zukam. Er war groß und hatte die lockeren Bewegungen eines Basketballspielers. Eine dunkelrandige Brille saß auf seiner Nase. In der Hand hatte er ein Notizbuch. Er kniete sich vor mich hin und betrachtete meine Füße.
»*Geçmis olsun*«, sagte er.
»Was heißt das?«
»Möge es bald vorübergehen.«
»O ja. Danke, das hoffe ich sehr.«
»Tut mir leid, daß sie dich so geschlagen haben, Willie. Aber ich bin froh, daß du's dem Emin gegeben hast. Kein Amerikaner, der je hier drin war, ist ein Leisetreter gewesen. Ich bin froh, daß du dieses Image nicht zerstört hast.«
»Besser, das Image ist kaputt als meine Füße.«
»Nein. Es ist gut, daß du's ihm gegeben hast. Wenn die Türken meinen, sie könnten dich schikanieren, dann hören sie nicht auf, sich mit dir anzulegen. Jetzt hast du wenigstens vor den meisten Ruhe. Sie wissen, daß du imstande bist, dich zu wehren. Und das muß man hier auch.«
Ich freute mich, daß er versuchte, freundlich zu mir zu sein. »Hör mal, Charles, der Quatsch mit *Esquire* von gestern tut mir leid.«
»Ist schon gut, Mann. Mach dir deswegen keine Gedanken. Jeder, der hier reinkommt, will irgend etwas beweisen. Es dauert eine Weile, bis man begreift. In gewisser Weise hast du Glück. Du hast gestern abend eine wichtige Lektion gelernt. Jeder muß die harte Erfahrung machen, daß die Türken einen bös in die Zange nehmen können. Und du bist dabei noch ganz glimpflich davongekommen.«
»Wie?«
»Haben sie dir einen Knochen gebrochen?«
»Nein.«
»Also bist du einigermaßen heil davongekommen. Vor ein paar Monaten haben sie einen Ausländer wirklich übel zusammengeschlagen. Er war ein Österreicher und hieß Pepe. Dem haben sie sämtliche Knochen im Fuß gebrochen. Er hat sich dann beim Konsul beschwert, und daraufhin hat's fürchterlichen Stunk gegeben. Seitdem sind die Türken vorsichtig und passen auf, daß sie die Ausländer nicht allzu grausam zurichten.«

Vermutlich hatte er recht, und ich hatte Glück gehabt; aber ich spürte absolut nichts davon.

Charles erklärte mir, er hätte noch etwas zu schreiben, doch ich blieb noch ein Weilchen draußen. Der kalte Steinboden im Hof wirkte lindernd auf meine Füße. An die Mauer gelehnt genoß ich die frische Luft des Oktobermorgens. Plötzlich fiel mir eine Unregelmäßigkeit an dem Hof auf. Der Boden bestand größtenteils aus massivem Beton, aber in der Mitte war ein kleines Viereck aus Sand, und darin befand sich eine Art Abflußgitter. Ich zog mich in die Höhe, um mir das genauer ansehen zu können.

»Das taugt nichts«, raunte mir eine heisere Stimme zu, und als ich mich umdrehte, erblickte ich meinen Zellennachbarn. »Das Loch ist zwar groß genug, um sich durchzuquetschen, aber weiter unten wird es enger. Unmöglich, da durchzukommen.«

»Ich war bloß neugierig.«

»Hör zu.« Er senkte seine Stimme. »Tut mir leid, was da wegen der Decken passiert ist. Du bist jetzt erst einen Tag hier und hast schon am ersten Abend gesehen, was los ist. Also präge dir alles genau ein, was du über diesen Ort erfahren kannst. Das ist deine einzige Überlebenschance und die einzige Chance, hier herauszukommen.«

»Ich weiß nicht. Ich hab' so ein Gefühl, daß ich irgendwie einfacher davonkomme, mit einer Kaution oder so.«

»Ja, schon. Aber für den Fall, daß das nicht klappt, solltest du lieber gleich anfangen, dir alles zu merken.«

Er hieß Johann Seiber. Er war Österreicher und wegen Autoschmuggels zu vierzig Monaten verurteilt. In der Türkei, erklärte er mir, bekäme man immer ein Drittel der Strafe wegen guter Führung erlassen. Deshalb hätte er in Wirklichkeit nur sechsundzwanzigzweidrittel Monate abzusitzen. Er wäre jetzt einundzwanzig Monate eingesperrt und hätte noch ein knappes halbes Jahr vor sich. Anfangs hätte er ständig an Flucht gedacht, erzählte er. Aber irgendwie hätte er es nie bewerkstelligen können. Jetzt sei er fest entschlossen, seine letzten sechs Monate auch noch ruhig abzusitzen, um dann legal in die Freiheit zu gehen. Doch er wollte, daß ich mit ihm in die Küche ginge. Er müßte mir dort etwas zeigen.

Ich stöhnte vor Schmerz, als er mir half, in den *koğus* zurückzugehen, und ließ mich auf eine Bank in dem kleinen Raum am Anfang des

Zellenblocks sinken – in demselben Raum, in dem ich mich am Abend zuvor gewaschen hatte. Ein Häftling machte sich an einem kleinen dreiflammigen Gasherd zu schaffen. In verschiedenen Töpfen kochte Wasser. Johann ging hinüber, angelte ein paar Münzen aus seiner Tasche und kam mit zwei kleinen Gläsern heißem, dünnem türkischem Tee zurück.

»Scheußlich«, fuhr es mir heraus. »Der schmeckt ja fürchterlich.«
Johann probierte seinen Tee. »Der ist gar nicht schlecht. Vielleicht sogar ein bißchen besser als sonst. Jeden Monat verkauft jemand anders den Tee. Manche machen ihn wirklich schwach. Dadurch verdienen sie mehr. Du wirst schon noch dahin kommen, ihn zu mögen.«

Ich war nicht überzeugt, daß ich überhaupt je etwas an diesem Ort mögen würde. Inzwischen hatte ich erfahren, daß es hier auch nicht viel besser als im Polizeigefängnis war. Kein Wunder, daß Charles sich am Abend vorher so über mich aufgeregt hatte. Wie sollte sich einer mit diesem Dreck, dem Lärm, dem Gestank und dem fauligen Fraß von fettiger Bohnensuppe abfinden, die ich sie mittags hatte austeilen sehen?

Johann kehrte dem Teeverkäufer den Rücken und nickte fast unmerklich zur hinteren Wand hinüber. Ich folgte seinem Blick. Eine etwa einen mal einen Meter messende quadratische Tür war dort in die Wand eingelassen.

»Der Speiseaufzug«, flüsterte Johann. »Der wird nie benutzt. Er ist schon seit Jahren kaputt. Seit irgendeinem Umsturz, den sie hier hatten. Der Schacht geht vom Erdgeschoß bis zum zweiten Stock.«

»Was ist im Erdgeschoß?«

»Du warst doch gestern abend in diesem einen Zimmer, erinnerst du dich?«

»Und ob. Wie käme man da heraus?«

»Ich weiß nicht. Aber wenigstens wärst du schon mal aus dem Zellenblock raus. Vielleicht könntest du's schaffen, wenn du einen Wärter bestichst oder eine Waffe hättest.«

»Ist es nicht sehr riskant, einen Wärter zu bestechen?«

»Ach, das tun doch alle. Du wirst noch sehen, was du hier alles für eine einzige Schachtel Marlborough kaufen kannst. Diese verdammten türkischen Zigaretten sind scheußlich.«

Wir tranken unseren Tee und starrten auf den Speiseaufzug.

»Wenn ich wirklich abhauen wollte«, sagte Johann plötzlich, »dann ginge ich, glaube ich, nach Bakirkoy.«
»Was ist das?«
»Bakirkoy? Das ist die Irrenanstalt. Die Türken brechen von dort dauernd aus. Die Bewachung scheint ziemlich lax zu sein. Alle sagen, von Bakirkoy aus geht's ganz leicht. Wenn ich nicht bloß noch sechs Monate abzusitzen hätte, dann ginge ich nach Bakirkoy.«
»Wie kommt man dahin?«
»Ich weiß nicht. Den Gefängnisarzt bestechen oder so. Wenn du dich wirklich geschickt anstellst, bringst du fast alles fertig.«
Unsere Unterhaltung wurde von einem Tumult im Hof unterbrochen. Johann rannte zum Korridor hinüber und guckte aus dem Fenster. Ich humpelte langsam hinter ihm her, blickte zu dem Gitterfenster hinaus und erstarrte. Im Hof stand der Wärter mit dem großspurigen Gang, der meine Füße mit dem Knüppel traktiert hatte. Sein Freund mit dem graumelierten Haar war auch dabei und noch ein dritter, klein und adrett, in einem sauberen dunklen Anzug.
»Wer ist der Dicke?« fragte ich.
»Hamid. Er heißt hier ›der Bär‹. Er ist der Oberaufseher. Er ist der einzige Wärter, der eine Waffe bei sich trägt. Bleib ihm vom Leibe.«
»Zu spät.«
»Ach ja.«
»Wer ist der andere Wärter?«
»Arief. Der heißt ›der Knochenbrecher‹. Der untersteht direkt Hamids Kommando. Vor dem mußt du dich ebenfalls hüten.«
Die beiden Aufseher standen in drohender Haltung vor einer Gruppe von Kindern. Die Fragen stellte jedoch, in bellendem Ton, der kleine Mann in Zivil. Plötzlich schnellte seine Hand vor und schlug einem der Kinder ins Gesicht.
»Das ist der Schlimmste von dem Haufen!« tuschelte Johann.
»Wer ist das?«
»›Das Wiesel‹. Mamur. Der zweite Direktor. Er ist hier der Boß, weil der erste Direktor sich nie die Mühe macht, je hierherzukommen. Wenn du an Mamur gerätst, bist du geliefert.«
Die Tage vergingen. Während meine Füße heilten, fing es in meinem Kopf zu arbeiten an. Ich hatte immer noch nichts von der amerikanischen Botschaft oder von dem Rechtsanwalt, den ich mir ausgesucht

hatte, gehört. Ich hatte keine Ahnung, wie es mit meinem Fall stand und wie lange ich noch eingesperrt bleiben würde, bis es zur Verhandlung kam. Ich hatte den Eindruck, als wollte man mich hier einfach verrotten lassen. Arne erzählte mir, daß die türkische Regierung eine Amnestie für die Gefangenen erwog. Er war allerdings nicht sicher, ob davon auch die neuen Häftlinge betroffen sein würden. Ich hatte eine Menge auf dem Herzen, doch Charles sagte, die Leute von der Botschaft kämen nicht allzuoft hierher.

Ich besaß keine Bücher, kein Schreibpapier und kein Geld. Von Charles lieh ich mir etwas Papier und versuchte, Briefe an meine Freunde zu schreiben. Die Briefe wurden zensiert, wenn auch nicht sehr gründlich, und weil ich wußte, daß sie durchgelesen wurden, fiel es mir besonders schwer, mich auszudrücken. Was hatte ich schon zu erzählen? Daß ich im Kittchen saß, aber nicht wußte, was mit mir los war, ob ich nächste Woche wieder draußen war oder erst nächsten Monat. Ich kritzelte eine Nachricht an Patrick, daß ich unsere Verabredung für Allerheiligen am Loch Ness nicht einhalten könnte. Dann schrieb ich noch einen Brief an Mom und Dad und einen weiteren an meinen Bruder Rob und meine Schwester Peg. Das Schreiben fiel mir schwer.

Jeden Morgen, wenn ich aufwachte, schnürte eine beklemmende Angst mir die Kehle zu. Mein Körper schmerzte von dem durchgelegenen hölzernen Bretterbett, und der Gestank, der aus dem zweiten Stock herunterdrang, biß mich in der Nase. Der Chor der hustenden, sich schneuzenden Männer brachte mir jedesmal von neuem zum Bewußtsein, daß ich im Kittchen lebte.

Langsam kehrten die Kräfte in meine Beine und meine Füße zurück. Jeden Morgen lief ich in der Zelle auf und ab, bis Walter die Tür aufschloß. War ich erst einmal aus der Zelle heraus, wartete ich ungeduldig darauf, daß der verschlafene Wärter kam und die Tür zum Hof öffnete. Das geschah an manchen Tagen um halb sieben, an anderen erst um acht Uhr. Nichts schien sich nach einem festen Plan zu richten. Doch wann auch immer die Tür aufgemacht wurde, ich eilte jedesmal sofort nach draußen, sog die klare kalte Luft ein und starrte den freien Himmel an. Denn wenn ich geradewegs nach oben schaute, gab es keine Mauern – nur Wolken und Vögel und den klaren Wintertag.

Eines Morgens endlich, nach mehr als einer Woche der Ungewißheit, rief mich ein Wärter auf. »Vilyum. Vilyum Hei-yes.« Ich hatte Besuch.

Man holte mich aus dem *koğus* und brachte mich durch einen Korridor in ein Sprechzimmer mit langen Tischen und mehreren Stühlen. Ich erfaßte mit einem Blick die Aussicht vor den vergitterten Fenstern: weite Felder, grüne Bäume und große freie Flächen. Welch ein Genuß, in die Ferne zu blicken, ohne eine Mauer vor den Augen zu haben!

An einem Tisch erwartete mich grinsend ein wohlbeleibter Türke. Sein dünnes schwarzes, stark geöltes Haar hatte er in dem vergeblichen Versuch, eine kahle Stelle zu verdecken, zurückgestrichen. Er erhob sich behend und eilte mir entgegen, um mir die Hand zu schütteln.

»William Hayes«, sagte er in einwandfreiem Englisch, ohne die Spur von einem Akzent. »Ich bin Necdet Yesil.«

Mein Anwalt. Endlich.

»Setzen Sie sich, setzen Sie sich.« Er bot mir eine amerikanische Zigarette an. Nervös nahm ich sie entgegen. Ich war bereits auf dem besten Wege, mir die Gefängnisunsitte anzugewöhnen, ständig Zigaretten zu qualmen. »Der amerikanische Botschafter hat sich mit mir in Verbindung gesetzt, und ich bin gleich zu Ihnen gekommen. Ist alles in Ordnung?«

»Wie? Nein. Was ist eigentlich los? Was soll denn jetzt geschehen?«

»Keine Sorge«, beruhigte er mich. »Wenn wir sofort handeln, können wir den besten Gerichtshof und den besten Richter bekommen und alles aufs schönste arrangieren. Ich denke, wir können Sie gegen Kaution freibekommen. Im schlimmsten Fall werden Sie vielleicht zu zwanzig Monaten verurteilt. Aber ich bin sicher, Sie können gegen Kaution freikommen.«

»Ich will keine zwanzig Monate sitzen. Ich will hier raus.«

»Ich weiß, ich weiß. Ich denke, wir können Sie gegen Kaution freibekommen.« Yesil machte eine Pause, um seine Worte wirken zu lassen. »Können Sie das Geld auftreiben?«

Klar konnte ich das. Oder etwa nicht? Ich könnte es mir von Dad borgen. Aber ob er es mir leihen würde? Ich schüttelte mich bei der Erinnerung an unsere letzte ärgerliche Auseinandersetzung. Damals wollte ich ja unbedingt auf meinen eigenen Füßen stehen. Vielleicht würde Dad mich jetzt dort lassen.

»Wieviel kostet das?«

»Etwa fünfundzwanzigtausend Lira.«

»Und in Dollar?«
»Zweitausend, vielleicht dreitausend Dollar.«
Irgendwie mußte ich zu dem Geld kommen, das war mir klar. Ich würde Dad alles mögliche versprechen, wenn er mir nur das Geld besorgte. Ich würde es ihm bestimmt zurückzahlen. Ich würde mich sogar einverstanden erklären, wieder aufs College zu gehen. Oder einen Job anzunehmen. Alles. Wenn ich bloß aus diesem Elend herauskam.
»Hm... wieviel Geld haben Sie jetzt?« fragte Yesil. »Wir müssen sofort anfangen.«
»Ich habe etwa dreihundert Dollar. Von meinem Flugticket. Man hat mir gesagt, es würde im Gefängnissafe hinterlegt.«
»Ich brauche zweihundertfünfzig Dollar«, sagte Yesil unverblümt. Er schob mir ein Blatt Papier hin.
Meine Gedanken waren nur bei der Kaution.
Ich unterschrieb.

»Wer war dein Besucher?« fragte Johann, als ich zum *koğus* zurückkam.
»Mein Anwalt. Er ist überzeugt, mich gegen eine Kaution freizubekommen.«
»So so.« Johann schien unbeeindruckt. »Wer ist dein Anwalt?«
»Er heißt Yesil.«
»Yesil... Yesil? Ich glaube, der war auch der Anwalt von Max.«
»Wer ist Max?«
»Du kennst doch den schrecklichen Gestank von oben? Das ist Max.«
Johann führte mich in den zweiten Stock des *koğus* in eine Zelle direkt über der meinen. Die Zelle war dunkel; lediglich aus dem Korridorfenster schien ein verirrter Sonnenstrahl herein. Die Glühbirne in der Zelle und die draußen im Korridor waren beide kaputt. Johann stellte mir Max van Pelt vor, einen dürren Holländer. Er beäugte mich durch dicke Brillengläser, die schief auf seiner Nase saßen. Ich hatte ihn schon einmal kurz im *koğus* gesehen, aber nie im Hof. Er schien ganz in Gedanken vertieft und an einer leichten Plauderei nicht interessiert zu sein. Johann machte uns miteinander bekannt und bat Max, mir von Yesil zu erzählen.
Max schlurfte zu seinem Spind. Er holte einen Löffel, eine Flasche mit einer braunen Flüssigkeit, eine Kerze und eine Injektionsnadel heraus.

Er zündete die Kerze an. Dann goß er die braune Flüssigkeit auf den Löffel. Ich sah Johann an. Er bedeutete mir abzuwarten.
Max hielt den Löffel über die Kerze, bis die Flüssigkeit blubbernd brodelte. Ich erkannte den scharfen, ätzenden Geruch wieder, der so oft in meine Zelle herunterdrang.
»Was ist das für ein Zeug?« fragte ich.
»*Gastro*«, sagte Max. »Magenmedizin. Enthält Codein. Das beste, was ich hier kriegen kann. Manchmal kann ich Morphium auftreiben, aber nicht allzuoft.«
Johann und ich sahen schweigend zu, während Max die Flüssigkeit fertig einkochen ließ. Ein schleimiger schwarzer Sud blieb auf dem Löffel zurück. Von dem Gestank wurde mir übel. Sehr behutsam, um nur ja keinen Tropfen zu vergeuden, zog Max das schmierige Zeug auf die Spritze.
»Ich bin mit dieser amerikanischen Mieze hochgegangen«, erzählte Max ungerührt. »Wir versuchten, an der Grenze bei Edirne in den Westen zu kommen. Nach Griechenland. Wir hatten zehn Kilo Hasch bei uns im Wagen. Yesil war unser Anwalt.«
Max fummelte mit einem Stück Schnur herum, das er sich als Aderklemme um den Arm band. Er suchte nach einem heilen Fleck zwischen lauter schmutzigen, entzündeten Einstichstellen und stieß sich schließlich die Nadel in den Arm. Er spritzte das schwarze Gebräu in seinen Körper. Dann lockerte er die Klemme. Er sah mir in die Augen.
»Der Vater von der Mieze kam rüber . . . aus Amerika«, fuhr er fort. »Bezahlte einen Haufen Geld an Yesil. Yesil sagte, alles würde gutgehen.«
Max unterbrach sich. Seine Augen nahmen einen träumerischen Glanz an.
»Was?«
Er sah verwirrt aus.
»Yesil«, kam ihm Johann prompt zu Hilfe.
»Yesil«, wiederholte Max. »Yesil sagte, alles wäre okay. Wir . . . hm . . . kamen vor Gericht, Yesil . . . dieser Schuft . . . stand auf . . . sagte, das Mädchen wäre unschuldig . . . sagte, alles wäre meine Idee gewesen.«
Max' Kopf zuckte vor und zurück. »Das Mädchen wurde freigesprochen«, schloß er.

»Und du?« fragte ich.
Schweigen.
»Und du?« wiederholte ich.
»Wie?«
»Wie ist dein Urteil ausgefallen?«
Max ließ seinen Kopf nach vorn fallen, bis er auf seinen Knien ruhte. Seine Stimme war gedämpft, fast unhörbar.
»Dreißig Jahre«, sagte er.

6.

Meine Füße heilten langsam. Jeden Tag humpelte ich, soviel ich konnte, im Hof herum. Er maß vierzehn mal zweiunddreißig Schritte. Wie schön mußte es sein, geradeaus gehen zu können, ohne von der gräßlichen grauen Steinmauer aufgehalten zu werden. Jetzt wußte ich, warum Tiere im Käfig pausenlos hin- und herliefen.
Emin, der Vertrauensmann, hatte den großen eisernen Schlüssel zu meiner Zelle bald gefunden. Jeden Abend um neun Uhr wurde ich in den winzigen Raum gesperrt, wo meine Wanderung auf fünf Schritte hin und fünf Schritte zurück begrenzt war. Ich schlief unruhig in der kalten Zelle.
Morgens erwachte ich mit der Dämmerung, viele Stunden, bevor Emins Gehilfe Walter herumging, um die Zellen aufzuschließen. Dann lag ich unter meine Decke gekuschelt und erlitt jedesmal einen neuen Schock, wenn ich aus meinen angenehmen Träumen in die Realität zurückgeholt wurde. Ich hielt meine Augen eine Weile geschlossen, um die Gitter vor mir nicht gleich zu sehen.
In diesem winzigen abgeschlossenen Raum konnte ich kaum atmen.
Eines Morgens fiel eine Besucherkarte für mich durch den kleinen Schlitz in der eisernen Korridortür. Das war vermutlich der Botschafter oder Yesil. Ich genoß es, den langgestreckten Korridor entlangzugehen, ohne nach dem zweiunddreißigsten Schritt umkehren zu müssen. Die Wächter an den Kontrollpunkten gaben sich freundlich. Sie versuchten, mit mir zu sprechen. Ich lächelte und nickte. Ich murmelte »Amerika« und »New York« auf alles, was sie fragten.
Der Wärter führte mich in ein Besucherzimmer, wo mich der Botschafter stehend erwartete. Neben ihm stand ein weißhaariger, blauäugiger New Yorker Ire. Ich sah nur sein Gesicht. Wir schritten aufeinander zu. Unsere Hände umschlossen sich. Seine linke Hand packte meinen Arm

so fest, als wollte er ihn nie mehr loslassen. Wir blickten uns an, und die Augen wurden uns feucht. Er sah so müde aus. Schmerz zeichnete sein ganzes Gesicht. Niemals vorher war mir bewußt geworden, wie sehr ich meinen Vater liebte.
»Dad . . . Es tut mir leid . . . Ich . . .«
»Laß nur«, unterbrach er mich mit zitternder Stimme. Er zwang sich zu einem Lächeln. »Die Abreibung, die du verdienst, verpasse ich dir später. Jetzt müssen wir erst einmal sehen, daß wir dich hier herausbekommen. Geht's dir gut?«
»Na ja, den Umständen entsprechend.«
»Okay. Dann laß mich dir erzählen, was wir jetzt unternehmen.«
Wir setzten uns mit dem Botschafter an den Tisch, und Dad überschüttete mich mit Informationen.
»Ich habe mit dem Außenministerium Kontakt aufgenommen. Dort hat man mir die Namen von zwei türkischen Rechtsanwälten genannt. Das sind die tüchtigsten Leute für deinen Fall. Ich treffe sie heute nachmittag.«
»Ich habe auch schon mit einem Anwalt gesprochen. Er heißt Yesil.«
»Den müssen wir loswerden. Ich will, daß du die besten Anwälte bekommst. Das ist wichtig.«
»Sei vorsichtig, Dad. Ich habe eine Menge übler Geschichten über die türkischen Anwälte gehört.«
»In Ordnung. Deshalb habe ich ja Vertrauen zu diesen beiden. Sie sind von unseren Leuten empfohlen.«
Pause.
»Das wird bestimmt ganz schön teuer«, sagte ich zögernd.
»Ja. Aber mach dir deswegen jetzt keine Sorgen. Du kannst es mir später zurückzahlen, wenn alles vorbei ist. Im Augenblick spielt Geld keine Rolle.«
Wir räusperten uns beide und bemühten uns, die Tränen zurückzuhalten.
»So . . . hm . . . was machst du so?« fragte ich. »Wo bist du abgestiegen?«
»Im Hilton.«
»Wie geht's Mom?«
»Sie macht sich natürlich Sorgen. Sie wäre gern mitgekommen, um dich zu besuchen, aber sie glaubte, sie würde es nicht ertragen.«

»Tja.« Ich blickte durch die Fenster auf die grünen Felder. »Sag ihr, sie soll sich keine Sorgen machen. Mir geht's gut. Sag ihr, bis Weihnachten bin ich zu Hause.«

». . . ja.«

Wir unterhielten uns eine ganze Weile, vielleicht eine Stunde lang. Dad sagte, er käme morgen wieder, wenn er mit den Anwälten gesprochen hätte. Er fragte mich, was ich brauche, was er mir mitbringen solle. Ich kam mir ganz elend vor, als ich ihn bat, ein paar Sachen für mich zu kaufen. Er ist ein stolzer Mensch. Ich wußte, wie es ihm zusetzte, hier zu sein, und wie weh es ihm tat, seinen Sohn als Gefangenen zu sehen, eingesperrt, weil er versucht hatte, Haschisch in ein Flugzeug zu schmuggeln. Aber er wischte das alles beiseite. Ich brauchte ihn, und er war da.

Ich empfand einen neuen, nie gekannten Respekt vor seiner geordneten bürgerlichen Existenz. Dad war stets Herr der Situation. Er wußte, wie man die Dinge anpacken mußte. Er war genau der Mann, den ich brauchte.

Bevor er an diesem Tag wegging, stellten wir eine Liste zusammen . . . Schlafanzug, Zahnbürste, Notizblöcke, Schokolade. Er sagte, er würde hundert Dollar für mich im Gefängnis hinterlegen, damit ich für mich und vielleicht auch für meine Freunde etwas zusätzlich zu essen kaufen konnte, wenn der Wagen vorbeikam.

Dad erhob sich, um sich zu verabschieden.

Wir schüttelten uns die Hände.

Ich schluckte und strengte mich mächtig an, um ein Lächeln zustandezubringen.

»Trink im Hilton ein Bier auf mein Wohl«, sagte ich.

»Vielleicht auch zwei«, gab er zurück. »Bis morgen, Will.«

»Ja, Dad. Vielen Dank.«

Wie sehnte ich mich danach, mit ihm aus der Tür ins Sonnenlicht hinauszuwandern!

Dad kam am nächsten Tag mit Neuigkeiten wieder. Er hatte Dr. Beyaz und Dr. Siya engagiert, zwei der tüchtigsten Strafverteidiger von ganz Istanbul. Sie meinten, es könnte gelingen, daß ich mit zwanzig Monaten davonkäme oder daß man mir eine Kaution bewilligte. »Wenn man mich gegen eine Kaution freiläßt, dann komme ich auch aus dem Land«,

erklärte ich Dad. »Ich habe gehört, es ist nicht schwierig, über die Grenze nach Griechenland zu gelangen.«
Er hatte auf dem Konsulat nähere Informationen erhalten. Es schien, daß den Türken in letzter Zeit eine Reihe von terroristischen Flugzeugentführungen zu schaffen gemacht hatten. Man hatte deshalb beschlossen, am Flughafen unvorhergesehene Kontrollen durchzuführen. Ich gehörte zu ihren ersten Erfolgen; ich war ihr Demonstrations-Objekt.
Dad brachte mir ein Paket mit Nahrungsmitteln und Süßigkeiten, Schreibpapier, einer Zahnbürste und einem dunkelgrünen Schlafanzug mit breiten schwarzen Querstreifen.
»Der sieht wie eine Sing-Sing-Uniform aus«, sagte ich.
Er lächelte und nickte zustimmend. »Ich wußte schon, daß du das schätzen würdest.«
Etwa eine Woche lang besuchte er mich jeden Tag. Wir tauschten Erinnerungen an frühere Zeiten aus. Ich konnte nicht genug von zu Hause hören. New York schien jetzt so weit weg.
»Ist Mom in letzter Zeit viel zum Bingospielen gegangen?«
Dad lachte. »Natürlich. Du kennst sie doch. Nichts kann sie davon abhalten, zum Bingo zu gehen.« Er wurde ernst. »Das ist jetzt recht gut für sie. Es lenkt sie ab.«
»Wissen die Nachbarn Bescheid, Dad?«
»Nein, ich glaube nicht. Wir sprechen mit niemandem darüber, nur innerhalb der Familie. Ich habe einer Reihe Leuten erzählt, daß du in Europa im Krankenhaus liegst.«
Ich wechselte das Thema. »Und wie gefällt es dir im exotischen Istanbul?«
»Na ja«, meinte er, »eine interessante Stadt. Aber«, – seine Stimme senkte sich – »um die Wahrheit zu sagen, ich finde, das Essen ist entsetzlich. Mein Gott, was die einem in diesen kleinen Restaurants für einen Fraß vorsetzen! Am ersten Abend habe ich in so einem Lokal gegessen. Ich hab' jetzt noch Angst, mich allzuweit von einer Toilette zu entfernen.«
»Toilette? Willst du damit sagen, daß es dort richtige Toiletten gibt? Wir haben bloß ein Loch im Fußboden.«
»Ich weiß. Das habe ich wohl oder übel auch kennengelernt. Und es gibt auch kein Papier, stimmt's?«
»Stimmt.«

»Aber ich wohne ja im Hilton. Und jetzt esse ich auch dort.«
Ich lachte. »Und wir nennen das hier das ›Sagmalcilar Hilton‹.«
Wir sprachen viel über Haschisch. Anfangs war Dad das Thema peinlich. Er schien ehrlich überrascht, als ich ihm erklärte, daß Haschisch mit Marihuana verwandt ist.
»Ich glaube, Marihuana kann ich genausowenig gutheißen«, meinte er.
»Aber die meisten Menschen scheinen es wenigstens nicht für so gefährlich zu halten. Wenn du schon eine solche Geschichte veranstalten mußtest, warum hast du's dann nicht mit Marihuana gemacht?«
»Haschisch ist konzentrierter«, erklärte ich ihm. »Es läßt sich leichter verstecken.«
»Ach so.« Er schwieg. »Das war ausgesprochen dumm von dir, Billy.«
»Ich weiß.«
»Hör zu. Mach keine Dummheiten mehr. Warte einfach ab. Laß mich und die Anwälte nur machen. Wir kriegen dich schon raus. Verstanden?«
»Verstanden.«
Wir sprachen sämtliche nur möglichen legalen Taktiken durch. Ich erzählte ihm von Johanns Rat, ins Nervenkrankenhaus Bakirkoy zu gelangen, weil eine Flucht von dort aus leichter wäre. Doch Dad wollte nichts von Flucht wissen. Die Anwälte hatten ihm jedoch gesagt, daß es nützlich sein könnte, von Bakirkoy ein offizielles »Verrücktheitsattest« zu bekommen. Mit einer amtlichen Bestätigung meiner Unzurechnungsfähigkeit konnte ich keines Verbrechens beschuldigt werden. Ich kam mir zwar nicht verrückter – oder normaler – als der Durchschnitt vor, aber ich hatte immerhin einen Vorteil: Die Armee der Vereinigten Staaten hatte mich als aus psychologischen Gründen untauglich eingestuft. Das war eine brauchbare Empfehlung. Dad sagte, er wolle mir so viele Wege wie nur möglich offenhalten. Er versprach, Beyaz und Siya den Armeebescheid zu schicken.
Viel zu bald wurde es Zeit für Dad heimzureisen. Er sagte, er wolle in zwei bis drei Monaten wiederkommen, oder wann immer ich seine Hilfe dringend brauchte. Er riet mir, ruhig zu bleiben. In drei Wochen sollte ich vors Untersuchungsgericht kommen. Danach würden wir weitersehen. Er zwang sich zu einem Lächeln und verabschiedete sich.

Beyaz und Siya besuchten mich in den folgenden Wochen mehrere Male, um den Prozeß vorzubereiten. Beyaz war ein kleiner untersetzter Mann, höchstens einen Meter fünfzig groß, mit einem weißen wuscheligen Haarkranz um den kahlen Schädel. Er hatte dichte buschige Augenbrauen. Siya war groß und erinnerte in seiner Gestalt an eine Birne. Das Reden überließ er meistens Beyaz. Keiner von ihnen sprach gut Englisch, deshalb brauchten wir einen Dolmetscher. Dieses Jobs hatte sich der gerissene Yesil angenommen, der sich weigerte, meinen Fall abzugeben. Yesil hatte zweihundertfünfzig Dollar von meinem Geld, und er wollte unbedingt dabeibleiben und zusehen, ob nicht noch mehr zu holen war. Außerdem brauchten wir wirklich einen Dolmetscher.
Die Anwälte schlugen vor, ich solle aussagen, das Haschisch wäre nur für meinen eigenen Bedarf bestimmt gewesen. In Wahrheit hatte ich vorgehabt, einen großen Teil davon zu verkaufen; doch Beyaz und Siya rieten mir, diesbezüglich nicht die Wahrheit zu sagen. Der Richter würde die Geschichte vermutlich durchschauen. Aber wir brauchten eine saubere Aussage für das Gerichtsprotokoll. Das war sehr wichtig, wenn der oberste Gerichtshof in Ankara den Fall überprüfte.
Am Abend vor der Verhandlung saß ich in Charles' Zelle. Arne, Charles und ich diskutierten über meine Aussage.
»Vor allem, drück dich einfach aus«, riet mir Charles. »Alles, was du sagst, muß ins Türkische übersetzt werden. Jedes Wort muß klar und verständlich sein. Die haben hier ein seltsames System. Du giltst so lange als schuldig, wie deine Unschuld nicht bewiesen ist.«
»Mach keine Witze.«
»Himmel, nein! So steht's vielleicht nicht in ihren Büchern, aber das ist die Praxis. Die sperren dich sogar für einen Verkehrsunfall ein.«
»Ach hör doch auf. Für einen Verkehrsunfall?«
»Einmal haben sie einen Kerl aus Bulgarien für einen Unfall verknackt. Er war sechs Monate hier.«
»Was ist bei dem Unfall passiert? War jemand tot?«
»Ja. Der Fahrer von dem anderen Wagen.«
»Na, da hast du's. Das war ein schwerer Unfall. Vielleicht hatte er die Strafe verdient.«
Charles sah müde aus. »Gut, vielleicht. Nur, daß er im *Pudding Shoppe* beim Mittagessen saß, während ein besoffener Türke in sein parkendes Auto krachte.«

»Was? Er war nicht mal in seinem Auto drin?«
Charles nickte.
»Und dafür hat er sechs Monate gekriegt?«
Er nickte wieder.
»Also . . . gut . . . Vielleicht sollte ich meine Aussage noch ein bißchen üben.«
Er nickte zum drittenmal. »Einfach«, erinnerte er mich. »Du mußt deine Aussage für diese Einfaltspinsel ganz einfach halten. Kurze Sätze. Zusammenhängende Gedanken. Wenn du's kompliziert machst, ist alles verloren.«
»Ich muß einen guten Eindruck machen«, sagte ich. »Ich *muß* einfach.«
»Da hast du verdammt recht«, stimmte Charles zu.
»Vielleicht bewilligen sie mir eine Kaution.«
Arne sah von seinem Buch auf. »Vielleicht«, meinte er ruhig.
Popeye steckte seinen Kopf zur Zelle herein. »Hör auf, an eine Kaution zu denken. Du solltest lieber hoffen, mit vier oder fünf Jahren davonzukommen.«
»Du bist ein unverbesserlicher Optimist!« Ich war verärgert.
Er sah mich einen Moment lang streng an, dann lachte er. »William, William! Du hast keine Ahnung. Und du kannst mich nicht leiden, das merke ich. Aber ich sage dir, nächstes Jahr um diese Zeit sind wir Freunde. Deinetwegen hoffe ich ja, daß du bis dahin nicht mehr hier bist; aber ich fürchte, du wirst noch 'ne Menge braune Bohnensuppe essen müssen, bevor du mal wieder einen Hamburger zu schmecken kriegst.«
Alle schwiegen betreten. Schließlich sagte Arne: »Ach, Leute, es ist doch sinnlos, sich heute über etwas aufzuregen, was morgen vielleicht passiert.«
Ich sah Arne an. Er saß ganz still da, seine langen schmalen Hände im Schoß gefaltet. Ich verstand nicht, wieso er sein Schicksal so ruhig hinnahm. Er sprach weiter: »Aber heute abend mußt du dich auf die Verhandlung vorbereiten.«
Popeye fiel etwas ein: »Richtig. Deshalb bin ich ja hergekommen. Hast du eine anständige Hose?«
Ich zuckte die Achseln.
»Dann zieh morgen die hier an.« Er reichte mir eine dunkelgrüne Hose.

Ich würde sie weit hinaufziehen müssen, aber sie war jedenfalls besser als meine Jeans.
»Danke.«
Popeye pfiff. »Das ist meine Glückshose. Die hab ich bei meiner Verhandlung getragen.«
»Aber du hast doch fünfzehn Jahre gekriegt.«
»*Nur* fünfzehn!«
»Und das nennst du Glück?«
»Junge, Junge!« Popeye lachte. »Ich hab' Glück gehabt, Glück gehabt, Glück gehabt.« Er rannte hinaus und den Gang hinunter.
»Laß dir von ihm nicht bange machen«, sagte Arne. »Er spinnt bloß ein bißchen. Er ahnt immer gleich das Schlimmste. Aber er meint es gut. Er will eben nicht, daß du morgen enttäuscht bist.«
Die anderen halfen mir, mein Äußeres zu vervollständigen. Charles lieh mir ein Hemd und eine Krawatte. Arne gab mir ein Jackett. Johann kam mit einem Paar glänzend schwarzen Schuhen herein. Ich wurde international ausstaffiert.
Am nächsten Morgen brachten Soldaten drei Lastwagen voller Gefangener zum Gericht. Sie luden uns an der Rückseite des Raumes ab, wo ich einstmals meinen Jonglierakt vorgeführt hatte. Die Luft war zum Schneiden dick von billigem Tabaksqualm. Ich ging zum Waschraum. Die Tür quietschte in ihren rostigen Angeln, als ich sie aufstieß. Drinnen war der Fußboden naß und schlüpfrig. In einer Ecke war eine alte Decke auf den Steinen ausgebreitet. Mehrere gutgekleidete Türken hockten im Kreis darauf und würfelten. Geldstücke flogen über die Decke, von erregten und zornigen Rufen begleitet. Der Raum stank nach Klo. Die Luft war voll Haschischdunst.
»Joe!« rief jemand. Ich erkannte den lächelnden Türken, der am Abend meiner Verhaftung auf der Polizeistation so freundlich zu mir gewesen war. Wieder bot er mir Haschisch an. Ich lehnte, so höflich ich konnte, ab. Ich mußte im Gerichtssaal einen klaren Kopf haben. Der Mann zuckte die Achseln, nahm einen ausgiebigen Schluck aus einer Wodkaflasche und spielte weiter.
Die Macht dieses Mannes verblüffte mich. Ich konnte nicht begreifen, wieso er sich das alles leisten konnte.
Draußen im Wartezimmer rief jemand meinen Namen. Zwei Soldaten legten mir Handschellen an und führten mich durch ein Gewirr unterir-

discher Gänge und dann über mehrere dunkle, enge Treppen. In einem höhergelegenen Stockwerk nahmen sie mir die Handschellen ab und verfrachteten mich allein in eine kleine Kammer, die kaum größer als eine Toilette war. Sie enthielt nichts außer einem Heizkörper; nicht einmal Fenster gab es hier. An den Wänden befanden sich mehr Kritzeleien als in einem New Yorker U-Bahnhof. Ich fand einen kleinen freien Fleck, zog einen Stift hervor und schrieb: *William Hayes, New York, 11. 10. 70.*

Dann rief man mich in den Gerichtssaal, und ich nahm auf der Anklagebank Platz. Meine Augen blieben sofort an einem hübschen Mädchen im Zuschauerraum hängen. Es war lange her, daß ich eine Frau gesehen hatte. Ein gelbes Gesetzbuch lag auf ihrem Schoß. Ihre Beine gefielen mir sehr.

Beyaz und Siya saßen vor mir an einem Tisch. Yesil plapperte auf die beiden ein. Ich sah zu dem Platz hinüber, wo, wie Charles mir gesagt hatte, der Staatsanwalt saß. Vor ihm hatte ich Angst. Ich wollte keinen türkischen F. Lee Baily, der mich im Kreuzverhör auseinandernahm. Er fing meinen Blick auf und schaute mich hinter dunklen grünen Brillengläsern finster an.

Der oberste Richter kam hereingeschritten. Er nahm gemessen hinter dem hohen Pult auf dem Podium Platz, in der Mitte zwischen den beiden Beisitzern. Seine lange schwarze Robe hatte einen flammend scharlachroten Kragen. Unter kurzen grauen Haaren konnte man ein gütiges, kluges Gesicht erkennen.

Ein junger Mann saß an einem kleinen Tisch vor dem Podium hinter einer altmodischen Schreibmaschine. Etwa zwanzig Minuten lang standen die verschiedensten Leute auf, palaverten auf türkisch und setzten sich wieder hin. Die Schreibmaschine klapperte ihre Worte nach. Beyaz und Siya sprachen beide kurz. Auch der amerikanische Botschafter sagte etwas. Die drei Richter berieten. Schließlich bedeutete mir Yesil, daß ich aufstehen sollte. »Der Richter wünscht, daß Sie Ihre Geschichte vortragen«, sagte er.

»Ich bin Student an der Universität Marquette«, begann ich, und Yesil dolmetschte. »Das ist in Milwaukee, einer Stadt in den Vereinigten Staaten. Ich studiere Englisch. Ich stehe kurz vor meinem Examen. Ich muß nur noch meine Dissertation fertigschreiben. Ich möchte Schriftsteller werden. Ich rauche seit mehreren Jahren Haschisch. Ich glaube,

daß es meinen Geist stimuliert und meine schöpferischen Kräfte anregt. Wenn ich rauche, schreibe ich besser. Ich war auf einer Ferienreise in Europa unterwegs. Ich wollte etwas Haschisch mitnehmen, weil es in den Vereinigten Staaten so teuer ist, und ich habe nicht viel Geld. Und ich wollte genug Haschisch, damit es reichte, bis ich meine Dissertation beendet hätte. Ich habe gehört, daß Haschisch in Istanbul sehr billig ist; deshalb kam ich mit dem Zug hierher. Ich wollte eine kleine Menge kaufen – ein halbes Kilo vielleicht. Ich sprach mit ein paar langhaarigen türkischen Jungen. Ich sagte, ich wolle ein bißchen Haschisch. Sie nahmen mich mit in ihr Zimmer und zeigten mir eine ganze Menge Haschisch. Ich habe noch nie soviel Haschisch gesehen. Sie sagten, sie wollten mir zwei Kilo für zweihundert Dollar geben. In den Vereinigten Staaten wäre das sehr, sehr billig. Da dachte ich: Gut, ich nehme die zwei Kilo; damit habe ich für lange Zeit genug.«
Der Richter blieb ein paar Augenblicke still. In diesem Gerichtssaal wurden seit Jahrzehnten Haschischstorys erzählt. Er befragte mich mit Yesils Hilfe.
»Wollten Sie das Haschisch zu Ihrem persönlichen Gebrauch mitnehmen?« fragte er.
»Ja.«
»Sie wollten nichts davon verkaufen?«
»Aber nein«, log ich.
»Hatten Sie vor, Ihren Freunden etwas abzugeben?«
Die Anwälte hatten mir die Antwort eingepaukt: »Ich finde, Haschisch ist eine sehr ernste Sache, und es könnte für manche Leute gefährlich werden. Für mich ist es gut, weil es meine schöpferischen Kräfte anregt und mir beim Schreiben hilft. Aber für andere Menschen ist es vielleicht nicht so gut. Ich weiß es nicht. Ich finde, jeder muß für sich selbst entscheiden, ob er raucht oder nicht. Deshalb will ich meinen Freunden nichts geben. Möglicherweise wäre es nicht gut für sie.«
»Zwei Kilo sind eine ganze Menge Haschisch für Sie allein.«
»Ich wollte ja keine zwei Kilo. Ich wollte nur ein halbes Kilo. Aber dann haben sie mir die gesamte Menge angeboten, und da wurde ich leichtsinnig. Ich beschloß, sie zu nehmen. Dann hätte ich wenigstens einen Vorrat, wenn ich in die Staaten zurückkäme.«
»Aber nicht, um es zu verkaufen?«
»Nein, um es selbst zu rauchen.«

»Rauchen Sie viel?«
»Ja. Ich rauche seit Jahren.«
Der Richter machte eine Pause. Er beriet sich mit seinen zwei Beisitzern. Dann sprach er mit Beyaz. Plötzlich überfiel er Yesil mit einer neuen Frage, und die Übersetzung brachte mich aus der Fassung.
»Welches Thema hat Ihre Dissertation?« wollte der Richter wissen.
Niemand hatte mich auf diese Frage vorbereitet. In Wirklichkeit schrieb ich an gar keiner Dissertation. Eine Antwort schoß mir durch den Kopf: »Die Wirkung von Drogen auf Literatur und Musik im heutigen Amerika«, platzte ich heraus.
Yesil starrte mich ungläubig an, dann übersetzte er langsam. Einen Moment lang herrschte Schweigen im Gerichtssaal. Der oberste Richter unterdrückte ein Lächeln, dann schüttelte er langsam den Kopf und blickte seine Kollegen an. Er setzte einen Termin im Dezember für die Hauptverhandlung fest.

Ich konnte nichts tun als warten, und während ich wartete, gewöhnte ich mich allmählich an die eintönige Routine des Gefängnislebens. Charles, Popeye, Arne und Johann hatten alle den gleichen Prozeß durchgemacht: den Schock der Verhaftung, die unsinnige Hoffnung auf das Wunder einer schnellen Entlassung, dann das Versinken in der Realität des Gefängnisalltags. Jeder einzelne Mann half mir auf seine Weise, mich an das Dasein als Gefangener zu gewöhnen.
Charles schuftete hart, nahezu besessen. Er hielt sich strikt an seinen selbst aufgestellten Stundenplan. Nachts, während er in seiner Zelle eingeschlossen war, arbeitete er an seinen Kurzgeschichten und Gedichten. Er versuchte, auch mich ebenfalls von der Notwendigkeit zu überzeugen, daß ich im Gefängnis meine eigene Zeiteinteilung einhalten und jeden Tag genau planen müsse. Auf diese Weise hätte die Zeit hier nicht nur eine negative, sondern auch eine positive Bedeutung.
»Du kannst dich hier treiben lassen, ohne zu merken, daß du lebst«, warnte Charles mich. »Du kannst so dahinschweben, daß du nicht mehr weißt, woran du bist oder was überhaupt los ist. Und dann findest du tage-, wochen- oder gar monatelang nicht mehr in die Wirklichkeit zurück.«
»Manche Menschen«, fuhr er ruhig fort, »verlieren sich hier dermaßen, daß sie nie mehr herausfinden.«

Ich dachte an Max, aber beschrieb Charles nicht auch seinen eigenen Zustand, ohne sich dessen bewußt zu sein?
»Das Leben kann hier zum Alptraum werden«, sagte Charles.
Ich nickte.
Popeye war der ewige Pessimist. Er ermahnte mich immer wieder, mich auf einen langen Aufenthalt in Sagmalcilar gefaßt zu machen. Er hatte unrecht, das spürte ich genau; aber seine Einstellung brachte meinen Optimismus aus dem Gleichgewicht. Er versuchte, seine schwermütige Lebensanschauung hinter einer Fassade der Unbekümmertheit zu verstecken. Sein Lachen und sein Harpo-Marx-Pfiff unterbrachen ständig jedwedes friedliche Beisammensein im *koğus*. Wie er vorausgesagt hatte, begann er meine Zuneigung zu gewinnen. Sein ständiges Geschwätz half, die Zeit zu vertreiben.
Arne lehrte mich die vielleicht wichtigste Lektion von allen. Er fiel völlig aus dem Rahmen der übrigen Gefangenen. Überall gab es Spione und Informanten, die, eifrig darauf bedacht, sich einen Vorteil zu verschaffen, sich alles über die anderen merkten, was sie sich vielleicht einmal zunutze machen konnten. Aus diesem Grund mißtrauten sich die Gefangenen gegenseitig. Vertrauen war nicht leicht zu erringen – mit dem Körper wurden auch die Gefühle eingesperrt. Arne wußte, daß er seine Gefühle für sich behalten mußte. Aber er wußte zugleich, daß er sie ausdrücken mußte. Während langer abendlicher Gespräche in seiner Zelle riet er mir, meine Emotionen nicht zu unterdrücken. Wenn ich das täte, warnte er, hätte ich echte Probleme mit den Beziehungen zu anderen Menschen, und zwar nicht nur im Gefängnis, sondern ebenfalls draußen.
Johann war der einzige, der sich ganz und gar nicht an das Gefängnisleben gewöhnt hatte. Vom ersten Augenblick an hatte er nur an Flucht gedacht. Johann war jedoch ein Augenblicksmensch. Weitreichendes Planen lag ihm nicht. So war er nie über seine Träume von einer Flucht hinausgekommen. Und jetzt war seine Reststrafe zu kurz, als daß sich ein Ausbruch für ihn noch lohnte.
»Aber *du* mußt etwas unternehmen, Willie«, drängte er. »Trau dem Gericht nicht. Trau den türkischen Anwälten nicht. Trau nicht einmal deinen Freunden. Verlaß dich nur auf dich selbst.«
Von all diesen Ratschlägen floß etwas in meinen eigenen Tageslauf ein. Jeder Morgen wurde zu einem Ritual. Ich lernte, von selbst um halb

sechs aufzuwachen. Etwa zwei Jahre lang hatte ich mit Yogaübungen experimentiert. Jetzt arbeitete ich ernsthaft daran. Ich legte mich auf den Bauch, den Rücken durchgebogen, die Füße in der Luft. In dieser Stellung hielt ich mehrere Minuten aus. Dann entspannte ich mich und atmete tief durch. Danach setzte ich mich auf den Boden. Langsam zog ich ein Bein zum Kopf hoch. Nach einiger Übung gelang es mir, das Bein bis hinter den Nacken zu bringen. Die Disziplin der Yogastellungen weckte meinen Körper; sie weckte auch meinen Geist.
Sobald die Zellen aufgesperrt wurden und das Hoftor offen war, lief ich hinaus in die kühle Luft. Gewöhnlich kam ich gerade noch rechtzeitig, um die Sonne über dem künstlichen Horizont der hohen Steinwand aufgehen zu sehen. Dann saß ich an der Mauer und meditierte oder zeichnete. Ich betrachtete die Schattenmuster im Hof und beobachtete die Tauben, die über mir kreisten. Wenn der Wind günstig stand, konnte ich das Meer riechen und wenn ich angestrengt lauschte, glaubte ich es sogar hören zu können. Nach dem Frühstück schrieb ich Briefe, spielte Schach oder las ein Buch. Am Nachmittag beteiligte ich mich an einem Fußball- oder Volleyballspiel in dem übervollen, engen Hof. Abends unterhielt ich mich mit den Freunden, oder ich saß nur denkend und träumend herum.
Am späteren Abend, wenn unsere Zellen abgeschlossen wurden, schnitzte ich Schachfiguren aus Seife, wobei mir meine Nagelfeile als Messer diente.
Aber obgleich ich dabei war, mich einzugewöhnen, gingen mir Johanns Worte nicht aus dem Sinn. Ich hielt Augen und Ohren offen.

Es war Abend. Arne und ich saßen bei Charles in der Zelle, die im Obergeschoß des *koğus* lag. Arne klimperte auf seiner Gitarre. Charles schlug seine Bongotrommel. Wir hingen unseren Gedanken nach. Das Licht flackerte, verglimmte, dann wurde es dunkel. Arne zündete eine Kerze an und stellte sie auf den wackeligen Holztisch.
»Das kommt oft vor«, erklärte er. »*Turk-mali.*«
»Was heißt das?« fragte ich.
»»Made in Turkey«. Ein kleiner Privatscherz von uns. Hier scheint nichts richtig zu funktionieren, und besonders auf die türkische Elektrizitätsversorgung kann man sich nicht verlassen. Du mußt dir ein paar Kerzen besorgen, wenn sie das nächste Mal herumkommen.«

»Kann man hier auch Kerzen kaufen?«
»Ja. Von dem Wagen, der mit den Lebensmitteln kommt. Ich glaube, die Türken drehen das Licht absichtlich aus, damit die Leute Kerzen kaufen.«
»Wie lange bleibt es dunkel?« fragte ich neugierig. Ein Stromausfall könnte vielleicht eine günstige Gelegenheit zur Flucht bieten.
Charles mußte den Hintergedanken in meiner Frage gemerkt haben. Er antwortete, ohne mit seinen Schlägen auf dem Bongo aus dem Rhythmus zu kommen: »Nicht lange genug.«
»Wofür?« fragte ich unschuldig.
»Für alles«, entgegnete er. »Manchmal bleibt der Strom zwanzig Minuten lang weg, manchmal zwanzig Sekunden. Das weiß man nie vorher.« Er ließ seine Bongotrommel ausklingen. »Außerdem hat man uns gesagt, daß die Wachpatrouillen um die Mauer sofort verdoppelt werden, sobald die Lichter ausgehen.«
»Nun, jedenfalls ist die Dunkelheit eine nette Abwechslung.«
»Also sei still und vergiß es.«
»Gut.«
Aus irgendeinem Grund veranlaßte die Dunkelheit die Häftlinge, ihre Kofferradios leiser zu stellen. Arne zupfte verhalten auf seiner Gitarre. Ein seltener Augenblick der Ruhe senkte sich über den *koğus*. Ich saß da und beobachtete das flackernde Spiel der Kerzenflamme an der Wand. Mir war warm. Mein Bauch war voll. Ich fühlte mich mit meinen Freunden in der Dunkelheit eins. Ich vergaß die Gitter und das Gericht und das große Fragezeichen, das über meinem Schicksal schwebte. Allein das schweigende Übereinkommen zwischen uns genügte mir.
Zehn Minuten später gingen, nur allzu bald, die Lichter wieder an. Sofort setzte auch der gewohnte Lärm des *koğus* wieder ein. Radios plärrten. Häftlinge stritten sich. Die Kinder kreischten im Hof. Wir versuchten, unsere Stimmung noch ein wenig festzuhalten; aber mit der schwindenden Finsternis war auch der Zauber verschwunden. Wir waren wieder im Gefängnis.
Plötzlich gab es einen Tumult im Kinder-*koğus*. Wir traten auf den Korridor und blickten aus den Fenstern des oberen Stockwerks in das Erdgeschoß des Kinder-*koğus*. Der war genau wie unserer, nur daß es keine einzelnen Zellen gab. Das Kindergefängnis bestand aus zwei übereinandergelegenen Räumen, wie bei einer Militärbaracke.

Wir beobachteten, wie die Kinder die Treppe hinunterhasteten, von mehreren schreienden Wärtern angetrieben. Die Kinder stellten sich in einer Reihe auf. Keines wollte anscheinend vorn neben der Tür stehen.
Dann sah ich Mamur, das Wiesel, der in eisigem Schweigen in die Runde blickte. Arief, der Knochenbrecher, und Hamid, der Bär, rahmten ihn ein. Das Schreien und Toben aus dem oberen Raum endete am Fuß der Treppe. Jedes Kind verstummte bei Mamurs Anblick.
Ein noch ganz kleines Kind hielt sich scheu an Mamurs Seite und umklammerte seine Hand.
»Wer ist das da bei Mamur?« fragte ich.
»Das ist sein Sohn«, sagte Arne. »Er treibt sich oft auf dem Gefängnisgelände herum.«
Der Junge war höchstens fünf Jahre alt. Der Schrecken, den die Gegenwart seines Vaters verursachte, schien ihn zu verwirren. Mamur stand bewegungslos, bis sämtliche Kinder oben aus ihren Verstecken aufgestöbert waren und sich vor ihm aufgestellt hatten. Sie waren totenstill. Die Wärter waren ebenfalls ruhig. Mamur übergab Hamid seinen Sohn. Die Hand des kleinen Jungen verschwand in Hamids riesiger Pranke, und Mamur schritt gemächlich die langgezogene Reihe der Kinder ab. Einen Moment lang hob und senkte er den Blick. Dann spuckte er ein Wort aus, das die Stille zerriß.
»*Pis!*« schrie er. Es war ein obszönes Schimpfwort.
Die ganze Reihe der Kinder erschauderte.
Mamur fuchtelte mit den Armen in der Luft herum. Er marschierte die Reihe auf und ab und schrie in die Gesichter. Er schien einzelnen Kindern Fragen zu stellen, wobei er sie schlug und schüttelte und anbrüllte. Ein Kind zeigte weinend auf ein paar andere. Mamur sonderte fünf von ihnen aus. Er zog sie an den Haaren aus der Reihe und schubste sie den bereitstehenden Wärtern entgegen. Er bellte einen Befehl. Die übrigen Kinder flüchteten sich ans andere Ende des *koğus*.
Die Wärter warfen ihre Opfer zu Boden. Andere ergriffen eine lange hölzerne Bank mit Eisenfüßen. Die Kinder schrien und strampelten. Die Wärter schlugen sie. Sie zwängten die Beine der Kinder durch die Lehne der Bank, so daß sie mit dem Rücken auf dem Boden lagen, die Füße hoch in die Luft gestreckt. Auf jedes Ende der Bank setzte sich ein Wärter.
Die meisten von uns im *turistkoğus* standen beobachtend an den Fen-

stern. Nachrichten verbreiten sich im Gefängnis mit Windeseile. Ziat, der Häftling, der den Teeverkauf unterhielt, informierte uns: »Sie haben eins von den neu angekommenen Kindern vergewaltigt, als das Licht aus war.«
Mamur zog seine Jacke aus und übergab sie einem Wärter. Er knöpfte seine Manschetten auf und rollte die Ärmel hoch. Er lockerte seine Krawatte. Die Kinder auf dem Boden verhielten sich jetzt ganz still bis auf ein paar wimmernde Schluchzer. Mamur nahm einen *falaka*-Stock und ließ ihn auf ein paar zappelnde Füße niedersausen.
Meine eigenen Füße schmerzten mir in Erinnerung.
Er drosch auf die schreienden, um sich tretenden Kinder ein. Die Wärter auf der Bank spreizten die Beine, um die Balance zu halten. Andere stützten sich auf die Lehne. Die Kinder zuckten und wanden sich jammernd unter dem tobenden Mamur. Er schlug sie auf die Füße, auf den Hintern, auf die Beine. Gelegentlich hielt er inne, um den anderen Kindern, die sich im Hintergrund an die Wand drückten, etwas zuzubrüllen.
Er arbeitete sich in regelrechter Raserei die Reihe hinauf und herunter. Ein Junge strampelte sich frei. Mamur war augenblicklich über ihm. Der Junge fiel zusammengekrümmt zu Boden. Mamur prügelte auf die erhobenen Hände des Jungen ein. Er schlug ihn auf die Beine.
Endlich hörte das Wiesel auf. Er warf den *falaka*-Stock hin und nickte den Wärtern zu. Diese hoben die Bank an. Die Kinder lagen schluchzend auf dem Boden. Mamur stand einen Moment mit angehaltenem Atem da. Er durchbohrte die Kinder mit seinem Blick. Dann drehte er sich um, ließ sich von einem Wärter seine Jacke geben, legte sie sich über den Arm und ging zu seinem Sohn hinüber. Der Junge stand immer noch halb versteckt hinter Hamid. Der zweite Direktor des Sagmalcilar-Gefängnisses nahm seinen Sohn bei der Hand. Schweigend verließ er den *koğus*.

7.

Es gibt einen türkischen Ausdruck: *şöyle böyle*; das bedeutet: »mal so, mal so«.

Alles am Sagmalcilar *cezaevi* (»Haus der Bestrafung«) und an seinen dreitausend Insassen war *şöyle böyle*. Es war nicht besonders gut und nicht besonders schlecht. Es gab alle möglichen Vorschriften, und plötzlich galt überhaupt keine Vorschrift mehr. Es gab Wärter, die bestimmte Bereiche nicht verlassen durften, und Häftlinge, die sich frei im Gefängnis bewegten. Glücksspiele waren verboten, aber alle Türken würfelten, und die meisten Ausländer spielten Poker. Es gab strenge Gesetze gegen Drogen, aber die Gefangenen konnten Haschisch, Opium, LSD und Morphium kaufen, außerdem alle Sorten von Pillen in jeder Form und Farbe. Homosexualität galt gesetzlich wie moralisch als Verbrechen, doch sie war im Gefängnis gang und gäbe. Dieselben Wärter, die auf homosexuelle Verfehlungen achten sollten, schienen ein großes Vergnügen daran zu finden, einen Mann mit heruntergelassenen Hosen zu fesseln und zu schlagen. Geldbesitz war nicht erlaubt. Ein Häftling konnte Kredit auf sein Konto nehmen oder sich spezielles Gefängnisgeld geben lassen. Doch trotz dieser Vorschrift hatten die meisten langjährigen Insassen Bargeld zwischen ihren Habseligkeiten versteckt, oder sie trugen es im Hosenschlitz bei sich.

Je nach der wechselnden Laune der Gefängnisaufseher und dem gegenwärtigen Stand des Schicksals war die Haftanstalt ein erträglicher Aufenthaltsort, oder sie war die Hölle.

Genauso wie es eine Hierarchie in der Verwaltung gab, angeführt von Mamur, Arief und Hamid, gab es auch eine Hierarchie unter den Gefangenen. Ganz oben standen die einflußreichen Gangster, das türkische Gegenstück zu den amerikanischen Mafiosi. Diese schweren Kriminellen wurden *kapidiye* genannt. Sie wurden außerhalb wie innerhalb des Gefängnisses gefürchtet und respektiert. Sie waren reich und brutal. Eine Haftstrafe schien für die meisten *kapidiye* nicht mehr als eine kleine Unannehmlichkeit. Egal, was sie verbrochen hatten, ein bißchen Geld hier und dort, eine neue Verhandlung, ein anderer Richter, neue Aussagen, neue Akten, neue Polizeiberichte oder ärztliche Atteste, und sie waren frei. Sie verbrachten ein Jahr, vielleicht auch mal achtzehn Monate im Gefängnis. Mehr nicht.

Während sie eingesperrt waren, lebten sie wie die Fürsten. Sie wollten nicht ausbrechen; denn dann würden sie das Land verlassen müssen, und ihr ganzes Vermögen befand sich in der Türkei. Sie vertrieben sich die Zeit im Gefängnis mit Glücksspiel und indem sie mit Drogen und Schmuggelware handelten. Sie verdienten gut, aber dafür war auch das Risiko groß. Der Wettbewerb zwischen den verschiedenen mächtigen Banden wurde in der Regel mit Gewalt ausgetragen.

Eine Stufe unter den *kapidiye* folgte eine beträchtliche Anzahl kleinerer Gangster. Das waren höchst aktive Kriminelle, verwegene junge Killer, die darauf aus waren, ihren Ruf zu festigen. Mörder waren hoch angesehen. Mord wird in der Türkei als ein *erkek* (»männliches«) Verbrechen betrachtet.

Gewöhnliche Straßenräuber und Taschendiebe bildeten die dritte Schicht dieser Sozialstruktur. Und ganz unten, soweit es die Türken betraf, standen die andersgläubigen, nicht moslemischen, haschrauchenden Hippies.

Ich konnte mich an das alles nicht so richtig gewöhnen, versuchte es aber. Die morgen- und abendlichen Yogaübungen schienen mir zu helfen. Auch entwickelte ich meine eigene, besondere Art der Meditation. Morgens nach dem Yoga pflegte ich in der Dunkelheit auf meinem Bett zu sitzen und den Geräuschen des um mich herum erwachenden Gefängnisses zu lauschen.

Die Stille vor Tagesanbruch war meine schönste Zeit. Ich konnte die dumpf flatternden Flügelschläge der Tauben hören, wenn sie sich von der Dachrinne unseres *koğus* abhoben. Manchmal klang durch die Dämmerung vom Hafen das düstere Tuten eines Schiffes herüber. Dann träumte ich von der See. Von einer Dampferfahrt das Marmarameer hinunter bis zu den griechischen Inseln. Mit meinen Gedanken konnte ich so leicht aus dem Gefängnis schweben. Aber wenn die anderen Häftlinge aufwachten, war es mit meiner guten Laune vorbei. Dann mußte ich meine Stimmungen sorgsam kontrollieren. Stimmungen konnten sich von einem einzelnen auf ganze Gruppen übertragen, ohne daß es irgend jemand überhaupt bemerkte, bis es zu spät war. Der *koğuş* glich, was Emotionen betraf, einer Zeitbombe. Jeden Augenblick konnten Konflikte ausbrechen.

Da das Essen eines der wenigen sinnlichen Erlebnisse im Gefängnis war, wurde es sehr ernst genommen, und unsere kleine Küche war der Mittelpunkt so mancher Aufregung. Die Gefängnisleitung hatte uns einen kleinen Flaschengaskocher zur Verfügung gestellt. Dort wurden Tee und Kaffee aufgebrüht. Wenn irgendwelche Lebensmittel vorhanden waren, wurden ganze Mahlzeiten zubereitet. Der kleine Herd mit seinen drei Flammen wurde von dem *çaycı* beaufsichtigt. Çay heißt auf türkisch »Tee«, und mit *cı* ist der Bursche gemeint, der den *çay* kocht. Der *çaycı* kaufte den Aufsehern Tee, Kaffee und Zucker zu überhöhten Preisen ab, die er an uns weitergab. Es existierte ein regelrechter Gefängnis-Markt. Jedermann trank Unmengen von Tee und Kaffee, denn Wasser war nicht immer zur Hand, und außerdem schmeckte es auch nicht besonders gut.

Der *çaycı* verkaufte sein Gebräu in kleinen Gläsern zu fünfzig *kuruş* das Stück (etwa zehn Pfennig). Er arbeitete einen Monat lang zwölf bis vierzehn Stunden täglich. Dabei verdiente er recht gut, besonders wenn er den Tee schwach brühte und mit Karbonat färbte.

Als ich ankam, unterhielt ein Häftling namens Ziat den Teeausschank. Johann hatte mir zwar erzählt, daß der Job reihum ginge, doch im Dezember brühte Ziat immer noch Tee. Ziat war ein dunkelhäutiger Jordanier. Er hatte etwa meine Größe, einsfünfundsiebzig, aber er war viel stämmiger als ich. Er hatte gelbliche, fleckige Zähne, und ich mißtraute seinem Grinsen schon vom ersten Augenblick an. Johann erzählte mir, daß Ziat nichts auf der Welt mehr liebte als Geld, und es gab ständige Querelen um die Qualität seines *çay*.

Wenn der Wärter kam, um das Hoftor aufzuschließen und den iranischen Häftling herauszurufen, der morgens das Brot aus der Gefängnisküche holte, war der Tee fertig. Bis dahin waren schon mehrere Gefangene aufgestanden. Sie kamen mit kleinen Peperoni oder Zwiebeln, mancher vielleicht auch mit einem Ei, die sie auf dem Herd braten wollten. Sie stellten sich in einer Schlange an. Notgedrungen gab es dabei manche Drängelei. Ziat überließ uns seinen Gaskocher nur widerwillig. Auf zwei

Flammen machte er Tee, wir durften nur die dritte benutzen. Ein Mann wollte vielleicht nur ein Ei kochen. Aber vor ihm briet ein anderer in aller Ruhe Zwiebeln oder kochte Kartoffeln in einem großen Topf. Dann erlaubte Ziat wohl einem seiner Freunde, eine von den zwei anderen Flammen zu benutzen. Das wiederum konnte leicht zum Streit führen. Die Häftlinge redeten und klagten in den verschiedensten Sprachen durcheinander. Wenn ungünstige Umstände zusammentrafen, verwandelte sich die Teeküche im Nu in ein kleines Schlachtfeld: Gläser flogen; ein Messer blitzte auf; die Wärter stürzten herbei. So etwas passierte andauernd.
Von Johann erfuhr ich eine Menge über Ziat. Ziat war früher Polizeispitzel gewesen. Er sprach Türkisch, Englisch und Deutsch fast ebensogut wie Arabisch, seine Muttersprache. Er pflegte im *Pudding Shoppe* oder im Sultan-Ahmed-Bezirk *turists* anzusprechen und sie zu fragen, ob sie Rauschgift wollten. Er verabredete sich dann mit ihnen, und inzwischen informierte er die Polizei. Nachdem der *turist* das Haschisch, oder was er sonst kaufte, in Empfang genommen hatte, verschwand Ziat, und die Polizei erschien. Der *turist* wanderte hinter Gitter. Die Polizei konnte wieder eine Festnahme verbuchen. Ziat wurde ausgezahlt, entweder in Geld oder in Naturalien.
Doch Johann zufolge wurde Ziat mit der Zeit habgierig. Er behielt siebzehn Kilo Opium aus einem Handel zurück, an dem ein türkischer *kapidiye* beteiligt war. Ziat bekam fünf Jahre.
Verschiedene Häftlinge hatten ihre Anwesenheit in Sagmalcilar Ziats Anzeige zu verdanken; er war deshalb äußerst vorsichtig. Einmal, vor fünfzehn Monaten, war er bereits niedergestochen worden.
Seine Habgier machte auch vor dem Gefängnis nicht halt. Als Spitzel hatte er viele einflußreiche Beziehungen gehabt. Zu der Zeit, als ich kam, war er der Hauptlieferant von Drogen für den *turistkoğus*. Er war ein guter Freund von Arief und Mamur. Sie warnten ihn jedesmal, wenn eine »Kontrolle« bevorstand – eine unerwartete Durchsuchung durch Wärter oder Soldaten. Ziat gelang es immer, seine Drogenvorräte in Sicherheit zu bringen, und niemand konnte das Geld finden, das er gehortet haben mußte.
Die Bargeldmenge, die im Gefängnis umlief, erstaunte mich. Am Anfang bezog ich Gefängnisgeld von meinem Konto und kaufte damit am Lebensmittelwagen ein. Dann entdeckte ich die Welt der zahllosen

Glücksspiele. Poker war zwar verboten, aber wir spielten es ständig, wenn keine Aufseher in der Nähe waren. Selbst die Fußball- oder Volleyballspiele im Hof wurden häufig um Geld ausgetragen. Wie alle anderen, lief auch ich bald mit Bargeld herum, das ich in meinen Hosenschlitz gestopft hatte. Das war die einzige Stelle, die die Aufseher selten durchsuchten – vielleicht verbot das irgendeine Art Anstandsregel.
Ich gab mich stärker als zuvor dem Haschischgenuß hin. Der Stoff war von Ziat leicht zu bekommen, und die Wirklichkeit stand dabei still. Der leichte Rausch, den die Droge verursachte, half, die Zeit vergehen zu lassen. Das Wasserrohr neben dem Kloloch in meiner Zelle war *Turk-malı*. Er war brüchig und rostzerfressen. Aber innen war es gerade groß genug, so daß ich ein kleines Stück Haschisch hineinstecken konnte. Für die moslemischen Wärter war der Toilettenbereich *ayıp*, »unrein«, deshalb war das ein sicheres Versteck. Nie steckten sie ihre Finger in dieses schmutzige Rohr.
Allmählich entwickelte ich mich zu einem richtigen Sträfling.
Es schien, daß jeder im Gefängnis ständig auf etwas wartete. Morgens wartete man, daß die Zelle aufgeschlossen und das Brot gebracht wurde. Mittags wartete man auf das Essen. Man wartete, daß das Wasser angestellt wurde, um das Kloloch benutzen oder sich das Gesicht waschen zu können. Man wartete auf Besuch. Man wartete auf die Verhandlung.
Man wartete darauf, rauszukommen.
Und man wartete jeden Tag auf Post. Sie kam gewöhnlich erst am späten Nachmittag. Sobald der Ruf *mektup* ertönte, stürmten die Häftlinge in Scharen die Treppe herunter. Ein Aufseher oder einer von den türkischen Kapos steckte Briefe oder Päckchen durch die kleine quadratische Öffnung in der eisernen Korridortür. Jemand las die Umschläge und rief die Namen auf. Es gab jedesmal ein wildes Durcheinander. Auch das Postsystem war *Turk-malı*. Viele Briefe von draußen schienen nie anzukommen. Oder sie trafen mit wochenlanger Verspätung ein. Oft fehlten die Briefmarken.
Meine Korrespondenz wuchs allmählich an. Manchmal konzentrierte ich mich den ganzen Tag auf die Möglichkeit, einen Brief zu bekommen. Irgendeinen Brief. Wenn dann nichts kam, war die Enttäuschung groß. Ich fühlte mich so verlassen, eingesperrt in einem fremden Land mit

einer so andersartigen Kultur, und kam mir vergessen vor. Tag um Tag verging ohne einen Brief, und immer stand ich, wenn die ganze Post ausgegeben war, allein an der Tür.

Dann trafen manchmal ganze Stöße von Briefen auf einmal ein. Ich war selig. Dad schrieb regelmäßig, wenn auch nicht vorauszusehen war, wann seine Briefe ankamen. Manchmal fügte Mom eine oder zwei Zeilen hinzu, um mir zu sagen, daß sie mich liebhätte. Mom hatte nie gern viel gesprochen, aber ihr Beistand im Hintergrund war stets zu spüren. Dad erzählte, daß er bei einem Handballturnier seiner Firma eine Trophäe gewonnen habe. Rob und Peggy, meine Geschwister, schrieben auch. Rob erzielte gute Noten an der Brown University. Er meinte, Dad könnte ihm nach seinem Examen einen Job bei der Metropolitan verschaffen. Peg schwärmte von Verehrern, Einladungen und neuen Kleidern. Jeder Brief war gespickt voll mit Kleinigkeiten aus dem Alltag. Und das tat besonders weh. Drüben auf Long Island ging das Leben weiter. Ich riß jeden Brief begierig auf, und während ich mich hineinvertiefte, wuchs der Schmerz, weil ich zwischen den Zeilen eines jeden Briefes den nur dürftig verborgenen Gram über das schwarze Schaf der Familie herausspürte.

Es gab auch andere Briefe. Viele meiner alten Freunde von Marquette schrieben mir. Und endlich kam auch ein Brief von Patrick. Er hatte während der letzten Monate auf einem Thunfischkutter vor der Küste von Oregon gearbeitet, hatte tagsüber gefischt und nachts verrückte Gedichte geschrieben, so daß er erst jetzt von meiner mißlichen Situation erfahren hatte. Er wollte alles über die Rechtslage wissen. Und dann schrieb er: »Hast du kürzlich *Der Graf von Monte Christo* gelesen?« Typisch Patrick. Er neigte stets zu einer hochtrabenden Deutung aller Dinge. Aber wenn es darauf ankam, das wußte ich, konnte ich mich auf ihn verlassen.

Eines Tages überraschte mich dann ein Briefumschlag mit einer feinen, lockeren Handschrift. Mein Herz begann zu klopfen. Ich war mit Lilian Reed aufgewachsen. Sie war meine Partnerin beim Einjährigenball auf dem St. Anthony's Gymnasium gewesen. Es war, als lägen Jahrhunderte dazwischen. Ich erinnerte mich, daß sie an jenem Abend ein rotes Samtkleid getragen hatte. Vor und während unserer Teenagerzeit waren wir ineinander verliebt gewesen, aber dann waren wir irgendwie auseinandergeraten.

So viele Jahre wurden nun durch den Briefumschlag in meiner Hand und durch das Bild in meinem Gedächtnis überbrückt. Sie hatte lange braune Haare, die stille braune Augen einrahmten. Es war an einem Spätsommerabend während der unbeschwerten Zeit zwischen Schulabschluß und Beginn des Collegestudiums gewesen. Zarte junge Liebe und geflüsterte Worte. Wir hatten beide davon geträumt, durch die Welt zu reisen, aber Lilian hatte geheiratet. Er war nicht der Richtige gewesen. Es dauerte nicht einmal ein Jahr. Jetzt war sie in Cambridge und arbeitete als Justitiarssekretärin an der Harvard University. Vor kurzem war sie geschieden worden.
Ihre Worte bewegten mich. Ihre Gedanken erreichten mich rund um den Globus und wärmten mir das Herz. Ich las ihren Brief mehrere Male, bevor ich ihr am gleichen Abend eine lange, gefühlvolle Antwort schrieb. Ich ermutigte sie, die Bruchstücke ihres Daseins aufzulesen und es voll auszuleben. Wir hatten beide unsere Probleme. Seltsam, wie zwei alte Freunde ihr Leben gleichzeitig so verpfuschen konnten. Vielleicht konnten wir uns gegenseitig helfen.

Die Verhandlung war für den 19. Dezember anberaumt. Ich hoffte, daß etwas Definitives dabei herauskam. Wenn man mich nicht gegen eine Kaution freiließ, wollte ich wenigstens ein Urteil. Dann wußte ich, woran ich war. Die Gerüchte über eine Amnestie hatten sich verstärkt. Einige Häftlinge meinten, die Regierung würde jedem zehn Jahre seiner Haft erlassen. Wenn das Gericht mich verurteilte – und sei es zu zehn Jahren –, würde ich vielleicht trotzdem bald frei sein.
Am Abend vor der Verhandlung repetierte ich abermals sorgfältig meine Story. Wieder halfen mir meine Freunde, mich auszustaffieren. Alles hing von einem guten Eindruck ab. Wenn man mich eine Kaution stellen ließe, wäre ich vielleicht schon zu Weihnachten zu Hause.
Der Morgen kam. Soldaten fuhren mich zum Gerichtsgebäude. Diesmal war ich nervöser. Das Gefängnisleben wurde immer drückender. Dies war einer der entscheidensten Tage in meinem Leben, und ich wünschte nur, die Verhandlung würde in englischer Sprache geführt, damit ich ihr folgen könnte.
Meine Anwälte hatten wieder in ihrer Bank Platz genommen. Beyaz und Siya nickten mir höflich zu, als ich den Raum betrat. Yesil bedachte mich mit einem breiten, aufmunternden Grinsen. Ich lächelte zurück. Ich

erkannte mehrere Gesichter – den Botschafter und ein paar Zuschauer. Das Mädchen mit dem gelben Gesetzbuch und den hübschen Beinen war ebenfalls wieder da.
Abermals fand diese unverständliche türkische Konversation zwischen meinen Anwälten und dem Richter statt. Ich saß ruhig da und bereitete mich auf eine lange Sitzung vor.
Der Staatsanwalt erhob sich und hielt eine temperamentvolle Ansprache ans Gericht. Plötzlich, bevor ich überhaupt begriff, was geschah, fesselten die Soldaten mir die Hände und machten Anstalten, mich wegzuführen.
»Was ist los?« rief ich zu Yesil hinüber.
»Nichts von Bedeutung«, sagte er.
»Was heißt hier: nichts von Bedeutung! Ich will eine Kaution. Ich will keine einzige Nacht mehr in diesem Loch verbringen.«
»Ja, ja. Wir kommen morgen raus, um mit Ihnen zu reden.«
»Was hat der Staatsanwalt gesagt?« fragte ich. »Was geht hier vor?«
»Nichts von Bedeutung. Es geht nur um Verfahrensfragen.« Die Soldaten zogen mich an den Armen.
»Um was für welche?«
»Ach, wissen Sie, er hat nur seinen Strafantrag gestellt.«
Wären meine Hände frei gewesen, ich hätte Yesil bestimmt am Revers gepackt. Mein Schicksal war auf türkisch entschieden worden, und Yesil weigerte sich zu übersetzen.
»Was hat er beantragt?« fragte ich nochmals.
»Das ist unwichtig. Wir sagen es Ihnen morgen.«
Jetzt zerrten die Soldaten so heftig, daß ich fast umkippte. Ich warf den Kopf zurück und sah Yesil an. »Was zum Teufel hat der Staatsanwalt gefordert, Yesil?«
»Er hat lebenslänglich beantragt.«
In meinem Kopf wühlte, wirbelte und kreiste es. Ich konnte durch die Seitenlatten des Gefangenentransporters die Abendlichter von Istanbul sehen. Lebenslänglich!
Im *koğus* teilte ich Johann stammelnd die Neuigkeit mit. Er versuchte, mich zu beruhigen. Er versicherte mir, daß Staatsanwälte immer möglichst hart aufträten. Das wäre eine reine Formsache. Auch Charles und Arne beteuerten das. Popeye bedachte mich mit einem »Ich-hab's-dir-ja-gesagt«-Blick. Ich brauchte eine zuverlässige Auskunft. Wie standen

meine Chancen? Würde das Gericht ernstlich über den Antrag des Staatsanwalts beraten?
»Frag doch Max«, schlug Johann vor. »Er weiß vermutlich mehr darüber als irgendwer sonst.«
Zusammen suchten wir den holländischen Fixer auf. Er zappelte nervös auf seiner Bettkante und kratzte sich an den Armen. »Kein *Gastro* mehr da«, erklärte er schlicht. »Brauch' dringend 'n bißchen Shit.«
Johann und ich sahen Max zu, der unter seinem Bett herumfummelte und einen langen, schmalen Stock hervorzog. Durch seine dicken Brillengläser schielend, stolperte er auf den Gang hinaus. Er schaute prüfend, ob der Korridor leer war. Dann fing er an, den Stock wild gegen die Deckenbeleuchtung zu schwingen. Er hatte Schwierigkeiten, sein Ziel zu treffen, aber schließlich zersprang die Glühbirne. Glassplitter regneten über den Flur. Max trottete zur Treppe und rief: »He, Walter, die Lampe hier oben ist kaputt. Sag Emin, er soll den Elektriker schicken.«
Max ging in seine Zelle zurück und kratzte sich weiter an den Armen.
Ich erzählte ihm von meiner Verhandlung. Er schüttelte den Kopf. »Wer weiß? Ich glaub' nicht, daß du lebenslänglich kriegst; aber ich hatte auch nicht gedacht, daß sie mir dreißig Jahre aufbrummen würden. Ich finde, du solltest sehen, daß du deinen Arsch hier rausbringst, egal wie.«
»Was ist mit Bakirkoy?«
Max verzog sein Gesicht zu einer Grimasse. »Aaaaah! Ich war eine Zeitlang in Bakirkoy. Abteilung 12. Für die Süchtigen. Hat keinen Zweck. Du brauchst Freunde. Kennst du irgend 'nen *kapidiye*?«
»Wie bitte?«
»Einen *kapidiye*. Wenn du einen von denen kennst, kannst du's vielleicht hinkriegen, einen Wärter oder sonstwen in Bakirkoy zu schmieren. Rauszukommen ist einfach. Aber du brauchst Kleider und Geld, um es bis Griechenland zu schaffen.«
Ich erzählte Max von dem Türken, der mich auf der Polizeistation so freundlich behandelt hatte. Max versicherte mir, daß das ein *kapidiye* wäre. »Die haben drinnen und draußen 'nen Haufen Freunde. Die Aufseher sind so arm, die lassen sich leicht bestechen. Aber wenn du nicht aufpaßt, legen sie dich aufs Kreuz. Deshalb sind die *kapidiye* so wichtig. Einen *kapidiye* verrät keiner. Einer, der das tut, kriegt ein Messer in den Bauch.«
Der Elektriker kam und stellte seine Leiter auf, um eine neue Glühbirne

einzuschrauben. Max watschelte zu ihm hinüber, flüsterte etwas und zog ein paar türkische Lira aus seiner Unterhose. Ganz beiläufig steckte der Elektriker ihm eine Flasche mit dunkelbrauner Flüssigkeit zu.
»Aha, Zeit für meine Medizin«, murmelte Max. Unsere Unterhaltung stockte, während er sein Fixzeug aufkochte und es sich in eine Vene spritzte. Er schloß die Augen und lehnte sich gegen die Wand. Johann und ich saßen ein paar Minuten da und fragten uns, ob er bei Bewußtsein wäre . . . ob er überhaupt noch lebte. Dann begann Max plötzlich zu sprechen, als wäre er mitten in einer hitzigen Diskussion.
». . . Nein, Mensch, versuch nicht, bei Edirne rüberzukommen.« Er öffnete die Augen, beugte sich vor und ergriff meinen Arm, wobei er fast von seinem Bett kippte. Er senkte die Stimme. »Schau«, sagte er, »südlich von Edirne liegt doch so ein schmaler Landstrich. Wenn du eine Karte von der Türkei ergattern kannst, dann sieh dir den genau an. Da geht eine alte Eisenbahnlinie von Edirne nach Uzun Kopru durch. Die haben sie gebaut, lange bevor einer von diesen Kriegen die Grenze verschoben hat. Ein paar Meilen lang verläuft die Strecke auf griechischem Boden, dann wieder auf türkischem. Der Zug hält nirgendwo an, aber du könntest auf griechischem Gebiet einfach abspringen. Merk dir das.«
Ich überließ Max seinem Rausch. Würde es wirklich so weit kommen? fragte ich mich.
Yesil kam am nächsten Tag und versicherte mir, daß ich mir keine Sorgen zu machen brauchte. Der Staatsanwalt wäre »ein Scheißkerl«, sagte er in einem seltenen Ausfall aus seinem kultivierten Englisch. Der Richter würde mir wahrscheinlich zwanzig Monate geben . . . vielleicht sogar Kaution gewähren. Das würden wir bald erfahren.
Auf alle Fälle sah es so aus, als würde ich die Feiertage in einer höchst ungewöhnlichen Umgebung verbringen. Aber dann hatte ich eine Idee. Vielleicht könnte ich den Silvesterabend in Cambridge verleben. Ich schrieb an Lily und bat sie, sich am einunddreißigsten Dezember um halb vier Uhr nachmittags hinzusetzen. In Istanbul wäre es dann halb zwölf Uhr abends. Ich würde auf meinem Bett sitzen und meditieren. Wir würden zusammen versuchen, unsere Hirnströme auf die gleiche Frequenz zu bringen, und ich würde meinen Geist über die halbe Erde zu ihr schicken, so daß ich das Fest daheim in Amerika verbringen könnte. Ich wußte, der Brief würde rechtzeitig ankommen, aber sie würde mir

nicht mehr antworten können. Ich konnte nur hoffen, daß sie mit dem Vorschlag einverstanden war. Vielleicht würde es tatsächlich klappen.
Im *koğus* breitete sich Festtagsstimmung aus. Die Türken feierten Weihnachten zwar nicht, aber dafür war Silvester ein großes Fest für sie. Deshalb waren sie die ganze Woche gelöst und fröhlich. Sie erlaubten uns, Marmeladen und Gelees und sogar ein bißchen Mehl zu kaufen. Arne, der mich immer von neuem in Erstaunen setzte, mixte alles durcheinander und buk auf einer der Gasflammen Törtchen für Weihnachten. Am Heiligen Abend versammelten wir uns zu mehreren in seiner Zelle. Arne zündete Kerzen an. Er spielte leise auf seiner Gitarre. Johann gebärdete sich albern und ausgelassen, denn er hatte nur noch sechs Wochen abzusitzen. Er ließ etwas von dem höchst wirksamen Haschisch herumgehen, das er von Ziat gekauft hatte. Um Mitternacht rückte Arne mit den Törtchen heraus. Sie schmeckten köstlich, wenn sie erst einmal an dem Klumpen in meiner Kehle vorbeigerutscht waren.

Zweiundzwanzig Uhr dreißig. Silvesterabend. Wieder gab es eine Party. Emin machte sich nicht die Mühe, die Zellen abzuschließen, und so konnten die Freunde in kleinen Gruppen beisammenhocken. Sie rauchten Haschisch und feierten.
Ich verließ meine Freunde und ging leise in meine Zelle. Dort zog ich mich nackt aus, für den Fall, daß auch mein Körper, genau wie mein Geist, zu Lily wanderte. Ich wickelte mich in eine Decke, setzte mich mit gekreuzten Beinen in die Mitte der Zelle und schloß die Augen. Ich entspannte mich und ließ meinen Gedanken freien Lauf. Sie strömten zu Lily. Zu ihrem langen braunen Haar. Zu ihren braunen Augen. Zu ihren glatten Beinen. Minuten vergingen. Ich konnte sie berühren und bekam eine Erektion. Ich war so lange nicht mehr mit einer Frau zusammengewesen. Aber ich behielt die Hände auf den Knien. Masturbation war langweilig. Arne hatte recht, eine der schlimmsten Gefahren der Haft war, daß man lernte, seine Gefühle einzuschließen. Ich wollte ganz nahe bei einer Frau sein. Darum versuchte ich, aus einer Entfernung von elftausend Kilometern in Lilians Geist einzudringen.
Auf einmal wurde mir bewußt, daß ich nicht allein war. War ich bei Lilian? Wo war ich? Ich blinzelte und starrte direkt in die dunklen Augen von Arief. Ich blinzelte stärker, um sicherzugehen. Es war tatsächlich Arief, der mich grimmig durch die Gitter anstierte. Dann zog er sich in

den Korridor zurück, hielt sich betrunken schwankend an der Wand fest und wankte davon.
Ich merkte auf einmal, daß im *koğus* ein lautes Getöse herrschte. Überall rannten Wärter herum und schoben die Häftlinge in ihre Zellen. Wir hatten eine »Kontrolle« – eine Durchsuchung, eigentlich mehr eine Wärterorgie. Hamids gräßliche Stimme kreischte durch den Flur. Er raste in meine Zelle. Auch er schien betrunken. Ich sprang auf und stellte mich, in meine Decke gehüllt, an die Wand. Hamids Augen hafteten auf den unfertigen Schachfiguren, die ich aus Seife geschnitzt hatte.
»Arrgghh!« keuchte er. Seine große Hand wischte die Figuren von meinem Spind. Sie zerbrachen am Boden. Dann zertrampelte er sie mit den Füßen.
Er riß die Spindtür auf, schnappte sich eine Handvoll Bücher und schüttelte sie heftig. Überall flogen die Seiten herum. Dann durchsuchte er die Kleidungsstücke in meinem Schrank, riß Taschen auf und Knöpfe ab. Ich hatte Angst, weil ich ein winziges Stückchen Haschisch in der Wasserleitung versteckt hatte, aber dort suchte Hamid nicht.
Er drehte sich zu mir um, hob den Arm und schlug mir kräftig ins Gesicht. Dann hörte die Kontrolle genauso plötzlich auf, wie sie angefangen hatte. Die Aufseher stürzten hinaus. Emin verschloß die Zellen. Alles war ruhig.
Prosit Neujahr, Lil. Ein frohes 1971.

An einem der ersten Tage des neuen Jahres öffnete sich das Tor des *koğus*, und die Wärter stießen einen neuen Gefangenen hinein. Er hieß Wilhelm Weber und war Deutscher. Die ersten Tage verbrachte er damit, von Zelle zu Zelle zu wandern und vor jedem Häftling auf deutsch, englisch oder in gebrochenem Türkisch anzugeben.
»Ja, ja«, erzählte er Popeye. »Ich fahre Autorennen in Monte Carlo, außerdem tauche ich in den Klippen vor Acapulco.«
»Junge, Junge!« sagte Popeye. »Sag mal nichts, laß mich raten. Ich wette, du hast auch das Matterhorn bestiegen.«
»Ja, ja. Das auch.«
»Dieser Kerl ist der größte Schwätzer auf der Welt«, stöhnte Popeye, und wenn Popeye das sagte, dann hieß das schon etwas.
Innerhalb kürzester Zeit konnte niemand im *koğus* diesen Weber mehr ausstehen. Keiner wollte in seiner Nähe sein oder mit ihm reden. Aber

dann hörte er auf einmal mit der Angeberei auf, verzog sich in seine Zelle und schrieb Briefe.
Niemand kümmerte sich um ihn. Keiner schien sich seinetwegen aufzuregen. War ich denn der einzige, der das erkannte? Weber spielte ein Spiel. Er hatte absichtlich alle sauer auf sich gemacht. Vielleicht wollte er allein sein. Unauffällig befragte ich meine Freunde über ihre Unterhaltungen mit Weber. Genau, wie ich vermutet hatte, kannte niemand irgendwelche persönlichen Einzelheiten. Weber hatte nicht einmal irgendwem erzählt, warum man ihn festgenommen hatte, sondern er hatte bloß eine Menge gequatscht.
»Er ist ein Idiot«, erklärte Popeye.
Aber da war ich mir nicht so sicher.

Ich habe keine wirkliche Kälte gekannt, bis der Winter ins Gefängnis einzog. Die Steinmauern und Eisengitter speicherten keinerlei Wärme. Ein paar Heizrohre liefen unter den Fenstern entlang, aber sie funktionierten nur mäßig und oft genug überhaupt nicht. Wenn ich morgens aufwachte, dampfte mein Atem in der Luft. Ich spürte, daß die rauhen Gefängnisdecken die Körperwärme nicht hielten. Ich ging mit langen Unterhosen, langärmeligem Unterhemd und Socken ins Bett, aber das half auch nicht viel. Ich schwitzte nur, um dann wegen der Verdunstungskälte noch mehr zu frieren. Schließlich konnte ich, zusammengerollt wie ein Fötus und von oben bis unten wie ein Kokon in Decke und Leintuch gewickelt, in Schlaf sinken.
Tag für Tag morgens total durchfroren aufzuwachen war sehr deprimierend. Ich wurde nie richtig warm, auch nicht, wenn die schwache Wintersonne über den Himmel wanderte. Den ganzen Tag hatte ich kalte Füße und Hände, selbst wenn ich mich energisch bewegte. Und dann sah ich nur einer weiteren langen Nacht entgegen, eingeschlossen in meiner Zelle. Das alles fror meinen Geist ebenso ein wie meinen Körper.
Patrick schickte ein Buch – *Ein Tag im Leben des Iwan Denissowitsch* von Solschenizyn. Sibirien war wirklich kalt. Ich fühlte mich mit Iwan sehr verbunden.
Den Höhepunkt der Woche bildete der Abend, an dem ich mich heiß waschen konnte. Die Gefangenengruppen wurden an verschiedenen Abenden eingeteilt. Arne sprach mit Emin. Ich kam in Arnes Gruppe. Zu

sechst oder siebent versammelten wir uns in der Küche. Noch spritzte kaltes Wasser aus dem Hahn, und wir warteten auf den denkwürdigen Augenblick, an dem das warme Wasser angestellt wurde.
Es war schwer vorauszusagen, wie lange das heiße Wasser laufen würde. Manchmal füllte es kaum das Becken. Ein anderes Mal kam es überhaupt nicht. Aber an einem Abend strömte es endlos aus der Leitung. Dampfschwaden erfüllten den steinernen Raum. Ein warmer Nebel hüllte uns ein. Alle Schmerzen und Spannungen des Tages schienen aus mir zu weichen. Ich goß Krüge voll heißen Wassers über meinen Kopf und genoß die Wärme. Die verspannten Muskeln entkrampften sich. Wie ich so in meiner triefenden Unterwäsche dastand, genoß ich die Hitze geradezu wie ein sinnliches Erlebnis.
Arne und ich blieben noch lange in der Küche, nachdem die anderen Mitglieder unserer Gruppe in ihre Zellen zurückgegangen waren. Es war wie in einer Sauna. Ich wusch mich, bis meine Haut brandrot war. Arne besaß einen rauhen Schwamm, den ihm seine Familie aus Schweden geschickt hatte. Damit schrubbte er meinen Rücken. Wie angenehm war das! Der Schwamm belebte meine Haut. Anschließend wusch ich Arnes blassen, knochigen Rücken und sah zu, wie er sich unter der Bearbeitung mit dem Schwamm rötete.
»Arne, du bist so dürr. Warst du immer so dünn, oder kommt das nur von der türkischen Kost?«
»Nein. Ich hab' schon immer zu der mageren Sorte gehört. Ich bin auch viel gelaufen. Querfeldein und so.«
Das konnte ich seinen langen drahtigen Beinen ansehen.
»Gelaufen bin ich auch viel. Am Strand von New York.«
»Für mich siehst du eher wie ein Schwimmer aus«, meinte Arne.
»Hab' ich auch viel gemacht. Als Strandwächter und beim Surfing. Ich liebe das Meer.«
»Ja, und jetzt ist uns bloß dieses Wasserloch hier geblieben.«
Ich blickte durch die Schwaden. Ein paar Häftlinge lümmelten an der Tür herum. Sie beobachteten uns.
»Das Wasserloch und die Araber.«
Beiläufig guckte Arne hinüber. »Die befriedigen sich, indem sie Männer beobachten, die sich in ihrem Unterzeug waschen.«
Mir machte das nichts aus. »Wir sollten Eintrittsgeld verlangen.«
»Ich finde das nicht so komisch«, erwiderte Arne. »Schluß für heute.«

»Ja. Ich bin mit Wasser regelrecht vollgesogen und fühle mich prima.«
»Schön, wenn man hin und wieder einen geschrubbten Rücken und einen sauberen Körper hat. Herrgott! Ich wollte, ich könnte an irgendeinem Strand nackt in der Sonne liegen.«
»Träum' nur weiter«, sagte ich.
»Mach' ich«, erwiderte Arne. »Mach' ich.«

Johanns Grinsen stach die Morgensonne aus. Nach zwei Jahren hatte er endlich seine Strafe abgebüßt. Er schenkte mir seinen persischen Bettüberwurf, den er von einem Iraner bekommen hatte.
»Geh vorsichtig damit um, Billy«, sagte er. »Da ist ein spezielles Geschenk für dich drin. Das hab' ich mir aufgehoben für den Fall, daß sie mich austricksen und doch nicht rauslassen würden... Ich schreib' dir«, versprach er. »Wir bleiben in Verbindung. Wenn du was brauchst, laß es mich wissen. Ich mein' es ernst, Mensch. Ich helf' dir hier raus, so gut ich kann.«
»Laß es dir gut gehen unterwegs«, sagte ich. »Gib mir Bescheid, wenn du dich mal irgendwo niederläßt.«
»Klar, mach' ich.«
Ich sah Johann nach, wie er aus dem *koğus* hinaus in die Freiheit ging. Ein paar Augenblicke lang blieb der Widerschein seines Glücks bei mir zurück. Dann aber rückte mein Verstand die Situation wieder zurecht: Ich war schließlich noch drin. Neugierig entfaltete ich die Bettdecke. Es fiel nichts heraus. Ich untersuchte sie sorgfältig. Eine derbe Borte umrandete die Decke. An einer Stelle war sie hart. Ich kehrte mich zur Wand, um meine Aktivitäten vor möglichen Blicken aus dem Korridor zu verbergen. Vorsichtig zog ich an den Fäden, mit denen die Borte aufgenäht war. Eine Feile! Wie war Johann daran gekommen? Egal. Hauptsache, sie war da.
Spät an diesem Abend probierte ich sie am Metall meines Bettes aus. Sie schien gut zu funktionieren, und ich beschloß, sie sorgfältig aufzuheben. Das war wie Geld auf der Bank. Ich schob sie in den Einband meines Tagebuchs.
Am nächsten Tag überkam mich eine ziemlich starke Depression. Johanns leere Zelle nebenan würde eine ständige traurige Erinnerung bleiben. Einem plötzlichen Einfall folgend, schlenderte ich zu Emin und fragte ihn, ob ich nicht in den zweiten Stock ziehen dürfte. Es gab dort

eine leere Zelle zwischen Popeye und Max. Emin sagte ja, und zwanzig Minuten später hatte ich mich oben häuslich niedergelassen. Popeye war glücklich, und sein Geplapper ließ den Tag schneller vergehen. Doch gegen Abend überfiel mich von neuem eine tiefe Mutlosigkeit. Ich war jetzt schon sechs Monate im Gefängnis und kannte noch nicht einmal die Höhe meiner Strafe. Die türkischen Gerichte arbeiten unglaublich langsam. Es war töricht von mir gewesen zu glauben, daß ich hier bald wieder herauskäme. Ich dachte an Max in der Nebenzelle und nahm mir vor, mit ihm noch mehr über meine Flucht zu reden . . . mehr über jene Grenze nach Griechenland. Eines wußte ich sicher: Ich durfte nicht mehr viel Zeit in diesem Gefängnis verbringen. Schließlich war ich erst dreiundzwanzig Jahre alt, und die besten Jahre lagen noch vor mir. Die Türken stahlen mir langsam, aber sicher mein Leben.
Schließlich fiel ich in Schlaf. Mitten in der Nacht wachte ich auf und hörte ein leises Murmeln, das aus Max' Zelle kam. Ich wunderte mich, wer um diese Nachtzeit dort sein konnte. Vorsichtig schlich ich zum Gitter und lauschte angestrengt auf die Stimmen nebenan. Es war nur eine Stimme – und zwar die von Max.
Im Glas des vergitterten Korridorfensters konnte ich sein Spiegelbild sehen. Er stand vor seinem geöffneten Spind und sprach ruhig hinein. Er kicherte.
»Max«, flüsterte ich. »Mit wem sprichst du da?«
Er wirbelte überrascht herum. »Oh . . . komisch . . . mein Freund ist da drin.«
»Wirklich?«
»Ja.« Er drehte sich wieder zum Spind um und kicherte.
»Gut. Glaubst du, ihr könntet ein bißchen leiser reden? Dein Freund läßt mich nicht einschlafen. Okay?«
»Gut. Entschuldige.«
Er linste in seinen Spind und sagte: »Psssst.«

Während der nächsten zwei Wochen spukte mir Johanns Entlassung dauernd im Kopf herum. Arne merkte bestimmt, daß mich etwas beschäftigte. Ich hatte mit ihm nie über eine Flucht gesprochen, denn ich wußte, daß er so etwas nie ernsthaft in Betracht ziehen würde. Er würde brav in seiner Zelle hocken bleiben und seine Zeit absitzen, bis die Türken ihn rausließen. Charles war fast am Ende seiner Haftzeit ange-

langt, und Popeye traute ich nicht zu, ein Geheimnis für sich zu behalten.
Blieb also Max. Ich befragte ihn wieder über Bakirkoy. Er war skeptisch. Doch er stimmte mit mir überein, daß ich, falls das Gericht mich zur Beobachtung in die Nervenklinik schickte, mich dort aufmerksam nach jeder Gelegenheit umschauen sollte.
Wieder war eine Verhandlung angesetzt. Und ich wollte unbedingt, daß irgend etwas passierte.
Als der Tag endlich gekommen war und die Soldaten mich in den Gerichtssaal brachten, eilte ich zu Yesil hinüber.
»Ich möchte, daß Sie heute meine Entlassung gegen Kaution beantragen«, sagte ich. »Glauben Sie, unsere Chancen stehen gut?«
»Şöyle böyle«, sagte Yesil, indem er ins Türkische verfiel. »Ich bin nicht so ganz sicher, daß das der richtige Zeitpunkt für einen solchen Antrag ist.«
»Schauen Sie, ich sitze jetzt seit sechs Monaten in diesem Gefängnis, und Sie haben immer noch nicht nach der Kaution gefragt. Teilen Sie Beyaz und Siya mit, ich wünschte, daß sie heute meine Entlassung gegen Kaution beantragen.«
Yesil wurde nachdenklich. »Vielleicht wäre es günstiger, wenn Sie selbst fragten«, schlug er vor.
»Richtig. Genau das werde ich tun.«
Wieder war die Gerichtsverhandlung ein einziges türkisches Rechtspalaver. Der Richter sprach, meine Anwälte sprachen, der Staatsanwalt sprach, der Richter sprach zum zweitenmal. Kein Mensch fragte mich irgendwas. Deshalb unterbrach ich das Verfahren. Ich stand auf und hob die Hand.
Der Richter sah überrascht herüber. Er sagte etwas zu Yesil.
»Was wollen Sie?« fragte Yesil.
»Das wissen Sie doch!«
»Gut. Sprechen Sie zum Gericht.«
»Ich bin jetzt seit sechs Monaten in Haft«, erklärte ich. »Meine Gesundheit läßt nach. Meine Zähne sind sehr schlecht. Ich habe Probleme mit meinem Magen. Ich werde langsam ganz deprimiert. Ich bitte das Gericht, mich gegen eine Kaution zu entlassen, damit ich mich draußen um meine körperliche Gesundheit kümmern kann.«
Yesil übersetzte meinen Vortrag, und der Richter lachte einfach laut los.

Er redete wieder mit meinen Anwälten, und abermals machten die Soldaten Anstalten, mich wegzubringen.

»Was ist los?« fragte ich Yesil.

»Das ist sehr gut«, grinste er. »Der Richter hat sich Ihre Beurteilung durch die Armee der Vereinigten Staaten angesehen. Er schickt Sie zur Beobachtung nach Bakirkoy. Vielleicht bekommen Sie ein Attest über Unzurechnungsfähigkeit!«

Aber vielleicht würde ich auch so wahnsinnig werden.

8.

Die Freiheit lugte durch die Seitenwände des roten Lastwagens herein, der die Gefangenen nach Bakirkoy beförderte. Im matten Zwielicht der Abenddämmerung konnte ich sehen, daß es im Leben immer noch so herrliche Dinge wie Frauen, Bäume und einen weiten Horizont gab. Doch der Lastwagen holperte über ein Gleis, und mein Kopf knallte gegen hartes Holz. Mir wurde klar, daß die Frauen, die Bäume und der freie Horizont nur für jene Glücklichen da waren, die sie wahrscheinlich als selbstverständlich hinnahmen. Ich dagegen rumpelte in einem Gefangenentransporter dahin, an einen ausgemergelten jungen Irren gekettet, dem der Speichel ständig seitlich aus dem Mund triefte.
Aber es tat sich wenigstens etwas. Während der sechs Monate, die ich in Sagmalcilar verbracht hatte, hatte ich nichts erreicht. Das einzige, was ich unternommen hatte, war, Johanns Feile zu verstecken. Sie befand sich immer noch im Einband meines Tagebuchs, das mit meinen paar anderen Habseligkeiten in meiner Zelle eingeschlossen war. Wenn ich jetzt Glück hatte, würde ich sie niemals brauchen. Das Gericht hatte verfügt, daß ich für siebzehn Tage zur Beobachtung nach Bakirkoy kam, und ich glaubte, mir bliebe genügend Zeit, um irgend etwas zu arrangieren.
Die holperige Fahrt, eingezwängt in die Enge des quietschenden Lasters, vermittelte mir die Illusion, meinem Ziel näherzukommen. Nie mehr würde ich nach Sagmalcilar zurückkehren, dessen war ich ganz sicher. Ich würde meine Verrücktheit bescheinigt bekommen und in Bakirkoy bleiben, bis ich einen Ausbruch organisieren konnte. Es war meine große Chance.
Es war fast dunkel, als der Wagen an der Mauer des Nervenkrankenhauses hielt. Ich konnte einen hohen Baum im Hof erkennen, dessen starke überhängende Äste im Winterwind schwankten. Bestimmt könnte man

auf diesen Baum klettern und sich außerhalb der Mauer auf die Erde herunterlassen.

Mehrere Krankenpfleger in schmierigen weißen Arbeitskitteln nahmen unsere Gruppe in Empfang, als wir ein Verwaltungsbüro betraten. Der älteste von ihnen war vielleicht um die sechzig, doch er war der größte von allen und sehr kräftig. Eine silberne Strandwächterpfeife baumelte an seinem Hals. Die anderen nannten ihn *Polisbaba*. Sie respektierten ihn ganz offensichtlich als Autorität.

»Lira? Lira?« fragten die Pfleger. Ich gab vor, nichts zu verstehen. Ich mußte jetzt mit meiner Rolle als Irrer beginnen; ich beabsichtigte, mich verstockt und in mich gekehrt zu zeigen.

»Lira?« fragte ein Krankenwärter noch einmal, wobei er mir seine große Hakennase direkt ins Gesicht stieß.

Ich zuckte die Achseln und zog langsam einen Hundertlirschein aus meiner Tasche. Der Wärter zeigte auf meine Uhr. Er erklärte gestikulierend, daß sie mir drinnen gestohlen würde. Er nahm sie und steckte sie mit dem Geld in eine Tüte, auf der mein Name stand.

Polisbaba paßte genau auf. Hier war ein verrückter *turist* mit einem Hundertlirschein und einer schicken Uhr. Wo das herkam, mußte noch mehr Geld sein. Er schob sich an mich heran und bedeutete mir, ihm zu folgen. Der sabbernde Irre und ich hielten Einzug in Bakirkoy.

Das Gelände war unebener, als ich es mir nach der Beschreibung von Max vorgestellt hatte. Fußwege wanden sich wellige Hügel hinauf und hinunter. Geschlossene Baumgruppen und dichte Büsche würden mir die Möglichkeit geben, mich zu verstecken, und wenn ich nur unbewacht in den Park gelangte, konnte ich gewiß auch aus dem gesamten Komplex entkommen. Ich versuchte mir den Weg einzuprägen, der uns zu Station 13 führte. Aber die frühe Februarnacht war bereits hereingebrochen. Die Luft war frisch, kalt und belebend. Zum erstenmal seit sechs Monaten hatte ich den dunklen Nachthimmel wiedergesehen.

Vor uns tauchte eine riesige, drohende, etwa viereinhalb Meter hohe Steinmauer auf. Wir gingen auf ein großes bogenförmiges Eisentor zu, das fast ebenso hoch wie die Mauer war. Die starken Eisenflügel waren mit dicken Messingbolzen beschlagen. In das Tor waren zwei kleinere Türen, ebenfalls aus Eisen, eingelassen. Einer der Wärter zog einen großen, altmodischen eisernen Schlüssel aus seiner Tasche, drehte ihn in dem Schloß herum und eine kleine Tür schwang auf.

Polisbaba kettete mich los und schob mich sacht hinein. Ich befand mich in einem großen Hof aus festgestampfter Erde. In der Mitte, eingehüllt in Finsternis, erhob sich ein längliches, gedrungenes, rechteckiges graues Gebäude. Station 13, die Abteilung für kriminelle Geisteskranke. Das war mein neues Heim.
Wir gingen quer über den Hof zu dem Gebäude hinüber. Ein weiterer Schlüssel in einem weiteren Schloß. Die eiserne Tür öffnete sich, und die Wärter schoben uns in ein kleines Zimmer. Wir mußten uns alle bis auf unsere Unterwäsche ausziehen. Dann wurden dünne, verwaschene Schlafanzüge mit kurzen Hosen ausgeteilt, die mir für die Winternacht lächerlich unpassend erschienen. Man nahm uns unsere Schuhe und Socken weg und gab jedem von uns ein Paar alte Badesandalen. Sämtliche Fußböden und Wände des Gebäudes waren aus Stein. Glattem, kaltem Stein. Drinnen schien es nicht wärmer als draußen zu sein.
Polisbaba führte mich durch eine Abteilung, die dreckiger und schmieriger war als alles, was ich bisher im Gefängnis gesehen hatte. Die weiße Tünche auf den Wänden war grau, in den Ecken sogar richtig schwarz geworden. Die Wände und Decken stießen eher in Bögen als in rechten Winkeln zusammen. Das ganze Gebäude wirkte wie ein mittelalterliches Verlies. Mich schauderte in der feuchtkalten Luft.
Mehrere Wärter saßen auf einem Bett und spielten *kulak*, ein Kartenspiel. Mein Begleiter führte mich an ihnen vorbei durch einen offenen Bogengang in einen zweiten Saal, und ich prallte zurück; ich war wie erschlagen von dem ungeheuren Lärm und dem unaufhörlichen Durcheinander in diesem Raum.
Gleich um die Ecke herum neben der Wand, auf deren anderer Seite die Wärter im ersten Saal *kulak* spielten, wies mir *Polisbaba* ein Bett zu. Es war von einem fettgesichtigen Mann in einem schmutzigen Schlafanzug in Beschlag genommen worden. Trotz der allgemeinen Unruhe im Raum schnarchte er friedlich. *Polisbaba* gab mir zu verstehen, daß mir dieses Bett zustände, doch ich stand einfach da und versuchte, meinen erschreckten Augen einen leeren Ausdruck zu verleihen. Das Bett hatte wegen seiner Nähe zu den schützenden Wärtern eine günstige Lage. Ich wollte es haben. Aber konnte ich es riskieren, gesund genug zu erscheinen, um dem Pfleger ein Schmiergeld anzubieten?
»*Ne bu?*« sagte ein schäbig aussehender Mann neben meinem Ellenbogen. Er zerrte am Ärmel meines Schlafanzugs.

»Ne bu?« brummte ein anderer Irrer hinter mir. Er zog an meinen blonden Haaren.
Polisbaba knurrte bloß und scheuchte sie weg. Er lächelte mir zu. Wieder bedeutete er mir, daß ich das Bett haben könnte. Dann erst schien er zu bemerken, daß es besetzt war. Aber das war für ihn kein Problem: Er streckte nur seine riesigen Arme aus und rollte den schlafenden Mann einfach auf den Boden.
»*Allah!*« rief der fette Verrückte mit erschreckter Stimme. *Polisbaba* knurrte. Der Mann trollte sich.
Ich sah auf das Bett hinunter: Massen von gelben Urinflecken. Zwischen den Falten des zerrissenen Leintuches tummelte sich zweifellos eine ganze Läusekolonie.
»*Pis*« (»schmutzig«), murmelte ich. Ich war nicht blöde genug, um in diesem Dreck zu schlafen.
»Ha?« erwiderte *Polisbaba* und sah mich fragend an. Dann ging ihm ein Licht auf. Wieder zog sich sein graues Gesicht zu einem Goldzahngrinsen auseinander. Er brüllte. Ein flinker alter Mann in ausgefranstem Schlafanzug rannte weg und kam im Nu mit einem zerfetzten, dünnen Stück grauen Leinens zurück, das vermutlich ein sauberes Laken darstellen sollte. Er zerrte das alte schmutzige Laken vom Bett, um es durch das neue schmutzige Laken zu ersetzen.
Polisbaba zeigte mit den Fingern: zwanzig Lira. Ich murmelte irgend etwas, was er offensichtlich für mein Einverständnis mit der Schuld hielt. Er konnte das später von meinem Hundertlirschein abziehen. Dann drehte er sich um und ließ gellend eine rasche Worttirade gegen ein paar andere Insassen in unmittelbarer Nähe los. Das Wort *turist* war deutlich zu vernehmen. Er schien ihnen deutlich zu machen, daß dies mein Bett war und sie mich nicht belästigen durften.
Ich setzte mich auf mein Bett, vorsichtshalber mit dem Rücken zur Wand, und musterte mein neues Heim.
»*Cıgara?*« fragte ein nackter Mann. Er hielt mir seine Hand entgegen.
»*Cıgara? Cıgara?*«
Ich gab keine Antwort.
Er war dürr und jung, und er sah kränklich aus. Seine Knochen standen weit heraus. Seine linke Hand bedeckte krampfhaft seinen Hintern, während er die rechte vor mich hingestreckt hielt. Die Fingerspitzen waren bis auf das rohe Fleisch abgekaut.

In ständiger Monotonie fragte er: »*Cıgara? Cıgara? Cıgara?*« Ein paar andere Männer kamen herzu und leisteten ihm Gesellschaft. »*Cıgara? Cıgara?*«

Minuten vergingen. Als ich ihnen keine Zigaretten anbot, schlurften ein paar von den Männern wieder davon. Aber der Nackte hielt seine Stellung. »*Cıgara?*« sagte er leise. Ich schüttelte den Kopf. Er achtete nicht darauf. Er stand weiter da vor meinem Bett, zitternd vor Kälte, und starrte mit leeren Augen auf mich herab.

Ich wich seinem Blick aus und schaute mich im Saal um. Der Anblick war mit einer Monsterschau in einem Zirkus zu vergleichen, nur daß ich diesmal mehr zu den Schaustellern als zu den Zuschauern gehörte. Der Lärm in Sagmalcilar war schon arg gewesen, aber hier war es noch viel schlimmer. Ein monotones Summen und ein leiernder Singsang waren ständig im Gange und bildeten das stete Hintergrundgeräusch zu den lauten, teils erregten Unterhaltungen. Vereinzelte markerschütternde Schreie zerrissen die Luft. Ein paar Männer geiferten sich gegenseitig im Kampf um Laken, Decken, Betten und Zigaretten an. Andere saßen nur auf ihren Betten und brabbelten vor sich hin . . . schaukelnd, schreiend, weinend. Schmutzige, stinkende Männer, manche splitternackt, andere in zerrissene schwarze Tücher gehüllt, irrten in unsinniger, nutzloser Aktivität durch den Raum. Es schien eine gewisse Regelmäßigkeit darin zu liegen. Viele machten den Eindruck, einem seltsamen, unbeholfenen Rhythmus zu folgen. Andere jagten wie flinke Frettchen durch den Saal. Sie wanden sich geschmeidig durch die gedrängten, unordentlichen Bettenreihen und hielten die scharfen Augen für alles offen, was sie ergattern konnten. Andere wieder schleppten sich in starrer, leeräugiger Stummheit dahin.

Wenige Betten von mir entfernt saß ein blaßhäutiger alter Türke mit einem stachligen Bürstenschnurrbart, wie man ihn oft bei schwedischen Pförtnern sieht. Er sah aus wie Mr. Swenson, der Portier in den »Archie«-Comics. Auf seiner linken Backe, genau unter dem Auge, hatte er eine dicke runde, feste Beule, etwa so groß wie eine pralle fleischige Walnuß. Er war ein flinkes, nervöses Männchen. In einem kleinen runden Taschenspiegel untersuchte er die Beule aus jedem möglichen Blickwinkel. Mit drei Fingern der linken Hand rieb er mit hastigen Bewegungen ununterbrochen an dem ekligen Knubbel herum.

Mir gegenüber saß ein Mann auf der Kante seines Bettes und murmelte: »*Amina koyduğum.*« Ich hatte diesen Ausdruck schon drüben in Sagmalcilar gehört. Wörtlich bedeutete er: »Der werd' ich's schon zeigen«; aber die Türken im Knast benutzten den Ausdruck oft im Sinne von »kapiert?«. »*Amina koyduğum*«, murmelte er zu seinem Bett. »*Amina koyduğum*« zu seinen Füßen, »*Amina koyduğum*« zur Decke, »*Amina koyduğum*« zu dem alten weißhaarigen Mann neben ihm, einem pensionierten Richter, der wahnsinnig geworden war und jetzt seine Zeit damit verbrachte, irgendwelche Papiere peinlich genau abzuschreiben und die Kopien auf einen Haufen zu stapeln. Ihren Betten gegenüber saß ein anderer Mann, der eine Beschwörung an seine *tespih*, seine Perlenschnur aus Olivenkernen, murmelte. Keiner beachtete den anderen. Während ich dies alles in mich aufnahm, sah der nackte Mann fortwährend auf mich hinunter. Gelegentlich hauchte er: »*Cıgara?*«
Um seinem aufdringlichen Starren zu entgehen, glitt ich von meinem Bett herunter und startete zu einem Rundgang durch die Station 13. Ich wollte die Gepflogenheiten kennenlernen, wollte den Wärter mit dem Schlüssel ausfindig machen, wollte Fenster oder Türen erkunden, die vielleicht versteckt angebracht waren.
Geduckt schlich ich in den ersten Saal zurück. Ich merkte gleich, daß er eine ganz andere Atmosphäre hatte als derjenige, in dem ich untergebracht war. Der erste Saal, obgleich für amerikanische Verhältnisse schmutzig, war im Vergleich zu meiner eigenen Unterkunft eine Art Hilton-Hotel. Vierzig oder fünfzig Betten waren ordentlich in drei Reihen aufgestellt. Die meisten hatten saubere Laken, die unter die Matratzen gesteckt waren. Kein Mensch war nackt. Männer in reinlichen, wenn auch verblichenen Pyjamas saßen auf ihren Betten und schienen ihre fünf Sinne durchaus beisammen zu haben.
Plötzlich blieb ich überrascht stehen. Da war Memet Celik, den ich im Gerichtsgebäude gesehen hatte. Und Ali Aslan, auf den man mich im Gefängnis aufmerksam gemacht hatte. Beide waren *kapidiye*, türkische Gangster. Sie waren böse und gemeingefährlich, aber nicht geisteskrank. Sie saßen in ihren eigenen Pyjamas, nicht in Anstaltswäsche, auf ihren Betten und spielten mit ein paar Pflegern *kulak*. Was taten die in Bakirkoy? Sie waren gewiß nicht hier, um auszubrechen. Sie konnten es sich wahrhaftig nicht leisten, zu türmen und ewig auf der Flucht zu sein. Aber was machten diese *kapidiye* dann in Bakirkoy?

Während ich über dieses Rätsel nachgrübelte, zog ich mich in meinen eigenen Aufenthaltsraum zurück. Welch ein Kontrast – diese schmutzigen, nackten, schreienden Männer, die zwischen den Betten herumtobten. Der nackte Irre stand immer noch vor meinem Bett, deshalb beschloß ich, weiterzugehen und weiterzuforschen. Ich schritt langsam zwischen den Betten hindurch und sah mir dabei die Gesichter an. Vor mir führte ein anderer Torbogen zu einem weiteren Raum. Ich trat ein.
Es war, als hätte ich einen Stein aufgehoben und darunter Hunderte von wimmelnden weißen Maden entdeckt. Der Gestank ließ mich auf der Schwelle erstarren. Der Saal war mit Betten und Leibern überfüllt. Die Betten waren in Dreier- oder Vierergruppen zusammengeschoben, und darauf schliefen etwa neun oder zehn Männer zusammen. Ein ständiger Dschungelkampf schien sich hier abzuspielen. Ein Mann warf einen anderen von seinem Bett, doch der andere kam sofort schreiend wieder, um seinen Platz zurückzuerobern.
Überall Geschrei, Fluchen und Handgreiflichkeiten. Die schweren Ammoniakdünste, der entsetzliche Gestank menschlicher Exkremente waren unerträglich. Doch am schlimmsten war der Gestank in der Nähe jener Türöffnung, die nur zum Waschraum führen konnte.
Dieser Waschraum gehörte zu den wichtigsten Zielen meiner Informationsrunde. Nicht weil ich ihn sofort benutzen wollte, sondern vielmehr, weil er vielleicht ein Fenster hatte, das den Blicken der Wärter entzogen war. Ich ging hinüber und steckte meinen Kopf hinein, konnte aber nichts sehen. Der Geruch war so ekelerregend, daß ich mich schnell zurückziehen mußte. Morgen, entschied ich, wäre es noch früh genug, die Toilette zu besichtigen.
Neben dem Waschraum stand ein Tisch, an dem ein grinsender Türke in einem verwaschenen Schlafanzug mehrere Stangen Zigaretten bewachte. »*Cıgara?*« fragte er. »*Birinci?*« Er zeigte den Preis von einer Lira und fünfundsiebzig *kuruş* an, etwa zwölf Cent für ein Päckchen *birinci*-Zigaretten. Ich ging ein Stück weg und drehte mich zur Wand. Ich wartete, bis ich sicher war, daß mich niemand beobachtete, und zog vorsichtig einen Fünfliraschein aus meiner Unterhose. Dann ging ich zu dem Zigarettenverkäufer zurück. Jetzt konnte ich wenigstens diesen nackten Mann loswerden, der sich dauernd vor meinem Bett herumtrieb.
Als die Nacht nahte, machte ein Pfleger mit einer großen Schürze mit

mehreren Taschen, die mit roten, blauen, grünen und weißen Tabletten vollgestopft waren, die Runde auf der Station. »*Hop, hop*« (»Pille, Pille«), rief er. Ich zuckte die Achseln. Beruhigungsmittel lehnte ich ab. Aber jedermann sonst verschlang sie, als wären es Bonbons. Der Pfleger teilte sie mit vollen Händen aus.
Als die Pillen bei den meisten Insassen ihre Wirkung taten, schwoll der Lärm beträchtlich ab, bis er zu einem konstanten Rumoren, das nur gelegentlich von einem Schrei unterbrochen wurde, herabgesunken war. Die Wärter zogen sich zu ihrem Kartenspiel zurück. Auf Station 13 trat Ruhe ein.
Ich legte mich hin und schlotterte unter meinem dünnen Laken, weil durch eine zerbrochene Fensterscheibe am Fußende meines Bettes der kalte Wind hereinblies. Verzweifelt strengte ich mich an, die unglaublichen Eindrücke meiner ersten Stunden in Bakirköy aus meinen Gedanken zu verdrängen. Die unheimlichen Erlebnisse des Tages lenkten mich von dem eigentlichen Zweck meines Hierseins ab. Ich war hier, um zu einer Bescheinigung meiner Unzurechnungsfähigkeit zu kommen, entsann ich mich. Und um einen spektakulären Ausbruch in die Wege zu leiten. Doch welcher Wärter hatte den Schlüssel? Und wie konnte ich diese riesige Mauer im Hof überwinden? Und wohin konnte ich mich wenden, mit nichts weiter auf dem Leib als diesen dünnen Baumwollschlafanzug? Morgen, beschloß ich, morgen würde ich mich ernsthaft ans Planen machen. Nach zwei oder drei Stunden, schätzte ich, schlief ich ein.
Mitten in der Nacht spürte ich ganz nah die Gegenwart eines anderen Menschen. Ich rollte mich herum und blickte in ein dunkles Gesicht. Es war ein junger Mann Anfang Zwanzig. Er war groß und dünn und grinste mich wild an. Ein dunkelgrauer alter Fetzen von Laken war alles, was er anhatte. Er hatte es über seinen Kopf gelegt und hielt es unterm Kinn zusammen wie eine Bauersfrau ihren Schal. Ich weiß, daß Menschenaugen nicht gelb sein können, aber seine waren es.
Er schmunzelte, als er die Überraschung und die Angst in meinem Gesicht sah. Er öffnete seinen Mund zu einem Spalt, und seine Zunge leckte über die trockenen, aufgesprungenen Lippen. Seine hinterhältigen Augen tasteten meinen Körper ab, hinauf und hinunter. Seine Absicht war nur zu deutlich; deshalb wandte ich mich ab und zog mir das Laken über den Kopf. Aber er blieb einfach da stehen.

»Cıgara?« hörte ich ihn leise sagen.
Ich antwortete nicht.
»Cıgara? Cıgara?«
Erst wollte ich ihn warten lassen, bis er genug hatte, doch seine Gegenwart wurde mir unangenehm. Ich steckte den Kopf unter dem Laken hervor und blickte ihm ins Gesicht. Wieder schmunzelte er. Er streckte seine flache Hand aus.
»Cıgara«, sagte er mit sanfter, ruhiger Stimme. »Cıgara?« Pause. »S'il vous plaît.«
Sein unerwartetes Französisch verblüffte mich so, daß ich das Päckchen *birinci* unter meinem Kopfkissen hervorzog und ihm eine gab. Er bat um Feuer. Ich zündete ihm seine Zigarette an. Dann fuhr er sich noch einmal mit der Zunge über die Lippen, doch schließlich ging er und verschwand im Schatten.

Ich erwachte früh durch das Geleier der moslemischen Beter, das aus dem dritten Saal herüberdrang. Niemand in den ersten beiden Räumen schien bereit zu sein, sich ihnen anzuschließen; Religion blieb offensichtlich nur den Allerverrücktesten vorbehalten. Ich lag fröstelnd in meinem Bett und versuchte, einen klaren Kopf zu bekommen. Ich hatte befürchtet, unter der Bedrückung der Haft drüben in Sagmalcilar zusammenzubrechen; was aber würde der Wahnsinn von Bakirkoy erst aus mir machen? Wenn ich zu lange hierblieb, würde dann mein ohnehin schon empfindliches Gemüt dann allmählich von dem Irrsinn hier angesteckt werden?
Die Wärter kamen um sieben Uhr morgens und stießen jedermann mit kurzen Holzknüppeln wach. Jedermann – das heißt, mit Ausnahme der *kapidiye* und ein paar weniger menschlicher Wracks, die unfähig waren, ihre Betten zu verlasssen. Man trieb uns wie Vieh neben dem Eßraum zusammen. Dann ließen die Wärter uns warten, während sie unter den Betten und in den Ecken herumstöberten, um eventuelle Nachzügler herauszuscheuchen. Anschließend schoben uns die Wärter einzeln in das kleine Eßzimmer, wobei sie uns zählten. Bald stauten sich die Männer in dem kaum sechzig Quadratmeter großen Raum. Ungefähr zweihundert Menschen standen hier eng zusammengepfercht. Es war mir fast unmöglich, mich zu rühren. Selbst das Atmen wurde zum Problem, denn der Gestank von ungewaschenen Leibern und fauligem

Mundgeruch war übermächtig. Ich spürte eine Hand, die meinen Hintern rieb. Dann langte sie weiter hinunter und streichelte meine Hoden. Ich drehte mich blitzschnell um und sah einen Türken, der mich gemein angrinste. Augenblicklich rammte ich mein Knie zwischen seine Beine, und unter dem Lärm fluchender Türken bahnte ich mir mit den Ellenbogen einen Weg zu einer schützenden Wand. Die Wärter verglichen bedächtig ihre Zahlen, während sie in die Säle zurückschlenderten, um die *kapidiye* und die Wracks zu zählen. Länger als eine halbe Stunde waren wir in den stinkenden, rauchgeschwängerten kleinen Raum eingepfercht.
Endlich waren die Wärter mit Rechnen und Vergleichen fertig und ließen uns wieder heraus. Irgend jemand drückte mir eine Schüssel in die Hand und füllte sie mit dünnem Haferschleim, auf dessen Grund ein paar Linsen schwammen. Hungrig schlang ich diese lauwarme Brühe herunter, denn tags zuvor hatte ich das Abendessen verpaßt.
Dann meldete sich unvermeidlich die Natur. Den Gang zum Waschraum hatte ich so lange aufgeschoben, daß fast die Grenze meiner Ausdauer überschritten war. Ich holte tief Atem, hielt die Luft an und betrat den dunklen Raum. Fast der ganze Boden war mit Kothaufen und Urinpfützen bedeckt. Vorsichtig wie auf Katzenpfoten wagte ich mich in meinen Sandalen zu einem der vier Löcher im Fußboden vor und hockte mich nach türkischer Art darüber.
Im gleichen Augenblick kam ein hagerer Türke hinzu, der sich vor mich hinhockte und zu masturbieren begann, wobei er auf meinen Penis starrte.
»Yaaahh!« brüllte ich ihn an. Er sprang davon. Doch sobald ich mich wieder zur Hocke niedergelassen hatte, kam er zurück. Mir blieb nichts anderes übrig, als ihn zu ignorieren, denn ich wollte so schnell wie möglich aus dem unglaublichen Gestank wegkommen. Dann kam ein barfüßiger Türke mit ausdruckslosen Augen hereingeschlurft und trat mitten in einen Haufen feuchter Exkremente. Er schaute umher, als ob er erst jetzt begriff, wo er sich befand, dann zog ein erkennendes Leuchten über sein Gesicht. Eine dunkle Brühe tropfte an seinem Hosenbein herunter, und zu seinen Füßen bildete sich eine Urinpfütze auf dem Boden. Als er fertig war, drehte er sich um und schlurfte, Fußabdrücke hinterlassend, wieder hinaus.
Danach brauchte ich dringend frische Luft. Glücklicherweise öffneten

die Wärter genau in diesem Augenblick das Tor, und wir konnten in den Hof hinaus.
Die Winterluft blies durch meinen dünnen Schlafanzug. Aber ihre würzige Frische belebte mich wieder. Ich sog sie in tiefen Zügen ein, während ich mit der Erforschung der äußeren Sicherheitsvorkehrungen begann.
Die Mauer war mehr als doppelt so hoch wie ich selbst. Sie war, genau wie das alte Gebäude, aus Steinen und Mörtel errichtet. An mehreren Stellen war der Putz abgebröckelt und hatte zwischen den Steinen große Lücken hinterlassen. Ich suchte die Mauer genauestens nach Löchern ab, die es mir ermöglichen könnten hinaufzuklettern.
Die Mauerkrone war mit einem alten Drahtverhau besetzt. Verbogene, rostige Stachelstränge verstrickten sich mit dem dichten grünen, überhängenden Efeugestrüpp.
Langsam begann ich am Fuß der Mauer entlangzugehen. Die Mörtelrisse studierte ich äußerst sorgfältig. Viele der unteren gewaltigen Steinblöcke wirkten wie abgeschliffen. Wie viele Irre waren wohl daran entlanggescheuert? An der Rückseite der Baracken führte eine Treppe zu einer Kellertür. Sie war von außen verriegelt. Eine niedrige Mauer erhob sich etwa brusthoch neben den Stufen. Ich fragte mich, ob ich von dort aus auf die höhere Mauer springen könnte. Ich schwang mich auf die niedrige Mauer, um die Stufen zu zählen, wobei ich mir große Mühe gab, keinen Verdacht zu erregen. Nur mit einem Anlauf könnte ich die hohe Mauer anspringen. Wenn ich einen Stein oder einen Holzklotz an einem kurzen Stück Strick befestigte, konnte es mir vielleicht gelingen, auf die Mauer loszulaufen und das beschwerte Seil hinaufzuwerfen, so daß es sich in dem Stacheldraht verfing. Dann müßte der Draht mein Körpergewicht halten, während ich kletterte. Das war zwar keine besonders gute Idee, aber immerhin eine Möglichkeit.
Als ich mich dann der dritten Ecke zuwandte, entdeckte ich meine Chance an der westlichen Mauer. An mehreren Stellen war genügend Mörtel losgebrochen, so daß ich mir vorstellen konnte, diesen Teil der Mauer leicht erklimmen zu können. Ich hatte zwar keine Ahnung, was sich auf der anderen Seite befand, aber auf jeden Fall war es nicht Station 13. Diese Mauer war vielleicht der erste Schritt auf meiner Flucht in die Freiheit.
Ein junger Mann namens Yakub kam vom Hof herüber und bot mir eine

Zigarette an. Er sprach ziemlich gut Englisch, und wir redeten eine Weile miteinander. Er erzählte mir aus freien Stücken, daß er hier wäre, weil das Gericht seine Untersuchung angeordnet hätte. Er hatte seine Schwester getötet, weil sie eine Prostituierte gewesen war. Das könnte ich doch verstehen, oder etwa nicht? Ja, natürlich, bestätigte ich langsam, wobei ich versuchte, von ihm wegzurücken. Doch er schien einigermaßen bei Verstand zu sein und sich auf Station 13 sehr gut auszukennen. Die *kapidiye*, erklärte er, benutzten Bakirkoy oft als eine Art Erholungsort. Gelegentlich waren sie mit einem juristischen Problem konfrontiert, das zu lösen etwa ein Jahr dauerte. In der Zwischenzeit schmierten sie ihre Umgebung in diesem Hospital. Hier gab es weniger Reibereien für sie. Mit ihren Beziehungen und ihrem Geld lebten sie in Bakirkoy wie die Fürsten. Sie hielten sich im ersten Saal auf. Die schmutzigen Verrückten ließen sie nicht in ihre Nähe. »Je irrer du bist, um so weiter schläfst du von den *kapidiye* entfernt«, sagte Yakub.

Ein flatterndes Geräusch kam oben von der Mauer. Ein enorm großer Pfau landete auf dem efeuüberrankten Stacheldraht. Er kreischte und putzte seine langen regenbogenfarbenen Schwanzfedern, dann flog er auf. Das war das Allerschönste an ihm – seine Freiheit. Mir stockte der Atem.

Yakub schob meine Sehnsucht verächtlich beiseite. »Die gibt's überall im Park.«

Der Spaziergang draußen war zwar erfrischend, doch bald fingen wir zu zittern an. Wir gingen wieder hinein. Neben dem Waschraum war ein Verkaufsstand aufgebaut. Yakub erklärte mir, daß einige der Insassen Jobs außerhalb der Mauer zugeteilt erhielten. Sie kauften Nahrungsmittel und verkauften sie dann hier mit Profit weiter. Heute gab es Orangen, Zwiebeln, Brot und Joghurt. Und, wie immer, Massen von Zigaretten.

Ich kaufte mir ein Joghurt und eine Orange zum Mittagessen und verschmähte die wäßrige Kartoffelsuppe, die im Hospital ausgeteilt wurde. Dann trennte ich mich von Yakub und ging zu meinem Bett. Nachdem ich die Orange geschält hatte, warf ich die Schalen auf den Boden. Drei Mann fielen darüber her. Sie schlugen sich darum. Dann schlichen sie sich davon und sahen mit hungrigen Augen zu, wie ich mein Joghurt aß. Ich ließ ein wenig auf dem Becherboden übrig. Ich bot es einem Mann an, der am Fußende meines Bettes auf seinen Schenkeln kauerte. Er sprang auf, dann zögerte er einen Moment. Ich hielt ihm den

Becher entgegen. Er schnappte danach. Dann rannte er in irgendeinen Winkel, um den Becher sauber auszulecken.

Ganz am Ende des Gebäudes, zwischen den Verkäufern und der Toilette, gab es eine Treppe. Als ich darauf zeigte, hatte Yakub »*pis*« gesagt und war weitergegangen, aber ich beschloß, sie zu erforschen.

Die Wendeltreppe war dunkel, feucht und schlüpfrig, wie mit Algen bewachsen. Als ich langsam abwärts stieg, umfing mich Dunkelheit. Ich geriet in eine Art mittelalterliches Verlies, einen niedrigen beklemmenden Raum, der mit verlorenen Seelen bevölkert zu sein schien. Zwei winzige nackte Glühbirnen spendeten auf einer Seite des Gelasses ein schwaches Licht. Auf der gegenüberliegenden Seite flackerte ein dickbauchiger Ofen; er ließ die Konturen hagergesichtiger Männer seltsam orangefarben aufglühen. Mein Blick fiel in feuerglänzende Augenpaare, die ins Nichts starrten.

Die niedrige Decke wirkte bedrückend und mein erster Impuls war wegzulaufen. Doch ich unterdrückte meine Angst und begab mich auf eine Seite des Raumes. Ich hielt mich mit dem Rücken gegen die schützende Wand. Sowie meine Augen sich an das dämmrige Licht gewöhnt hatten, konnte ich eine Reihe von Männern erkennen, die sich schweigend in langsamem Fluß im Kreis gegen den Uhrzeigersinn um einen Pfeiler in der Mitte des Raumes schleppten. Andere kauerten neben dem bauchigen Ofen. Wieder andere drängten sich auf einer niedrigen L-förmigen hölzernen Plattform, die sich an zwei Wänden entlangzog.

Viele waren nackt; offene Wunden bedeckten ihre knochigen Knie, Ellenbogen und Hinterteile. Andere hatten Fetzen schmutziger Laken um sich gerafft. Sie waren ruhiger als die Menge oben. Mir wurde bewußt, daß ich auf der niedrigsten Stufe der Hackordnung im Bereich der Geisteskranken von Bakirkoy angelangt war. Dies war der Bodensatz des Käfigs. Dies waren die Menschen, die nicht einmal für den dritten Saal oben in Frage kamen. Es waren die wahren Verdammten.

Ein Schrei ertönte, weil ein nackter Mann um einen Platz neben dem dickbauchigen Ofen kämpfte und dabei gegen das heiße Eisen gestoßen wurde. Er murrte und schwang die Fäuste. Mehrere Männer drängten ihn wütend zur Seite. Er verteidigte sich schwach und zog sich schließlich wimmernd zurück.

Der Pfeiler beherrschte das Kellergeschoß. Dick und gedrungen trug er

das Gewicht der bedrohlichen Decke. Das schweigende, unentwegte Schlurfen der Männer um ihn herum zog mich fast hypnotisch an. Wie ein Rad, dachte ich. Aber die Speichen – die Männer – waren gebrochen. Ich beobachtete fasziniert, wie sich das Rad mit seinen gebrochenen Speichen auf seiner Reise ins Nirgendwo drehte. Ganz, ganz langsam ließ ich mich hineinziehen. Ich verzichtete auf den Schutz der Wand und gesellte mich zu der Prozession. Ich tauchte mühelos in den Kreis schlurfender Männer ein. Wir strömten dahin wie der Lauf eines trägen, beschaulichen Flusses. Ich richtete meine Augen entspannt auf den Boden. Ich beobachtete den besänftigenden Rhythmus unserer Füße, während wir in diesem lähmenden, doch wohltuenden Trott dahintrieben. Ich musterte die Männer um mich herum. Sie schienen wie alte Ackergäule, die immer noch den gleichen Weg entlangzockelten, nachdem die Zügel schon längst herrenlos geworden waren. Es tat gut, sich in dieses Rad des Wahnsinns einzufügen.
Ich ging etwa eine Stunde lang im Kreis herum. Aber allzu lange wollte ich nicht von meinem Bett wegbleiben. Vielleicht ließen die Ärzte mich rufen. Ich ging zu meinem Bett zurück und probte das paranoide Geschwätz, das ich vor ihnen von mir geben wollte.
Der Tag schleppte sich dahin. Der Nachmittag ging in den Abend über. Die Ärzte kamen immer noch nicht.
Durch eine Ritze in dem Holzladen vor meinem kaputten Fenster starrte ich auf die Westmauer; die Löcher im Verputz forderten mich zum Klettern heraus. Ich beobachtete, wie die Sonne hinter der Mauer versank, um die andere Seite der Welt zu erhellen, nach der ich mich so schmerzlich sehnte.
Aber bald schon verdrängte Station 13 meine Überlegungen. Zwei Männer machten sich dicht an meinen einen Nachbarn heran – den, der schaukelnd auf seinem Bett saß und unaufhörlich seine *tespih*-Schnur besang. Plötzlich entriß ihm einer die Perlen und warf sie quer durch den Raum einem anderen Mann zu.
»*Allah!*« jammerte der alte Mann entsetzt. Er fuhr vom Bett hoch, um hinter seiner Perlenschnur herzujagen. »*Yok, yok, yok*«, flehte er seine Peiniger an, während er über die Betten kletterte.
Mehrere andere Männer beteiligten sich an dem Spiel, warfen sich die Schnur quer durch den Saal zu und hielten sie außer Reichweite ihres Besitzers. »*Birak!*« rief dieser, und seine geschwollene Nase rötete sich.

Der arme Mann raste. Er *mußte* seine Perlen einfach wiederhaben. Schweiß brach auf seinem glänzenden kahlen Kopf aus. Seine Bewegungen beschleunigten sich. Er wurde heftig. Der Spaß war für ihn zu Ende. Er brach in Gebrüll aus und sprang hinter seiner Perlenschnur her, indem er Betten und Leiber aus dem Weg stieß. Er trat auf schlafende Männer und wehrte jeden mit Fußtritten ab, der sich ihm in den Weg zu stellen versuchte.
Heulend vor Wut rannte er hin und her. Die Perlen flogen von einer Peinigerhand zur anderen. Am Ende bekämpften die Männer sich schreiend gegenseitig und boxten jeden nieder, der in ihre Nähe kam.
Schließlich reagierte ein Wärter auf den Tumult und rief hinaus: »Ossman!« Aus dem ersten Saal kam im hauseigenen Schlafanzug der muskulöseste Türke, den ich je gesehen hatte. Er glich einem Gorilla und hatte auch den gleichen Schimmer von schwacher Intelligenz in seinen tiefliegenden Augen. Er bewegte sich schwerfällig zu dem Perlenbesitzer hinüber. Dieser war für ihn offensichtlich der Anstifter des Aufruhrs. Ossman packte den schreienden alten Mann bei den Schultern. Er schmetterte ihn heftig gegen die Wand, worauf der alte Irre auf der Stelle zusammenbrach. Dann hob Ossman den schlaffen Körper auf und trug ihn in den ersten Saal. Die Pfleger versorgten die Platzwunden und Quetschungen des Mannes.
»Ossman, Ossman«, sagte ein Wärter beifällig.
Ossman grinste.

Zwischen den ewigen Fragen nach Zigaretten, dem nicht endenden »*amina koyduğum*«-Gemurmel von gegenüber und dem allgemeinen Radau konnte ich kaum einen klaren Gedanken fassen. Ich mußte meine Lage überprüfen, mußte meine Aktionen planen. Aber wo konnte ich in diesem Irrenhaus nachdenken?
Ja, da gab es doch das Rad. Dort konnte ich ungestört dahinschreiten, und dort konnte ich meine verwirrten Gedanken ordnen. Ich stieg in den Keller hinunter. Ich beteiligte mich an der Prozession, die unerschütterlich gegen den Uhrzeigersinn ins Vergessen marschierte. Mein Verstand kreiste dabei unaufhörlich um die Westmauer. Diese großen Trittstellen im Verputz: Ich war sicher, daß ich diese Mauer ersteigen konnte. Wenn es ums Klettern ging, war ich wie ein Affe. Aber wo sollte ich Kleider auftreiben? Wie an einen Paß kommen? Und was das Wichtigste war,

wenn ich von hier ausbrach: Bliebe mir genug Zeit, die Grenze zu passieren, bevor meine Flucht entdeckt wurde? Um wirklich frei zu sein, mußte ich aus der Türkei fliehen, nicht nur aus diesem Hospital. Mit meinen blonden Haaren und diesem kurzen Schlafanzug würde ich in Istanbul ganz schön auffallen. Ich beschloß, erst den Entscheid der Ärzte abzuwarten.
Eine Hand auf meiner Schulter unterbrach mich in meinen Gedanken.
»Sind Sie Engländer?« fragte eine mürrische Stimme.
Ich drehte mich zu einem großen, leichenblassen Türken mit grauem Bart und grauledener Haut um. Sein silbernes Haar lag dicht an seinem Kopf an und betonte die Form seines Schädels. Dicke Haarbüschel waren ausgefallen oder ausgerissen worden.
»Sind Sie Engländer?« wiederholte er in fließendem Oxford-Englisch. Es klang richtig unwahrscheinlich aus diesem gelblichen Mund.
»Amerikaner«, antwortete ich.
»Ach ja, Amerika. Ich heiße Ahmed«, lächelte er. »Ich habe viele, viele Jahre in London studiert.«
Er ging etwa zwanzig Minuten lang neben mir her und quasselte über seine Reisen nach London und Wien, die lange Jahre zurücklagen. Er hatte Volkswirtschaft studiert. Er hatte in ganz Europa gearbeitet. Ich erzählte ihm von meinem Studium, und daß ich es aufgegeben hätte, um statt dessen durch die Welt zu reisen.
Er sah mich verschmitzt an. »Sie sind zu weit gereist«, sagte er.
»Tja, es sieht ganz so aus«, stimmte ich traurig zu.
Dann aber ging ich in meiner Neugier wohl zu weit. »Wie lange sind Sie schon hier?« fragte ich. »Warum sind Sie jetzt hier unten?«
Sein Gesicht verriet keinerlei Stimmungswechsel. Ruhig sagte er: »Ich finde, wir haben für heute genug geredet. Also gute Nacht.«
Damit raffte Ahmed seine Lumpen um sich, und während ich ihm nachstarrte, ließ er sich auf Hände und Knie nieder und verkroch sich in der schmutzigen Finsternis unter die L-förmige hölzerne Plattform.

Am nächsten Morgen riefen mich drei türkische Ärzte ins Sprechzimmer. Sie schienen alle ganz gut Englisch zu sprechen.
»Guten Morgen. Wie geht's Ihnen, William?« fragte der Arzt, der offensichtlich der Oberarzt war.
Ich sagte nichts.

»Warum sind Sie hier, William?« fragte er. Ich sagte immer noch nichts. Ich hatte die Augen niedergeschlagen, stand in der Mitte des Zimmers und bemühte mich um eine Haltung nervöser Spannung. In Anbetracht der Umstände war das nicht schwer zu bewerkstelligen. Mein Körper begann zu zittern.
»Möchten Sie sich setzen?«
»Nein.«
Ich zog mich rückwärts in eine Ecke zurück.
»Was ist mit Ihnen, William? Weshalb sind Sie hier?«
»Die haben mich geschickt.«
»Wer hat Sie geschickt?«
Schweigen.
»Geht's Ihnen schlecht? Sind Sie krank? Haben Sie Probleme? Können wir Ihnen helfen?«
Die Fragen kamen ruhig und besonnen. Ein zweiter Doktor trug die Beobachtungen in eine Tabelle ein.
»Man hat mich vom Gefängnis hierhergeschickt. Nein, vom Gericht«, brüllte ich plötzlich los. »Vom Gefängnis. Ich weiß nicht. Ich weiß nicht. Warum tut man mir das an?«
»Haben Sie Probleme?«
»Ich hab' da dies . . .« Ich verschluckte den Rest. Dann ging ich unvermittelt auf den Doktor los, der die Tabelle ausfüllte. »Warum zum Teufel schreibt er das alles auf?« schrie ich. »Glauben Sie, ich bin ein Tier? Was machen Sie mit mir? Ich bin kein Tier, ich lasse mich nicht von Ihnen in einen Käfig sperren!«
»Beruhigen Sie sich, William. Was haben Sie für Probleme? Wir sind hier, um Ihnen zu helfen.«
»Mein Problem ist . . . Die haben mich ins Gefängnis gesperrt . . . Ich versuche, Aufzeichnungen zu machen . . . Ich war immer gescheit . . . Ich bin auf die Universität gegangen . . . Ich habe geschrieben . . . Jetzt kann ich kein Buch mehr lesen . . . Die gucken mich dauernd an . . . Ich kann keinen Brief an meine Eltern schreiben . . . Ich vergesse . . .«
Ich rannte in die Ecke, mit dem Gesicht zur Wand, um mich vor ihnen zu verstecken.
Die Ärzte sprachen auf türkisch miteinander. Leider konnte ich nicht verstehen, was sie sagten, denn ich hätte gern gewußt, wie meine

Vorstellung gewirkt und ob ich dick genug aufgetragen hatte. Ich fragte mich, ob ich den Arzt anspringen und ihm vielleicht, nur der Wirkung halber, die Nase abbeißen sollte.
»Was wollen Sie, was sollen wir tun, William? Möchten Sie hierbleiben?«
»Ich will nicht hierbleiben.«
»Möchten Sie ins Gefängnis zurück?«
»Ich will nicht wieder ins Gefängnis. Die wollen mich dort umbringen. Die sperren mich in einen Käfig wie ein Tier!«
»Warum setzen Sie sich nicht auf den Stuhl?« fragte der Doktor sanft.
»Ich will mich nicht auf Ihren gottverdammten Stuhl setzen!« schrie ich und stieß den Stuhl mit dem Fuß quer durch das Zimmer. Der Wärter an der Tür machte einen Schritt auf mich zu, doch der Doktor hielt ihn mit einer Handbewegung zurück.
»Euch ist das doch scheißegal. Euch macht es doch nichts aus, ob ich lebendig oder tot bin. Ihr seid genau wie die anderen. Ihr wollt mich alle einsperren und mich umbringen. Ich will nicht hierbleiben!«
Ich stürzte zur Tür, stieß den zupackenden Wärter zurück und rannte in den zweiten Saal. Ich kauerte mich auf mein Bett. Ich konnte selbst nicht glauben, was ich angestellt hatte.
Nach wenigen Augenblicken kam einer der Ärzte zu mir. Während der Befragung hatte er geschwiegen. Jetzt versuchte er, mich zu besänftigen.
»Kommen Sie zurück«, sagte er. »Es ist alles gut. Kommen Sie.« Ich folgte ihm. Er zog mich beiseite in ein anderes Zimmer.
Er manövrierte mich auf einen Stuhl. Er setzte sich mir gegenüber. Er legte beide Hände auf meine bloßen Knie und sprach sanft auf mich ein: »Ich glaube, ich kann Ihnen helfen. Ich würde mich gern mit Ihrem amerikanischen Konsul in Verbindung setzen und mit ihm reden. Hier, in dieser Abteilung, kann ich nichts für Sie tun. Ich würde Sie gern auf meine Station übernehmen. Aber das geht nur, wenn der Botschafter herkommt und für Ihr Verhalten bürgt.«
Ich behielt den leeren Blick in meinem Gesicht bei, obgleich es in meinem Kopf wie rasend arbeitete. *Wenn der Botschafter für mich bürgte!* Das konnte nur bedeuten, daß die Abteilung dieses Arztes offen war, keine Gitter, keine Mauern hatte. Nur Ärzte, um armen kranken Menschen wie mir zu helfen. O ja, ich konnte es mir ausmalen. Ich würde ein paar Tage bleiben, im Park herumspazieren und mich mit dem

netten Arzt unterhalten, der noch immer seine Hände auf meinen Knien hatte. Dann wäre ich weg wie der Wind. Nie wieder Bakirkoy. Nie wieder Sagmalcilar. Nie wieder Türkei!

Der Doktor gestattete mir, das Telefon zu benutzen. Ich rief Willard Johnson an, den Vizekonsul. Ich versuchte, die Erregung in meiner Stimme zu unterdrücken, als ich ihm meine Situation beschrieb. Wenn er herkommen und mit den Ärzten sprechen würde, wollten sie mir helfen. Er versicherte mir, daß er sich bald melden würde.

Wieder auf meinem Bett, konnte ich die Freiheit beinahe schmecken. Ich brauchte die Löcher in der Westmauer nicht. Ich mußte den Arzt nur in der Überzeugung lassen, daß ich dringend seiner Hilfe bedürfte, und würde dann bald dahin versetzt, wo mich nur noch wenige Zentimeter von der Freiheit trennten.

Nach dem hilfreichen Vorbild der vierhundertfünfzig Geisteskranken auf Station 13 fing ich an, mich immer irrsinniger aufzuführen. Ich wollte den richtigen Eindruck machen für den Fall, daß die Ärzte mich beobachten ließen. Bald begann ich, mein Bett zu benässen und mich auf den Boden zu entleeren. Die meisten der schweren Fälle waren splitternackt. Darum versteckte ich an mehreren Morgen hintereinander mein Geld in einer Ritze der Matratze, riß mir meinen Schlafanzug vom Leibe und stürmte in den Hof hinaus. Das schien mir genau das Richtige zu sein. Falls es den Eindruck meines Irreseins verstärkte, war es all die Unannehmlichkeiten wert, die man als Nackter unter Verrückten zu erdulden hatte. Aber die Pfleger kümmerte das nicht. Nur *Polisbaba* schien besorgt. Ich ignorierte seine Proteste. Doch die übrigen, die für meine Nacktheit Interesse zeigten, taten dies aus mir nicht angenehmen Gründen. Darum gab ich diese Marotte bald wieder auf.

Stundenlang marschierte ich in dem Rad herum.

Tag um Tag verging. Nichts geschah. Warum kam der Botschafter nicht? Warum erfuhr ich nichts Neues? Warum war ich immer noch auf Station 13? Allmählich wurden meine kühnen Fluchtphantasien von schleichenden Zweifeln zerfressen.

Ich bestach einen Wärter, damit ich das Telefon noch einmal benutzen konnte. Wieder rief ich Willard Johnson an, und wieder versprach er, meine Botschaft zu informieren.

Dann kam eines Nachmittags, als ich auf meinem Bett saß, ein kleiner, unheimlich wirkender Türke auf mich zu. Er mochte etwa dreißig Jahre

alt sein. Er war mager, aber nicht ausgezehrt. Sein Schlafanzug war ordentlich und einigermaßen sauber, ein sicheres Zeichen, daß er nicht ganz so verrückt war wie die gewöhnlichen Insassen. Er hatte helle, strahlende, aber flackernde Augen. Er kam näher und sah mir direkt ins Gesicht. In perfektem Englisch sagte er: »Hier kommen Sie nie raus.«
Ich erstarrte. Wer war dieser Mann? Was wußte er?
»Sie denken, Sie bleiben nur ein Weilchen hier, und dann sind Sie frei«, fuhr er fort. »Aber das stimmt nicht.«
»Wer weiß?« Ich zog die Schultern hoch und versuchte, gleichgültig zu erscheinen. Meine Muskeln spannten sich.
»Wo haben Sie Englisch gelernt?«
»Ich habe studiert. Draußen.«
»Was machen Sie hier drin?« fragte ich.
»Sie haben mich hier reingesteckt.«
»Wer?«
»*Sie.*«
»Aha. Sind Sie schon lange hier?«
»Ja, sehr lange.«
Er war ja wirklich recht umgänglich.
»So, und warum gehen Sie nicht weg?«
»Ich kann nicht. *Sie* würden es nicht zulassen.«
Ich konnte *ihnen* deswegen keine Vorwürfe machen. Er war eindeutig übergeschnappt. Seine Augen jagten mir eine Gänsehaut über den Rücken. Sie traten rotgeädert aus ihren Höhlen, wie kleine angebrütete rohe Eier. Die bloße Unterhaltung mit ihm war mir schon zuwider.
»Und Sie lassen *sie* auch nicht raus.«
Mir war nicht klar, woher er seine Informationen hatte. Aber seine selbstgefällige, sichere Art beunruhigte mich.
»Woher wollen Sie das wissen? Die lassen mich schon raus.«
»Nein, *die* lassen Sie niemals gehen. Das sagen sie Ihnen zwar, aber Sie bleiben hier. Sie kommen nie hier weg.«
Ich wandte mich ab und hoffte, er würde gehen. Diese Unterhaltung gefiel mir ganz und gar nicht. Der Mann war eindeutig geistesgestört. Sonst wäre er ja auch nicht hier. Warum also sollte ich mich mit ihm herumstreiten?
Er setzte sich unaufgefordert auf mein Bett. Sein Name sei Ibrahim, sagte er. Nachdem er eine Zigarette geschnorrt hatte, setzte er sein

trübsinniges Gefasel fort. Ich wünschte verzweifelt, ihn verscheuchen zu können. Aber das hätte wie das Eingeständnis gewirkt, daß ich auf seine Argumente nichts zu erwidern wüßte. Ich beteuerte ihm fortwährend, daß *er* vielleicht für immer hier säße, daß *ich* dagegen bald verschwinden würde.

Er versuchte, mir die Situation auseinanderzusetzen. »Wir kommen alle aus einer Fabrik«, sagte er wie ein Vater, der seinem Kind etwas erklärt. »Manchmal macht die Fabrik schlechte Maschinen, die nicht richtig arbeiten. Die stellen sie hierher. Die schlechten Maschinen wissen nicht, daß sie schlechte Maschinen sind, aber die Leute in der Fabrik wissen es. Sie stecken uns hierher und lassen uns hier.«

»Sie vielleicht, aber ich gehe weg.«

»Nein. Sie gehen nie. Sie sind eine der Maschinen, die nicht funktionieren.«

9.

Ich fühlte, wie ich mich in Bakirkoy mit jedem Tag weiter von der Realität entfernte. Der Wahnsinn um mich herum schien ansteckend zu wirken. Die Wände wirkten beklemmend. Das ewige Gebrabbel und Geschrei der Insassen waren eine Tortur. Ich mußte von Station 13 weg. Und zwar schnell.
Mit fünfzig Lira bestach ich *Polisbaba*, ein Telegramm für mich aufzugeben. Es ging an Willard Johnson in der amerikanischen Botschaft. Ich bemühte mich um einen verzweifelten Ton. Johnson *mußte* unbedingt herkommen und den Arzt davon überzeugen, daß ich vertrauenswürdig war. Dann konnte ich in die offene Abteilung versetzt werden, von wo es nur noch ein kleiner Schritt bis zur Freiheit war. Doch Johnson zeigte sich unzugänglich.
Die Tage vergingen. Ibrahim kam ständig zu mir ans Bett. Er redete mir ein, daß ich nicht wüßte, was *sie* mit mir machten. Weil eine schlechte Maschine nicht weiß, daß sie eine schlechte Maschine ist.
Fast schien es, als hätte Ibrahim recht. Willard Johnson ließ seltsamerweise nichts von sich hören. Die Ärzte kümmerten sich auch nicht weiter um mich. Wieder erforschte ich die westliche Mauer. Sollte ich es jetzt versuchen, oder sollte ich noch warten? Wenn man mir eine Bescheinigung meiner Unzurechnungsfähigkeit ausstellte, hätte ich auch später noch Zeit, die Mauer auszuprobieren. Möglicherweise *mußte* ich sogar diesen Weg nach draußen nehmen. Wenn sie mich wirklich für geisteskrank hielten, würden sie mich auf keinen Fall herauslassen. Seltsam, ich schien auf dem besten Weg zu sein, genau die Situation herbeizuführen, die Ibrahim mir die ganze Zeit voraussagte.

Als ich eines Morgens früh von den Moslembetern geweckt wurde, schlüpfte ich aus dem Bett, um allein im Kreis herumzuwandern und

nachzudenken. Während ich den dritten Saal durchquerte, sah ich die Irren beim Gebet, angeführt von einem alten weißbärtigen *hoca*, der seit langem der geistliche Fürsorger von Station 13 war. Einige der Männer hatten Gebetsteppiche. Andere verfügten nur über einen Leinenfetzen oder eine zerlumpte Decke. Ganz hinten hatten zwei Spastiker Schwierigkeiten, dem Ritual von Verneigungen und Kniebeugen zu folgen. Sie kamen durcheinander und fielen oft hin.
Unten stand das Rad still. Die Nachtwandler waren schon fort, und die Tagwandler schliefen noch. In Lumpen gehüllte Gestalten lagen in den Ecken des Raumes verstreut. Sie drängten sich gruppenweise in der Finsternis unter dem Podest zusammen. Das Rad war leer. Das sah merkwürdig aus. Ich hatte es noch nie vorher stillstehen sehen. Es war immer in Bewegung gewesen, und immer in der gleichen Richtung. Aber warum? fragte ich mich. Warum müssen die Dinge immer gleich sein? Was wäre, wenn ich anfinge, in der anderen Richtung herumzugehen? Was wäre, wenn ich mich im Uhrzeigersinn bewegte? Wenn die anderen aufwachten, würden sie dann einfach hinter mir hermarschieren, obwohl ich ihnen den falschen Weg zeigte? Ich beschloß, es darauf ankommen zu lassen.
So begann an jenem Morgen die erste Speiche des Rades, sich in der falschen Richtung zu drehen. In stetigem hypnotischem Schritt wandelte ich allein um die große steinerne Nabe des Rades. Diese langsame Kreisbewegung in der Dunkelheit tat mir wohl. Sie hätte meinetwegen gerne noch eine Weile andauern können. Doch zwei Türken kamen hinzu und fingen an, in ihrer gewohnten Richtung zu laufen. Sie bedeuteten mir, ich solle umkehren. Ich schüttelte den Kopf. Ich wies sie in meine Richtung.
»*Gâvur!*« knurrten sie und gingen gegen den Uhrzeigersinn weiter.
Ich war auf der inneren Spur. Jedesmal, wenn wir uns begegneten, versuchten sie, mir den Weg zu versperren. Doch ich war entschlossen, meine Stellung zu behaupten und sie zu zwingen, mir auszuweichen. Dies schien mir aus irgendeinem Grunde wichtig. Es wurde zu einer reinen Existenzfrage. Ich mußte gegen den Wahnsinn um mich herum ankämpfen.
Ahmed kam aus der Dunkelheit heran. Er zog mich zur Seite. Immer mehr Türken wachten auf, um sich im Lauf des Rades zu drehen. »Ein anständiger Türke geht immer rechts«, erklärte Ahmed. »Links ist

kommunistisch. Rechts ist anständig. Sie müssen so herum gehen. Es wird Ärger geben, wenn Sie andersherum gehen.«
Also machte ich kehrt. In gewisser Hinsicht war das auch besser; so gingen wir alle zusammen in einem Strom auf unserer Reise ins Nirgendwo. Das schien gut zu den schweigenden Verrückten zu passen. Immer rundherum, in einem einschläfernden Rhythmus. Wir versuchten, den Lauf der Zeit aufzuhalten. Noch Jahre später würden sich dieselben Wahnsinnigen in demselben Rad in derselben Richtung drehen, mit dem einzigen Unterschied, daß ich nicht mehr bei ihnen wäre. Das war ganz sicher. Oder nicht? Für einen kurzen Augenblick sah ich einen kränkelnden blondhaarigen Idioten vor mir, der in einen Leinenfetzen gewickelt und von Wahnsinn umhüllt ohne Unterlaß in dem Rad kreiste. Auf einmal mutete mich das Verlies sehr gespenstisch an. Schnell stieg ich wieder die Treppe hinauf.
Am späteren Vormittag rückte mir Ibrahim zuleibe. Er war der größte Experte der ganzen Türkei für gute Maschinen und schlechte Maschinen. Ich war in seinen Augen ganz eindeutig eine schlechte Maschine, wie er mir versicherte. Ich würde Bakirkoy nie mehr verlassen. Ich fand seinen Anblick wirklich beängstigend. Er hatte ein seltsames Leuchten in den Augen, das mir weit mehr Furcht einjagte, als ich es je für möglich gehalten hätte. Es wurde immer schwieriger, sein Gefasel zu überhören.
Am gleichen Abend lag ich in meinem Bett und lugte durch die Ritze im Fensterladen. Ein bleicher Vollmond ging am Himmel über Station 13 auf. Die Schreie wurden lauter. Für gewöhnlich ruhige Insassen wurden hektisch, gewöhnlich hektische wurden noch aufgeregter. Die Luft war wie geladen. Auch ich fühlte mich wie elektrisiert.
Yakub, der Mann, der seine Schwester umgebracht hatte, kam in den Saal gestürzt. Wir hatten an diesem Nachmittag zusammen eine Zigarette geraucht. Er hatte in seinem Schlafanzug ordentlich und sauber ausgesehen. Nun war er nackt und schrie wie rasend. Blut tropfte aus frischen Kratzspuren in seinem Gesicht. Wärter stürmten herbei und zwangen ihn zu Boden. Sie klemmten seine Hände in einen *kayış*, einen dicken Ledergurt, der fest um die Taille geschnallt wurde und die Hände vorne in Ledermanschetten zusammenhielt. Nackt bis auf diesen *kayış*-Gürtel, die Wärter schreiend verfluchend, wurde Yakub in den Keller geschleppt.

Ich wartete ein paar Minuten. Als die Wärter zurückkamen, ging ich hinunter.

Ich konnte seine Schreie hinten aus der Richtung hören, wo die Strafzellen lagen. Doch als ich am Rad vorbei in den hinteren Kellerraum ging, sah ich, daß Yakub nicht in eine Zelle gesperrt, sondern an ein Bett gefesselt war, das an einer Wand stand. Mehrere Insassen hatten sich um ihn versammelt. Einer kniete auf dem Bett und zerrte an Yakubs Penis; er zog daran, als ob er aus Gummi wäre. Ein anderer Mann fummelte unter Yakub herum und versuchte, seine Finger in dessen After zu stecken. Ein dritter, nackt und ebenfalls im *kayış*, beugte sich vor und brabbelte Yakub sabbernd ins Gesicht. Dieser schien Yakub am meisten in Wut zu bringen. Er fuhr hoch, um dem Mann ins Gesicht zu beißen. Er fluchte und kämpfte vergeblich gegen die Fesseln und den *kayış*-Gürtel an. Die Wärter hatten dafür gesorgt, daß er an diesem Abend nicht mehr nach oben kam.

Ich stürmte hinein. Ich stürzte mich auf seine Peiniger und warf sie hinaus. Sie stoben auseinander. Aber sobald ich ging, würden sie zurückkommen. Ich versuchte, Yakub zuzureden, ihm zu sagen, daß ich die Schnüre losbinden würde. Doch er erkannte mich nicht. Und ich erkannte ihn ehrlich auch nicht wieder. Er schien nicht mehr derselbe Mensch zu sein, mit dem ich während der letzten paar Tage zusammengewesen war, der Mensch, mit dem ich gesprochen und gegessen hatte.

Sein Körper bäumte sich gegen die Fesseln auf. Er brüllte mich an. Sein Hals straffte sich, sein Mund geiferte. Seine Zähne schnappten ins Leere.

Ich löste die Fesseln nicht. Was hätte ich auch tun können? Ich überließ ihn dort unten seinem Schicksal.

Den ganzen Abend dauerte das gewaltige Gebrüll an, eine Hymne an den Vollmond. Die Wärter gaben für diese Nacht eine Extradosis Tabletten aus, und eine unheilvolle Ruhe senkte sich über Station 13. Ich legte mich auf mein Bett und dachte betroffen über die Legende von den Werwölfen in den Bergen nach.

Mitten in der Nacht wachte ich von wütenden Schreien auf, die aus der Ecke kamen, wo die Wärter Karten spielten. Ein nackter Insasse, die Hände im *kayış*, stolperte rückwärts in den zweiten Saal. Er stieß krachend gegen mein Bett. Dann rappelte er sich auf und rannte wieder

auf die Wärter los, wobei er mit sich überschlagender Stimme kreischte.
»Ossman«, rief ein Wärter. Der riesenhafte Rausschmeißer kam wie ein treuer junger Hund herbeigelaufen. Er packte den nackten Mann und schleuderte ihn in den dritten Saal. Da er den Sturz nicht mit den Händen abbremsen konnte, krachte der Mann mit voller Wucht gegen ein paar Betten. Er brach am Boden zusammen. Ossman verharrte noch einen Moment, dann kehrte er in den ersten Saal zurück.
Einen Augenblick später jedoch stand der Mann vom Steinboden auf. Wieder bewegte er sich auf die Wärter zu. Sein Gesicht war geschwollen. Sein Mund blutete. Neben meinem Bett, kurz vor dem ersten Saal, blieb er stehen. Er schrie jetzt nicht mehr. Er weinte. Er wollte den Wärtern etwas sagen, aber seine Stimme erstarb in Schluchzen. Er schien zu flehen, daß jemand ihn anhören möge. Andere Männer riefen von ihren Betten in der Nähe, er solle still sein. Da wandte er sich an sie, immer noch schluchzend, und versuchte, ihnen etwas zu erklären, das ihm so wichtig zu sein schien, daß er es dafür auf sich nahm, geschlagen zu werden, wenn er sich nur aussprechen konnte.
Wieder erschien Ossman. Er schnappte sich den Mann von hinten und schmetterte sein Gesicht gegen die Wand am Fußende meines Bettes. Der gequälte Wahnsinnige schnellte herum und grub seine Zähne in Ossmans massige Schulter. Ossman brüllte, packte dann den Mann an den Haaren und riß ihm den Kopf zurück. Der Mann wäre zusammengesunken, nachdem Ossmans Knie ihm zwischen die Beine gefahren war, doch Ossman hielt ihn an den Haaren fest. Wieder und wieder klatschte er mit seiner Riesenpranke dem Verrückten ins Gesicht. Ossman schlug mit dem Handrücken, genau wie Hamid am liebsten zuschlug. Am Fußende meines Bettes wurde das Laken mit Blut bespritzt.
Schließlich hielt Ossman den *kayış*-Gürtel in einer Hand und die Haare des Mannes in der anderen. So zog er ihn durch den Gang bis zur Wendeltreppe. Dort blieb er stehen und warf den Mann mit einem mächtigen Schwung in das Verlies. Der Körper rumpelte und polterte über die Steine hinunter und rollte in den Keller. Ossman knallte die Gittertür zu. Von unten kam kein Laut mehr.
So einfach ist das also? fragte ich mich. Vielleicht lassen sie hier überhaupt niemanden wieder heraus. Sie lassen schlechte Maschinen einfach verkommen, um sie dann in den Keller zu werfen.

Ein unirdischer schriller Schrei weckte am nächsten Morgen die Barakkenbewohner auf. Von seiner Begegnung mit dem Vollmond wie verkatert, erwachte das Irrenhaus nur langsam zum Leben. Die Insassen sahen sich gegenseitig gereizt an. Da ertönte wieder der wilde Schrei.
Doch er kam von draußen.
Ich rannte zu einem Fenster hinüber. Mehrere andere liefen mit mir. Dort oben auf der Mauer neben dem Haupttor saß ein Pfau. Er schlug in Todesangst um sich. Er hatte sich in dem mit dem Efeu verwachsenen rostigen Stacheldrahtgewirr verfangen. Blut tropfte auf seine schönen Federn. Er wand und krümmte sich und zerfetzte sein Fleisch an den mörderischen Stacheln. Je mehr er zappelte, um so hilfloser verstrickte er sich. Ein paar Männer riefen und klatschten unter hysterischem Gelächter Beifall. Ich sah schweigend zu, wie die Kreatur vielleicht eine halbe Stunde lang schrie und kämpfte, bis sie vom Tod erlöst wurde.
Am gleichen Morgen entdeckten die Pfleger, daß einer der alten Männer während der Nacht gestorben war. Sie wickelten den Leichnam in sein schmutziges Laken und schleppten ihn fort, auf daß er den Rest der Ewigkeit in seine eigenen Ausscheidungen einbalsamiert verbringe.
Ich dachte wieder an die westliche Mauer. Ihre bequemen Fußtritte schienen mich jetzt noch mehr herauszufordern. Aber wohin sollte ich gehen? Was sollte ich tun? Ich war nicht nur in Bakirkoy ein Gefangener, sondern überall in der Türkei. Ich brauchte einen Paß. Ich brauchte draußen Freunde, die sich genau auskannten.
Was ich jedoch nicht brauchte, das waren Ibrahims unbarmherzige Sticheleien.
Jedesmal, wenn ich sein schmunzelndes Gesicht sah, schien die niedrige Decke noch ein bißchen niedriger zu werden. Ich erstickte zwischen den Verrückten. Der Schmutz, der Gestank, die Läuse, das Schreien und Umherwandern, das Angestarrtwerden von Menschen mit ausgebranntem Hirn, das alles versetzte mich in immer tiefere Depressionen. Ibrahim hörte nicht auf, mir zu sagen, daß ich ein Ausschußprodukt der Fabrik wäre, und ich fing allmählich an, ihm Glauben zu schenken. Die Macht der Suggestion zusammen mit der schauderhaften Realität, die mich umgab, reizte mich bis zum Äußersten.
Dann fiel mir bei meiner Wanderung in dem Rad in den frühen Morgenstunden eine Antwort ein. Ja, diese Antwort würde mich gegen Ibrahims Argumentation absichern.

Kurz nach dem Frühstück suchte er mich auf.
»Glauben Sie immer noch nicht, daß Sie eine schlechte Maschine sind? Sie werden sehen. Sie werden es merken. Später werden Sie es *wissen*.«
»Ibrahim«, sagte ich, »ich weiß ja schon Bescheid. Ich weiß, daß Sie eine schlechte Maschine sind. Deswegen läßt die Fabrik Sie ja hier.« Ich senkte meine Stimme. »Ich weiß das, weil ich von der Fabrik bin. Ich mache die Maschinen. Ich bin jetzt nur hier, um Sie zu kontrollieren . . .«
Ibrahims Augen verengten sich. Schnell erhob er sich von meinem Bett und ging davon.

10.

Ich wachte erwartungsvoll auf. Es war der siebzehnte Tag meines Aufenthalts in Bakirkoy. Die vom Gericht verfügte Beobachtungszeit war heute zu Ende. Die Ärzte mußten eine Entscheidung treffen. Ich wußte, daß sie mich nach Sagmalcilar zurückschicken würden. Ich war normal. Ich gehörte nicht nach Bakirkoy. Das war unverkennbar.
Soldaten kamen, um mich abzuholen. Sie verfrachteten mich auf einen Lastwagen und fuhren mich zum Gefängnis zurück. Merkwürdig, ich sehnte mich geradezu nach meinem alten *koğus*. Wenn ich schon eingesperrt sein mußte, dann wollte ich bei meinen Freunden sein.
Als der Wärter mich in den *koğus* schob, wurde ich von einem Harpo-Marx-Pfiff begrüßt.
»Popeye!«
»Huhu, Willie«, johlte er. »Wie war's in der Klapsmühle? Hast du dort 'n paar Weiber gesehen? Was ist? Du willst mir doch nicht etwa weismachen, daß du normal bist, oder?«
Ich lachte. Popeye senkte die Stimme. »Hast du keine Chance zum Abhauen gehabt?«
»Doch. Ich glaub' schon, daß ich rausgekommen wäre. Aber was dann?«
»Wie meinst du das?«
»Wo hätte ich hingehen können? Ich hatte bloß einen Schlafanzug an.«
»Willie!« Arne kam angelaufen und klopfte mir auf die Schulter. Er drückte mir eine Tasse Tee in die Hand. Ich probierte. »Igitt, ist der dünn.«
Arne zuckte die Achseln. »Ziat«, sagte er. »Da kann man nichts machen.« Der jordanische Rauschgifthausierer hatte also immer noch das Monopol auf den Teeausschank.

»Komm«, sagte Popeye und zog mich energisch am Arm. »Volleyball. Ich kenn' da zwei neue Dänen, von denen können wir pro Kopf hundert Lira gewinnen.«
»Warte noch eine Minute. Ich will erst allen guten Tag sagen. Wo ist Charles?«
»Oben«, sagte Arne. »Er packt seine Sachen.«
»Er packt?«
»Er wird verlegt. Auf eine Gefängnisinsel.«
Ich ging nach oben. Charles stand über sein Bett gebeugt und sortierte einen Haufen Bücher.
»Tag, Charles.«
Er blickte auf. »Tag, Willie. Da bist du ja wieder. Wie war's?«
»Şöyle böyle. Was hab ich da gehört? Du gehst auf eine Insel?«
Charles langte nach einer Karte. »Imrali«, sagte er, indem er auf einen Punkt im Marmarameer zeigte. »Ich hab' das schon vor Monaten beantragt. Der Botschafter hatte mir ein Formular gebracht. Er sagte, ich könnte eine Verlegung beantragen. Das kann einem von den Türken genehmigt werden, wenn der Oberste Gerichtshof in Ankara das Urteil bestätigt. Aber dann hab' ich lange nichts gehört. Ich dachte schon, sie hätten abgelehnt. Und plötzlich haben sie dann doch okay gesagt. Irgendwann nächste Woche dampfe ich ab.«
»Warum willst du dorthin?«
»Arbeiten. Dort stellen sie Obst- und Gemüsekonserven her. Ich laß' mich ein bißchen von der Sonne bescheinen.«
»Sind da noch mehr Amerikaner?«
Charles zuckte die Achseln. »Ich weiß nicht. Ich glaub' nicht, daß da überhaupt Ausländer sind, aber das ist mir egal. Ich brauch' Bewegung. Ich muß aus diesem Drecksloch raus.«
»Na, hoffentlich gefällt's dir dort.«
Charles grinste. »Denk nächstesmal Weihnachten an mich. Wenn du Geleetörtchen ißt, dann stell dir vor, daß ich die Marmelade dazu eingemacht hab'.«
Nächste Weihnachten. Ich wollte auf keinen Fall ein zweites Weihnachtsfest hier verbringen. Meine gute Stimmung war verflogen. Ich befand mich noch immer im Gefängnis, und aus meinem großartigen Plan war nichts geworden.

Ich ging dem *Gastro*-Geruch nach. Max und ich analysierten meinen Ausflug nach Bakirkoy. Max meinte, ich hätte bei meinem Gespräch mit den Ärzten etwas falsch gemacht. Bei der Beantwortung ihrer Fragen hätte ich bewiesen, daß ich normal war, jedenfalls zu normal für Bakirkoy, zu vernünftig für eine Bescheinigung meiner Unzurechnungsfähigkeit.

»Ich hätte über die Mauer steigen sollen«, sagte ich.
»Welche Mauer?«
»Die nach Westen geht. Da waren große Löcher im Putz. Ich hätte leicht hinaufklettern können.«
»Westen, Westen«, murmelte Max. »Gut, daß du's nicht getan hast.«
»Wieso?«
»Weil auf der anderen Seite Station 12 liegt. Die Süchtigen. Da bin ich eine Zeitlang gewesen. Du wärst mitten in Station 12 gelandet. Von den kriminellen Verrückten wärst du zu den süchtigen gesprungen.«
Emin, der Kapo, schloß meine Zelle auf. Dann brachte er mir einen Brief, der während meiner Abwesenheit gekommen war. Ich spürte eine innere Wärme in mir aufsteigen, als ich ihn ansah. Ein paar Minuten lang starrte ich auf den Umschlag, ehe ich ihn öffnete. Ich saß still auf meinem Bett und las den Brief wieder und wieder. »Deine Briefe haben mir geholfen, über eine schwierige Zeit hinwegzukommen«, schrieb Lilian. »Das Ende einer Ehe – auch wenn es eine schlechte Ehe war – gibt einem ein schreckliches Gefühl von Versagen. Du hast mir geholfen, meinen Selbstwert wiederzufinden. Du hast erneut die Abenteuerlust in mir geweckt.« Lilian hatte ihren Job in Harvard aufgegeben. Sie beteiligte sich an einer Bergsteigerexpedition in Britisch-Kolumbien. Das tat ihr gut. Wenigstens einer von uns beiden, der die Außenwelt genießen durfte. Vielleicht konnte ich durch ihre Briefe dieser Hölle entfliehen.
Die größte Überraschung bei meiner Rückkehr war Weber für mich, der neue deutsche Häftling, der selbst Popeye mit seiner Protzerei auf die Nerven gegangen war. Weber stolzierte herum, als ob ihm der *koğuş* gehörte. Er trug die Werkzeugtasche eines Elektrikers bei sich, voller Schraubenzieher, Zangen und anderer handlicher Instrumente. Ich konnte es kaum glauben. Popeye erzählte mir, daß Weber irgendwie zu dem Job gekommen war, den türkischen Elektrikern und Klempnern zu helfen. Keiner wußte, wie er sich diesen Job verschafft hatte. Normalerweise ließen die Türken Ausländer nicht gern arbeiten. Weber aber

durfte nun jeden Tag aus dem *koğus* heraus. »Der Direktor, der hat mich zum Boß gemacht. Über sämtliche Gefängnisarbeiten. Ja, ja«, sagte Weber zu Popeye. »Ich mache gute Arbeit. Ja, ja. Fix, fix.«
»Am liebsten würde ich diesem Kerl eine kleben, und zwar mitten in sein ›ja, ja‹«, brummte Popeye.
Weber schritt davon. Er war gewiß ein unangenehmer Typ. Trotzdem glaubte ich immer noch nicht, daß er so blöde war, wie er tat. Weber führte bestimmt irgend etwas im Schilde.

Ein paar Tage, bevor Charles nach Imrali aufbrach, traf seine Freundin Mary Ann zu Besuch aus Amerika ein. Sie wurde von Willard Johnson von der amerikanischen Botschaft ins Gefängnis begleitet. Charles fragte mich, ob ich nicht mit ins Besucherzimmer kommen und Willard in irgendeine Diskussion verwickeln könnte, während er selbst mit Mary Ann am anderen Ende des langen Tisches saß.
Sie war eine schöne Frau. Blasse, weiße Haut und lange braune Haare. Meine Augen schweiften ständig zu ihr hin, während ich Willard mit Fragen bombardierte.
»Was wird hier eigentlich gespielt?« fuhr ich ihn zornig an. »Warum sind Sie nicht zu den Psychiatern gegangen? Warum haben Sie mir nicht geholfen? Wollen Sie, daß ich mein Leben lang in diesem Gefängnis vergammle?«
Willard war ein wenig betreten. Er machte auf mich den Eindruck eines Ivy-League-Typs, der es zwar gut meint, sich aber im Gefängnis und in Gesellschaft von Sträflingen offensichtlich unwohl fühlt. In seinem konservativen Anzug und seiner gestreiften Krawatte hätte er besser in einen New Yorker Herrenclub oder an die Börse gepaßt. Sein rundliches Gesicht wurde rot.
»Halt, Billy. Das ist nicht so einfach.«
»Wollen Sie nicht, daß man mir hilft? Liegt Ihnen überhaupt nichts an mir?«
»Das ist nicht so einfach, Billy«, beharrte er. »Der Doktor wünschte von mir eine Garantie, daß Sie nicht versuchen würden auszureißen. Man wollte Sie nämlich in eine offene Abteilung stecken.«
»So?«
»Aber wie hätten wir das garantieren sollen? Woher sollten wir wissen, daß Sie nicht zu fliehen versuchen würden?«

»So etwas würde ich nie tun.«
Willard bedachte mich mit einem verständnisvollen Blick. Ich hielt es für besser, das Thema zu wechseln.
»Ich brauche ein paar Sachen aus der Kantine. Ich brauche eine Stange Filterzigaretten.«
»Rauchen Sie neuerdings?«
»Ja. Man gewöhnt es sich hier an. Man ist sowieso dauernd von Rauch umgeben. Da kann man's genausogut selber tun.«
»Okay. Also eine Stange Zigaretten.«
»Und ein paar Tafeln Schokolade.«
»Okay. Ist das alles?«
Ich sah, daß Mary ihre Hand unter den Tisch gesteckt hatte. Es sah aus, als hielte sie sie in Charles' Schoß. Ihr Arm bewegte sich langsam vor und zurück.
»Hm ... noch was«, stammelte ich. »Ich brauche ... hm ... eine Zahnbürste.«
»Zahnbürste?«
»Ja ... und ... hm, Seife.«
»Seife. Okay.« Plötzlich drehte Willard sich um. »Charles, brauchen Sie etwas aus der Kantine?«
Charles schreckte auf. »Nein«, sagte er schnell.
»Wie steht's mit meinem Prozeß?« fragte ich. »Der dauert jetzt schon über sechs Monate. Ich kenne mein Urteil immer noch nicht.«
»Das Gericht hat von Bakirkoy ein Gutachten über Sie bekommen. Für den einunddreißigsten Mai ist ein Verhandlungstermin angesetzt.«
»Wird man dann mein Urteil verkünden?«
»Ich denke schon.«
Mary Anns Arm bewegte sich jetzt schneller.
»Was glauben Sie – wieviel werde ich kriegen?«
»Ich glaube nicht, daß es allzu schlimm werden wird«, antwortete er. »Dreißig Monate vielleicht. Vielleicht fünf Jahre.«
Charles Augen waren geschlossen.
»Für mich ist das schlimm genug«, sagte ich.
»Ja, das kann ich mir vorstellen, von Ihrem Standpunkt aus betrachtet. Aber für Haschischschmuggel ist das wirklich kein allzu hartes Urteil.«
Der Konsul wandte sich um und blickte über den Tisch. »Was meinen Sie dazu, Charles?«

Charles öffnete die Augen und blinzelte. »Wie? Ach so. Imrali ist wirklich prima, Mensch. Ja. Da wird's bestimmt schön.«
Der Konsul blickte verwirrt. Mary Ann lächelte verlegen und legte ihre Hand wieder auf den Tisch.

Nach den düsteren Erlebnissen in Bakirkoy erhielt das Gefängnisleben eine ganz andere Perspektive für mich. Mein inneres Gleichgewicht war gestört. Zwar halfen mir Yoga und Meditation, doch ich reagierte rascher auf die Spannungen im *koğus*. Charles machte mir sein türkischenglisches Wörterbuch zum Geschenk. Es war so schwierig, mit den Aufsehern zu reden, und deshalb beschloß ich, Türkisch zu lernen. Doch meine Konzentrationsfähigkeit war gering. Ich begann stärker zu rauchen, und zwar beides, Tabak und Haschisch. Mehr und mehr wurde ich von beidem abhängig; ich brauchte es, um nicht die Nerven zu verlieren. Ziat war die Quelle für das meiste Haschisch im *koğus*. Aber seine Preise waren unverschämt. Ich erfuhr, daß Max über seinen Freund, den Elektriker, billigeres und besseres Hasch besorgen konnte.
Am Abend nach Charles' Aufbruch nach Imrali saßen Popeye, Max und ich in Max' Zelle und kamen uns ein bißchen verlassen vor. Max war ohnehin schon seinem *Gastro* verfallen, aber er brauchte auch nie einen Vorwand, um Haschisch zu rauchen. Er schwankte zu seinem Kloloch hinüber. Er langte hinunter und kam mit einer halben Platte zurück. Er brach kleine Stückchen ab und rollte sie zu Joints. Max nickte geruhsam vor sich hin. Ich hörte Popeyes endlosem Geschwätz über eine möglicherweise bevorstehende Revolution in der Türkei zu. Wenn eine neue Regierung an die Macht käme, dachte ich, würde sie vielleicht eine Amnestie erlassen.
Auf einmal hörte ich die Tür zum *koğus* aufgehen. Gemessene Schritte näherten sich dem Fuß der Treppe. »*Iskelet!*« rief eine Stimme herauf. Das war das türkische Wort für »Skelett«, den Spitznamen, den die Türken Max gegeben hatten.
Max wollte nicht, daß die Aufseher in seine Zelle kamen. Schnell stakste er in den Korridor und die Treppe hinunter. Popeye und ich ließen unser Haschisch im Kloloch verschwinden und schlichen in unsere Zellen zurück. Plötzlich hörte ich Max brüllen. Ich raste den Korridor hinunter, und als ich zur Treppe kam, sah ich, wie zwei Wärter Max' Arme nach hinten drehten. Arief langte in Max' Jackentasche und zog Haschisch

hervor. Die Wärter zerrten Max ins Erdgeschoß. Dann sah ich Arief irgendwas zu Ziat nuscheln, der mit grinsendem Gesicht neben der Tür stand.
Zwei Tage später kam Max zurück. Er hinkte leicht. Seine Handgelenke waren bandagiert. Seine Brille fehlte. Er schielte mich mühsam an, während wir uns unterhielten. Sie hatten ihn nach unten befördert, ihn ein paar Minuten lang geschlagen, um dann Hamid zu holen, erzählte Max. Während sie weg waren, hatte Max seine Brillengläser zerbrochen und sich mit einem Glassplitter die Handgelenke aufgeritzt. Anstatt ihn noch weiter zu schlagen, mußten die Wärter ihn zwangsläufig ins *revir* schleppen, den Sanitätsraum des Gefängnisses.
»Das war Ziat«, bemerkte ich.
»Ich weiß, ich weiß. Der Teufel soll ihn holen! Aber ich habe dabei eine großartige Entdeckung gemacht.«
»Welche?«
Max beugte sich dichter zu mir und senkte die Stimme. »Mensch, da in dem *revir* gibt's alle Sorten von Drogen . . .«

Sorgfältig studierte Arne seine astrologischen Tabellen. Er hatte für alle Männer im *koğus* ein Horoskop aufgestellt. Er war nicht im geringsten verwundert, als er erfuhr, daß ich ein Widder war. Dies Zeichen kam im Gefängnis am häufigsten vor. Widder neigen zu übereiltem und impulsivem Handeln, was auch auf mich zutraf.
Jeden Morgen, wenn ich eine Tasse von Ziats wäßrigem Tee kaufte, erinnerte mich sein Grinsen daran, wie er Max verpetzt hatte. Ich fragte mich langsam, wie es kam, daß Ziat den Teeausschank noch immer unterhielt. Der Job sollte jeden Monat von einem anderen Gefangenen ausgeführt werden. Ein paar von uns hatten es nicht nötig, weil fünfzig Dollar von zu Hause unseren Bedarf über Monate hinaus decken konnten. Aber es gab auch andere, die keinen Kontakt mit ihrer Familie hatten. Sie hätten das Geld gut gebrauchen können. Deshalb schrieb ich eines Tages, als ich in besonders mieser Stimmung war, einen Brief an den Gefängnisdirektor. Ich beschwerte mich, daß Ziat Emins Freund sei und daß er Emin besteche, ihn jeden Monat im *çay*-Ausschank arbeiten zu lassen. Ich ging mit der Petition zuerst zu Weber, da er ebensogut türkisch wie englisch zu sprechen schien; denn ich brauchte eine Übersetzung. Weber lehnte es ab, da hineingezogen zu werden. Er hatte sich

einen guten Stand verschafft und war inzwischen Bauaufseher des Gefängnisses geworden. Er wollte seinen Posten nicht aufs Spiel setzen.
So tat denn Max sein Bestes, um das Schreiben ins Türkische zu übertragen. Ich ging mit dem Brief herum, um noch andere Häftlinge dazu zu bringen, ihn zu unterschreiben.
Ziat bekam natürlich sofort Wind von der Sache. Ich stand gerade im Korridor und unterhielt mich mit Arne über die Petition, als Ziat auf mich zugelaufen kam. »Keiner unterschreibt«, wütete Ziat. »Du verschwendest bloß deine verdammte Zeit.«
Bevor ich wußte, was ich tat, hatte ich Ziat gepackt. Ich schob ihn in den Hof. »Mir ist es schnuppe, was passiert, aber ich mach' das jetzt klar«, schrie ich. »Ich verpasse dir 'nen Tritt, daß du quer über den ganzen Hof fliegst.« Ziat blieb ruhig. »Schön«, sagte er. »Gut. Mann gegen Mann. Wir klären das jetzt auf der Stelle. Aber eins sag' ich dir, egal, was passiert: wenn's vorbei ist, hole ich die Wärter, und die brechen dir sämtliche Knochen im Leib.«
»Quatsch! Das geht nur dich und mich was an, nicht die Wärter. Was haben die Wärter damit zu tun?«
»Das wirst du schon sehen. Das besprechen wir später.«
Ein Kribbeln in den Fußsohlen riet mir, eine Minute einzuhalten und mir die Sache zu überlegen. Ziat hatte Beziehungen. Arief! Der *falaka*-Stock.
Ziat sagte ruhig: »Hör zu. Du regst mich nicht auf, und ich rege dich nicht auf. Okay?«
»Aber du regst mich auf. Du regst mich die ganze Zeit auf. Du machst miserablen Tee. Und du hast Max in Scherereien gebracht. Er ist mein Freund.«
»Ich laß' dich vollkommen in Ruhe«, versprach Ziat. »Deine Freunde auch. Ich mache Spezialtee für euch. Wir müssen wie Brüder miteinander auskommen. Wir sind schließlich zusammen hier eingesperrt.«
Ich wollte ihm eine ins Gesicht schlagen. Ich wollte Max rächen. Aber dann siegte die Vernunft. Ein Kampf würde mir nur Ärger bringen. Ich traf die einzig richtige Entscheidung.
Meine Faust entspannte sich. »Okay«, stimmte ich zu. »Du bleibst mir aus dem Weg, und ich bleib' dir aus dem Weg.«

Eines Morgens öffnete sich die Tür, die nach unten führte. Schweigen senkte sich über den *koğus*. Es hatte sich schnell herumgesprochen, daß ein Mitglied der türkischen Mafia zu uns gekommen war.

Er hieß Memet Mirza und bewegte seinen massigen Körper in einer anmaßend stolzierenden Gangart, ganz ähnlich wie Hamid. Er war zwar erst Anfang zwanzig, doch er hatte schon einen Namen. Sein Vater und sein Onkel waren einflußreiche Gangster. Memet hatte bereits auf eigene Faust ein paar Männer erschossen. Wäre er ein gewöhnlicher Türke gewesen, hätte man ihn womöglich für seine Verbrechen gehängt. Als *kapidiye* jedoch würde er wahrscheinlich höchstens zwölf bis achtzehn Monate absitzen. Während der ersten paar Tage trat jeder höflich zur Seite, wann immer Memet sich näherte. Ziat schwebte in Todesängsten, daß er vielleicht einmal einen von Memets Freunden verraten haben könnte. Aber Memet schritt nur wie ein hungriger Grislybär die Korridore und den Hof ab.

Eines Tages waren Popeye und ich dabei, die Nachrichten in der *Hurriyet*-Zeitung über anarchistische Unruhen zu interpretieren, als wir einen wütenden Schrei aus dem Hof vernahmen. Wir rannten zum Fenster und sahen hinaus. Da erblickten wir Memet, wie er wild auf zwei Ausländer einschlug. Es waren Peter und Ibo. Ich kannte sie nicht besonders gut; ich wußte nur, daß die beiden enge Freunde waren.

Mit einer Pistole mochte Memet ja ein Killer gewesen sein, aber mit seinen zwei lahmen Fäusten war er kläglich. Ibo boxte ihn in die Seite, und als Memet nach unten sah, landete Peter einen Schlag direkt in sein Auge.

»Aaaah!« brüllte Memet. Er packte sie beide und versuchte, sie im Bärengriff in die Zwinge zu nehmen. Doch Peter und Ibo rangen sich los. Sie rasten in ihre Zellen und versteckten sich unter ihren Betten, bis Memets Zorn verraucht war.

Später, als Popeye und ich in der Küche saßen, kam Memet herein, um sich eine Tasse Tee zu kaufen. Popeye kicherte und gab einen lauten Harpo-Marx-Pfiff von sich, wobei er mich in die Rippen stieß. Der große, starke Memet hatte eine dunkle Brille auf, um sein enormes blaues Auge zu verdecken.

An diesem Abend schaute ich zu Max in die Zelle. Er lag zusammengerollt auf seinem Bett und las ein Buch. Ich wollte schon weitergehen, als

ich merkte, daß er das Buch verkehrt herum hielt. Das war selbst für ihn ungewöhnlich.
»Max, was machst du denn da? Du bist wohl total ausgeflippt!«
Max hob ruckartig den Kopf.
Als er sah, daß ich es war, legte er den Finger auf die Lippen. »Pssst! Willie, komm her.«
Das Buch war *Jenseits von Gut und Böse* von Nietzsche. Sorgfältig untersuchte Max die leere Innenseite des hinteren Einbanddeckels.
»Hab' ich heute mit der Post gekriegt«, flüsterte er. Er ging zu seinem Spind. Er kniete sich hin und stemmte sich mit seinem ganzen Gewicht gegen den Schrank. Nichts geschah. »Scheiße«, fluchte er. »Willie, komm, hilf mir mal, den Schrank zu kippen.«
Ich lehnte mich schwer gegen die obere Kante des Spinds und kippte ihn nach hinten. Max suchte mit den Fingern nach irgend etwas, was darunter lag. Er brachte ein abgebrochenes Stück einer Rasierklinge zum Vorschein. Wir setzten uns zusammen auf sein Bett und verbargen das Buch zwischen uns. Behutsam schlitzte Max eine Ecke des Buchdeckels genau am Falz auf. Dann schob er das dicke Leinen zurück, um den Pappdeckel freizulegen. Der war an mehreren Stellen ausgehöhlt, und in den Löchern steckten kleine Päckchen in Aluminiumfolie. Max legte sie auf sein Bett und öffnete sie: Er warf einen kurzen Blick auf den Begleitbrief.
»Das hier muß das Hasch sein. Das da ist Marihuana. Das hier ist Speed. Hier, das ist Morphium! . . . Und das hier muß das LSD sein«, sagte er. »Magst du etwas davon?«
»Nein.« LSD war eine völlig andere Art von Rauschgift, als ich sie gewohnt war. Ich kannte Marihuana und Haschisch als relativ harmlos. LSD dagegen konnte gefährlich werden.
Max schabte ein bißchen davon in ein Stück Folie und drückte es mir in die Hand. »Heb's dir auf«, sagte er. »Du kannst nie wissen, ob du's mal brauchen kannst.«
Ich ging in meine Zelle. Ich schob das winzige Folienpäckchen in den Einband meines Tagebuchs zu der Feile. Dann begab ich mich zu einer Runde Poker in Popeyes Zelle.

In der amerikanischen Botschaft wurde eine Bombe gelegt. Die Anarchisten sagten der türkischen Regierung öffentlich den Kampf an. Das

Militär ergriff die Macht. Ein strenges Ausgehverbot wurde über das Land verhängt. Es hieß, daß es in den Straßen von bewaffneten Wachposten wimmelte.
Wir waren alle froh über den Regierungswechsel, denn vielleicht bewirkte er eine Amnestie. Aber dann brachte er uns nichts weiter als anarchistische Häftlinge. Jeden Tag wurden sie in hellen Scharen eingeliefert. Die Gefängnisverwaltung wollte die Anführer separieren. Aber es gab nur einen einzigen *koğus* mit Einzelzellen im Gefängnis, und der war den Ausländern vorbehalten.
Eines Morgens hörten wir unten einen Tumult. Die Wärter sagten, wir sollten uns beeilen und unsere Sachen zusammenpacken. Wir zogen um. Wir wurden in einen anderen *koğus* verlegt. Wieder einmal machte ich die Erfahrung, daß ich nichts wirklich zu schätzen wußte, bis ich es verlor. Mit der Zurückgezogenheit meiner Einzelzelle war es vorbei. Jetzt wurden wir in einem barackenartigen Bau zusammengepfercht. Im ersten Stock standen achtundvierzig Kojenbetten, während das Erdgeschoß aus unerfindlichen Gründen völlig leer war.
Ich ergatterte ein Bett in einer Ecke, wo ich mich mit dem Rücken gegen die Wand stützen konnte. Ich nahm die obere Koje, um wenigstens ein bißchen für mich allein sein zu können. Popeye warf seine Sachen auf das Bett unter mir, wobei er unentwegt den neuen *koğus* verwünschte und verfluchte.
Ein paar Männer schirmten ihre unteren Kojen sofort ab, indem sie Laken von den oberen Betten herunterhängen ließen.
Hier hatten vorher Türken gelebt, und deshalb war es entsetzlich schmutzig. Die Böden waren mit einer dicken Dreckschicht bedeckt; Papierfetzen, schmierige Lumpen und Zigarettenkippen lagen überall verstreut, und die gelben Gipswände waren vom Rauch verfärbt. Ein paar Fensterscheiben waren zerbrochen, und die anderen waren seit Monaten nicht geputzt worden. Schmutzige Baumwollfüllung aus den stinkenden Matratzen flog auf dem Boden herum. Der Gestank war fürchterlich. Und der übelriechende Waschraum ganz am Ende war kaum besser als die entsprechenden Örtlichkeiten in Bakirkoy.
Wir teilten uns einen neuen Hof mit einem *koğus* türkischer Häftlinge, und ihr erster Anblick war eine echte Überraschung. Ein paar von ihnen spielten Volleyball. Aber sie trugen Anzüge und Krawatten und sprangen damit in der heißen Sonne herum. »*Kapidiye*«, murmelte Max.

Memet schien völlig verstört. Ich merkte, daß es ihm peinlich war, mit anderen *kapidiye* zusammenzusein, solange er ein blaues Auge hatte.
»So'n Kerl!« kicherte Popeye. »So ein großer, starker Kämpfer! So ein großer, starker *kapidiye*. So ein großes, starkes, blaues Auge.« Er pfiff und tanzte herum, und Memet verfluchte ihn.
Jedermann hatte im Gefängnis seine eigenen Gewohnheiten entwickelt. Immer, wenn jemand oder etwas diese Routine störte, kam es zu Querelen. Jetzt aber war jegliche Ordnung durcheinandergeraten. Die Luft schien mit Hochspannung geladen.
Am nächsten Morgen versuchte ich, meine persönliche Ordnung wieder herzustellen. Ich stand früh auf und machte in der Leere des Erdgeschosses meine Yogaübungen. Ganz hinten am anderen Ende braute Ziat seinen Tee.
Später ging ich in den Hof und betrachtete die neuen Muster aus Sonne und Schatten an den fremden Mauern.
Mein Kopf fuhr herum, als ich ein Geschrei aus dem Küchentrakt vernahm, Brüllen, Kreischen und Fluchen. Ich hörte, wie die Leute umherrannten. Plötzlich verstummte der Lärm, und es wurde totenstill. Langsam und vorsichtig schlüpfte ich wieder ins Haus.
Zwei Männer zerrten Popeye zur *koğus*-Tür, während draußen ein Wärter nach einer Krankenbahre rief. Auf Popeyes T-Shirt breiteten sich große hellrote Flecken aus, und das Blut bildete auf dem Boden eine Pfütze. Popeye war bei Bewußtsein, aber er schien einen Schock erlitten zu haben. Ich sah zu, wie die Männer ihn aus dem *koğus* trugen. Dann begab ich mich zum Küchentrakt. Die Männer saßen schweigend an den Tischen. Ein paar kauten noch ihr Brot. Ein Tisch war leer. Er war voller Blut.
»Was ist passiert?« fragte ich.
»Memet«, sagte einer. »Er ist einfach von hinten gekommen und hat auf Popeye eingestochen.«
»Wo ist Memet jetzt?«
»Draußen im Hof.«
»Was? Hat denn keiner von euch irgend etwas dagegen unternommen?«
»Was hätten wir denn tun können?«
Wie eine blutrote Welle stieg die Wut in mir auf.
»Was seid ihr bloß für Kerle?« brüllte ich los. »Wollt ihr etwa zulassen,

daß die Türken uns alle umbringen, daß sie uns alle aufschlitzen? Warum seid ihr nicht über ihn hergefallen oder habt mit irgend etwas nach ihm geworfen? Wie könnt ihr bloß hier sitzen und euer Brot fressen?«

Arne versuchte, mich zu beruhigen. Doch ich riß mich los. Ich stürzte in den Hof. Wenn ich in Bakirkoy nicht wahnsinnig gewesen war, jetzt war ich es.

Memet spazierte im Hof auf und ab, die Hände in den Taschen. Ein paar von seinen *kapidiye*-Freunden standen in der Nähe.

»*Deli!*« schrie ich quer über den Hof zu ihm hinüber. »Wahnsinn! – *Ibne!* Schwein!« Ich suchte nach dem schlimmsten Wort, das ich kannte. Ich war wütend auf mich, daß ich nicht gelernt hatte, richtig auf türkisch zu fluchen.

Aber Memet starrte mich auch so an. Man konnte auch sonst kaum einen Türken als wahnsinniges Schwein bezeichnen und dann mit heiler Haut davonzukommen hoffen. Aber wenn dieser Türke ein *kapidiye* mit einer übertrieben hohen Meinung von sich selbst war und seine Freunde dabeistanden, dann war das ein wirklich ernstzunehmender Vorfall.

Emin eilte herzu, um mich zu beschwichtigen. Doch ich stieß ihn weg. Er stolperte und fiel auf den Betonboden.

Memet hörte mit seiner Wanderung auf, wandte sich um und sah mich über den Hof hinweg an.

»Willie«, erklang Arnes Stimme hinter mir. »Er hat das Messer noch.«

O Gott! Es würde Popeye nichts nützen, wenn ich auch noch aufgeschlitzt würde. Ich brauchte einen Knüppel. Oder sonstwas. Irgendwas.

Memet machte einen Schritt auf mich zu. In seiner Hand blitzte das Messer auf. Plötzlich ergriffen mich riesenhafte Arme von hinten, zogen mich rückwärts und schleuderten mich gegen die Betonmauer. Das verschlug mir den Atem. Verschwommen erkannte ich Hamids bärenhaftes Gesicht. Seine riesige erhobene Pranke fuhr wie ein Hammer auf mich herunter.

Klatsch! Er schlug mit aller Kraft zu. Ich prallte hart gegen die Mauer. Klatsch! Er traf mich mit seinem Handrücken. Mein Kopf füllte sich mit zuckendem Schmerz und wirbelnden Blitzen. Dann brüllte Hamid Emin und den anderen Wärtern Befehle zu. Sie trieben alle Ausländer in den

koğus zurück und schlossen uns ein. Am selben Nachmittag sollten wir in einen anderen barackenartigen *koğus* jenseits des Kinder-*koğus* verlegt werden. So würden wir uns also wieder den Hof mit den Kindern teilen.
Mamur, der Direktor, gab strenge Anweisungen: Keine Türken mehr in den Ausländer-*koğus*. Das hatte einen Vorteil: Emin mußte gehen. Mamur bestimmte einen Syrer namens Necdet zum neuen *memisir*, zum Vertrauensmann, der die Aufsicht über den *koğus* hatte. Er sprach fließend mehrere Sprachen und war ein hochgebildeter Mann. Er hatte zwölfeinhalb Jahre abzusitzen, weil er Spionage gegen die türkische Armee betrieben hatte. Er war der einzige Häftling im Ausländer-*koğus*, der nichts zu verbergen hatte. Er machte sich nichts aus Rauschgift oder Sex. Er spielte nicht einmal Karten.
Mein Kopf schmerzte von Hamids Schlägen. Ich sammelte meine Sachen zusammen und drängte meine Tränen um Popeye zurück. Doch bald trottete Max mit Neuigkeiten herein. »Necdet hat etwas aus dem *revir* gehört«, teilte er uns mit. »Sie sagen, Popeye kommt durch. Er wird nicht sterben. Sie sind ganz sicher.«
Ich setzte mich erleichtert auf mein Bett. Max beugte sich über mich und untersuchte mein geschwollenes Gesicht, das von Hamid recht zugerichtet worden war.
»Dieser Hamid ist ein Tier. Aber heute hat er dir einen Gefallen getan«, brummte Max.
»Was redest du da?«
»Er hat dir das Leben gerettet, Mensch. Ist dir das nicht klar?«
Ich schloß erschöpft die Augen und dachte an Memets aufblitzendes Messer.

Gerichtsverhandlung. Wieder eine Sitzung voller verwirrender türkischer Wörter, die um mich herumschwirrten. Vor mir wurde über mein Schicksal entschieden. Ich war unfähig zu sprechen. Yesil bedeutete mir, mich zu erheben. Ich hörte den Richter würdevoll das Wort *dört* aussprechen, »vier«.
»Vier Jahre und zwei Monate«, sagte Yesil zu mir. »Für Haschischbesitz. Das ist gut. Der Staatsanwalt wollte Sie wegen Haschischschmuggels belangen.«
Fünfzig Monate. Ein Drittel würde man mir wegen guter Führung

erlassen. Also würde ich dreiunddreißigeindrittel Monate sitzen. Am 17. Juli 1973 käme ich frei. Bis dahin waren es mehr als zwei Jahre.
Ich war erledigt. Ich fühlte Übelkeit in mir hochsteigen, als die Soldaten meine Hände fesselten, und starrte unbewegt vor mich hin, als man mich durch die Straßen von Istanbul nach Sagmalcilar zurückfuhr.
Arief durchsuchte mich unsanft. Ein anderer Wärter schnappte meinen Arm und zog mich durch den Korridor zum Ausländer-*koğus*. Ein Schlüssel rasselte. Eine Tür ging auf. Der Wärter stieß mich hinein. Die schwere Eisentür knallte hinter mir zu.

11.

Tag um Tag verging. Ein ganzer Sommer meines Lebens verrann.
Charles schrieb aus Imrali; er schien wirklich glücklich, daß er seine Reststrafe auf der Insel abarbeiten konnte. Während der Mittagspause konnte er schwimmen gehen. Freitags durfte er lange Spaziergänge auf der Insel machen. Die Verpflegung war gut. Er hatte den ganzen Tag mit frischem Obst und Gemüse zu tun, die zu Konserven verarbeitet wurden, und konnte soviel davon essen, wie er wollte.
Sein Brief machte mich nachdenklich.
»Max, wie sieht's auf Imrali aus?« fragte ich.
»Gut, soweit ich weiß. Falls man Lust hat zu arbeiten.«
»Nein, ich meine, um abzuhauen.«
»Du meinst, verduften?«
»Ja. Um sich dünn zu machen.«
»Unmöglich. Du bist zwanzig Meilen vom Festland entfernt. Und selbst wenn du's bis zum Ufer schaffst, bist du immer noch in der Türkei. Und was machst du dann? Auf Imros wärst du besser dran.«
Imros war gleichfalls eine Gefangeneninsel. Sie lag vor der türkischen Westküste in der Ägäis. Ein paar griechische Inseln waren weniger als zehn Meilen von ihr entfernt. Aber die Sache hatte einen Haken: Imros galt als »offene« Haftanstalt. Vermutlich würde man mich erst zu einem Zeitpunkt dorthin verlegen, wenn ich meine Strafe fast abgesessen hätte, so daß sich eine Flucht nicht mehr lohnte. Dann konnte mir die Verlegung gestohlen bleiben.
Max und ich malten uns einen spektakulären Ausbruch aus; wir planten die unmöglichsten Fluchtversuche. Zwar war Max manchmal unfähig, zusammenhängend zu reden, aber zuweilen schien er wirklich bereit, irgend etwas unternehmen zu wollen. Er blinzelte durch seine dicken Brillengläser und klagte, daß dieses *Gastro* ihn langsam blind mache. Er

sagte, zur Abwechslung brauche er einmal richtiges Morphium. Als er jedoch verstohlen eine Karte von der Türkei hervorholte, war ich verblüfft; dann wurde mir klar, daß Max mir endgültig vertraute.
Er überraschte mich noch einmal, als er eines Tages ein paar Zeichnungen aus einem Stoß Briefe hervorzog. »Die Gefängnispläne«, erklärte er lakonisch.
»Wie bist du da rangekommen?«
»Vor einiger Zeit war hier mal so'n österreichischer Architekt. Er hatte den Türken beim Umbau geholfen. Er hat mich die Pläne kopieren lassen.«
Wir gingen sie genau durch. Der Schacht des Speiseaufzugs führte nur nach unten, nicht weiter. Eine Menge Wächter und Kugeln würden hier der Freiheit im Weg stehen. Wenn wir jedoch irgendwie auf das Dach des *koğus* gelangen könnten, hätten wir vielleicht eine Chance. Wir könnten bis an die Ecke der Hauptmauer kriechen und uns herunterlassen. Dazu brauchten wir ein Seil. Doch wie sollten wir aufs Dach gelangen?
Wir mußten uns widerstrebend eingestehen, daß ein direkter Ausbruch aus Sagmalcilar so gut wie unmöglich sein würde. Es gab zu viele Hindernisse. Jeder Plan war zu kompliziert. Und die Posten auf den Wachttürmen hatten Maschinengewehre. Trotzdem kopierte ich die Pläne und bewahrte sie mit dem ganzen Wust von Papieren in meinem Tagebuch auf.
Wir entwickelten einen »LSD-Plan«: Wir könnten eine Verlegung nach Kars beantragen, einem Gefängnis am anderen Ende des Landes nahe der türkischen Ostgrenze. Das würde eine zweitägige Eisenbahnfahrt bedeuten. Jeder von uns würde vermutlich von zwei Soldaten bewacht werden. Max besaß immer noch sein LSD, das man ihm mit den anderen Drogen in *Jenseits von Gut und Böse* mit der Post geschickt hatte. Ich hatte ebenfalls noch das bißchen LSD in meinem Tagebucheinband. Wenn wir das den Soldaten irgendwie ins Essen oder in ihre Getränke schmuggeln könnten, war es unter Umständen möglich zu entkommen. Wir brauchten vielleicht nur »Entschuldigung« zu sagen und wegzugehen, während die Bewacher sich an den Farben der Eisenbahnschienen entzückten. Es wäre auch nicht nötig, Gewalt anzuwenden. Die Schwierigkeit lag jedoch darin, daß wir morgens von Sagmalcilar aufbrechen würden, und unsere Pläne ließen sich höchstens nachts in die Tat umsetzen. Da aber befanden wir uns bereits im tiefsten Landesinnern

der Türkei, mit dem Schwarzen Meer im Norden und Rußland im Osten. Aber ich konnte ja ohnedies nirgendwohin verlegt werden, solange ich mein *tastik* nicht hatte, jenes Stück Papier, das besagte, daß der Oberste Gerichtshof in Ankara mein Urteil formell anerkannt hatte. Doch wir behielten den »LSD-Plan« im Auge, und ich fertigte mir Kopien von den Plänen und der Karte an.
Max hielt mehr von der Idee, in ein Krankenhaus zu gehen, um von dort aus zu fliehen. Doch lockte ihn wohl vor allem die Vorstellung, in ein Krankenhaus zu kommen.
Bakirkoy ging mir wieder durch den Kopf. Ich hatte das Gefühl, wenn ich irgendwie noch einmal dorthin käme, könnte ich ganz sicher fliehen. Vielleicht könnte ich die westliche Mauer erklettern und oben entlang bis zur Vorderseite von Station 13 gelangen.
Aber wie lange wir auch redeten, wir kamen immer wieder auf das gleiche Problem zurück: Außerhalb des Gefängnisses waren wir immer noch in der Türkei. Und in der Türkei hatten wir keine Freunde. Vielleicht könnte ich Patrick überreden, draußen als mein Gewährsmann zu fungieren. Doch kannte ich seine Reaktion im voraus: Visionen aus dem *Grafen von Monte Christo* würden ihm durch den Kopf geistern.

Max übersetzte die Geschichte aus der Zeitung: Ein junger englischer Hippie war geschnappt worden, als er versuchte, sechsundzwanzig Kilo Haschisch an drei verkappte Polizisten zu verkaufen. Ich betrachtete das Foto: Wilde, lange dunkle Haare fielen ihm auf die Schultern. Er war mit seiner Mutter in einem Lastwagen von Indien nach Istanbul gekommen. Der Laster hatte Schmuck, Armbänder und Glocken geladen. Die Zeitung brachte auch ein Bild von Beano, dem Äffchen des Jungen.
Der Junge hieß Timothy Davie und war vierzehn Jahre alt. Als er ein paar Tage später zu uns in den *koğus* kam, war er bereits eine Berühmtheit. Necdet versuchte, ihm die Vorschriften zu erklären, doch eine Horde Männer versammelte sich um ihn, um seinen mageren jungen Körper zu bestaunen. Jemand wollte wissen, ob Beano Hasch mochte.
»Halt mal. Schluß jetzt«, erklärte Timothy. »Jetzt haltet mal einen Moment die Luft an, Leute.« Damit verzog er sich rückwärts in seine Zelle und setzte sich aufs Bett. Bewundernswert. Vierzehn Jahre, und er ließ sich von niemandem herumkommandieren.

Innerhalb weniger Tage fand ich heraus, daß er während seines Indienaufenthaltes Yoga gelernt hatte. Ich lieh ihm ein paar Bücher. Wir schlossen schnell Freundschaft.
Nach ein paar Wochen kam Timmy vor Gericht. Der Staatsanwalt forderte fünfzehn Jahre. Die englische Presse griff die Geschichte sofort auf. Die Briten waren empört, daß ein vierzehnjähriger Junge mit älteren, abgebrühten Kriminellen zusammen gefangengehalten wurde. Wie ich zum Beispiel einer war.
»*Mektup!*«
Die Post.
»Timmy«, sagte der Aufseher und händigte dem Jungen ein Päckchen aus. »Timmy.« Noch eins. »Tim-oti. Timmy. Timmy.«
»Verflixt«, meckerte Timmy. »Lauter verdammte Bibeln. Warum schikken mir bloß alle Leute Bibeln?«
»Um deine gesunkene Moral zu bessern«, sagte ich.
»Verdammt. Warum schicken sie mir keine Science Fiction?«

Eines Tages öffnete sich die *koğus*-Tür, und ich konnte den Harpo-Marx-Pfiff bis nach oben hören. Ich sauste die Treppe hinunter.
»Popeye!«
Er grinste, pfiff und klopfte mir auf den Rücken.
»Guck mal!« Er zog sein Hemd hoch. Er hatte eine Narbe unten am Rücken. Und eine oben, fast am Nacken. Memets letzter Stich hatte ihn vorn unmittelbar über dem Herzen erwischt.
»Hast du ein Glück gehabt! Doch ich schätze, das weißt du selbst am besten.«
Popeye pfiff.
Mit Windeseile verbreitete sich die Neuigkeit in unserem *koğus*: Die Wärter hatten einen von den Zellenblocks »kontrolliert«. Sie hatten mitten im Hof neben dem Abflußgitter frisch aufgegrabene Erde entdeckt. Sie schaufelten das Loch auf und fanden dort ein Gewehr, mehrere Messer, Tausende von Pillen und ein Samuraischwert. Ich glaube, das Samuraischwert war zuviel für sie. Daraufhin beschloß die Gefängnisverwaltung, in allen Höfen jeden Flecken Erde zuzubetonieren. Zwei Tage später erschien ein riesiger Kran auf der anderen Seite der Mauer. Arbeiter kamen, um die alte weiche Erde wegzuschaufeln und sie durch eine feste Betondecke zu ersetzen. Ein paar Arbeiter marschierten auf

der Mauer hin und her, und unser ganzer *koğus* vernahm erstaunt eine Stimme mit deutschem Akzent, die die türkischen Arbeiter kommandierte. »Ja, ja«, gellte die Stimme. Dann quasselte sie auf türkisch. Weber! Er hatte die Aufsicht über das gesamte Projekt!
An diesem Nachmittag saß ich stundenlang im Hof. Ich beobachtete Weber, der auf der Mauer auf und ab stolzierte, während er den türkischen Arbeitern seine Anweisungen gab. Er hatte die höchste Machtposition erreicht, zu der ein Häftling aufsteigen konnte.
Die Bauarbeiten dauerten ein paar Tage. Eines Nachmittags vermißte ich Weber auf seinem gewohnten Kommandoposten auf der Mauer.
An diesem Abend erschien Weber auch nicht beim *sayım*. Das war nicht ungewöhnlich. Er arbeitete oft noch spät irgendwo im Gefängnis. Am nächsten Morgen platzte Necdet, der Vertrauensmann, mit der Nachricht heraus: Weber war getürmt. Er hatte dem Direktor erzählt, er müsse in die Stadt, um ein paar Vorräte einzukaufen – das hatte er vorher auch schon ein paarmal gemacht. Deshalb war der Direktor erst beunruhigt, als Weber bereits viele Stunden überfällig war. Falls er sich einen Wagen und einen Paß beschafft hatte, war er möglicherweise schon längst über die griechische Grenze, bevor der Direktor überhaupt Verdacht geschöpft hatte.
Weber hatte es gut. Er hatte uns alle zum Narren gehalten. Von dem Augenblick an, als er unseren *koğus* betrat, hatte er sein eigenes Spiel gespielt. Er hatte es darauf angelegt, daß alle ihn ablehnten, damit wir ihn in Ruhe ließen – damit er sich in Ruhe und mit harter Arbeit beim Direktor eine Vorzugsstellung verschaffen konnte.
Um dann auf Nimmerwiedersehen zu verschwinden.
Himmel, wie ich ihn beneidete!

Am 2. August, dem dreihundertsten Tag seit meiner Verhaftung, saß ich still auf meinem Bett und versuchte zu meditieren. Ich dachte ganz fest an Lilian, die jetzt in den herrlichen zerklüfteten Bergen von Britisch-Kolumbien herumkletterte. Ich hoffte, daß sie an mich dachte. Ich hoffte, daß sie meine Gegenwart spürte. Doch ich war merkwürdig traurig, ja richtig besorgt, und ich konnte mir nicht erklären, warum.
Wochen später kam ein Brief. Lily lag in Salt Lake City im Krankenhaus. Sie hatte auf halber Höhe eines Berges den Halt verloren, war auf eine Gletscherkante gestürzt und ihr Pickel hatte sich unterhalb des rechten

Auges in ihren Backenknochen gebohrt. Der Unfall hatte sich am 2. August ereignet.
Man hatte sie nach Salt Lake City geflogen, wo sie von einem Spezialisten für plastische Chirurgie behandelt wurde. Sie versicherte mir, bis wir uns wiedersähen, wäre ihr Gesicht wieder vollkommen hergerichtet.
Die Zeit verging. Graue Tage, schwarze Nächte. Dann besuchte mich eines Tages Willard Johnson von der amerikanischen Botschaft. Er machte einen besorgten Eindruck. »Es sieht so aus, als würde Ihr Prozeß wieder aufgenommen«, sagte er.
»Was soll das heißen?«
»Offensichtlich hat der Staatsanwalt gegen Ihr Urteil Berufung eingelegt. Deshalb wünscht der Oberste Gerichtshof in Ankara, daß Ihr Fall an die erste Instanz zurückverwiesen wird.«
»Und was geschieht dann?«
»Wahrscheinlich überhaupt nichts. Sie kommen wieder vor dasselbe Gericht. Mit demselben Richter. Er konnte Sie gut leiden. Er wird vermutlich bei seinem ersten Urteil bleiben.«
»Und wenn der Staatsanwalt abermals Einspruch erhebt?«
»Das nützt ihm nichts. Wenn das erstinstanzliche Gericht zweimal dasselbe Urteil verkündet, wird es von Ankara anerkannt.«
Ich versuchte, mir einen Reim auf das alles zu machen, während ich zum *koğus* zurückging. Ich litt Todesängste. Alle Häftlinge wußten Schauergeschichten über die türkische Justiz zu berichten. Eine Strafe von fünfzig Monaten war schon schlimm genug. Ich wußte, daß ich nicht einen Monat mehr ertragen konnte.
Während der ganzen nächsten Woche schlief ich schlecht. Ich hatte einen immer wiederkehrenden Alptraum: Ich stand im Hof. Weber dirigierte die Bulldozer, die Betonmauern auf mich zuschoben. Ich konnte nirgendwohin ausweichen. Die graue Wand rückte immer näher, bis sie gegen meine Brust drückte. . . Schweißgebadet wachte ich auf, und gleichzeitig fror ich in der herbstlichen Luft.

Besuch.
Vielleicht war es Willard Johnson mit Neuigkeiten. Der Wärter begleitete mich in den Besucherraum für Anwälte, und ich landete geradewegs in einer kräftigen Umarmung.
»Johann! Du altes Haus. Was machst du denn hier?«

»Hallo, Billy! Ich hab' eine Überraschung für dich. Ich hab' mich hier niedergelassen.«
»Wo?«
»In Istanbul. Ich hab' einen Job. In einem Hotel. Ich komm' dich jetzt regelmäßig besuchen.«
Er drückte mir Schokolade in die Hand. Und mehrere Päckchen Marlboro für alle seine Freunde im *koğus*.
»Billy«, fuhr er fort, »ich möchte dir Madam Kelibek vorstellen. Sie ist Rechtsanwältin.«
Schweigend schüttelte eine Frau mir die Hand. Sie war etwa fünfzig Jahre alt. In ihrer Jugend mußte sie sehr schön gewesen sein.
Johann senkte die Stimme. »Billy, sie kann einiges für dich tun.«
»Kann sie's arrangieren, daß ich nach Bakirkoy komme?«
Johann übersetzte meine Frage. Die Antwort war selbst auf türkisch leicht zu verstehen: Sie verlangte viertausend Lira. Ungefähr dreihundert Dollar.
»Kann sie dann die Verlegung garantieren?« fragte ich.
Johann nickte.
»Dann erkläre ihr, daß ich das Geld auftreiben kann. Aber sie kriegt nicht einen einzigen *kur*, bevor ich nicht dort bin. Zahlung erfolgt bei Lieferung, kapiert?«
Johann übersetzte. Madam Kelibek bedeutete, daß sie einverstanden war.
»Johann, könntest du mir etwas zum Anziehen besorgen . . . Vielleicht später auch einen Wagen?«
Johann legte seine breiten Hände auf meine Schultern. »Ich tu' alles, um dich hier rauszuholen.«
»Okay. Es wird eine Weile dauern, bis ich das Geld habe. Ich schreibe heute noch an Dad.«
Wir unterhielten uns noch ein bißchen, und ich erzählte ihm das Neueste von unseren Freunden. Johann versprach, mich in der kommenden Woche wieder zu besuchen. Anschließend eilte ich in den *koğus* zurück, um nach Hause zu schreiben. Um den Zensor zu überlisten, benutzte ich viele Wörter mit doppelter Bedeutung. Ich schrieb von »verschiedenen Fahrplänen« und von den Zügen, die danach führen. Da gäbe es den normalen Lokalzug. Den würde ich nehmen, wenn ich müßte. Doch der führe langsam, und ich traute dem Lokomotivführer

nicht. Dann gäbe es noch den Nachtexpreß, schrieb ich. Das wäre ein Schnellzug. Ich sähe ein, daß es eine gefährliche Reise werden könnte, aber mich würde jemand am Bahnhof erwarten. Es wäre zudem ein kostspieliger Zug. Um sicherzugehen, daß mein Geld für den Fahrpreis ausreichte, rechnete ich damit, daß ich etwa fünfzehn Bilder von Benjamin Franklin brauchte (womit natürlich das gedruckte Bild auf der Vorderseite des Hundertdollarscheins gemeint war).

Am 6. Dezember 1971 war ich erneut in einem türkischen Gerichtssaal. Trotz der beruhigenden Versicherungen von Beyaz, Siya und Yesil war ich aufgeregt. Wenn nun doch etwas falsch lief? Ich würde sterben, wenn sie meine Strafe auch nur um einen einzigen Tag verlängerten. Abermals vernahm ich das Wort: *dört.* Derselbe Richter verurteilte mich zu derselben Strafe für dasselbe Vergehen – vier Jahre und zwei Monate für den Besitz von Haschisch. Dann erhob derselbe Staatsanwalt denselben Einspruch. Beyaz ließ mir durch Yesil erklären, daß das absolut kein Problem wäre. Nachdem dieselbe Sache zweimal in erster Instanz verhandelt und das Urteil bestätigt worden wäre, würde Ankara die Entscheidung akzeptieren. Es bestand kein Zweifel, daß mein Urteil rechtskräftig werden würde. Mein *tastik* würde bald eintreffen.
Abzüglich des Straferlasses blieben noch neunzehn Monate – das waren neunzehn zuviel.
So saß ich denn im *koğus* auf meinem Hinterteil und wartete ungeduldig auf die Antwort auf meinen Brief. Ich sah die Freiheit zum Greifen nah vor mir. Eine kleine Bestechung, und ich kam nach Bakirkoy. Dann über die Mauer, hinein in Johanns wartendes Auto und ab nach Griechenland. Ganz einfach. Alles, was ich brauchte, war ein wenig Hilfe von meinen Freunden.
Dann schrieb Dad.
Aus seinem Brief sprachen Schmerz und Qual.
»Deine Mutter und ich haben die Angelegenheit wieder und wieder besprochen«, schrieb er. »Wir haben deswegen gebetet. Wir haben deswegen geweint. Wir sind der Meinung, neunzehn Monate sind das Risiko, erschossen zu werden, nicht wert. Wir haben unsere Entscheidung aus Liebe getroffen. Wir beten, daß es die richtige Entscheidung sei: Wir müssen nein sagen.«
Ich war außer mir. Meine eigene Familie ließ mich im Stich.

Ich warf den Brief auf mein Bett und stürmte in den Hof hinaus. Ich lief den ganzen Nachmittag herum und rauchte.
Dann las ich den Brief noch einmal. Mir wurde klar, daß ich ihnen keinen Vorwurf machen konnte. Sie hatten mich lieb. Sie wollten nicht, daß mir etwas passierte.
Ich setzte mich hin und schrieb an Patrick.

12.

Das letztemal hatte ich Patrick gesehen, als er mich in Milwaukee besucht hatte, kurz bevor ich die Schule verließ. Er war ein kleiner, drahtiger Zwerg mit schwarzem Bart, in Blue-Jeans und einem schwarzgrünen Holzfällerhemd. Ein alter schwarzer Zylinder thronte auf seinem Kopf. Er hatte sich einen leinenen Seesack über die Schultern geworfen. Seine Augen strahlten.
Über ein Jahr lang hatte ich ihm dauernd geschrieben und ihn bedrängt. Ich wollte, daß er einem speziellen Club beitrat, den wir zu sechst in Marquette gegründet hatten. Zur Aufnahme gehörte ein bestimmtes Spiel, ein Ritual draußen im Zoo von Marquette.
Der Zoo war fast menschenleer, als wir dort eintrafen.
»Hier?« fragte Patrick.
»Ja, haha, ja.«
Er starrte in das Nashorngehege hinunter. Zwei riesige graue Viecher lagen ganz hinten schlafend in der Sonne. Ein drittes rieb seine dicke Haut träge gegen die rauhe Steinmauer.
Patrick lachte. Mit einem Satz sprang er auf die mächtige Mauer. Noch einmal visierte er die drei Tiere an. Er sprang ins Gehege und lief schnell bis in die Mitte.
Die Nashörner hatten sich nicht gerührt. Patrick blieb stehen und drehte sich mit einem breiten Grinsen in seinem bärtigen Gesicht zu mir um. Er streckte seine Hände aus und zuckte die Achseln.
Die Ohren des großen Nashornbullen wackelten. Im nächsten Augenblick war er auf den Beinen und stürmte los, so schnell er konnte. Der Boden bebte unter ihm.
Patrick gehörte zu den besten Sprintern seiner Schule. Im Wettlauf zur Mauer schlug er das Nashorn um zwanzig Meter. Er sprang hoch und suchte einen Halt. Seine Schenkel schlugen gegen die Steine, einen

Moment schwankte er und balancierte in der Luft. Dann fiel er ins Gehege zurück.
Mein Herzschlag stockte. Auf einmal war das Spiel gar nicht mehr komisch. Eine idiotische Art zu sterben!
Patrick stand flink auf, sprang hoch und schien wie eine Eidechse die Mauer hinaufzugleiten. Unglaublich! Das Nashorn kam prustend und schnaufend unter ihm zum Stehen. Patrick hätte das Horn mit dem Fuß berühren können, so nah war es, aber er hatte für diesen Tag genug. Vorsichtig balancierend, um nicht auf der anderen Seite ins Elefantengehege zu stürzen, kroch er den schmalen Mauergrat entlang und sprang ab. Er packte mich am Arm und brach dann in brüllendes Gelächter aus. Wir rannten geschwind aus dem Zoo, bevor das Aufsichtspersonal kam.
Patrick blieb noch ein paar Tage in Milwaukee. Dann winkte er mit seinem Anhalterdaumen nach Westen. Er war auf dem Weg nach Alaska, auf der Suche nach seinem Glück. Jack London hatte es so gemacht. Warum nicht auch Patrick?
Mein Weg führte nach Osten. Wir waren beide unterwegs, die Welt kennenzulernen. Wir machten aus, uns in gut einem Jahr am Loch Ness zu treffen. Dort wollten wir vergleichen, was wir erlebt hatten.
Aber wir mußten die Verabredung verschieben. Jetzt, nach mehr als zwei Jahren, tauchte Patrick auf der anderen Seite der Erde auf.
Sein Besuch war kein Zufall.
Er kam in Begleitung Willard Johnsons nach Sagmalcilar. Wenn ein Besucher allein kam, führte man ihn in eine der vielen Kabinen, wo er von dem Häftling durch eine dicke Glasscheibe getrennt war. Aber wenn ein Anwalt oder jemand vom Konsulat dabei war, wurden der Besucher und der Gefangene in denselben Raum gebracht. Willards Anwesenheit ermöglichte es mir, Patrick die Hand zu schütteln. Aber ich wollte nicht, daß der Konsul etwas von unseren Plänen erfuhr. Ich wußte immer noch nicht, ob ich Willard trauen konnte oder nicht.
Patrick schwatzte über Belanglosigkeiten, während Willard still in einiger Entfernung an der Wand saß und unserer Unterhaltung nur mit halbem Ohr zuhörte.
»Ich hab' einen Job«, verkündete Patrick.
»Mach keine Witze. Du? Wo denn?«
»John Deere. Eine Traktorenfabrik. In Mannheim in Deutschland.«
»Du in einer Traktorenfabrik? Das kann ich mir nicht vorstellen.«

Patrick lachte. »Ich auch nicht. Ich schätze, daß ich das sechs Monate durchhalte. Bis dahin dürfte Mr. Franklin in guter Verfassung sein. Er kommt mit, wenn ich dich das nächstemal besuche. Soll ich dir ein paar Sachen mitbringen? Brauchst du etwas?«
»Eine 45er Magnum . . . drei volle Magazine . . .«
Willard richtete sich steif auf. Dann merkte er, daß wir nur Spaß machten, und lachte.
»Nein, im Ernst, ich brauche ein Paar Schuhe. Turnschuhe zum Volleyballspielen im Sommer. Und sieh zu, daß du welche mit dicken Sohlen kriegst. Mr. Franklin kann dir dabei helfen.«
Patrick kritzelte etwas in sein Notizbuch.
»Kannst du mir ein paar Bücher schicken?« fragte ich. »Ich lese gerade *Tod am Nachmittag*.«
»Ah, Hemingway. *Der alte Mann und das Meer. Tod am Nachmittag. Allerheiligen am Loch Ness* und . . .«
». . . und ich brauche nichts weiter als ein großes Schiff und einen Stern, um es zu steuern«, vollendete ich den Satz.
Willard war verwirrt.
»Magst du Masefield?« fragte ich.
»Es geht.«
»Und wie steht's mit Alfred Noyes, obwohl er ja Engländer ist?«
Patrick sprudelte los: »Ah, *Der Straßenräuber*. Entschuldigen Sie uns. Wir sind zwei englische Majore. Uns hat's gepackt. Das ist unser irisches Erbe. Wissen Sie, unsere Vorfahren waren nämlich Gälen. Die haben sich erst nackt ausgezogen, bevor sie sich in die Schlacht stürzten. Ihre Körper haben sie mit wilden Beeren blau gefärbt. Das muß ein furchterregender Anblick gewesen sein. Schreiende blaue Männer stürmen hügelabwärts auf Sie zu, mit nichts als Bärten und Keulen.«
Willard Johnson wand sich unruhig auf seinem Stuhl. Patrick wirkte oft so auf die Leute.
Er wandte sich wieder mir zu. »Und was macht dein Liebesleben?« erkundigte er sich unverblümt.
Ich lachte. »Es könnte besser sein. Und wie sieht's bei dir aus?«
»Immer dieselbe Leier. Ich hab' da in Mannheim eine tolle Frau kennengelernt. Die hat was drauf; sie ist genau meine Kragenweite. Zu schade, daß sie verheiratet ist.«
»Eine Deutsche?«

»Nein, Amerikanerin. Ihr Mann ist Sergeant in der Armee.«
»Du verstehst es wahrhaftig, dir Frauen anzulachen. Paß lieber auf dich auf.«
»Klar. Aber so etwas macht doch das Leben erst abwechslungsreich.«
Als Patrick Istanbul verließ, wußten wir ganz genau, was wir tun würden. Er wollte in der Traktorenfabrik arbeiten, bis er etwa 1500 Dollar zusammengespart hatte. Dann wollte er wieder in die Türkei kommen und mir in den Sohlen der Turnschuhe das Geld zuschustern. Und dann würde er mich draußen vor Barkirkoy erwarten.
Der Plan war genau das Richtige für ihn. Er malte sich immer aus, er wäre einer der drei Musketiere.

Lilian schrieb häufiger. Ihre Briefe versüßten die Wartezeit. Langsam genas sie von ihrem Unfall beim Bergsteigen, und sie reiste wieder nach Osten, um sich zu erholen. Sie schickte mir ein Bild von sich. Die Narbe war weiter nichts als ein Schönheitsfleck. Ich verwahrte das Foto an einem Ehrenplatz oben auf meinem Spind.
Sie hatte Mom und Dad besucht. Sie hatte sich sogar bemüht, ihnen so schwierige Dinge zu erklären wie, daß es unterschiedliche Lebensweisen gab. Das hatten sie zwar alles schon von mir gehört, aber sie war glücklich. Der Besuch machte sie froh. Bald brach sie wieder zur Westküste auf, wo die Berge lagen.
Ich gewöhnte mir an, ihre Briefe aufzusparen. Es schien mir nicht recht zu sein, sie am Tag zu öffnen, während die Luft von dem irrsinnigen Lärm des *koğus* angefüllt war. Darum schob ich ihre Briefe vorn in mein Hemd und wartete bis zum Abend, wenn es im *koğus* still war. Einmal, vor langer Zeit und in einer anderen Welt, hatte ich ein Mädchen namens Kathleen geliebt. Der Gedanke an sie hatte mich jedesmal tief gerührt. Dasselbe Gefühl empfand ich bei Lilians Briefen.

Es war eine lange Wartezeit. Patrick schrieb oft, und langsam kam auch das Geld zusammen. Aber zwischen den Zeilen konnte ich lesen, daß der Zeitvertreib mit der Sergeantengattin einen Teil des Geldes wieder verschlang. Ich hoffte nur, daß Patrick vorsichtig war. Er durfte jetzt nicht noch einmal etwas auf die Nase kriegen.

Timmy wurde zu fünfzehn Jahren verurteilt. In großen Schlagzeilen bezeichnete die britische Presse die Türken als Barbaren, wohingegen die

türkische Presse die Vorwürfe der Briten als Einmischung in das Rechtssystem der glorreichen türkischen Republik brandmarkte. Premierminister Demirel sagte sogar einen geplanten Londonbesuch ab.
»Alles Quatsch«, kommentierte Timmy die Angelegenheit. »Als ob dieser ganze Aufruhr mich hier herausbrächte.«
Immerhin hatte die Aufregung zur Folge, daß Timmys Strafe auf sieben Jahre reduziert wurde, einschließlich dem Nachlaß für gute Führung.
»Immer noch zuviel, verdammt nochmal«, sagte er.
Das fand ich auch.

Ich wurde es leid, zu warten, herumzusitzen und nichts zu tun, was mir helfen konnte, hier herauszukommen. Eines Nachmittags waren Popeye, Arne und ich eifrig dabei, drei Franzosen beim Volleyball hundert Lira abzuknöpfen. Ich sprang hoch, um einen Wurf abzufangen. Ich verlor das Gleichgewicht und verfing mich im Netz. Das brachte mich plötzlich auf eine Idee.
Am nächsten Vormittag erhob sich ein Murren im Hof. Das Volleyballnetz war weg. Es war während der Nacht von seinem Aufbewahrungsort unter den Stufen verschwunden. Niemand konnte sich erklären, wie das hatte passieren können. Ein paar Männer liefen durch den *koğus* und inspizierten die Spinde. Ärgerliche Stimmen wurden laut.
Necdet, Emins Nachfolger, kam herein, um wieder Ruhe zu schaffen. Ihm war es egal, ob das Netz weg war. Die Häftlinge spielten Volleyball immer um Zigaretten oder Geld. Unter solchen Bedingungen nahmen sie das Spiel ernst. Ohne das Netz gab es vielleicht weniger Streit.
Die Männer nörgelten zwar, aber auf Necdets Drängen gingen sie dann doch hinaus, um statt Volleyball eben Fußball zu spielen. Ich saß still auf meinem Bett. Unter mir auf dem Boden steckte in einem Haufen schmutziger Wäsche das Netz.
Nacht für Nacht arbeitete ich unter meiner Decke. Langsam und mühselig knüpfte ich das Nylonnetz auseinander und flocht die dünnen Fasern zu einem Seil, das mein Körpergewicht halten würde. Ich benutzte dazu ein altes Flechtmuster, wie ich es als Junge beim Verfertigen von Schlüsselkettchen gemacht hatte.
Ich kam nur langsam voran. Bei jedem Geräusch sprang ich auf; denn wenn die Wachen eine Kontrolle veranstalteten, würde ich auf jeden Fall erwischt werden. Das Seil wuchs nur zentimeterweise.

Meine Freunde konnten sich nicht erklären, warum ich tagsüber so viel schlief. Ich arbeitete mit geradezu fieberhafter Eile, denn solange ich das Seil nicht fertig und in einem sicheren Versteck untergebracht hatte, war ich ihnen ausgeliefert. Falls Ziat – oder sonst ein Spitzel – mich sah, würde er mich gewiß verraten.
Endlich war das Seil fertig. Ich schätzte es auf etwa zwölf Meter Länge. Nach den Gefängnisplänen mußte sich mitten auf dem Dach des Gefängnisses eine Antenne befinden. Käme ich irgendwie auf das Dach, dann könnte ich das Seil an die Antenne binden, das andere Ende bis zur Mauer ziehen und mich daran herunterlassen. Das Seil würde mir vielleicht eines Tages gute Dienste leisten.
Aber in meinem Spind mochte ich es nicht aufbewahren. Bei einer Kontrolle würde man es finden. Deshalb schlich ich mich eines Nachts an das Ende des *koğus,* wo der Waschraum lag. Dort stand ein unbenutzter Spind. Ich kippte ihn um und stopfte das Seil darunter.
Ein paar Tage später schrieb Patrick aus Deutschland, daß er in Kürze soweit wäre.

13.

15. Juni 1972

Lieber Patrick,
ich lese Tod am Nachmittag von Hemingway. Er spricht darin vom Augenblick der Wahrheit. Ich vermute, daß Du diesen Brief Montag nachmittag erhältst. Das ist der Augenblick der Wahrheit – der Zeitpunkt des Todesstoßes, von vorn über die Hörner hinweg zwischen die Schulterblätter. Montag abend wäre der richtige Zeitpunkt für Dich, Deine geflügelten Sandalen anzulegen und mit Merkurs Schwingen Deinen Flug himmelwärts anzutreten.
Für meine ausgiebige sportliche Betätigung hier brauche ich ein Paar neue Turnschuhe, Größe 42. Ich denke, die solltest Du noch kaufen, bevor Du Dich mit Mr. Franklin triffst. Ich wäre überglücklich, Dich und den Konsul hier als meinen Besuch begrüßen zu dürfen. Ich hoffe, Du kannst Dich am Dienstag mit ihm in Verbindung setzen und Mittwoch oder Donnerstag herkommen. Bitte bring mir eine Herald Tribune mit, da ich hier nur dürftig mit Nachrichten versorgt werde. Und höre, mein Freund! Denke daran, meine Turnschuhe mit Mr. Franklins warmer Einlegesohle zu versehen – dies sei die erste Geste der Muleta mit der linken Hand – sie bewirkt, daß der Kopf des Stiers gesenkt ist, bevor der Degen eindringt. Und danach folgt ein Fest.
Meine Augen erwarten Dein grinsendes Gesicht, und meine Füße kribbeln in Erwartung der B.F.-Flitzer.
Die Buddhisten sprechen von einer innersten Schicht, und ich glaube fest daran. Doch die innerste Schicht muß von intelligenter Hand eingepflanzt werden, auf daß ihre ganze Substanz auf Mazuma herabkomme. Vielleicht spreche ich mit zu metaphorischer Zunge zu Dir, aber ich glaube nicht. Ich bin sicher, Du erkennst das Licht, und ich erwarte Dein Kommen. Tempus fugit, und das geschieht auch mit Dir und Deinem Freund, hoffe ich.

                     Immer Dein Willie

Weit öffnete ich die Ventilklappen. Der Wind bog die Krempe meines Schlapphutes nach hinten. Ich raste auf dem großen Motorrad die dreispurige Straße entlang, vorbei an vertrauten Plätzen und Gesichtern. Ich sah Lilian, die mir lächelnd zuwinkte, und flog an Dad vorüber, der mir zurief, ich solle aufpassen.
In einer plötzlichen Eingebung zog ich den Lenker zu mir heran, und das Fahrzeug hob vom Boden ab. Wir glitten über die Bäume. Der Wind hatte sich gelegt. Das Motorrad schwebte in der stillen Morgenluft. Ich merkte, daß ich das Gefährt lenken konnte, indem ich mein Gewicht von einer Seite auf die andere verlegte. Ich stieß bis zu den Baumwipfeln herunter, um dann wie der Wind über die Straße zu fegen. Lily riß sich die Kleider herunter und wartete dort auf der Wiese auf mich, wo ich landen sollte. Dad schrie mir eine Warnung zu. Aber ich konnte Patrick nicht finden. Ich suchte und suchte, aber ich konnte ihn nirgends entdecken...
Ich erwachte. Es war Dienstag. Ob Patrick meinen Brief wohl schon erhalten hatte? Würde ich heute von ihm hören? Wie lange würde es noch dauern, bis wir aufbrachen? Ich erstickte mit der Zeit. Ich mußte ganz einfach raus.
Ich spazierte draußen im Hof auf und ab und wartete, daß etwas geschah. Bei dem schönen Wetter war es besonders bedrückend, die häßlichen Steine anzustarren. Sommer lag über der Erde. Die morgendliche Brotration wurde ausgeteilt. Das Brot war hart. Später kam die Post. Nichts für mich dabei. Ich versuchte, an Lily zu schreiben. Ich wollte ihr sagen, wieviel ihre Briefe mir bedeuteten... wie sehr ich mich danach sehnte, ja verzehrte, sie wiederzusehen. Aber es wurde nichts mit dem Schreiben. Die Freiheit blinzelte mir zu. Sie war zu nahe gerückt. Ich konnte mich nicht konzentrieren.
»Vilyum. Vilyum Hei-yes.«
Ein Telegramm? Für mich? Etwa von Patrick?
Ich riß den gelben Umschlag auf und las:

    NORTH BABYLON, N. Y., 20. JUNI 1972
    AN WILLIAM HAYES
    SAGMALCILAR CEZA EVI
    ISTANBUL, TÜRKEI
    PATRICK GESTORBEN. BRIEF FOLGT.
    DAD

Das Herz blieb mir stehen. In meinem Innern entstand ein großes dunkles Loch, und alle meine Gedanken stürzten in diesen Abgrund. Ich war wie ausgehöhlt, ohne Atem, als ob man mich in den Magen getreten hätte. Die Höhle füllte sich mit quälendem Schmerz. Ich war wie betäubt, stand im Korridor und starrte auf das Telegramm. Später ging ich in den Hof hinaus und setzte mich an die Mauer. Ich zog die Beine an und umschlang meine Knie mit den Armen.
Ich weinte.

Zwei Tage später kam ein Einschreibebrief von Dad. Er hatte es von Patricks Vater gehört. Die deutsche Polizei hatte Patrick im Bett in seinem Apartment gefunden, die Brust von einem Bajonett durchbohrt. Unter seiner spärlichen persönlichen Hinterlassenschaft befand sich auch eine Eisenbahnfahrkarte nach Istanbul. In seinem Briefkasten lag ungeöffnet mein Brief vom 15. Juni. Die deutsche Polizei sah in dem Bajonett kein einleuchtendes Beweisstück. Sie erklärte, Patrick habe Selbstmord begangen. Er war bereits beerdigt, als sein Vater in Mannheim eintraf.
Seine Eltern waren verzweifelt. Die Nachricht von dem schandbaren, unverständlichen Selbstmord lastete schwer auf ihnen. Ich wählte ein paar von Patricks letzten Briefen aus, um sie seinen Eltern zu schicken; denn ich wollte, daß sie lasen, was ihr Sohn kurz vor seinem Tod geschrieben hatte. Daß sie die Stärke und Entschlußkraft spürten, die aus seinen Briefen sprachen, die Fröhlichkeit und Lebenslust. Patrick hatte sich das Bajonett nicht selbst in die Brust gestoßen. Dessen war ich ganz sicher. Patricks Eltern baten amerikanische Beamte, auf eine nochmalige Untersuchung zu drängen. Die deutsche Polizei erkannte schließlich auf Totschlag. Aber es gab keine schlüssigen Beweise. Der Fall blieb ungeklärt. Patricks Vater wollte den Mörder auf eigene Faust aufspüren, um den Tod seines Sohnes zu rächen.
Ich beschloß, niemandem etwas von Patrick und der Frau des Sergeanten zu erzählen. Es lag kein Sinn darin. Das würde ihn uns auch nicht zurückbringen.
Noch nie hatte ich mich so deprimiert gefühlt. Selbst das Verlangen nach Freiheit wog nicht so schwer wie der Verlust meines Freundes. Ein Stück meines Lebens war mit ihm dahin. Doch ich stieg immer noch am Morgen aus meinem Bett, um unten im Flur auf und ab zu gehen, bis ein

mürrischer Wärter sich endlich aufraffte, die Hoftür zu öffnen. Ich war nach wie vor zur Flucht entschlossen. Es mußte einfach sein! Irgendwie mußte ich das Geld auftreiben, um wieder nach Bakirkoy zu kommen. Ich mußte mich jetzt an die Verbindungen klammern, die mir noch geblieben waren. Und das war nun einmal Dad. Ich mußte einen Weg finden, ihn umzustimmen.

Ich schrieb ihm verschlüsselt. Ich brauchte wenigstens sechs Bilder von Ben Franklin, teilte ich ihm mit. Das war das absolute Minimum. Dad schrieb sofort zurück, er würde mich in ein paar Wochen besuchen. Er sagte, er wollte auf der Bank mit Mr. Franklin sprechen, bevor er käme. Patricks Tod mußte auch Dad erschüttert haben.

Ich schrieb Johann an seine Hoteladresse und bat ihn um einen Besuch. Obwohl unsere Unterhaltung überwacht wurde, deutete ich ihm an, daß ich einen Fahrer brauchte, der mich außerhalb Bakirkoys erwartete. Er sagte, das würde er gern besorgen. Ich sollte ihm nur in einer verschlüsselten Botschaft auf einer Postkarte die Daten mitteilen.

Wieder einmal sah es so aus, als käme meine Sache ins Rollen.

Max wünschte mir Glück, als er seine Habseligkeiten sorgfältig zusammenpackte, um sie aus dem *koğus* zu schaffen. Er hatte den Doktor überredet, ihn eine Zeitlang ins *revir*, die Krankenabteilung des Gefängnisses, zu überweisen. Jede Menge *Gastro* und alle Arten von Drogen würden Max dort das Gefangenenleben erleichtern.

Lilian, die inzwischen von ihrem Unfall in den Bergen völlig genesen war, schrieb mir, daß sie im Winter eine Stellung auf der Howling Dog Farm in Willow, einem Ort in Alaska, antreten werde. Während der kalten Wintermonate würde sie mit Hundeschlittengespannen arbeiten. Es schien, als könnten wir diese Monate in einer Art seelischer Verbundenheit verbringen. Sie würde die Hundeställe säubern, während ich in Sagmalcilar herumspazierte.

Ich war mehr und mehr auf ihre Briefe angewiesen. Lilian war mein Auge für die Schönheit der Außenwelt. Sie war meine Frau. Sie stellte wundervolle Sachen mit meinem Körper an, wenn ich schlief oder phantasierte. Sie war meine Zuflucht, voller Wärme und Gefühl. Sie machte sich wirklich etwas aus mir, und ihre Briefe wurden mir ein kostbarer Besitz.

Wochen vergingen. Ich lebte wie in einem Traum. Patricks Tod deprimierte mich nach wie vor. Vielleicht sollte ich mich einfach still hinsetzen und versuchen, das Warum herauszufinden, das hinter alldem steckte. Ich praktizierte Yoga noch intensiver als sonst und verbrachte Stunden meditierend im Hof.

Ich versuchte, mir Arnes gemächliche, stetige, ausgeglichene Lebensart anzueignen. Seine Gelassenheit setzte mich in Erstaunen. Während vieler langer, bis spät in die Nacht dauernder Diskussionen erklärte er mir seine Philosophie. Er hatte die Werke von Gurdjew und Uspenskij gelesen. Der Mensch, so sagten sie, besteht aus drei Bereichen – dem intellektuellen, dem emotionalen und dem physischen. Alle diese Bereiche werden vom Sein, von der Lebenskraft gesteuert. Das Wichtigste ist, diese Bereiche miteinander in Übereinstimmung zu bringen. Gerät ein Bereich außer Kontrolle, nehmen die anderen überhand.

Arnes Ausführungen trafen mich tief. Mein Gefühl schien völlig aus den Fugen geraten zu sein, und ich hatte nie darauf geachtet!

Arne versuchte, mich davon zu überzeugen, daß ich mir meiner selbst nicht bewußt sei. Er zwang mich zurückzudenken. Natürlich konnte ich mich an die Höhen und Tiefen in meinem Leben erinnern. Aber dazwischen verschwamm alles in dumpfen, grauen Schatten. Laut Arne war das der Beweis dafür, daß ich mir meiner selbst nicht bewußt war. Andernfalls nämlich bestünde mein Leben aus einer unendlichen Folge lebendiger, realer Erfahrungen.

Wir sprachen viel über Religion. Arne empfahl mir eine Reihe Bücher zum Thema ›Mystisches Christentum‹. Er lieh mir ein paar, und ich begriff zum erstenmal, daß Jesus Christus wirklich ein Mensch gewesen war. Ein bewußter Mensch. Ein überbewußter, wissender, in sich gesammelter, ernsthafter, erkennender, einzigartiger Mensch. Ich bekam einen ganz neuen Begriff von Christus, ganz anders als jener, mit dem ich aufgewachsen war.

»Als ich dreizehn war«, erzählte ich Arne, »kam ein Priester zu uns in die Schule. Er sprach mit allen Jungen. Er benutzte viele blumenreiche Worte, aber schließlich begriffen wir doch, was er meinte. Er sagte, wenn wir masturbierten, kämen wir in die Hölle. Aber es war für mich unmöglich, *nicht* zu masturbieren. Und hinterher litt ich jedesmal Seelenqualen, denn ich wußte, daß ich soeben eine Todsünde begangen hatte.«

»Wie traurig«, bemerkte Arne.

»Das war es wirklich. Ich konnte nicht anders, ich mußte diesem Priester schließlich in Gedanken sagen: ›So ein Schwindel!‹ Wie konnte er mir bloß weismachen, etwas sei eine Todsünde, was doch so gut tat? Und dann, als wäre das noch nicht schlimm genug, behauptete er noch, es wäre sogar eine Todsünde, an Masturbation auch nur zu *denken!* Selbst wenn du es gar nicht machtest. An was kannst du denn mit dreizehn Jahren sonst denken? Wenn du also schon von vornherein zum ewigen Höllenfeuer verdammt bist, ob du's nun tust oder nur daran denkst... wo war da der Unterschied? Dann konntest du's genausogut machen. Dann hast du dich doch wenigstens einer Sache schuldig gemacht, die den Namen Sünde verdient.«

»Sex ist lebenswichtig«, erwiderte Arne. »Alle Energie kommt aus deinem physischen Zentrum. Das ist der Sex. Du mußt diese Energie dirigieren und steuern. Wenn du sie nicht kontrollierst, kann sie dich sprengen. Aber du darfst sie auch nicht vergeuden. Du mußt alle deine Bereiche im Gleichgewicht halten. Zuwenig Sex, zuviel Sex – beides bringt dich aus dem Gleichgewicht. Das gilt genauso für deinen Geist und dein Gefühl. Du mußt sie im Gleichgewicht halten. Im Einklang.«
Er sah mich fest an.
»Zum Beispiel ist dein Intellekt gestört«, sagte er. »Du nebelst ihn ein. Früher habe ich das auch getan.«
»Womit?«
»Mit Hasch. Du nimmst es, damit dir die Realität weniger bewußt wird. Was du aber wirklich brauchst, ist mehr Bewußtheit.«

Ich dachte gründlich über seine Worte nach. Ich rauchte schon seit langem Haschisch. Während der letzten beiden Jahre auf dem College und während des einen Jahres, als ich in der Welt herumbummelte, hatte ich es fast täglich genommen. Im Gefängnis war es manchmal schwer, welches zu bekommen; und jedesmal war es riskant. Aber Ziat und andere besorgten immerhin genug, um einigermaßen regelmäßig rauchen zu können. Ich betrachtete es als seelische, in gewissem Sinne sogar physische Flucht aus dem Gefängnis. Was würde sein, wenn ich zu rauchen aufhörte? Ich war zwar nicht körperlich süchtig, aber ich hatte ein psychisches Bedürfnis danach. Und als ich die Situation objektiv analysierte, fiel mir auf, daß Haschisch die Ursache vieler meiner Mißgeschicke war. Wenn ich es weiterhin rauchte, riskierte ich vielleicht noch mehr Rückschläge, bis zu einer Verlängerung meiner Strafe. Jetzt saß ich mit gekreuzten Beinen auf meinem Bett und überlegte

ruhig. »Okay«, sagte ich zu Arne. »Ich will nicht versprechen, für immer Schluß zu machen. Aber laß uns mal sehen, wie es ohne Raucherei läuft.«
»Wenn du schon so weit bist«, schlug Arne vor, »dann wirf doch die dämlichen Zigaretten auch gleich weg.«

Eine Besucherkarte. Dad. Ich rannte in das Sprechzimmer. Er stand dort hinter dem Tisch. Willard Johnson war bei ihm. Ich war von meinen Plänen so erfüllt, daß ich nicht einmal einen guten Tag wünschte.
»Dad! Hast du Mr. Franklin getroffen? Ich möchte, daß du einen Jungen namens Johann anrufst! Du mußt dich mit ihm treffen und mit ihm reden! Und ruf auch Madam Kelibek an! Und . . .«
»Halt, mal langsam«, unterbrach mich Dad. »Du hast dich nicht einmal nach deiner Mutter erkundigt.« Dad drückte mich auf einen Stuhl. Er nötigte mich zu zwangloser Unterhaltung. Ich konnte ihm den Verrat von seinem müden Gesicht ablesen.
»Du hast Mr. Franklin nicht getroffen, nicht wahr?«
Er schüttelte den Kopf. Ich schrie ihn beinahe an.
»Dad . . . warum nicht?«
»Ich habe mit dem Pfarrer darüber gesprochen. Er meinte, wenn ich dir das Geld gäbe, besiegelte ich deinen Tod. Ich habe hin und her überlegt. Mutter und ich haben deswegen unendlich viel geweint und gebetet. Nein, Billy, nein. Du hast ja nur noch ein Jahr abzusitzen. Wir können es nicht zulassen.«
Eine rote Welle stieg in mir hoch. Es war mir egal, ob Willard unsere Unterhaltung mitbekam. »Dad, ich tu's doch«, schrie ich. »Auf die eine oder andere Art komme ich hier raus. Ob du mir dabei hilfst oder nicht.«
Er war den Tränen nahe. »Bitte, Billy«, flehte er. »Warte. Bitte warte noch. Ich habe mit den Leuten vom Außenministerium gesprochen. Macomber, unser hiesiger Botschafter, ist über deinen Fall genauestens unterrichtet. Er glaubt, daß er die türkische Regierung dazu bewegen kann, dich vorzeitig zu entlassen.«
»Warum hast du mir das nicht schon früher erzählt?«
»Ich habe es selbst erst vor zwei Tagen erfahren.«
»Es steht aber nicht fest?«
»Nein.«
Pause.

»Dad, ich habe eine Menge über die Türken gelernt. Ich traue ihnen nicht. Wir sind hier nicht in den guten alten Vereinigten Staaten.«
»Oh, jetzt weißt du also endlich dein Vaterland zu schätzen!«
»Ja.« Ich schluckte. »Dazu gehört nichts weiter als ein paar Jahre in einem faschistischen Gefängnis.«
»Verzeih mir, Billy. Ich wollte dich nicht kränken.« Dads Augen wurden feucht. Willard stand vom Tisch auf und trat an ein Fenster. »Billy«, fuhr Dad fort, »versuch doch, uns zu verstehen. Deine Mutter und ich sind während dieser zwei Jahre jeden Tag ein kleines Stück gestorben. Du bist unser Ältester. Wir würden gern den Platz mit dir tauschen, wenn das ginge. Wir wünschen dir doch nur eine Chance: daß du dein Leben noch einmal von vorn anfängst. Du kannst etwas aus dir machen. Das weiß ich. Es dauert nur noch ein Jahr, Billy. Das ist nicht mehr lange. Warte ab. Dann kannst du neu anfangen. Dann sind wir da, um dir zu helfen. Wir haben dich lieb, Billy. Wir . . .« Er schluckte und wischte sich die Augen.

14.

20. November 1972

Liebe Lily,
wie soll ich die Einsamkeit in der Nacht beschreiben? Ich bin ein Mann, und nachts umfängt mich die absolute Leere.
Du hast mich nach meinem Sexualleben gefragt. Was das erste Jahr angeht, so könnte ich Dir über seltsame Frustrationen berichten, von Träumen und schweißdurchnäßtem Erwachen, von reichlich verschwendeter Kraft. Während des ganzen vergangenen Jahres habe ich wie im Zölibat gelebt. Schwer zu glauben und noch schwerer auszuführen. Schwierig auch unter den hiesigen Bedingungen. Aber wenn man es so betrachtet, ist das Leben nur für diejenigen einfach, die sich ein einfaches Ziel setzen.
Und nun blicke ich mich um, und die Einsamkeit ist immer noch da; wie ein Schatten lauert sie in der Ecke. Aber sie liegt mir nicht mehr so drückend auf der Brust. Mit Dir zu reden macht es mir leichter. Darum horte ich den Kummer in meinem Innern, um eines Tages um so mehr lachen zu können. Und ich muß sagen, es wird einiges zu lachen geben. Denn abgesehen von dem, was ich an Lachen aufgespart habe, ist da noch etwas, das ich mir Patricks wegen vorgenommen habe: Wenn er nun einmal nicht mehr um mich ist, muß ich eben für uns beide lachen.

Gute Nacht, Lil.
Ich streichle Dich,
Billy

Am 10. Dezember fuhren in den frühen Morgenstunden drei Lastwagen, von Syrien kommend, über die Grenze in die Türkei. Am Kontrollpunkt Cilvegozu wurden sie von Wachtposten gestoppt. Den Männern kam der langhaarige Bursche, der den einen Wagen steuerte, verdächtig vor,

während sie von den sechs hübschen Amerikanerinnen, die den jungen Mann in einer Karawane begleiteten, entzückt waren. Höflich boten sie den *turists* Tee an, während einer von ihnen die Lastwagen inspizierte. Er drückte mit einem Stock auch gegen das Dach des Wagens. Dabei stieß er auf eine doppelte Decke. Haschplatten purzelten herunter. Die drei Lastwagen wurden auseinandergenommen, und das Hasch türmte sich zu Bergen. Die Gesamtmenge betrug 99,7 Kilo. Die türkischen Zeitungen schätzten den Wert auf 950 000 Dollar.
Der Mann, Robert Hubbard, sagte aus, er hätte die Mädchen an verschiedenen Orten in Europa und im Mittleren Osten kennengelernt und sie eingeladen, ihn auf seinem Trip, auf dem er »Stoff« für seinen Laden in München einkaufte, zu begleiten. Er behauptete, die Mädchen wären alle unschuldig. Doch er sowie Kathryn Zenz, Terry Grocki, Jo Ann McDaniel, Penny Czarnecki, Margaret Engle und Paula Gibson wurden alle ins Gefängnis von Antakya im Süden der Türkei, nahe der Mittelmeerküste, gebracht.
Ich verfolgte die Zeitungsberichte mit großem Interesse. Ich fühlte mit ihnen. Die Mädchen sahen recht gut aus, und ich hätte gern gewußt, ob durch das Aufsehen, das ihr Fall erregte, den Amerikanern endlich die Augen aufgingen: Es ist eine böse Sache, in der Türkei wegen Haschschmuggels festgenommen zu werden; das kann einen etliche Jahre seines Lebens kosten.
Wäre von diesem Haschisch etwas nach Sagmalcilar gelangt, in mir hätte man keinen Abnehmer mehr gefunden. Im Laufe der Zeit fing ich an, den fröhlicheren, klareren Ausblick auf das Leben zu genießen, der sich in mir zu bilden schien. Ob es daran lag, daß ich dem Haschisch entsagt hatte, oder an meinem neuen geistigen Bewußtsein oder an der Energie, mit der ich mein Übungsprogramm absolvierte, oder vielleicht an der Kombination aus allem zusammen, das wußte ich nicht. Auf jeden Fall war ich ruhiger geworden und fest entschlossen, mich dem Weltgeschehen wieder mehr zuzuwenden. Ich war dafür jetzt aber auch besser gerüstet und bereit, mein Schicksal zu akzeptieren, was immer es mir bringen mochte.
Kurz vor Weihnachten kam ein neuer Amerikaner zu uns in den *koğus*. Sagmalcilar war zwar neu für ihn, aber er hatte schon drei Jahre im Gefängnis von Izmir an der ägäischen Küste zugebracht. Er hieß Joey Mazarott und hatte einen breiten schwarzen gezwirbelten Schnurrbart.

Auf seinem rechten Arm, genau unter der Ärmelkante seines verblichenen dunkelroten T-Shirts, trug er eine Tätowierung. Sie stellte einen winzigen roten Teufel mit einer Mistgabel dar. Joey war ein lebhafter, freundlicher Mensch. Er kam in unsere Zelle, suchte sich augenblicklich ein Bett unter einem jungen Italiener aus, legte sich hin und schlief fast ununterbrochen zwei Tage lang.

Man hatte ihn zu zehn Jahren verurteilt, weil er etwa achtzig Kilo Haschisch geschmuggelt hatte.

»Habt ihr hier Hasch?« fragte er mich, sobald er aufgewacht war. Ich schüttelte den Kopf.

»Ich brauch' unbedingt 'n bißchen Hasch.«

Ich berichtete ihm von Ziat. Joey ging zum *çay*-Ausschank, um mit dem Jordanier zu sprechen. Mürrisch kam er mit einem kleinen Stückchen Haschisch zurück. »Verdammt teuer hier«, brummte er. »Muß 'ne bessere Quelle auftun.«

Abends spielten wir eine Runde Poker. Joey setzte seinen Anzug gegen die 125 Lira, die im Topf waren. Ich zog eine Dame zu einer Street. Das nächste Mal würde ich vor Gericht nicht in geliehenen Klamotten erscheinen müssen.

Joey und Ziat wurden in kürzester Zeit zu erbitterten Feinden. Eines Morgens waren Joey und ich gerade draußen im Hof, als wir einen Tumult vernahmen. Ziat brüllte eines von den Kindern an, weil es ihn angerempelt und er deshalb ein Glas Tee verschüttet hatte, das er gerade zu einem Burschen hinausbrachte. Ein paar Kinder liefen Ziat bis zu unserem *koğus* nach und spähten zum Fenster hinein. Sie hänselten ihn. Ein Kind rief ihm *ibne* – »Schuft« – zu.

Ziat rannte wütend auf den Hof hinaus. Er stieß die Kinder vom Fenster weg, wobei ein Kind auf den Boden fiel. Ziat versetzte ihm einen Tritt in den Magen. Plötzlich ertönte ein mörderischer Schrei aus dem Kinder*koğus*, und Chabran, der sich selbst zum Anführer der kleinen türkischen Delinquenten ernannt hatte, stürmte heraus. Chabran war ein Gewichtheber von fünfzehn Jahren. Nicht allzu viele unter den erwachsenen Männern in unserem *koğus* dürften darauf erpicht gewesen sein, sich mit ihm anzulegen. Chabran fuhr auf Ziat los und drängte ihn mit hämmernden Fäusten rückwärts gegen die Mauer. Ziat schrie vor Schmerz auf, aber Chabrans Fäuste bearbeiteten weiter seinen Magen, seine Rippen und trafen dann ein Auge. Schließlich kam Necdet hinzu und machte dem Kampf ein Ende. Er schickte uns in unseren *koğus* und schloß die Tür ab; die Kinder ließ er draußen im Hof. Doch Chabran mit seiner noch längst nicht abgeleiteten Aggression lief weiter im Hof umher und zerschmetterte sämtliche Fensterscheiben. Er brüllte und kreischte türkische Flüche. Kein Wärter trat ihm in den Weg. Necdet befahl uns, im *koğus* zu bleiben, bis Chabrans Wut vor seinen zerschnittenen Händen kapitulierte und er sich einverstanden erklärte, daß Necdet ihn zum *revir* brachte.

Jetzt ließ uns Necdet wieder in den Hof, und Ziat begab sich zu seinem *çay*-Ausschank zurück. Doch die Kinder lümmelten im Hof herum und zertrampelten die Glasscherben. Flüsternd schimpften sie auf Ziat.

Necdet versuchte wie üblich, einer unlogischen Situation mit Logik beizukommen. Er trat vor eine Gruppe erboster Kinder und wollte sie dazu bringen, sich nach Stockwerken geordnet aufzustellen. Aber er konnte sich den schnatternden Bälgern nicht verständlich machen. Verärgert beschuldigte Necdet daraufhin eins von den Kindern, es hätte durch das Fenster auf Ziat gespuckt.

Joey raste hinüber. »Das ist doch lächerlich, Mensch«, fuhr er Necdet an. »Dauernd terrorisiert Ziat die Kinder. Er prügelt auf sie ein. Und außerdem beschummelt er uns alle mit dem Tee. Er verdünnt ihn mit Wasser. Die Kinder haben sich bloß über seinen Tee beschwert.«

Ziat rannte heraus und versuchte in seinem unbeholfenen Englisch, Joey zu beschimpfen. »Du verflucht, du Schnauze halten«, sprudelte er hervor.

Peng! Ohne eine Sekunde zu zögern, schnellte Joeys Faust vor. Sie landete auf Ziats Nase und stieß ihn mitten in eine Gruppe von Kindern. Die quietschten vor Vergnügen. Von diesem Augenblick an war Joey ihr Held.

Noch ein Neuer kam in den *koğus*. Er hieß Jean-Claude LeRoche. Er sollte an Frankreich ausgeliefert werden, wo er wegen Veruntreuung von Geldern gesucht wurde. Er war ein eleganter, distinguierter Herr in den Vierzigern, und obgleich er die Gesundheit in Person zu sein schien, erklärte er Necdet sofort, er hätte Tuberkulose und müßte unbedingt zum Arzt. Daraufhin ging er einmal wöchentlich zum Doktor. Manchmal verbrachte er den ganzen Tag dort. Er bekam auch ausgedehnte Besuche von einem Mann namens Sagmir, von dem es hieß, er sei ein mächtiger *kapidiye*-Anwalt. Von ihm ging das Gerücht, daß er beinahe alles zuwege bringen könne.

Als mich eines Tages der Konsul aufsuchte, hatte Jean-Claude Besuch von Sagmir. Jean-Claudes Frau war auch anwesend. Sie war eine schlanke, zarte Vietnamesin mit langen schwarzen, glatten Haaren. Ihre Haut war wie die eines Pfirsichs. Ich verliebte mich augenblicklich in sie.

Nach vier oder fünf Wochen eröffnete uns Jean-Claude, daß er in das Krankenhaus schräg gegenüber dem Gefängnis verlegt würde. Seine Tuberkulose wäre schlimmer geworden. Er brauchte eine Spezialbehandlung. Für mich sah er immer noch recht gesund aus.

Zehn Tage, nachdem er ins Krankenhaus gekommen war, machte sich Jean-Claude aus dem Staub. Niemand schien zu wissen, wie er das geschafft hatte. Er war einfach eines Nachts aus dem geschlossenen, bewachten Gefangenen-Flügel verschwunden. Etwa eine Woche später erfuhr ich erst die ganze Geschichte von Max, der vom *revir* zu Besuch herübergeschlurft kam. Laut Max' *kapidiye*-Freunden hatte Sagmir die Flucht arrangiert. Am ersten Abend von Jean-Claudes Aufenthalt im Krankenhaus erschien Sagmir am Tor des Gefangenen-Flügels. Jean-Claudes entzückende vietnamesische Frau war bei ihm. Sie brachten einen Korb mit Lebensmitteln. Was konnte der Wärter da schon sagen? Er starrte die sagenhafte Frau an und erlaubte, daß Jean-Claude an die Tür kam, um seinen Korb mit den Leckereien in Empfang zu nehmen. Zehn Abende hintereinander fuhr Sagmir die Frau in Jean-Claudes eigenem Porsche zum Hospital. Die Aufseher warteten schon auf die Ankunft der eleganten jungen Frau. Und eines Abends sagte dann Jean-Claude zu einem Wärter: »Sehen Sie, ich wäre gern eine Weile mit meiner Frau allein. Sie verstehen doch? Aber hier können wir es nicht machen. Ich möchte mit ihr zum Wagen hinuntergehen. Als Garantie, daß ich zurückkomme, überlasse ich Ihnen tausend Lira als Pfand.«

Sauber. Wirklich sauber. Niemand konnte verantwortlich gemacht werden. Jean-Claude verließ die Türkei stilgerecht. Und Sagmir fuhr weiterhin mit dem Porsche seines Klienten in Istanbul herum.

Die psychische Kälte des Gefangenenlebens war noch schlimmer als die physische. Einsamkeit ist ein quälender Schmerz. Sie tut einem überall weh, und man kann sie nicht irgendwo in einem Körperteil lokalisieren. Das wöchentliche Bad bedeutete mir allmählich mehr als nur Waschen

mit heißem Wasser. Es schenkte die Gelegenheit, ein anderes menschliches Wesen zu berühren. Und berührt zu werden. Ich seifte Arnes Schultermuskeln mit meinen Händen ein, und er wusch mir den Rücken. Es schien befremdend, daß ich die Berührung von Männerhänden auf meinem Körper genoß. Das war früher nie vorgekommen. Nach den geltenden Moralvorstellungen war das nicht in Ordnung.
Aber warum fühlte ich nichts Unrechtes dabei?
Wir gingen dazu über, uns abends gegenseitig zu massieren. Ich schlüpfte aus meinem T-Shirt und streckte mich auf Arnes Bett aus. Er hängte zur Abschirmung ein Laken von meinem Bett herunter. Es tat mir gut, wenn Arnes langgliedrige Finger meine müden Rücken- und Schultermuskeln kneteten. Er war Schwede und verstand etwas von Massage. Er behandelte meinen Körper, wie er seine Gitarre behandelte: gezügelte Kraft und gleichmäßiger Rhythmus.
An manchen Tagen lastete die Bedrückung des Gefängnisses so schwer auf mir, daß ich innerlich zu ersticken glaubte. Nach einem solchen Tag lag ich wieder einmal auf Arnes Bett. Er ahnte, wie mir zumute war. Ich hatte meinen Kopf zur Seite gedreht und die Augen geschlossen.
Seine Hände hielten mitten in der Bewegung inne.
»Willie?« fragte er.
Ich öffnete die Augen. In voller Größe ragte sein erigiertes Glied aus seinen Shorts hervor.
Ich rollte mich auf den Rücken. Er hielt mich in seinen Händen und ließ sich auf dem Bett nieder.
»Es ist nichts dabei, Willie. Weil's aus Liebe ist«, sagte er.

15.

21. Januar 1973

Ihr Lieben,
das Warten hat jetzt lange genug gedauert, findet Ihr nicht auch? Ich habe wahrhaftig gelernt zu warten; aber allmählich zehrt es an meinem Nervensystem.
Vor ein paar Wochen haben wir hier einen neuen Amerikaner herbekommen. Er war vorher drei Jahre lang in Izmir im Gefängnis gewesen. Das ist eine außergewöhnliche Strafanstalt, nicht zu vergleichen mit diesem Bau hier in Istanbul. Dort unten gibt es kaum Ausländer, und die wenigen, die dort sind, werden besonders gut behandelt. Sie haben eigene Zimmer. Sie können sich jeden Tag ihr Essen von draußen ins Gefängnis kommen lassen. Täglich werden eine Portion Yoghurt und Milch sowie drei!!! Mahlzeiten für die Amerikaner gebracht. Im Augenblick sind dort vier Mann inhaftiert. Jeder bekommt Eier mit Speck zum Frühstück, dann Hafergrütze, Kartoffeln, Steaks!! und so weiter. Es gibt dort eine Bücherei, in welche die Gefangenen, die gerade nicht arbeiten, gehen dürfen. Welcher Luxus im Vergleich zu unserem Barakkenlager.
Also . . . Ich habe einen Rechtsanwalt beauftragt, der meine Verlegung nach Izmir in die Wege leiten soll. Dabei gibt es jedoch ein Problem: Um für die verbleibenden Monate nach dort überführt werden zu können, brauche ich zuerst meine Urteilsbestätigung aus Ankara. Ich habe gesehen, wie dieser Anwalt arbeitet – glaubt mir, er macht seine Sache gut. Er meint, schuld an der Verschleppung meines Falles seien ein Haufen unbearbeiteter Akten und die »Anfangsschwierigkeiten« der augenblicklichen Regierung. Aber er sagt auch, er könnte meinen Fall beschleunigen und für eine relativ schnelle Bestätigung des Urteils sorgen. Als Bezahlung verlangt er sechstausend türkische Lira, die jedoch nicht ausgezahlt werden, bevor nicht alles abgeschlossen ist und

ich in Izmir bin. Und da ich nur verlegt werden kann, wenn meine vierjährige Haftstrafe anerkannt wird, halte ich das für ein faires Arrangement.
Vielleicht fragt Ihr Euch, was das soll. Das kann ich leicht beantworten – ich glaube nämlich, unsere anderen Anwälte tun absolut nichts. Sie haben sich nicht einmal die Mühe gemacht, meine drei Briefe zu beantworten (einen auf englisch an Yesil, zwei auf türkisch an Beyaz). Ich halte es für unbedingt erforderlich, daß ich jemanden habe, der die Sache in Ankara vorantreibt. Mir verbleiben jetzt noch weniger als sechs Monate, und wenn der Fall bis dahin in Ankara nicht erledigt ist, muß ich hierbleiben. Ich werde nicht eher entlassen, bevor man dort nicht zu einer Entscheidung gelangt ist. Ihr könnt Euch vielleicht nur schwer vorstellen, daß so etwas passiert. Aber ob Ihr es glaubt oder nicht – wir sind hier in der Türkei, und ich habe alles selbst schon erlebt. Aus diesem Grund habe ich den Mann engagiert. Ich will endlich wissen, wann ich ein gewisses Maß an Freiheit und Eigenleben haben werde und wo ich mich auf die Entlassung vorbereiten kann.
Ich betrachte diesen Schritt als eine Art Kompromiß zwischen der Torheit einer unüberlegten Handlung und der ebenso großen Torheit, einfach nur dazusitzen und sich auf die Unberechenbarkeit des Zufalls zu verlassen.
Den Hunderter habe ich erhalten. Danke.

*In Liebe
Billy*

Mein neuer Anwalt war kein anderer als Sagmir, der für Jean-Claude so vorzügliche Arbeit geleistet hatte. Ich wußte, wenn er sich meiner Sache annahm, würde es nicht lange dauern, bis Ankara mein zweites Gerichtsurteil bestätigte. Mein *tastik*, die Anerkennung meines Strafmaßes durch Ankara, würde bald eintreffen. Fast konnte ich die gute Verpflegung von Izmir schon auf der Zunge schmecken.
Auch das Alleinsein während der letzten sechs Monate würde schön sein, obgleich ich Arne vermissen würde. Ich gab ihm Yoga-Unterricht, und wir hatten einen allmorgendlichen Ritus entwickelt.
Ich wachte als erster auf und schlüpfte in meine Shorts. Dann ging ich barfuß zu Arnes Koje hinüber und legte ihm eine Hand auf die Schulter. Friedlich lächelnd erwachte er. Wir rafften unsere Decken zusammen

und schlichen die Treppe in den leeren Saal hinunter. Dort stellte ich mich ans Fenster und sog die frische Morgenluft tief in meine Lungen. Arne lächelte.
Er stand schweigend und schaukelte leicht auf seinen Füßen. Seine Handflächen preßte er unter dem Kinn zusammen. Dann erhob er sich langsam auf die Zehenspitzen und streckte die Arme über den Kopf. Das war die Ausgangsposition, mit der sein Körper den Tag begrüßte. Dann erhob auch ich mich langsam auf die Zehenspitzen. Meine Arme streckten sich immer höher, bis sie die Sonne erreichten. Wir nahmen noch eine Reihe verschiedener anderer Positionen ein.
Nach etwa einer Stunde war Arne fertig. Er verharrte still im Lotussitz und wartete auf mich. Ich beendete gleichfalls mein Programm und setzte mich ihm gegenüber. Wir atmeten langsam. Unsere Körper waren entspannt. Unser Geist ruhte. Wir waren auf unsere Mitte konzentriert. Wir blickten uns in die Augen. Ein Lächeln erschien auf seinem Gesicht. Auf dem meinem auch.
»Ein Gefängnis, ein Kloster, eine Einsiedelei, ein Käfig . . .« hatte Arne einmal gesagt.
Ich wußte, was er damit meinte. Ein Gefängnis kann alles mögliche sein. Es kam nur darauf an, mit welchen Augen man es betrachtete.
Manchmal saßen wir frühmorgens einfach nur da. Manchmal liebten wir uns.
Dann wachte Ziat auf und polterte die Treppe herunter. Die magische Tageszeit war vorüber. Das Kloster wurde wieder zum Gefängnis.

Die englischen und türkischen Beamten kamen im Fall des jungen Timothy Davie schließlich zu einer Übereinkunft. Er sollte in ein Kindergefängnis außerhalb Ankaras verlegt werden, wo die Sicherheitsvorkehrungen auf ein Minimum beschränkt waren.
»Da dürfte ein lindes Lüftchen wehen«, meinte er, während er packte.
»Ich rechne mit ein paar Monaten. Mom holt mich bestimmt raus.«
»Viel Glück, Timmy. Kopf hoch. Und immer mit der Ruhe. Ich bin neugierig, wann wieder etwas über dich in den Zeitungen steht.«
»Danke, Willie. Alles Gute auch. Also dann . . .« Er winkte.

Am 8. April 1973 riß ich ein großes Blatt Zeichenpapier von einem Block, den der Konsul mir mitgebracht hatte. Sorgfältig malte ich die

Zahlen in der Reihenfolge von hundert bis eins darauf. Mit Arnes Buntstiften zeichnete ich einen tollbunten Regenbogen, der vom letzten Tag aufstieg. Ich klebte das Blatt Papier an eine unübersehbare Stelle auf meinem Spind und setzte mich hin, um es zu bewundern. Von nun an wollte ich jeden Tag eine Ziffer abstreichen. Am 17. Juli würde ich frei sein.
Ich hatte das Seil unter jenem anderen Spind schon fast vergessen. Die Gefängnispläne und die Feile in meinem Tagebuch würde ich wohl auch nicht mehr brauchen. Doch vorsichtshalber hob ich sie noch auf. Vielleicht würde ich sie Popeye, Joey oder Max geben, bevor ich ging. Irgendwer würde schon etwas damit anfangen können.
Lilian schrieb mir einen lieben Brief aus Alaska, wo ihre Arbeit mit den Schlittenhunden bald zu Ende ging. Sie sprach davon, in die Schweiz zu fahren, um dort einen Job in den Alpen anzunehmen, wo sie die ganze Zeit bergsteigen und skilaufen könnte. Im Sommer, meinte sie, könnten wir uns vielleicht treffen und einige Zeit zusammen in Marokko verbringen. Miteinander am Strand in der Sonne liegen. Wundervoll. Miteinander in einem Bett im Dunkeln liegen. Phantastisch.
Das Leben wurde ein Traum. Ich sah mir selbst zu, wie ich aufstand, wie mein Tag ablief und wie ich abends schlafen ging. Bald würde ich, nach drei langen Jahren, aufwachen. Dann wäre ich frei. Eine neue Welt stünde mir offen. Die paar Monate konnte ich noch abwarten.

Unglaublich. Welche Überraschung: Arne ging nach Hause! Plötzlich kamen die Wärter und sagten ihm, er solle seine Sachen zusammenpacken.
»Arne, was heißt das?« fragte ich verblüfft.
»Sie haben's geschafft, Willie!« erklärte er. »Ich komme in ein schwedisches Gefängnis. Der schwedische Botschafter hat sich seit über einem Jahr darum bemüht. Ich kann's noch gar nicht glauben.«
»Warum hast du mir nie etwas davon erzählt?«
Er sah mich an und lächelte nicht mehr. »Weil ich nicht sicher war. Ich wollte nicht darüber sprechen, falls nichts daraus würde. Verstehst du das?«
»Ja. Aber es kommt so plötzlich. Ich . . . du wirst mir fehlen, Arne.«
Jetzt lächelte er wieder. »Ich weiß, Willie. Du mir auch. Aber du kommst drüber weg. Du bleibst ja auch nicht mehr lange hier.«

»Ich weiß. Hör mal, wie lange glaubst du, daß du dort im Gefängnis bleibst?«

Er lachte und flüsterte: »So wie die Gefängnisse in Schweden sind, wollen die Leute gar nicht wieder weg. Aber ich schätze, ein paar Monate, nur so zum Schein. Dann lassen sie mich raus.«

Er hatte nicht viel zu packen. Das meiste verschenkte er. Ich bekam seine Gitarre. »Ich möchte, daß du gut mit dem Ding umgehen kannst, wenn wir uns wiedersehen«, sagte er.

Ich lachte.

Nach dem Packen machte er seine Runde durch den *koğuş* und schüttelte jedem die Hand. Ich wartete unten an der Korridortür. Er hatte Tränen in den Augen, als wir uns umarmten.

»Halt die Ohren steif, Willie.«

»Klar, Arne.«

Er winkte noch einmal mit der Hand, und dann war er fort.

»Timmy ist getürmt!« sagte Necdet eines Morgens zu mir. »Ich hab's im Radio gehört.«

»Phantastisch! Wie hat er das denn angestellt?«

»Ich weiß es nicht genau. Im Radio hieß es, er ist gestern abend nach dem *sayım* einfach aus dem Kindergefängnis weggelaufen. Seitdem hat niemand mehr etwas von ihm gehört.«

»Das ist ja ungeheuer! Ich hab's gewußt, daß er es schaffen würde. Der Kerl war wirklich gerissen.«

Aber nicht gerissen genug. Die Abendnachrichten brachten die sensationelle Geschichte von der Flucht und erneuten Gefangennahme des Timothy Davie. Offensichtlich hatte seine Mutter zusammen mit einem Freund die Flucht arrangiert. Sie trafen sich mit Timmy, nachdem er aus dem kaum bewachten Gefängnis weggelaufen war. Sie setzten ihm eine langhaarige Perücke auf und zogen ihm Frauenkleider an. Auch hatten sie ihm einen falschen Paß verschafft. Und nun versuchten sie ihn über die iranische Grenze zu bringen. Doch der Paß, den sie besorgt hatten, war auf einer Fahndungsliste verzeichnet. Timmys Mutter und der Freund waren schon jenseits der Grenze. Timmy wurde festgehalten. Die Türken brachten ihn nach Izmir in ein anderes Kindergefängnis. Es war absolut ausbruchssicher.

Kurze Zeit darauf erfuhren wir, daß man vier von den Mädchen, die letzten Dezember in Antakya eingesperrt worden waren, gegen eine Kaution freigelassen hatte. Wie erfreulich für sie! Doch die drei anderen, die die Lastwagen gefahren hatten – Robert Hubbard, Kathryn Zenz und Jo Ann McDaniel –, blieben im Gefängnis von Antakya zurück. Hubbard behauptete nach wie vor, die Mädchen wären unschuldig. Aber das nahmen ihm die Gerichte nicht ab.

Die Tage vergingen in langsamem, gleichmäßigem Trott. Mein *tastik* war immer noch nicht gekommen. Wenn ich niedergeschlagen war, beunruhigte mich das. Doch Sagmir kümmerte sich um die Angelegenheit, und ich wußte, daß er gut war. Kein Problem. Der 17. Juli würde mein Unabhängigkeitstag werden.

Die Luft wurde frisch und rein, als der Sommer nahte. Ich war für die Freiheit gerüstet. Mein Verstand war klar. Es war fast acht Monate her, seit ich das letzte Mal Haschisch geraucht hatte.

Am 24. Mai stand ich wie gewöhnlich früh auf und verrichtete die erste Arbeit des Tages: Mit einem dicken schwarzen Filzstift strich ich Nummer 54 auf meinem Kalender durch. Dann begab ich mich leise zu Yoga und Meditation nach unten. Ein kurzer Spaziergang im Hof, Frühstück, dann eine kleine Überraschung: eine Besucherkarte. Wer immer es auch war, er wartete im Anwaltszimmer, nicht in einer der Besucherzellen. Sagmir? Yesil? Mein *tastik*? War es endlich da? Würde ich heute endlich mit Sicherheit wissen, daß der 17. Juli *der* Tag war?

Ich betrat das Besucherzimmer und traf auf Willard Johnson, dessen sonst rosiges Gesicht finster und grau war. Was bedeutete das?

»Setzen Sie sich einen Augenblick«, sagte er. »Ich habe eine schlechte Nachricht für Sie.«

War zu Hause etwas passiert? War jemand gestorben?

Willard schluckte. Er zögerte auszusprechen, was er zu sagen hatte.

»Man hat uns davon in Kenntnis gesetzt, daß Ankara das Urteil des Instanbuler Gerichts nicht anerkannt hat. Man hat folgende Entscheidung getroffen: Ihr Fall muß zum drittenmal in Istanbul verhandelt werden. Das Gericht muß dem Antrag von Ankara . . . der Forderung von Ankara stattgeben.«

»Und was fordern sie?«

Eine langsame, stotternde Stimme erklärte: »Sie verlangen . . . sie fordern . . . lebenslänglich.«

»Geben Sie mir eine Zigarette.«

Er reichte mir eine Camel und ich tat einen langen Zug, an dem ich fast erstickte.

»Die Anwälte werden diese Woche herkommen«, sagte Willard.

»Wann ist die Verhandlung?«

»Anfang Juli. Aber da wird nichts entschieden.«

»Warum nicht?«

»Wir vertagen die Verhandlung. Das heißt, die Anwälte werden nicht erscheinen. Im Sommer ist ein fremder Richter da. Er kennt den Fall nicht. Er wird die Verhandlung auf September vertagen müssen. Bis dahin ist der andere Richter wieder zurück. Wir haben schon mit ihm gesprochen. Er will das einzige tun, was er nach dem Gesetz tun darf: Er wird die Strafe auf dreißig Jahre herabsetzen.«

Dreißig Jahre.

Willard schwieg. Es gab nichts mehr zu sagen. Wir rauchten unsere Zigaretten zu Ende.

»Möchten Sie etwas aus der Kantine?«

»Nein.«

»Brauchen Sie irgend etwas?«

»Nein.«

Schweigen.

»Wir haben Ihre Familie benachrichtigt.«

»Ja. Danke. Können wir Berufung einlegen?«

»Ja. Das machen die Anwälte. Aber es wird nichts nützen. Der Gerichtshof ist mit fünfunddreißig Richtern besetzt. Davon haben achtundzwanzig für lebenslänglich plädiert.«

Starr, betäubt, wie in Trance ging ich zum *koğus* zurück. Ich setzte mich auf mein Bett. Popeye kam herüber.

»Wer hat dich besucht?« fragte er.

»Willard Johnson.«

»Was wollte er?«

»Ach, er hatte eine persönliche Nachricht für mich.«

»Stimmt etwas nicht? Was ist passiert?«

»Du weißt doch, dieses *tastik* ist nie gekommen. Also, soeben haben wir aus Ankara erfahren, daß sie die vier Jahre nicht anerkennen. Jetzt gibt's noch einmal eine Verhandlung. Dann kriege ich endgültig, hundertprozentig lebenslänglich.«

»Was! Willst du mich auf den Arm nehmen? Die können dir doch nicht lebenslänglich aufbrummen.«
»Johnson hat schon mit dem Richter gesprochen. Er will die Strafe auf dreißig Jahre verkürzen. Mehr kann er nicht tun.«
»Himmlischer Vater!«
»Gib mir ein paar Zigaretten.«
»Klar.«
Schweigen.
»Willie, was soll ich dazu sagen? *Geçmiş olsun*, Bruder! Möge es schnell vorübergehen.«
»Ja. Danke.«
Popeye ließ mich allein. Sein Pessimismus war also doch berechtigt gewesen. Dreißig Jahre!
Ich lag auf meinem Bett und versuchte den schweren, quälenden Klumpen herunterzuschlucken, der in meiner Kehle steckte. Da fielen meine Augen auf den hunderttägigen Freiheitskalender. Ich riß ihn vom Spind und warf ihn auf den Boden.
Ich brauchte Luft. Den ganzen Tag wanderte ich kettenrauchend voller Wut im Hof auf und ab und sprach mit keiner Menschenseele. Alle gingen mir aus dem Weg.
Ich dachte an Lilian. Ich dachte an Mom und Dad, an Rob und Peg. Ich dachte an mein verpfuschtes Leben, das in diesem stinkenden Loch verging, während die Welt sich ohne mich weiterdrehte. Ich besah mir diese Gemeinschaft von Menschen, mit denen zu leben ich gezwungen war, und den Einfluß, den sie auf mich hatten.
Und dann erschienen vor meinem geistigen Auge die Feile, die Gefängnispläne, das Seil im Spind. Jetzt stand es fest. Lieber tot als in diesem Gefängnis bleiben.

16.

30. Mai 1973

Sehr geehrter Senator Buckley,
 mein Name ist William Hayes; ich bin der Vater eines Jungen, der seit annähernd drei Jahren in Instanbul/Türkei im Gefängnis sitzt. Ein Artikel über ihn und sein Schicksal soll am 30. oder 31. Mai im Newsday erscheinen. Vielleicht haben Sie ihn inzwischen gelesen.
Ich wende mich an Sie in der Hoffnung, daß Sie meine Bitte um Ihre Hilfe, die Entlassung meines Sohnes aus der türkischen Haftanstalt zu erreichen, mit Wohlwollen aufnehmen. Ich will das, was mein Sohn getan hat, nicht beschönigen, und ich verachte Drogen genauso wie jeder andere anständige Bürger. Aber meiner Ansicht nach ist eine Verurteilung zu dreißig Jahren Gefängnis oder eine gar noch härtere Strafe, welche der Gerichtshof in Ankara unter Umständen verhängen wird und welche die Entlassung meines Sohnes nach dreijähriger Haftzeit verhindern würde, total ungerechtfertigt und vernunftwidrig. Es handelte sich nicht um harte Drogen wie Heroin, Cocain etc., sondern um Haschisch, das ebenso wie Marihuana möglicherweise in absehbarer Zeit in unserem und anderen Ländern erlaubt werden wird.
Wir haben die ursprüngliche Strafe unseres Sohnes akzeptiert. Jeder zusätzlich von Ankara auferlegte Arrest wird jedoch meine Frau nahezu umbringen und das Leben eines jungen Mannes ruinieren, der dieser Welt doch noch soviel geben kann. Sein Hauptvergehen war Torheit, und ich finde, drei Jahre seines jungen Lebens hinter Gittern sollten Strafe genug für sein Handeln sein.
Newsday war so freundlich, mich bei meinem Ersuchen um Beistand zu unterstützen. Alles, was ich noch tun kann, ist, Sie zu bitten, die Fakten dieses Falles, einschließlich der Schwere des »Verbrechens«, sowie die drohende Bestrafung zu bedenken. Ich bin sicher, daß ein Druck seitens Ihres Amtes, auf die richtige Stelle ausgeübt, uns außer-

ordentlich helfen würde. Sie besitzen den nötigen Einfluß, um in unserem Namen zu intervenieren.
Ich kann mir vorstellen, daß der Terminkalender eines Senators bis zum letzten ausgefüllt ist, doch ich bitte Sie flehentlich, meinem Ersuchen um Hilfe nachzukommen. Jeder Mann, der Kinder hat, wird meine Gefühle bestimmt verstehen.

Ich danke Ihnen,
William B. Hayes

Das Echo auf die Veröffentlichung des Artikels war enorm. Mein alter Freund Mark Derish hatte einen Brief über meine Lage an Newsday, die Lokalzeitung von Long Island, geschrieben. Dann rief ein Reporter bei uns zu Hause an. Dad, der die Leute meinetwegen so oft belogen und ihnen erzählt hatte, ich läge krank in einem Hospital in Europa, war sich nicht sicher, ob das öffentliche Bekanntwerden meines Falles etwas nützen werde. Aber was hätte es jetzt noch schaden können? Die Leute von Newsday zeigten Mitgefühl. Sie brachten einen Leitartikel über meine »einsame Qual« und die entsetzliche Nachricht, daß ich zu dreißig Jahren oder gar zu lebenslänglicher Haft verurteilt worden sei. Der Reporter fuhr sogar nach Seton Hall in Patchogue, um die Direktorin meiner Schule, Schwester Mary Louise, zu interviewen. Sie erinnerte sich noch an mich als einen Jungen, der »es höchstwahrscheinlich zu etwas bringen« würde.
Einiges, was sie schrieben, beunruhigte mich allerdings. Sie zitierten aus einem meiner Briefe nach Hause, in welchem ich mitteilte, wenn Ankara meine vierjährige Strafe nicht anerkennen würde, könnten Mom und Dad »mit einer tollkühnen Tat rechnen«.
»Er wird dort nicht bleiben«, erzählte Dad dem Reporter. »Er wird versuchen auszubrechen. Und dann bringen sie ihn um.«
Wie würde das auf die türkischen Richter wirken? fragte ich mich besorgt. Ich mußte ja immer noch eine weitere Gerichtsverhandlung wegen versuchten Schmuggels über mich ergehen lassen. Vielleicht waren die Richter über die Veröffentlichung so verärgert, daß sie mir erst recht lebenslänglich anstatt dreißig Jahren geben würden. Ich hoffte inständig, daß sich Dad bewußt war, was er tat.
Während der nächsten Wochen hielt das Sperrfeuer seitens der Presse an. Die Newsday-Reporterin Annabelle Kerins fand heraus, daß Anka-

ras Entscheidung zum Teil auf politischen Motiven zu beruhen schien. Die Regierung Nixon hatte ihre Auslandshilfe von einem Verbot des Schlafmohnanbaus abhängig gemacht. Die türkischen Bauern tobten. Sie forderten Zwangsmaßnahmen gegen die USA. Der Gerichtshof von Ankara behauptete, er habe die Strafen für Drogenvergehen »um des Wohles des internationalen sozialen Ordnung willen« verschärft. Die Entscheidung über meinen Fall geschehe in Übereinstimmung mit »internationalen Abmachungen«. Der Gerichtshof übersah dabei die Tatsache, daß die Höchststrafe für Opiumschmuggel in der Türkei zehn Jahre betrug.

Newsday bezeichnete mich als »Pfand im Spiel um den Mohn«. Die Zeitung schickte ihren Reporter Bob Greene zu einem Besuch herüber. Sie brachten eine Story nach der anderen. Sie baten mich sogar, meine Eindrücke vom Gefängnisleben für sie niederzuschreiben. Mich! Nach all meinen Träumen von der Schriftstellerei; nach all den Ablehnungsbescheiden, die ich damals in Milwaukee gesammelt hatte, sollte ich für *Newsday* schreiben. Vielleicht war das gar nicht so schlecht.

In einer Sonntagsausgabe von *Newsday* erschien ein Foto von mir, auf dem ich als Dreijähriger im Zoo von Bronx auf einem Pony ritt. Gleich darunter verkündete eine Schlagzeile: »Dean bezichtigt den Präsidenten, 35mal von Verhüllung gesprochen zu haben.«

Eine verrückte Welt!

Dad schrieb an die New Yorker Senatoren James Buckley und Jacob Javits sowie an verschiedene Kongreßabgeordnete, um sie um Hilfe anzugehen. Sie versprachen alle zu tun, was sie konnten. Senator Buckley erwähnte meinen Namen sogar im Sitzungssaal des Senats der Vereinigten Staaten, um Beistand von der Regierung zu erbitten.

Aus allen Teilen der Vereinigten Staaten wurde ich mit Briefen überschwemmt, die von alten Freunden, Bekannten und Fremden kamen. Jeder versuchte, mich aufzumuntern. Sie beteuerten übereinstimmend, daß die Regierung sich angestrengt um meine baldige Freilassung bemühte.

Der Strafverteidiger John Sutter bot unentgeltlich seine Dienste an. Obgleich er mit der Verteidigung einiger wichtiger Leute, die in die Watergate-Affäre verstrickt waren, beschäftigt war, fand er noch Zeit, mit Beamten des Außenministeriums über mich zu sprechen. An ihn wandte sich wiederum ein anderer Anwalt, der helfen wollte, Michael J.

Griffith. Seine Kanzlei befand sich in Mineola, Long Island, westlich meines Heimatortes. Griffith sprach mit meinem Vater und erbot sich ebenfalls, umsonst für mich zu arbeiten. Er schrieb mir, daß er im Begriff sei, eine Urlaubsreise nach Griechenland anzutreten, und fragte an, ob er mich besuchen könne. Ich nahm dankend an; ich erwähnte nicht, daß ich, wenn er sich nicht beeilte, vielleicht nicht mehr hier wäre.

Sagmir mochte Jean-Claude zur Flucht verholfen haben, für mich hatte er jedenfalls nichts getan. Als Erklärung gab er an, daß die türkischen Gerichte ihr Gesicht nicht verlieren wollten. Aber hinter den Kulissen hätte er trotzdem für mich arbeiten können. Sagmir behauptete, für eine ansehnliche Geldsumme könnte er die Gefängnisbeamten überreden, meine Papiere zu verschlampen. Dann wäre ich nach dem 17. Juli nicht mehr als Häftling registriert. Bis die türkischen Gerichte den Irrtum entdeckten, könnte er mich nach Griechenland geschafft haben. Da es sich um einen einfachen Schreibfehler handelte, würde niemand deswegen in Schwierigkeiten geraten.
Die Kosten würden 30 000 Lira, etwa 2000 Dollar, betragen. Doch Sagmir machte mich darauf aufmerksam, daß wir handeln müßten, noch ehe das Urteil offiziell in dreißig Jahre umgewandelt würde. Ich meinerseits machte Sagmir darauf aufmerksam, daß er keinen *kur* erhielte, bevor ich nicht außerhalb der Türkei vollkommen in Sicherheit wäre. Er erklärte sich einverstanden, wobei er übers ganze Gesicht lächelte.

Ich schrieb an Dad und schilderte ihm die Situation, so gut ich konnte. Dad antwortete, daß Mr. Franklin eine zweite Hypothek auf das Haus in North Babylon aufnehmen werde. Er würde mich sobald wie möglich besuchen.
Ein paar Tage später drehte ich meine Runden im Hof, als eine Besucherkarte für mich kam. Ich ging hinaus und traf auf einen jungen Mann, der etwa genauso alt war wie ich mit meinen sechsundzwanzig Jahren. Es war Michael Griffith, der Anwalt aus Mineola. Er war ein großer, netter Kerl, interessiert und dynamisch. Er gefiel mir sofort.
Er erzählte mir von John Sutter und der Reaktion auf die Veröffentlichungen in der Zeitung. Das Außenministerium prüfe die Möglichkeit, mich in ein amerikanisches Gefängnis zu überführen. Ich erzählte Mike von Arnes Verlegung. Er gab sich optimistisch. Allerdings meinte er, es

könne eine Weile dauern. Die türkisch-amerikanischen Beziehungen seien zur Zeit ziemlich gespannt.
Da sich aber das amerikanische Außenministerium eben erst eingeschaltet hatte, gab es wegen der Überführung eigentlich nicht viel zu besprechen. Deshalb unterhielten wir uns einfach nur so. Mike und ich waren beide in Long Island aufgewachsen und hatten eine Menge gemeinsamer Erinnerungen. Beide waren wir auch Strandwächter gewesen. Wir hatten sogar ein paar gemeinsame Bekannte.
Ich erzählte ihm, wie ich mich danach sehnte, wieder einmal im Ozean zu schwimmen. Er grinste und sagte: »Abwarten, bald sind Sie dort.«
»Hoffentlich.«
»Ich habe gehört, daß Sie auch Softball spielen.«
»Ja, ein bißchen. Jetzt dürfte ich etwas aus der Übung sein.«
»Macht nichts. Ich spiele für die Broadway Show League im Central Park. Sie müssen bei uns spielen, wenn Sie zurückkommen.«
»Ja. Am liebsten würde ich schon in diesem Sommer bei Ihnen spielen.«
Mike lachte. »Vielleicht, wer weiß? Aber beim nächsten Frühjahrstraining sind Sie bestimmt mit dabei.«
Jetzt lachte ich. »Klar. Okay. Halten Sie mich auf dem laufenden. Grüßen Sie zu Hause alle von mir. Und tanken Sie ein bißchen griechische Sonne für mich.«
»Gut. Behalten Sie den Kopf oben. Es wird alles gut werden.«

Es tat gut, Dad wiederzusehen. Die Aufregungen der letzten Jahre hatten tiefe Falten in sein Gesicht gegraben. Aber sein Körper war vom Handballspielen immer noch durchtrainiert und in Form. Dad hatte das Geld für Sagmir. Aber erst wollte er mit mir reden.
»Es ist ein neuer Zug eingesetzt worden«, sagte er.
»Meinst du den Transfer Spezial?«
»Ja. Mike Griffith und ich sind zu Hause im Radio und im Fernsehen aufgetreten. Wir bemühen uns darum, daß das Außenministerium mehr für dich tut. Mike glaubt, daß wir Erfolg haben könnten.«
Dad wollte den Handel mit Sagmir aufschieben, bis wir mehr über den Transfer Spezial erfahren hätten. Doch ich erinnerte ihn daran, daß Sagmir gesagt hatte, die Geschichte müßte vor meiner nächsten Verhandlung erledigt sein. Deshalb beschlossen wir, dem türkischen Anwalt zu vertrauen.

Wir arbeiteten einen sorgfältigen Plan für den Handel aus. Dad hinterlegte die 30 000 Lira im amerikanischen Konsulat. Er wollte Sagmir die Quittung zeigen, um ihm zu beweisen, daß das Geld da war. Sagmir sollte Dads Reisepaß erhalten. Sobald ich in einem Flugzeug die Türkei verließ, würde Dad seinen Paß für 30 000 Lira zurückkaufen.
Nervös wartete ich auf Dads Rückkehr von seiner Besprechung mit Sagmir.
Er sah sorgenvoll aus, als er mich am nächsten Tag besuchte. »Er hat jetzt ganz andere Töne angeschlagen«, berichtete Dad. »Er behauptete, er brauche 15 000 Lira im voraus. Er könne nichts arrangieren, bevor er nicht gewisse Leute in Ankara geschmiert habe.«
Ich wollte es glauben. Ich wollte so gerne frei sein. Aber ich konnte es nicht zulassen, daß Dad übers Ohr gehauen wurde. Der Handel stank.
»Was will er damit erreichen?«
»Ich weiß es nicht«, erwiderte Dad. »Glaubst du, er sagt die Wahrheit?«
»Nein. Er versucht, dich zu betrügen. Er ist reich. Er kann in einer Stunde 15 000 Lira aufbringen. Du solltest zu ihm gehen und ihm sagen: Unter diesen Bedingungen kommen wir nicht zusammen. Wenn die Sache geklappt hat, kann er 30 000 Lira haben. Aber nicht einen *kur* im voraus.«
Dad kam am nächsten Tag zurück. Er sah müde und deprimiert aus. Ich las ihm Sagmirs Antwort von den Augen ab. »Ich lasse das Geld auf der Bank«, sagte er, bevor er die Heimreise antrat. »Falls du es brauchst, wartet es dort auf dich.«

17.

So weit war es also gekommen. Drei Jahre lang hatten wir gestritten und gefeilscht, Anwälte bezahlt, gehofft und geredet, gelitten und gebetet, und das Endergebnis waren und blieben dreißig Jahre. Am Montag, dem 10. September 1973, fesselten Soldaten mir die Hände und brachten mich vom Sagmalcilar-Gefängnis zu jenem ebenerdigen Raum, wo ich mich dank meiner Jonglierkünste vor Menschengedenken den Schlägen entzogen hatte. Es war heiß, und die Istanbuler Hitze verlieh den Soldaten in ihren Tuchuniformen einen strengen Geruch. Wir warteten den ganzen Morgen. Der Mittag kam und ging. Am späten Nachmittag führten sie mich endlich durch die langen dunklen Korridore des Rückgebäudes und die Treppen hinauf in das winzige Wartezimmer. Da stand mein Name unter denen von all den anderen verlorenen Seelen noch an die Wand gekritzelt.
In den verlassenen Korridoren des Gerichtsgebäudes war es ganz still. Staub wirbelte in den langen, schräg einfallenden gelben Sonnenstrahlen. Die meisten Tagespflichten waren erledigt, und es waren kaum noch Leute da.
Vor der geschlossenen Tür von Gerichtssaal Nr. 6 unterbrachen drei alte, schwarzgekleidete Reinigungsfrauen ihre Putzarbeit und sahen mich an, als ich an ihnen vorbeiging.
Sie glichen den Hexen in *Macbeth*. Ich mußte lachen.
Die Tür ging auf, und wir traten ein.
Derselbe wohlwollende alte Richter, Rasih Cerikcioglu, führte den Vorsitz. Aber der Staatsanwalt war ein anderer, ein jüngerer Mann. Als ich den überfüllten Gerichtssaal betrat, wandte sich der Richter an den Staatsanwalt und sagte etwas auf türkisch zu ihm. Diesmal konnte ich ein paar Sätze verstehen. Der Richter sagte: »Das ist der Fall, von dem ich Ihnen erzählt habe.«

Ein Reporter von *Newsday* sowie ein paar Leute von verschiedenen Rundfunkanstalten waren da. Jurastudenten, die meinen Fall von Anfang an verfolgt hatten, waren ebenso vertreten wie meine spezielle unbekannte Freundin im Minirock. Aber ich fühlte mich seltsam unbeteiligt. Dies alles geschah ja gar nicht in Wirklichkeit. Also ließ ich es einfach über mich ergehen.
Der Richter eröffnete die Sitzung mit der Erklärung, daß er keine Wahl habe. Der Oberste Gerichtshof in Ankara hatte eine bindende Entscheidung getroffen. Der Richter verlas die entsprechenden Paragraphen des türkischen Strafgesetzbuches, nach denen eine lebenslängliche Strafe zwingend vorgeschrieben war.
Bevor er das Urteil verkündete, fragte der Richter, ob ich noch etwas zu sagen hätte.
Allerdings hatte ich das. Ich hatte gründlich darüber nachgedacht.
Ich stand auf und war um eine stramme Haltung meines Rückgrats bemüht. Ich sprach langsam auf englisch, damit der Dolmetscher meine Worte für die ganze Versammlung übersetzen konnte.
»Meine Zeit, zu reden, ist gekommen«, begann ich. »Doch was ist da schon zu sagen? Wenn ich fertig bin, werden Sie mich für mein Verbrechen verurteilen. Also lassen Sie mich fragen: Was ist ein Verbrechen? Und was ist die angemessene Strafe für ein Verbrechen? Das sind schwierige Fragen. Die Antworten unterscheiden sich von einem Ort zum anderen, von einer Epoche zur anderen, von einer Gesellschaftsform zur anderen, von einem Menschen zum anderen. Gerechtigkeit wird von Geographie, Politik und Religion beeinflußt. Was vor zwanzig Jahren legal war, kann heute illegal sein. Und was heute illegal ist, kann morgen legal sein. Ich will nicht sagen, daß das richtig oder falsch sei. Aber so ist nun einmal der Lauf der Dinge ... Heute stehe ich hier vor Ihnen; mein Leben liegt in Ihren Händen ... Aber Sie haben nicht die geringste Ahnung, wer ich wirklich bin. Das spielt auch keine Rolle. Ich habe mein Leben in den vergangenen drei Jahren in Ihrem Gefängnis verbracht. Wenn Ihr heutiger Beschluß mich zu weiterer Haft verurteilt, kann ich Ihnen nicht zustimmen. Alles, was mir zu tun bleibt ... ist, Ihnen zu verzeihen ...«

Der Richter unterbrach die Sitzung für etwa zehn Minuten. Um mich herum war alles still. Dann kam er, von seinen zwei Beisitzern in ihren

schwarzen Roben flankiert, zurück. Er stand aufrecht hinter der Bank und streckte mir seine über den Handgelenken gekreuzten Hände entgegen. »Der Oberste Gerichtshof hat uns die Hände gebunden«, sagte er.
Langsam und deutlich sprach er auf türkisch das Urteil. Ich verstand das Wort *muhabet*, Leben. Dann hörte ich *otuz sena*, dreißig Jahre. Der Dolmetscher wollte die Worte auf englisch wiederholen, doch der Richter unterbrach ihn. »Hiermit schließe ich die Sitzung«, sagte er. »Bitte übersetzen Sie den Urteilsspruch außerhalb des Gerichtssaals. Ich kann das nicht ertragen. Ich wollte, ich wäre pensioniert worden, bevor ich ein solches Urteil verkünden mußte.«
Die Soldaten brachten mich hinaus. Der Dolmetscher folgte uns und informierte mich offiziell über mein Urteil. Lebenslänglich, gnadenhalber herabgesetzt auf dreißig Jahre. Meine Entlassung war auf das Jahr 2000 festgesetzt. Bei guter Führung konnte ich am 7. Oktober 1990 frei sein. In siebzehn Jahren würde ich dreiundvierzig Jahre alt sein, Lilian wäre zweiundvierzig. George Orwells Jahr 1984 wäre gekommen und gegangen. Halleys Komet wäre erschienen und weitergezogen. Ich würde vier Präsidentschaftswahlen und vier Olympiaden versäumen. Dad hätte sich zur Ruhe gesetzt, Mom wäre grau geworden. Meine Geschwister wären vermutlich beide verheiratet, und ihre Kinder wären Teenager, die den alternden Onkel bei seiner Rückkehr aus der Türkei begrüßen würden. Die Blütezeit meines Lebens würde in einem türkischen Gefängnis dahingehen.
»*Geçmiş olsun!*« sagte der Soldat, der mich abführte. »Möge es schnell vorübergehen.«

18.

Eines Morgens kamen Joey und Popeye zu mir. Popeye war wohl mitten in der Nacht wach geworden, weil er zum Waschraum mußte. Doch bevor er sich auf den Weg machte, hörte er ein leises Geräusch. Als er sich im *koğus* umblickte, sah er Ziat, der sich an seinem großen Radio zu schaffen machte. Sorgfältig entfernte er die Schrauben von der Rückwand und zog den Deckel ab. Er sah sich mißtrauisch um. Dann stopfte er Geld in das Radio. Er befestigte die Rückwand wieder und stellte das Radio zurück auf seinen Spind.

Hier also verwahrte Ziat sein Geld! Alle glaubten, er benutzte dazu den nächstliegenden Platz: seinen mit zwei Vorhängeschlössern doppelt gesicherten Schrank. Aber nein, der durchtriebene Jordanier führte alle an der Nase herum. Er bewahrte das Geld unverschlossen in einem Radio auf. Und, das wußte jeder, Ziat hatte eine Menge Geld. Er war die Hauptquelle des *koğus* für Drogen gewesen, solange einer von uns zurückdenken konnte. Und er achtete beim *çay*-Ausschank sorgfältig auf seinen maximalen Profit.

Joey rieb sich erfreut die Hände. Seit jenem Tag, an dem Ziat sich mit den Kindern angelegt hatte, war der Jordanier sein schlimmster Feind. »Den mach' ich arm«, flüsterte er. »Wird das ein Spaß!«

»Laßt mich aus dem Spiel«, sagte ich. »Es ist gefährlich, diesen Mann zum Feind zu haben.«

»Junge, Junge«, sagte Popeye. »Der wird nächsten Monat entlassen. Es ist unsere letzte Chance, dem Arschloch eins auszuwischen.«

»Nein danke, ohne mich. Aber ich wünsch' euch viel Glück.«

Popeye wedelte mit beiden Händen in der Luft und pfiff.

Ich vergaß den Vorfall, bis ein paar Nächte später folgendes passierte. Es war gegen zwei Uhr. Ich träumte, wie so oft, von Lilian. Ich konnte sie fast neben mir spüren. Ihre sanfte Hand streichelte mein Gesicht . . .

Doch die Hand war rauh und grob. Und sie hielt mir Mund und Nase zu. Ich bekam keine Luft. Ich wollte mich wehren, aber eine Stimme zischte: »Pssst!«

Ich öffnete die Augen und sah auf Joeys gezwirbelten Schnauzbart, der umgekehrt über mir hing. »Versteck das hier«, flüsterte Joey. »Ein Drittel gehört dir.« Er drückte mir etwas in die Hand und verschwand. Ich blickte darauf. Zu meiner Verblüffung hielt ich ein dickes, mit einem starken Gummiband zusammengehaltenes Bündel Banknoten fest.

Das war doch wohl ein Traum. Aber nein, der Traum verblaßte. Lilian war fort. Sie war wieder in Alaska. Und ich lag hier nackt im Bett, mit einem Riesenhaufen Geld in der Hand.

Ich entfernte das Band und überprüfte das Geld. Es waren blaue und rosa Scheine, grüne und gelbe, schwarze und rote. Hundertdollarnoten, Tausendmarkscheine und Zehnpfundnoten waren darunter. Da gab es syrisches und spanisches, italienisches und australisches Geld. Das Fahrgeld für den Nachtexpreß? Vielleicht. Aber wo konnte ich es verstecken, bis der Zug abfuhr?

Schnell schaute ich mich um. Der *koğuş* schnarchte und grunzte in einer Art, die man hier als zufrieden und friedlich bezeichnete. Ich entdeckte Joey, der sich gegenüber unter seine Decke gekuschelt hatte. Popeyes Bett konnte ich nicht sehen, aber ich vermutete, daß er das gleiche tat. Auch ich verkroch mich unter meine Zudecke.

Vielleicht eine halbe Stunde lang lag ich mit dem Geld unter meinen Decken zusammengekringelt da, und dachte mir Verstecke aus. Endlich hatte ich eine Idee. Ich arbeitete die ganze Nacht. Ich dämmerte dann ein, gerade als Ziat aufwachte und hinunterging, um Wasser für seinen *çay*-Ausschank aufzusetzen.

Es war mitten am Vormittag. Ich erwachte, immer noch erschöpft. Aber in meinem Hirn tickte es. Ich konnte nicht mehr schlafen. Im *koğuş* war es still. Ich ging die Treppe hinunter, kaufte bei Ziat ein Glas Tee und schlenderte in den Hof hinaus. Popeye kam sofort herübergelaufen. Er war gespannt.

»Wo hast du's?« fragte er. »Was hast du damit gemacht?«

»Immer mit der Ruhe«, sagte ich. »Das wird nicht verraten.«

»Was! Du betrügerischer . . .«

»Pssst. Still! Willst du vielleicht, daß Ziat etwas merkt? Ich sag's dir nicht.«

Popeye stürmte davon. Kurz darauf erschien Joey. »Was wird hier gespielt? Warum sagst du Popeye nicht, wo das Geld ist?«
»Nein. Ich hab's versteckt. Die werden eine Kontrolle machen, das ist euch doch wohl klar. Ich bin der einzige, der weiß, wo es ist. Wenn sie's finden, bin ich der einzige, der Ärger kriegt. Außerdem bin ich dann auch der einzige, der ihnen sagen kann, wo es ist. Und das verrate ich nicht. Also mach keinen Aufstand.«
Joey sah den Sinn meiner Argumente ein. »Okay. Paß gut darauf auf.« Als erstes würde der Verdacht auf Joey fallen. Ich wollte auf keinen Fall, daß er wußte, wo das Geld versteckt war. Wenn er's nicht wußte, konnten es die Wärter auch nicht aus ihm herausprügeln.
Später hörte ich Ziats Stimme aufgeregt auf Necdet, den Vertrauensmann, einplappern. In Minutenschnelle ertönte der Ruf: *Sayım, sayım.*« Popeye, Joey und ich stellten uns so weit wie möglich voneinander entfernt auf.
Mamur kam herein, gefolgt von Hamid, Arief und einem Dutzend weiterer Wärter. Mamurs Augen sprühten Feuer. Er schritt die Reihe auf und ab und blitzte die Gefangenen an. Er schrie auf türkisch. Necdet ging hinter ihm her und übersetzte sein Geschrei ins Englische.
»Im *koğuş* ist Geld abhanden gekommen«, rief Mamur. »Fünfundzwanzigtausend Lira. Ich erwarte, daß sich jeder etwas Zeit nimmt, um darüber nachzudenken. Wir haben sämtliche Kinder in einen anderen *koğuş* gebracht und schließen euch jetzt in ihrem *koğuş* ein, während wir den euren durchsuchen. Wir bringen euch einzeln raus. Wenn jemand was zu sagen hat, dann kann er es sagen. Niemand wird erfahren, wer geredet hat.«
Seine Stimme überschlug sich. »Wer immer etwas hat, der rückt besser jetzt damit heraus. Dann wird er nicht weiter behelligt«, log er. »Keine Schläge. Kein Verhör. Wir wollen nur das Geld zurück, das ist alles.«
Sie durchsuchten uns einen nach dem anderen, während sie uns in den Kinder-*koğuş* schickten. Für mich gab es kein Problem, denn ich trug das Geld nicht bei mir.
Eingeschlossen im Kinder-*koğuş*, marschierten wir alle im unteren Saal hin und her. Niemand hatte Lust, sich oben bei den schmutzigen Betten der Kinder oder irgendwo in der Nähe der Toiletten aufzuhalten.
Joey hielt mich an. »Was treibt Mamur für ein Spiel?« fragte er. »Meinst du, daß Ziat ihm etwas von dem Geld versprochen hat?«

Ich zuckte die Achseln und wanderte weiter. Popeye musterte mich nervös.

Nach einer Stunde kam Arief in den Kinder-*koğus* und hielt ebenfalls einen Vortrag. »Wir lassen euch den ganzen Tag hier drin«, verkündete er. »Und die ganze Nacht. Und morgen ebenfalls. Und übermorgen auch.« Er begann zu schreien. »Wir behalten euch eine ganze Woche hier. Wir behalten euch hier, bis wir das Geld finden! Wir holen alles aus eurem *koğus* heraus, was nicht niet- und nagelfest ist. Wir holen alle Schränke, alle Betten, jedes Kleidungsstück raus. Wir bringen alles in den Hof und brechen alles in streichholzgroße Stücke, bis wir das Geld finden.« Er duckte sich und beugte sich vor. »Und wenn wir es finden, dann machen wir den Gefangenen fertig, der es gehabt hat.« Er richtete sich gerade auf. »Aber wenn er es uns jetzt sagt, dann nehmen wir bloß das Geld. Ohne Schläge.«

Schweigen.

»Ihr Hundesöhne!«

Stunden vergingen. Keiner hatte damit gerechnet, den *koğus* verlassen zu müssen. Die Männer liefen in ihren Schlafanzügen barfuß über den kalten Steinfußboden.

Popeye wurde immer nervöser. Er zog mich beiseite und sagte: »Laß es uns zurückgeben, Mensch.«

»Du bist wohl verrückt. Dann geht der Ärger erst richtig los. Wir stecken alle bis zum Hals drin. Wir müssen sehen, wie wir mit heiler Haut davonkommen.«

Popeye lief im Saal hin und her. Jedesmal, wenn er an mir vorbeikam, pfiff ich den Anfang eines alten Songs der Rockgruppe »The Doors«. Er hieß »Riders on the Storm« – Reiter im Sturm.

Ich war genauso nervös wie Popeye. Ich hatte keine Ahnung, ob sich mein Versteck bewähren würde. Durch die Fenster konnte ich die Soldaten beobachten. Sie nahmen alles auseinander; schüttelten sogar die Füllung aus den Matratzen. Ich versuchte, nicht an das Versteck zu denken, wo das Geld war, damit niemand eine verirrte Gedankenschwingung auffangen konnte.

Nach mehreren Stunden Spannung kam schließlich Hilfe von einer ganz unerwarteten Seite. Nadir, ein neuer iranischer Häftling, der im ersten Stock auf einer Matratze schlief, rannte an die Tür zu einem Wärter. Er verlangte Mamur zu sehen. Das Wiesel kam. Nadir sprach ausgezeichnet türkisch. Er schrie, daß er Ziat im ersten Stock unseres *koğus* herumschnüffeln sähe. Er sagte, er hätte dort persönliche Dinge aufbewahrt, die keinen etwas angingen. Er hätte, sagte er, 3000 Lira in seinem Kopfkissen versteckt. Er geriet in Rage. Und wirklich sahen wir, daß Ziat den ersten Stock unseres *koğus* durchsuchte.

Mamur ging mit Nadir zum *koğus* hinüber. Wir hörten Nadir unterwegs wüten und toben. »Wo nimmt dieser Ziat« – er spuckte den Namen förmlich aus – »überhaupt 25 000 Lira her? Wie kommt er im Gefängnis an das Geld? Warum glauben Sie ihm? Hat irgendwer das Geld gesehen? Er kommt bald raus. Vielleicht will er bloß mit uns allen abrechnen?« Nadirs Kissen war leer. Er lärmte und schrie, er wäre beraubt worden. Er beschuldigte Ziat. Jetzt war die Hölle erst richtig los: Wärter schrien. Ziat schrie. Nadir schrie. Keiner kannte sich mehr aus. Nadir konnte Geld gehabt haben – vielleicht hatte er sich das Ganze aber auch nur ausgedacht? Mamur brüllte um Ruhe. Er bellte einen Befehl. Die Wärter verließen den *koğus* ebenso schnell, wie sie gekommen waren.

Wir gingen zurück. Sämtliche Sachen lagen in einem Haufen am Boden, zerstört, zerbrochen, zerrissen und alles durcheinander. Meine Matratze war vom Bett gezerrt und auf den Boden geschleudert worden. Der ganze Inhalt meines Spinds war herausgerissen und ebenfalls auf dem Boden verstreut worden – selbst die Dinge, die ich oben auf den Schrank gelegt hatte. Ich hob mein Tagebuch auf und vergewisserte mich, daß die Gefängnispläne noch an ihrem Platz waren. Ich tastete nach der Feile. Ich konnte sie kaum fühlen, aber sie steckte noch im Einband. Ich hob mein Handtuch auf, meine Notizblöcke, Stifte, Kerzen, Zigaretten und mein Foto von Lilian und stellte alles wieder oben auf meinen Spind.

Joey und Popeye gingen vorbei und trauten sich nicht heranzukommen, um mit mir zu reden. Ich blickte kurz hoch und pfiff »Riders on the Storm«.

Eine Woche verging. Ziat ließ Joey nicht aus den Augen. Er schien jeglichen Ehrgeiz verloren zu haben. Er gab seine *çay*-Konzession auf. Nadir übernahm den Job. All das Geld, für das Ziat sich abgerackert hatte – das er mit Lügen und Betrügen, Diebstahl, Rauschgift und der Schufterei an dem heißen *çay*-Herd zusammengerafft hatte, war verloren. Jetzt war seine Zeit fast um. Er mußte auf die Straßen von Istanbul hinaus, wo er Tausende von Feinden, aber kein Geld hatte. Er tat uns allen so leid, daß wir ihm mit Nadirs starkem, erfrischendem Tee zuprosteten.

Doch leider vergaßen wir, daß Ziat unter den Aufsehern Freunde hatte. Eines Nachmittags ging ich nach unten und sah zu meiner Überraschung, wie Ziat dort, ordentlich angezogen, in einem Anzug mit Krawatte an einem Tisch saß. Ziat?

Plötzlich wurde die *koğus*-Tür aufgeschlossen. Mamur und Arief schlenderten herein. »*Sayım, sayım*«, riefen sie.

Normalerweise drängelten sich die Häftlinge an einen Platz am Ende der Schlange, um möglichst wenig aufzufallen. Ich beobachtete jedoch, wie Ziat beiläufig den zweiten Platz in der Reihe einnahm. Er stand neben Necdet.

Arief fing an, die Reihe zu durchsuchen. Blitzschnell fuhr er in Ziats Tasche und zog eine Streichholzschachtel hervor. »*Ne bu?*« knurrte er. Er öffnete sie und fand ein winziges Stückchen Haschisch. Arief zog Ziat aus der Reihe und schlug ihn ein bißchen, ohne besonderen Nachdruck. »Wo hast du das Hasch her?« brummte er.

»Von Joey«, antwortete Ziat.

Joey, der neben mir stand, erstarrte.

Die Wärter führten Ziat ab. Mamur rief Joeys Namen. Mein Freund ging die Reihe hinunter bis ans Ende. »Wie ist das also mit dem Hasch hier?« fragte Mamur.

»Ich weiß nichts davon. Ich hab's ihm nicht verkauft. Ich habe überhaupt nichts damit zu tun.«

Mamur sah ihn scharf an. »Dich kenn' ich, Freundchen«, sagte er.

»Ich . . .«

» . . . sag bloß nichts«, schnappte Mamur. »Ich kenn' dich. Woher hast du das Hasch?«

Er griff sich ein Ende von Joeys gezwirbeltem Schnauzbart und zog Joey auf die Zehenspitzen hoch. »Woher hast du das Hasch?« wiederholte er.

»Ich sag' Ihnen doch, ich hab' nichts damit zu tun.«

»Bringt ihn in den Keller!«

Sie zerrten Joey weg. Mamur blickte uns übrige an. »Jedem, der hier mit Hasch Unsinn treibt, wird das Kreuz gebrochen«, verkündete er. Dann drehte er sich schnell um und ging.

Die Durchsuchung hatte nicht einmal eine Minute gedauert.

Sie waren nicht wegen Hasch hinter Joey her. Sie wollten das Geld. Sie

brauchten einen Vorwand, um ihn in den Keller bringen und mit dem *falaka*-Stock bearbeiten zu können.
Ich raste zu Necdet. »Kannst du nicht runtergehen?« flehte ich. »Du weißt doch, was passiert ist.«
»Klar weiß ich das«, sagte Necdet. »Aber was kann ich denn machen?«
»Die schlagen ihn da unten zum Krüppel. Du weißt, daß das eine abgekartete Sache war. Du weißt, daß Ziat hier seit Jahren Hasch verkauft hat.«
Als Vertrauensmann *wollte* Necdet einfach von solchen Dingen nichts wissen.
»Ziat soll hier drin Hasch verkauft haben?«
»Na ja, vielleicht weißt du nichts davon«, sagte ich und bemühte mich, diplomatisch zu sein. »Aber die werden Joey da unten zu Brei schlagen. Sie sind hinter dem Geld her. Das dürfte dir wohl klar sein.«
Necdet ging zur Tür, um mit dem Wärter zu sprechen. Der Wärter hatte seine Anweisungen. Wir konnten nichts weiter für Joey tun als hoffen. Ich war froh, daß er nicht wußte, wo das Geld versteckt war. Aber er wußte, *wer* das Geld hatte.
Ich litt seinetwegen den ganzen Nachmittag. Ich konnte mir vorstellen, was die Aufseher mit ihren Fäusten, ihren Füßen und ihren *falaka*-Stökken anrichteten. Und unterdessen wuchs der Haß gegen Ziat zu einer infernalischen Flamme an.
An diesem Abend war ich mit Baden an der Reihe. Popeye, ich und noch ein paar von uns zogen Badehosen an, um uns mit dem heißen Wasser zu waschen. Einer von unseren ständigen Gefährten fehlte allzu auffällig. Wir sprachen nicht darüber, denn für unsere Gefühle gab es keine Worte. Das Plätschern des Wassers war das einzige Geräusch.
Ich war am ganzen Körper eingeseift. Gerade hob ich den Krug, um ihn mir über den Kopf zu schütten, als sich die *koğus*-Tür öffnete. Ich hörte Lachen. Ziat kam herein und scherzte mit den Wärtern. Sein Anzug war sauber und faltenlos. Ziat ging an dem Raum, wo wir uns wuschen, vorbei und schlenderte den Korridor hinunter. Naß und voller Seife rannte ich ihm nach.
»Ziat!«
Er drehte sich um, und meine Faust erwischte ihn seitlich im Gesicht. Er krachte gegen das vergitterte Fenster. Ich verlor auf dem nassen, schlüpfrigen Betonboden das Gleichgewicht. Ziat sprang auf und raste in

den *çay*-Raum. Ich folgte ihm, wobei ich sowohl ihn wie die Seifenlauge verfluchte. Ein paar Männer packten mich. Da stand ich nun, triefend vor Nässe, und schrie Ziat an.
Da zog Nadir plötzlich ein Messer hervor. Er bewegte sich auf Ziat zu. Der Jordanier rannte kreischend nach oben.
Im Nu war Necdet da, um alle zur Besinnung zu bringen. »Schluß jetzt«, brüllte er. Er lief zur *koğus*-Tür und rief nach dem Wärter. »Bring Ziat raus«, forderte er. »Er darf auf keinen Fall im *koğus* bleiben.«
Ziat packte schnell seine Sachen zusammen. Die letzten Wochen seiner Haftzeit verbrachte er im *revir*.
Joey kam am nächsten Morgen in den *koğus* zurück. Er hinkte, aber nur leicht. Nach den ersten paar Schlägen mit dem *falaka*-Stock hatte er geschrien, daß er Mamur beim amerikanischen Konsul anzeigen werde. Das Wiesel hatte es sich überlegt. Manchmal schien die Gefängnisleitung entschlossen, sich diplomatischem Druck zu widersetzen, manchmal aber auch nicht. Mamur ging hinaus. Die Wärter hatten Joey die ganze Nacht in dem dunklen ebenerdigen Raum allein gelassen. Dann hatten sie ihn einfach wieder nach oben geschickt.

19.

Der gesamte *koğus* erhielt 1973 ein vorzeitiges Weihnachtsgeschenk: Ziat ging. Und wenn ich auch lieber selbst gegangen wäre, so war es doch ein gutes Gefühl, ihn loszusein. In seiner Gegenwart war mir immer unbehaglich zumute gewesen. Sein Weggang bedeutete außerdem Geld für Popeye, Joey und mich. Am Morgen, an dem Ziats Zeit um war, ließen mir die beiden deswegen keine Ruhe mehr.
»Joey«, schlug ich vor, »hol uns doch Tee und kommt dann beide zu mir. Wir haben etwas zu besprechen.«
Joey kaufte bei Nadir einen extra starken Tee. Wir schlürften ihn langsam. Joey und Popeye sogen aufgeregt an ihren Zigaretten.
»Wo ist es? Wo ist es?«
»Ihr habt wochenlang draufgeguckt. Es war direkt vor eurer Nase.«
»Was?«
Ich langte eine dicke gelbe Kerze von meinem Spind herunter. Beiden blieb der Mund offenstehen. Ich plazierte die Kerze zwischen mich und die Wand. Joey und Popeye schirmten die Sicht ab. Mit einer Nagelfeile kratzte ich langsam das Wachs herunter. Am Ende war mein ganzes Bett voller Wachs, und außerdem lagen, meiner Schätzung nach, etwa 1500 Dollar in allen möglichen Währungen drauf herum.
»Wie zum Teufel hast du das da 'reingekriegt?« wollte Popeye wissen.
»Ich hab' die ganze Nacht dazu gebraucht. Unterm Bettuch. Ich hab' immerzu Kerzen angesteckt und das Wachs über das Geld tropfen lassen. Ich dachte schon, ich würde noch den ganzen *koğus* in Brand setzen.«
Wir teilten das Geld in drei Teile; für jeden waren es etwa 500 Dollar.
»Wenn einer von uns damit auffliegt, soll er sich allein rausreden«, sagte ich. »Ihr kennt mich nicht, und ich kenne euch nicht.«
»Na, na«, meinte Joey. »Mal langsam. Jetzt schmier' ich erst mal 'nen Wärter, daß er uns was zu futtern besorgt!«

Wir aßen gut an den folgenden Tagen. Mir fiel auf, daß Popeye eine wertvolle Seiko-Uhr trug, die Muhto, einem malaysischen Häftling, gehört hatte. Und Muhto besorgte bei einem Türken, der mit ausländischen Zigaretten handelte, Rothman-Zigaretten.

Ich kaufte Unmengen frisches Obst, das ich auf dem Fensterbrett neben meinem Bett aufbewahrte. Es war kalt draußen, und die Früchte hielten sich eine ganze Weile.

Den größten Teil des Geldes jedoch versteckte ich in meinem Tagebuch. Ich schlitzte den Papprücken auf, wie ich es bei Max gesehen hatte. Ich hantierte ganz unauffällig, verdeckte mit meinem Körper das Buch vor etwaigen Blicken und tat so, als ob ich auf meinem Bett läse oder schriebe. In Wirklichkeit machte ich eine Einzahlung bei der Freiheitssparkasse.

An einem kalten Wintermorgen kam Popeye zu mir herübergelaufen, stieß einen warnenden Pfiff aus und rief: »Los, Betten abschirmen. Ein Angriff!«

»Was faselst du da?« fragte ich.

»Die Afghanen sind da. Eine Invasion. Mach schnell, bevor sie ihre Kamele hereinbringen.«

Popeye übertrieb natürlich. Aber nicht sehr. Die Afghanen wirkten wie ein Wirbelwind aus flatternden Gewändern und grellbunten Pumphosen. Fünfzehn waren es. Sie waren in einem mit Schals, Stoffballen, billigen Herrenanzügen und anderen kleineren Handarbeiten voll beladenen Bus unterwegs. Als die Polizei sie anhielt, gaben sie sich als Pilger aus, die von Mekka heimkehrten. Sie sagten, die Sachen wären Geschenke für ihre Freunde zu Hause. Das Problem war nur, daß Istanbul absolut nicht an der Straße von Mekka nach Afghanistan lag. Deshalb wurden sie wegen Schmuggels festgenommen.

Sämtliche Betten im oberen Stock waren bereits belegt. Deshalb schliefen die Afghanen in der unteren Etage auf dem Boden. Man gab ihnen alte Matratzen und Decken. Selbst wenn sie auch nur eine einzige Nacht geblieben wären, hätte man das Bettzeug schon abschreiben müssen. Niemand würde es je wieder benutzen wollen.

Die Afghanen schlugen ihr Lager am hinteren Ende des unteren Saales auf. Sie richteten sich dort häuslich ein. In der Reihe beim *sayım* gab es jetzt immer eine schreckliche Drängelei. Alle waren in einer Saalhälfte zusammengepfercht, und jeder hielt sich von den neuen Häftlingen

möglichst fern. Wenn sie nicht beteten, mogelten sich die Afghanen in der Schlange bei der Suppenausgabe nach vorne. Sie grapschten nach jedem Papierschnipsel, jedem Faden und jedem Fetzen Abfall und stopften es in ihre ausgebeulten Stoffsäcke.
Und sie waren laut. Sie tobten und schrien wie die Kinder und keiften wie alte Weiber. Aber sie hatten Verstümmelungen vorzuweisen, die uns zur Vorsicht mahnten.
Der alte Mann, der ihr Anführer war, hatte ein milchigblaues Auge und ein schwarzes, mit dem er wie ein Habicht starrte. Ein anderer Mann hatte an einer Hand nur drei Finger. Bei einem anderen wieder fehlte ein großes Stück von einem Ohr.

Wir abgebrühten Haschischschmuggler im Ausländer-*koğus* waren alle schockiert von dem neuesten Urteil, das über Amerikaner verhängt wurde. Während offenbar in den meisten Teilen der zivilisierten Welt die Strafen für Marihuana- und Haschischvergehen milder wurden, schlug die Türkei einen härteren Kurs ein. Robert Hubbard, Jo Ann McDaniel und Kathryn Zenz kamen am 28. Dezember vor Gericht und erwarteten eine weitere langweilige Fortsetzung ihrer Verhandlung, die sich seit mehr als einem Jahr hinschleppte. Doch der Richter bezichtigte sie eines Komplotts, bei dem es darum ging, hundert Kilo Haschisch von Syrien in die Türkei zu schmuggeln, und verurteilte sie zum Tode ... welche Strafe in lebenslängliche Haft umgewandelt wurde. Mit diesem Urteil hielt ich plötzlich nicht mehr den Rekord unter den Amerikanern, die je in der Türkei zu einer Haftstrafe verurteilt worden waren. Ich empfand tiefes Mitleid mit ihnen und betete, daß wir alle irgendeine offizielle Befreiung finden möchten. Vielleicht war die Diplomatie unsere beste Chance.
Willard Johnson besuchte mich mit einer Nachricht von Botschafter Macomber vom amerikanischen Konsulat. Nach Ansicht des Botschafters würde eine Amnestie erlassen, sobald die Türken eine neue Regierung gebildet hätten. Jedermann glaubte, daß 1973 zur Feier des fünfzigjährigen Bestehens der glorreichen türkischen Republik eine Generalamnestie ergehen würde. Doch selbst dann würde ich wohl noch viele Jahre abzusitzen haben. Macomber sah eine »geringe Chance«, daß infolge der Amnestie ausländische Gefangene in ihre Heimatländer abgeschoben würden. Die Möglichkeit einer Überführung in die USA

wurde zwischen Ankara und Washington zwar erwogen, aber die Aussichten dafür waren ebenfalls gering. Es bestand sogar die Chance, daß das türkische Parlament eigens ein Gesetz erließ, um meinen Fall zu erledigen. Allerdings war so etwas in der Geschichte der Türkei erst ein einziges Mal für einen Ausländer geschehen ... und ich hatte immer noch sechzehn öde Jahre vor mir – dreißig Jahre abzüglich der Zeit für gute Führung.

In diesem desolaten seelischen Zustand befand ich mich, als ich erfuhr, daß Dad zum viertenmal zu Besuch kommen würde.

Er hatte sich verändert. Seine Augen strahlten nur noch matt.

»Ein Geschenk für dich«, sagte er leise. Irgend etwas in seiner Stimme ließ mich aufhorchen: Umschalten auf Code. Vergewissere dich, daß Willard nicht versteht, worüber wir wirklich sprechen – obwohl der Konsul einer von der ehrlichen Sorte war.

Ich sah mir das Geschenk an. Es war ein Familienalbum, und zwar ein neues. Dad hatte von vielen Bildern aus unserem Album zu Hause Abzüge machen lassen. »Als ich die Fotos für *Newsday* zusammenstellte, kam mir die Idee, daß du dir vielleicht gern ein paar davon wieder einmal anschauen möchtest.« Er grinste. Doch da war wieder dieser warnende Ton.

Ich blätterte in dem Album. Ein Klumpen bildete sich in meiner Kehle, als ich Mom vor dem Haus stehen sah, ein kleines blondes Kind an der Hand. Dann Rob auf seinem Fahrrad. Wir zwei bei einer Schneeballschlacht. Mom zeigte ein winziges rosa Bündel vor. Peg in ihrer Gruppenleiter-Uniform ... mit diesem Bild könnte ich eine Menge Aufseher von ihrer Wachsamkeit ablenken. Dann gab es noch Bilder von Oma, Tante Mickey und Onkel Jimmy.

»Und außerdem sind da ein Haufen Bilder von deinem alten Freund Mr. Franklin von der Bank«, erklärte Dad.

»Ach ja. An den kann ich mich noch gut erinnern.«

»Natürlich. Das ist doch der, der immer Lokomotivführer werden wollte. Der hatte rund um sein Haus lauter Spielzeugzüge laufen.«

Meine Augen senkten sich auf das Fotoalbum. Dad fuhr langsam mit den Fingern die Kante des Einbandrückens entlang. Der alte schlaue Fuchs! Ich hätte gern gewußt, wo er diesen Trick aufgeschnappt hatte.

»Dad, das alles kostet dich so viel Geld: die Anwälte, die Reisen.« Ich tippte auf das Album. »Ich werde es dir eines Tages zurückzahlen.«

»Das weiß ich, Billy. Aber mach dir deswegen keine Gedanken.« Er seufzte. »Weißt du, eins habe ich bei alledem gelernt – laß dich nicht von den Nebensächlichkeiten des Lebens aufhalten.«
»Richtig. Man soll sich nie von Kleinigkeiten unterkriegen lassen«, erwiderte ich.
»Meine Arbeit fällt mir jetzt wesentlich leichter«, sagte er. »Unwichtige Angelegenheiten machen mir nicht mehr zu schaffen. Ich weiß jetzt, daß manche Dinge längst nicht so wichtig sind, wie ich immer gedacht habe.«
»Ich bin froh, daß wir endlich darüber sprechen können, Dad.«
»Ja. Wir hätten uns viel öfter unterhalten sollen. Es gibt genügend Platz für verschiedene Ansichten. Deswegen brauchen sich die Menschen nicht zu entzweien.«
»Dad. Wenn ich . . . wenn ich diesen Schlamassel hinter mir habe, werden wir noch viel mehr miteinander reden.«
Er lächelte.
Wir unterhielten uns noch lange. Dad setzte immer noch große Hoffnungen auf eine Verlegung oder Amnestie. Doch wir waren uns einig, daß die Flucht vielleicht der einzige Ausweg war.
»Sei vorsichtig, mein Sohn. Paß auf dich auf.«
Ich ging in den *koğus* zurück. Der Wärter hielt mich an, um das Album zu untersuchen.
»Meine Schwester«, sagte ich stolz auf türkisch.
Der Wärter starrte auf Peg. Dann winkte er mich munter zum *koğus* durch. Die anderen Häftlinge versammelten sich um mich, um Neues von meinem Besuch zu erfahren, Schokoladenstückchen zu erhaschen und Zigaretten zu schnorren. So nebenbei spielte ich Joey das Fotoalbum zu. Mehrere Männer gesellten sich zu ihm, um sich die Schnappschüsse anzuschauen. Peg wurde in Istanbul zu einem Hit.
Dad blieb diesmal nur ein paar Tage. Obwohl er es zu verbergen suchte, merkte ich, wie stark ihn die finanzielle Last bedrückte. Ich brachte die Rede wieder auf den Nachtexpreß und bemerkte, daß Dad sich Sorgen machte. Drei Jahre lang hatte er jeden Gedanken an eine Flucht verworfen. Jetzt aber hatte er sein Haus mit Hypotheken belastet, um meinen Ausbruchsversuch zu finanzieren. Ich wußte, wenn er mißlang, würde es Dad den Tod bringen. Bei seinem letzten Besuch vor seiner Rückreise nach Amerika stand er auf, um sich zu verabschieden. Er ergriff meinen

Arm. Er öffnete den Mund, um etwas zu sagen, fand aber keine Worte.
Er umarmte mich stumm.
Dann drehte er sich um und verließ den Raum.

Die Neugier machte mich fast krank. Aber ein paar Tage lang ließ ich das Fotoalbum frei im *koğus* herumgehen. Danach legte ich es oben auf meinen Schrank und beachtete es nicht weiter. Erst nach etwa einer Woche forschte ich nach dem Geld. Spät in der Nacht hantierte ich im Bett unter meiner Zudecke und schlitzte vorsichtig den rückseitigen Einbanddeckel des Albums auf. Dort steckten unter der Pappe, säuberlich in drei Packen gebündelt, knisternde neue Hundertdollarscheine. Es waren siebenundzwanzig Konterfeis von Benjamin Franklin.
Es interessierten sich zu viele Leute für das Fotoalbum, und deshalb mußte ich das Geld an einem sichereren Platz unterbringen. Mehrere Nächte lang arbeitete ich heimlich wie ein Verrückter. Ich schlitzte den Rückendeckel meines Tagebuches auf, stopfte das Geld hinein, neben das von Ziat, und bedeckte es mit mehreren Blättern meines weichen, zwiebelschalenfarbenen Zeichenpapiers. Dann klebte ich den Einband wieder zusammen. So war es gut. Das Tagebuch war dick vollgestopft mit Zeichnungen, Briefen und persönlichen Aufzeichnungen. Jetzt befanden sich das Geld, die Feile und die Pläne alle zusammen an einem Ort. Ich besaß sogar ein wenig LSD, das ich, wenn nötig, einem Wärter zuspielen konnte. Ich brauchte mir also nur mein Tagebuch zu schnappen, und schon hatte ich ein komplettes Ausbruchswerkzeug.
Ich war mir noch nicht ganz sicher, wie ich das Geld verwenden würde. Ich mußte zunächst einmal abwarten und sehen, ob etwas aus der Amnestie oder der Überführung wurde. Ich wollte auf keinen Fall eine Flucht riskieren und erwischt werden, um dann zu erfahren, daß ich sowieso freigelassen worden wäre.

Das Gefängnisleben ging weiter. Augenblicke wurden zu Stunden und Tagen, zu Wochen und Monaten. Wann würde das enden? Wann würde das bloß enden? Wann würde mein richtiges Leben wieder beginnen?
Ich wußte nicht, warum ausgerechnet dieser eine frostige Vormittag anders sein sollte als die anderen. Ich saß früh im Hof. Zwei deutsche Häftlinge gingen im Gänsemarsch die zweiunddreißig Schritte auf und ab. Es sah nach Regen aus, aber die kalte Luft war erfrischend.

Nadir kam in den Hof gelaufen. »Es ist Hamid, Hamid«, schrie er grinsend.
Der bloße Name jagte mir Schauer über den Rücken.
»Was ist los?«
»Eine gute Nachricht. Hamid ist tot.«
»Hamid, der Bär? Tot? Wieso?«
»Ja. Erschossen.«
»Donnerwetter!«
Nadir rannte in den *koğus* zurück. Ich hörte, wie augenblicklich ein aufgeregtes Summen losbrach. Chabran rannte aus dem Kinder-*koğus* zu mir. »*Allah büyük*, der Herr ist groß«, rief er.
Welch frohe Botschaft! Die Gefangenen liefen springend und schreiend in den Hof hinaus. Joey sprintete herüber und klopfte mir auf den Rücken. Popeye lief pfeifend über den Hof und führte einen Freudentanz auf. Quer über die Höfe konnten wir das Lachen und Juchzen aus den anderen Abteilungen vernehmen. Das Freudengebrüll wuchs immer stärker an. Die Wärter in den Fluren wurden sichtlich nervös und ängstlich.
Mit einem Male wurde mir klar, was wir da feierten. Ein Mann war gestorben. Ein menschliches Wesen. Und wir waren glücklich. Wie war es möglich, daß Menschen über die Vernichtung eines anderen Menschenlebens so glücklich waren? Aber ich war wirklich glücklich und überließ mich dem Gefühl der Erleichterung, daß die grausamen Fäuste des Bären nie wieder in meinem Gesicht landen würden.
Keiner kannte die Einzelheiten. Aber Hamid war tot, das stand fest. Jemand hatte ihn außerhalb des Gefängnisses erschossen. In einem Restaurant. Das war alles, was wir erfuhren.
Am späteren Vormittag überredete ich den Wärter an der Tür des Zellenblocks mit Hilfe einer Schachtel Marlboro, mich zum *revir* gehen zu lassen. Wenn jemand mehr über die Geschichte wußte, dann war es Max. Er saß mit glasigen Augen, doch grinsend auf seinem Bett und unterhielt sich mit ein paar Türken. Er begrüßte mich herzlich.
»Er war beim Frühstück«, berichtete mir Max. »Drüben auf der anderen Straßenseite, gegenüber vom Gefängniseingang, ist ein Restaurant. Dort frühstückte er jeden Tag. Dieser Bursche ... Hamid hatte ihn wegen Hasch fertiggemacht, das ist schon ein paar Jahre her ... ein Häftling ... ein Türke. Hamid brachte ihn ins Erdgeschoß herunter

und bearbeitete ihn mit dem *falaka*-Stock. Aber der Bursche wollte nicht schreien. Ein paar Tage lang haben sie ihn dort gelassen und sind immer wiedergekommen, um ihn zu schlagen . . . du kennst Hamid ja . . . Während er auf den Mann einschlug, schrie er: ›Ich vögle deine Mutter, ich vögle deine Schwester, ich vögle deinen Vater, ich vögle deinen Bruder, ich vögle deine Großmutter . . .‹
Das hatte ihm der Bursche nie vergessen. Wie sollte er auch?
Vor ein paar Tagen war also die Haftzeit des Mannes um. Und heute morgen ist er einfach in das Restaurant spaziert, wo Hamid beim Frühstück saß. Er zielte mit einem Gewehr auf ihn. Er zog durch und sagte: ›Kennst du mich noch? Gut, hier hast du was für meine Mutter.‹ Peng! ›Und für meine Schwester.‹ Peng! Peng, peng, peng, acht Schüsse. Hamid lag am Boden. Das Gewehr klickte ein paarmal, dann legte der Kerl es auf den Tisch. Er setzte sich hin und wartete auf die Polizei. Unglaublich!«
Ein paar Wochen später kam der Killer in seinen *koğus* zurück, als gefeierter Held. Er war ein frischgebackener *kapidiye*. Er wurde als *aslan*, »der Löwe«, bekannt.
Noch wochenlang trieben die Gefangenen mit den Wärtern ihren Spott. Immer, wenn ein Häftling glaubte, etwas erreichen zu können, murmelte er im Vorbeigehen: »*Hamid'i unutma*« – denke an Hamid.
Und die Wärter dachten daran.
Arief verschwand ganz plötzlich. Es hieß, daß der Knochenbrecher sich im Krankenhaus einer Operation unterziehen müßte. Mamur ersuchte um eine Versetzung nach Izmir.

20.

7. März 1974

Liebe Lilian,
Dein Brief, die Stille der Nacht und dabei so viele Dinge, die nicht in Ordnung sind. Ich fühle mich hier zuweilen wie ein Sterbender. Es ist so bedrückend, niemanden zu haben, der einem hilft, keinen Kameraden auf diesem fremden Weg. Mein Freund Arne verhalf mir zu der Erkenntnis, wie wenig ich doch weiß und, was noch merkwürdiger ist, wieviel ich nur unbewußt von anderen Dingen ahne, von Lachen, Gefühlen für Menschen und Liebe zum Leben. Ich vermisse Arne, aber im Geiste ist er bei mir, genauso wie der verrückte Patrick bei mir bleibt, obwohl sein Körper nun schon zwei Jahre unter der Erde ruht.
Die letzten Monate waren sehr schwierig; viele Pläne und Möglichkeiten schienen vertan, und allmählich fällt mir das Atmen schwer.
Es ist Frühling, und ich versuche, nichts zu überstürzen; aber ich brauche dringend ein bißchen Zärtlichkeit. Deine Zärtlichkeit. Doch ich habe wenigstens Deine Briefe. Sie stärken mich und geben mir Kraft. Die Nachrichten über Amnestie und Freilassung – sie sind so unklar und kompliziert. Ich gedulde mich nur um jener Menschen willen, meiner Eltern und Freunde, die sich so um mich bemühen. Ich weiß nicht, wie lange ich noch warten kann.
Laß nicht locker, Lil. Halt uns fest. Billy

Schon an meinem allerersten Abend in Sagmalcilar vor dreieinhalb Jahren hatten die Gefangenen von Amnestie gesprochen. Endlich, am 16. Mai 1974, brachte das türkische Parlament einen Amnestie-Beschluß zustande. Er sollte am folgenden Tag in Kraft treten. Im gesamten *koğus* versammelte sich alles um die paar Männer, die die türkischen Zeitungen lesen konnten. Und folgendes erfuhren wir:
Jeder Häftling in der Türkei sollte einen Strafnachlaß von zwölf Jahren

erhalten. Mörder, Sexualverbrecher, bewaffnete Räuber, Kidnapper – allen würden zwölf Jahre erlassen. Dazu kam die Strafmilderung für gute Führung. So würden einem Gefangenen, der zu dreißig Jahren verurteilt war, zehn Jahre für gute Führung und zwölf weitere Jahre auf Grund der Amnestie erlassen werden. Er würde dann noch acht Jahre absitzen müssen.
Bis auf die Schmuggler. Sie erhielten eine Haftminderung von nur fünf Jahren.
Besser als nichts, sagte ich mir. Aber auch dann würde ich erst am 7. Oktober 1985 entlassen werden. Ich zog mich auf mein Bett zurück, ohne auf die Party-Atmosphäre um mich herum zu achten. Zwölf Jahre bedeuteten für fast jedermann die Freiheit. Selbst die meisten Schmuggler hatten keine fünf Jahre mehr vor sich. Joey würde gehen und Timmy würde aus Izmir entlassen werden. Ich freute mich natürlich für sie, fühlte mich selbst jedoch miserabel. Von meinen alten Freunden würden nur noch Max und Popeye hierbleiben. Und Max hielt sich die meiste Zeit im *revir* auf.
Joey kam zu mir, um mir alles Gute zu wünschen. Er erinnerte mich an die Möglichkeit der Verlegung und versicherte mir, daß auch ich bald frei sein würde.
»Hast du denn nicht von den sieben Extrajahren für Schmuggler gehört?«
»Was?«
»In der Zeitung steht, daß ein paar bürgerliche Freiheitsbewegungen dagegen protestieren, daß den Schmugglern nur fünf Jahre erlassen werden sollen. Sie verlangen vom Parlament, ihnen sieben weitere Jahre zu gewähren. Wer weiß? Vielleicht bekommst du doch die volle Amnestie von zwölf Jahren.«
»Joey, ich habe dreißig Jahre gekriegt. Selbst eine Zwölfjahresamnestie würde mir nicht viel nützen.«
»Das mag sein. Aber du bist dann immer noch besser dran als Necdet.«
»Wieso?«
»Weißt du das nicht? In der ganzen Türkei gibt es nur einen einzigen Gefangenen, der von der Amnestie ausgenommen ist. Ein syrischer Spion. Das Parlament nannte sogar seinen Namen und sagte, für ihn könnte es keine Amnestie geben: Necdet.«
Necdet plauderte drüben im *koğuş* mit den glücklichen Häftlingen,

gratulierte ihnen und wünschte ihnen Glück. Niemals bin ich einem Menschen begegnet, der die Amnestie mehr verdient hätte. Er war fair. Er war ehrlich. Er war ein guter Mensch. Türkische Gerechtigkeit.
An diesem Abend begannen die Lautsprecher, die Namen derer auszurufen, die am nächsten Morgen entlassen werden würden. Nach jedem Namen erklang lautes Jubeln. Dann folgte ein kurzes Schweigen, damit jeder den nächsten Namen verstand. Die Namen wurden in alphabetischer Reihenfolge aufgerufen. Joeys Nachname fing mit M an. Ich saß in Erwartung des glücklichen Augenblicks mit ihm auf seinem Bett. Aber kurz vor Mitternacht, als sie mit dem Buchstaben »L« fertig waren, sagte eine Stimme im Lautsprecher, daß es zu spät würde. Sie würden die Namen am nächsten Morgen weiter verlesen.
Lautes Protestmurren erhob sich. Joey drehte buchstäblich durch. Er sprang mit einem Aufschrei von seinem Bett.
»Die lassen mich nicht raus«, schrie er. »Diese türkischen Hunde wollen mich hierbehalten. Das steh' ich nicht durch. Aufsicht!« brüllte er. »Laßt mich raus. Ich muß mit dem Direktor sprechen. Aufsicht!«
Ich zog ihn auf sein Bett zurück und versuchte, ihn zur Vernunft zu bringen. »Bist du total übergeschnappt? Überleg doch mal! Du wirst morgen freigelassen. Bestimmt. Sie rufen deinen Namen in aller Herrgottsfrühe auf. Mach jetzt bloß kein Theater.«
»Ich weiß, daß die sich irgendeinen Schwindel ausdenken, bloß um mich hierzubehalten. Das weiß ich genau.«
Nach fünf Gefängnisjahren konnte Joey es auch nicht eine einzige Nacht länger aushalten. Er scheuchte Nadir auf, um ein bißchen Hasch zu kaufen. Nadir wollte dafür nicht einmal sein Geld annehmen.
»Hier«, sagte er. »Für dich, mein Freund. Du kannst es brauchen. *Geçmiş olsun.*« Er drückte Joey fünf »gelbe Bomber«, Nembutal, in die Hand. Gierig verschluckte Joey sie alle auf einmal. Er spülte sie mit einer Tasse *çay* hinunter.
»Ich kann das einfach nicht mehr ertragen«, schrie er. »Meine Nerven sind dünn wie Spinnweben. Wenn ich nie wieder aufwache – großartig! Und wenn sie morgen meinen Namen aufrufen – zur Hölle mit ihnen! Sollen sie doch auf mich warten. Ich habe fünf verdammte Jahre auf sie gewartet.«
Er vergrub sich in seine Kissen und zog sich die Decken über den Kopf. Mittlerweile versuchte ich, rasch einen Plan zu entwerfen. Ich hatte

Geld. Vielleicht war jetzt die Zeit für seine Verwendung gekommen. Es könnte vielleicht gelingen, morgen mit allen anderen zum Tor hinauszuschlüpfen. Sicher würde es ein maßloses Durcheinander geben.

Ich ging zu François hinüber, einem frisch eingelieferten jungen Franzosen, der für den Besitz einer einzigen Hasch-Zigarette zwanzig Monate gekriegt hatte. Er versuchte gerade, seine schäbigen Habseligkeiten in einen alten Jutesack zu stopfen. Er war nicht ganz richtig im Kopf. Alle nannten ihn deshalb »Plem-Plem«. Ich wußte, daß er nicht viel Geld hatte und daß er gleich nach Indien weiterziehen wollte, sobald er rauskam.

»He, Plem-Plem. Willst du dir 5000 Lira verdienen?« fragte ich.

Er grinste. Doch dann senkte sich eine Maske des Mißtrauens über seine einfältigen Gesichtszüge. »Wie?«

»Ganz einfach. Du brauchst dich morgen nur von mir im Waschraum fesseln zu lassen. Ich melde mich dann an deiner Stelle und geh für dich raus, wenn sie dich aufrufen. Wenn sie dich später finden, erzählst du ihnen, daß ich dich gefesselt und geknebelt habe. Dann müssen sie dich rauslassen. Was hältst du davon? Willst du das Geld?«

Er mag ja ein bißchen plem-plem gewesen sein, aber er war trotzdem kein Narr.

»Verdufte«, sagte er.

Ab sechs Uhr morgens rief die Stimme im Lautsprecher weitere Namen auf. Die glücklichen Männer stellten sich auf, um den Tag ihrer Freiheit zu begrüßen. Popeye und ich rollten Joey aus seinem Bett, und schwankend torkelte er in die freie Welt hinaus. 52 von den 75 Gefangenen aus unserem *koğus* verließen uns an diesem Tag. Fast 2500 von den 3000 Männern in Sagmalcilar wurden entlassen. Mit Ausnahme jener ersten schrecklichen Tage im Gefängnis war dies die einsamste Zeit, an die ich mich erinnern kann. Arne, Charles, Joey, fast alle meine besten Freunde unter den Häftlingen waren fort. Selbst meine Feinde waren verschwunden. Den ganzen Tag schritt ich langsam im Hof auf und ab. Der Sommer nahte. Das Leben wollte gelebt, Lil wollte geliebt, Glück und Traurigkeit wollten erfahren werden. Meine alten Freunde daheim heirateten, bekamen Kinder, verdienten Geld. Und die Türken sagten, ich müßte im Gefängnis bleiben, bis ich achtunddreißig Jahre alt wäre.

Es war an einem ruhigen Maimorgen. Ich hockte im milden Sonnenschein an der Hofmauer. Das Rufen und Lachen der wenigen dagebliebenen Kinder unterstrich noch die Ruhe dieses Tages. Und meine Einsamkeit.
»Vilyum Hei-jes.«
Was?
»Vilyum Hei-jes.«
Ich ging hinein und lief zum *koğus*-Tor. Ich langte durch den Schlitz und nahm von dem grinsenden Wärter eine Besucherkarte entgegen. Er steckte das Fünflirastück in die Tasche, das ich auf das Fenstersims legte. Besuch. Aber nicht der Konsul oder ein Anwalt. Mit denen traf man sich in einem langgestreckten offenen Raum. Auf der Karte stand *kabine*. Wer immer es war, er war allein gekommen. Ich würde ihn nur durch das Glasfenster einer Besucherzelle sehen können.
Wer konnte das sein?
Ich hatte Bluejeans an. Kein angemessener Aufzug für einen unerwarteten Gast. Ich raste nach oben und zog meinen Anzug an.
Ich ging den Korridor zum Wachposten hinunter. Der Wärter dort nahm meinen Ausweis und gebot mir zu warten. Die Kabinen reihten sich zu meiner Linken wie eine Kette enger hölzerner Telefonzellen aneinander. Alle grau, 54 in einer Reihe.
Der Wärter sagte: »*Kabine onyedi.*«
Ich ging zu Kabine Nr. 17 und schloß die Tür hinter mir. Ich lugte durch die schmutzige Glasscheibe. Auf der anderen Seite war niemand. Ich wartete.
In der kleinen Zelle war es heiß und schmutzig. Es roch stark nach Schweiß und kaltem Zigarettenrauch. Zwei Glasscheiben trennten die Besucherkabine von der Häftlingskabine. Und zwischen den Fenstern waren Gitterstäbe angebracht. Eine *Turk-mali*-Mikrofon- und Lautsprecheranlage waren die einzigen Mittel, mit deren Hilfe eine Unterhaltung möglich war. Es würde schwierig werden, miteinander zu reden.
Die Hitze trieb mir den Schweiß aus allen Poren. Dieser verfluchte Anzug! Ich wischte mir gerade mit einem Taschentuch das Gesicht ab, als sich die Tür auf der anderen Seite des Gitters öffnete.
Vor mir stand Lilian.
Sie lächelte schüchtern und drückte ihre Handflächen gegen das Glas. Ich drückte meine Hände gegen die andere Seite des Fensters. Mein Herz

füllte meinen ganzen Brustkorb aus. Ihr Name fiel von meinen Lippen: »Lil? . . .«
Das Lächeln breitete sich auf ihrem ganzen Gesicht aus. Ihre Augen schimmerten.
»O Billy . . .«
Wir standen schweigend da, lächelten, atmeten langsam, und jeder genoß den Anblick des anderen.
Dann brach ich in Lachen aus.
»Lilian! Lilian! Was machst du hier? Ist es wirklich wahr?«
»Ja, Billy, es ist wahr. Wie geht's dir?«
»Phantastisch! Außer, daß ich im Gefängnis sitze. Lily, du siehst großartig aus. Und dein Haar! Wie lang es ist!«
Sie lachte. »Ja, ich hab's wachsen lassen, seit ich in Alaska war. Ich wußte, daß es dir gefallen würde.«
»Es ist wundervoll. Du bist schön.«
»Und du siehst auch nicht unflott aus in deinem dunkelblauen Anzug. Ist das die normale Gefängniskluft?«
»Himmel, nein! Den hab' ich bloß angezogen, um bei dir Eindruck zu schinden. Um ehrlich zu sein, ich hab' ihn beim Pokern gewonnen.«
»Es freut mich zu hören, daß du keins von deinen alten Lastern abgelegt hast.«
»Oh! Sag das Wort nicht noch einmal. Sonst muß ich mich durch die Scheibe auf dich stürzen. Du siehst so verführerisch aus.«
Ihr Gesicht wurde ernst.
»Billy? Ist alles in Ordnung mit dir? Bestimmt?«
»Ja, Lil. Ganz bestimmt.«
»Ich hatte solche Angst, daß du irgendeine Dummheit machst und . . .«
Sie brach ab. Sie blickte in der Zelle umher. Sie sah mich fragend an.
»Nein«, sagte ich. »Keine Angst. Hier sind keine Wanzen installiert. Die können ja nicht einmal die Lautsprecher in den Zellenblocks richtig einstellen oder gar mit der Elektrizitätsversorgung fertig werden.«
»Ich weiß ja, was die Amnestie dir eingebracht hat, Billy. Bitte sei vorsichtig, Lieber. Mach jetzt keinen Fehler.«
»Klar, Lily. Ich paß schon auf.«
»Dein letzter Brief hat mich beunruhigt.«
»Das tut mir leid. Immer, wenn mir die Galle überläuft, bekommst du das meiste ab.«

»Es ist schon gut so, Billy. Dazu bin ich ja da! Ich will die Last mit dir teilen. Aber ich ahne, daß du etwas vorhast und das macht mir Angst.«
»Jetzt hör aber auf. Ich mach' bestimmt keine Dummheiten. Du kennst mich doch.«
Sie blickte mich immer noch ernst an. »Sicher kenn' ich dich. Deshalb hab' ich ja solche Angst.«
Ich hatte Lilian sechs Jahre nicht gesehen. Doch durch unsere Briefe schienen die alten Gefühle füreinander von neuem erwacht zu sein. Lilian hatte sich kaum verändert. Sie war nach wie vor weich und schön. Aber hinter ihrer Weichheit steckte auch eine gewisse Stärke. Das gesunde Leben im Freien hatte ihrer Haut einen warmen Glanz verliehen. Unter ihren engen Jeans mit dem hineingesteckten Hemd konnte ich ihren festen Körper erkennen. Das war nicht mehr das selbstbewußte, perfekt gepflegte Mädchen von einst. Jetzt stand eine Frau vor mir, und diese Frau war auf der Suche – das konnte ich an ihren Augen ablesen. Hinter dem Strahlen verbarg sich Kummer. Ihre Brüste saßen straff unter dem Stoff ihres Hemdes. »Knöpf deine Bluse auf«, sagte ich plötzlich.
Sie zog ein schiefes Gesicht. »Aber Billy, das geht doch nicht. Du kannst Ärger kriegen. Die Wärter könnten kommen.« Sie sah zu den leeren Zellen neben uns hinüber.«
»*Ich* könnte kommen. O Gott! Ich kann deine Warzen sehen, die sind ja schon ganz steif.«
»Hör auf damit. Du machst dich bloß selbst verrückt«, sagte sie, während sie den obersten Knopf öffnete. »Und was ist nun mit der Gefühlskontrolle, von der du mir geschrieben hast?« Ihre langen schmalen Finger nestelten den nächsten Knopf auf. »Und dann mit dem Glas zwischen uns; das kann sowieso nicht sehr aufregend werden.« Sie lehnte sich dicht an das Fenster. Sie hielt ihre Bluse mit beiden Händen und zog sie langsam auseinander. Weiße Brüste. Dazwischen ein tiefer Einschnitt. Ihre festen dunklen Brustwarzen blieben einen Augenblick in dem weißen Stoff hängen. Dann befreiten sie sich zitternd, und die vollen Brüste sprangen aus dem Hemd. Ich stöhnte.
»O Billy«, flüsterte sie, während sie sich fest gegen die Scheibe drückte. »Wenn ich es dir doch nur schöner machen könnte.«
Wieder stöhnte ich. »Das tust du ja, Lil, das tust du ja.«
Von draußen war ein Geräusch zu hören. Lilian raffte die Bluse um sich.

Ich hätte wegen der Unterbrechung schreien mögen. Die Wärter schlenderten an unserer Kabine vorbei. Einer klopfte gegen die Tür, um mir zu bedeuten, daß die Zeit um war. Dann verschwanden sie.
»Mach sie wieder auf!« sagte ich schnell. Sie lachte und öffnete die Knöpfe. »Du bist immer noch so verrückt. Eigentlich bin ich froh darüber. Ich hätte mir Sorgen gemacht, wenn es anders wäre.«
»Kannst du länger in Istanbul bleiben?«
»Leider nicht, Billy. Ich hab' nicht viel Geld. Ich hab' echt sparen müssen, um hierherzukommen. Aber ich *mußte* dich einfach sehen.«
»Und sieh bloß mal, wie froh ich *jetzt* noch bin, dich zu sehen«, sagte ich und zeigte auf die Wölbung in meiner Hose. Lilian riß den Mund weit auf, dann lachte sie.
»Morgen habe ich eine Rückfahrgelegenheit in die Schweiz. Die muß ich unbedingt wahrnehmen. Und bis zum Besuchstag in der nächsten Woche könnte ich ohnehin nicht hierbleiben.«
Ich war etwas enttäuscht, aber nicht sehr. Sie dies eine Mal zu sehen, ihre Stimme zu hören und ihr in die Augen zu blicken, das war schon genug. Das würde mir über eine lange einsame Zeit hinweghelfen.
»Also, dann jodele mal schön in den Bergen«, sagte ich. »Eines Tages wirst du ein fremdes Echo aus den Tälern antworten hören. Und da stecke dann ich dahinter.«
»Billy, bitte paß auf dich auf. Du bedeutest so viel für mich. Laß dich nicht unterkriegen.«
»He, ich bedeute mir selbst auch eine Menge. Ich hab' das hier bis jetzt überlebt und hab' nicht vor, mich unterkriegen zu lassen.«
Sie lächelte nicht. »Das mit der Verlegung klappt bestimmt. Laß denen daheim etwas Zeit. Viele Leute geben sich die größte Mühe, dich freizubekommen. Gib ihnen eine Chance.«
»Ja, Lily.«
»Es beten auch viele für dich.«
»Ich weiß. Ich kann es spüren.«
»Ich liebe dich, Billy.«
»Ich liebe dich, Lil.«
Wir blieben stehen und starrten durch das Glas. Ein Wärter kam und öffnete ihre Kabinentür. Er rief sie hinaus. Ich sah zu, wie sie sich rückwärts aus der Kabine bewegte, während unsere Augen auf eine Linie fixiert waren, die uns noch lange zusammenhielt ...

»Ein Neuer«, verkündete Necdet. »Amerikaner. Amerikaner.«
»O nein.« Ich rollte mich auf meinem Bett herum und brachte Necdets Stimme zum Schweigen. Ein neuer Häftling, das bedeutete einen neuen quasselnden Idioten, wie ich einer gewesen war. Neue Gefangene waren ein Greuel.
Popeye rannte hinunter, um ihn zu begrüßen.
Aber der war kein Anfänger. Er hieß Harvey Bell und war von Elazig hierher verlegt worden, damit er sich operieren lassen konnte. Er litt an einem Bruch infolge der heftigen Prügel, die ihm die Wärter nach einem mißglückten Fluchtversuch verpaßt hatten. Popeye half ihm die Treppe zu unserem *koğus* hinauf. Irgendwie hatte er es fertiggebracht, sich während der Fahrt von Elazig hierher zu betrinken.
»Mensch, ist das hier sauber«, staunte er.
Ich blickte mich in dem Schmutz und Unrat um, schnupperte den ekelhaften Gestank, der aus dem Waschraum kam, und nahm mir vor, mich niemals nach Elazig verlegen zu lassen.
»Bin aus Alabama«, erzählte er Popeye. »Tut das gut, von diesen verdammten Türken weg zu sein.«
Sie kamen an meinem Bett vorbei, und Popeye stieß einen Pfiff aus. Was konnte ich machen? Ich war der einzige Amerikaner im *koğus*. Ich mußte zu dem Neuen gehen und ihn begrüßen.
»Wieviel hast du gekriegt?« fragte er.
»Dreißig Jahre.«
»Na sowas!« Er schüttelte mir die Hand. »Ich auch.«
Da mochte ich ihn sofort.
Er goß gierig eine Tasse Tee in sich hinein, die Popeye ihm anbot. Er blickte sich schnell im Saal um. »Wie brechen wir aus diesem Loch aus?« fragte er laut.
»Pssst«, warnte ich. »Vorsicht. Das sind keine Türken. Viele von den Leuten hier sprechen Englisch. Die verstehen alles, was du sagst.«
»Ach ja?« Er grinste und senkte seine Stimme. »Also, wie brechen wir aus diesem Loch aus?«
Ich lachte. Harvey strich eine weiße Locke zurück – eine »Witwensträhne« –, die sein dunkelbraunes Haar durchzog.
Er wollte genauso dringend fliehen wie ich. Während der folgenden Wochen faßte ich mehr und mehr Vertrauen zu ihm. Ich erzählte ihm von meiner Feile, dem Seil und den Gefängnisplänen – sogar von Johann,

der in Istanbul lebte. Das einzige, wovon ich ihm nichts erzählte, war das Geld.
Wir untersuchten das vergitterte Fenster im Waschraum. Ich setzte ihm meinen Plan auseinander, die Gitterstäbe durchzusägen, hinaus auf das Dach zu klettern, das Seil an der Antenne zu befestigen und mich über die Mauer hinunterzulassen.
»Und warum tust du's nicht?« fragte er.
»Weil das glatter Selbstmord wäre. Zu viele Schießeisen.«
»Dann gib mir doch das Zeug. Ich mach's.«
»Nein, jetzt noch nicht. Es ist mein As im Ärmel. Wenn aus der Verlegung nichts wird, dann vielleicht . . .«

Ein überraschender Besuch von Michael Griffith. Ein strahlendes, lächelndes Gesicht. Ein warmer Händedruck. Mike kam direkt aus Ankara, wo er sich mit Botschafter Macomber und einem Anwalt namens Farouk Eherem, dem Präsidenten der türkischen Anwaltskammer, getroffen hatte. Eherem war der Verfasser von Paragraph 18, Art. 647 des türkischen Strafgesetzes, in dem festgelegt ist, unter welchen Umständen in der Türkei inhaftierte Ausländer in Gefängnisse ihrer Heimatländer überführt werden können. Eherem hatte Mike versprochen, daß er sich bei Premierminister Ecevit für mich einsetzen würde. Mike glaubte, daß bald etwas geschehen würde, und er erzählte mir, daß sich zwei Kriminalbeamte aus dem Bezirk Nassau bereit erklärt hätten, mich in ein Gefängnis in den USA zu begleiten. Dann könnte ich mit Bewährung oder Freilassung rechnen.
»So weit wäre also alles geregelt«, meinte Mike. »Jetzt warten wir nur noch auf die Vervollständigung der letzten Papiere. Und dann geht's ab in die Heimat.«
Heimat. Wo hatte ich die Definition gehört? »Heimat ist der Ort, wo man dich aufnehmen muß, wenn es dich dorthin treibt.« Robert Frost. Es trieb mich allerdings dorthin . . . so sehr, daß ich es schmecken konnte. Und es schmeckte nach Roastbeef und Kartoffelpüree, nach Soße, Maiskolben und Wassermelonen.
Meine Hoffnung war groß, meine Zuversicht klein. Nach jenem Schock, als man mich zu lebenslänglich verurteilte, während ich nur noch dreiundfünfzig Tage vor mir zu haben meinte, war ich entschlossen, erst wieder an die Freiheit zu glauben, wenn sie Wirklichkeit geworden war.

Aber diesmal war es schwierig, nicht an sie zu glauben. Mike war so zuversichtlich. War meine Strafe nach beinahe vier entsetzlichen Jahren nun endlich vorbei? Ich hatte meine Schuld bezahlt.
Das war am 10. Juli 1974.

Drei Tage später erhob sich ein Summen im *koğus*, während ich meine Yogaübungen machte. Das Geräusch wurde lauter. Aufgeregte Stimmen hallten über die Mauern von den anderen Höfen herüber. Ein Zeitungsjunge kam angerannt. Die Häftlinge versammelten sich, um die Nachrichten zu lesen. Krieg! Ecevit hatte türkische Truppen nach Zypern entsandt, um die Rechte der türkisch-zypriotischen Bevölkerung zu schützen, die von den Griechen unterdrückt wurde. Das jedenfalls war die »Wahrheit«, wie sie die türkischen Journalisten sahen.
Wie immer versuchte sich jeder Gefangene auszumalen, was er von den Nachrichten Gutes zu erwarten hätte. Alle Türken verlangten lauthals nach einer Amnestie, um in die Armee eintreten und die Griechen vernichten zu können. Auch wir Ausländer waren samt und sonders bereit, in der türkischen Armee zu dienen. Wenigstens so lange, bis wir uns den Weg zur Grenze erkämpft hatten. Harvey Bell und ich stellten uns die Möglichkeit einer griechischen Invasion, vielleicht sogar die Befreiung Istanbuls vor. Griechische Panzer stürmen die Gefängnismauern – *das* wäre ein Anblick!
Es war schnell vorbei. Die türkischen Truppen brachen den griechischen Widerstand. Ecevit erhielt den Spitznamen »Löwe«. Er war der Held der Nation.
Nach ungefähr zwei Wochen ließ Mike von sich hören, der in die USA zurückgekehrt war.
Nachdem aus dem kurzen Krieg ein mühsamer, unsicherer Friede geworden war, war Mike fest überzeugt, daß sich Ecevit die Überführungsfrage noch einmal durch den Kopf gehen lassen würde. Auf jeden Fall wäre die Zeit günstig für einen Neuanfang.
Das dachte Ecevit auch. Auf der Höhe seiner Popularität trat er zurück und schrieb Neuwahlen aus. Er war sicher, daß er eine arbeitsfähige Mehrheit im Parlament bekommen würde.
Er verlor. Das Land quälte sich weiter in dem Bemühen, ohne eine Regierung auszukommen.
Auch die amerikanische Regierung konnte mir nicht helfen. Ich verfolg-

te gespannt die sich ständig mehrenden Berichte über die Watergate-Affäre. Mit den Jahren hatte mein Interesse an der Politik nachgelassen. Jetzt aber wollte ich diesen erregenden Augenblick amerikanischer Geschichte genau verfolgen.
Meine nicht-amerikanischen Freunde nervten mich mit ihrem Gerede. Für die waren Nixon, Agnew, Mitchell und all die anderen wie Figuren aus einer Comic-Geschichte. Das tat weh. Ich erkannte deutlicher als je zuvor, daß ich an den Vereinigten Staaten hing. Nicht der Politiker, sondern des Volkes wegen. Nicht der Regierung, sondern der Regierungsform halber. Der Faschismus in der Türkei verstärkte mein Verlangen nach einem Ort, wo ich meine Meinung frei äußern konnte.
Dann, an einem Tag im August, hörte ich weitere Neuigkeiten. Nadir kam zu mir gerannt. »Nixon!« Er spuckte aus. »*Ibne pezevink* – mieser Kuppler. *Ağzını kapa!* – Stopf ihm das Maul.«
»Was ist los?«
»Du kannst es noch nicht wissen. Nixon ist zurückgetreten.«
Ich setzte mich auf mein Bett und begann einen Brief an den Ex-Präsidenten zu schreiben: »Lieber Mitgefangener . . .«

21.

»Tag, Willie.«
»Max, wieso bist du aus dem *revir* zurück? Ist denen das *Gastro* ausgegangen?«
Max grinste. »Nein. Ich wollte dich besuchen. Im *revir* gibt's einen Wärter, der läßt mich für ein Päckchen Marlboro im ganzen Gefängnis rumlaufen.«
Pause.
»Willst du immer noch hier weg?«
Ich setzte mich auf. »Das weißt du doch.«
»Mensch, ich muß auch hier raus.« Plötzlich rannen Tränen aus Max' Augen, und er wischte sie mit seinen knochigen Fingern weg. »Das gottverdammte *Gastro* bringt mich noch um. Außerdem werde ich blind davon.«
Pause.
»Hast du einen Plan?«
»Ja. Ich denke, ich kann den Doktor bestechen, daß er mich ins Krankenhaus gegenüber schickt. Und dann gibt's da im *revir* einen *kapidiye*. Ich denke, der kann mir 'n bißchen Stoff besorgen. Kannst du . . . hm . . . ins Krankenhaus kommen?«
»Ja, ich denke schon. Ich könnte etwas simulieren. Aber wie kommen wir aus dem Krankenhaus raus?«
»Nun, wir . . . was?«
»Das Krankenhaus, Max. Wie kommen wir da raus?«
»Ach so. Also, ich stelle mir vor, wir jubeln den Wärtern 'n bißchen Stoff unter. In ihren Kaffee oder so.«
»Gut. Und draußen in Istanbul?«
»Ja, das hab' ich alles genau geplant. Wenn wir ins Krankenhaus kommen, verpassen wir den Wärtern 'n bißchen Stoff.«

»Ja, ja. Dann sind wir draußen. Und dann?«
»Wie?«
»Wenn wir aus dem Krankenhaus raus sind, Max!«
»Ja, mit Stoff.«
»Nein. Wie kommen wir aus der Türkei?«
»Oh. Aus der Türkei . . .«
Schweigen. Max schien eingeschlafen zu sein.
»Max?«
»Ja? Was ist?«
»Wie kommen wir aus der Türkei?«
»Ist . . . hm . . . Johann . . . ist er noch in der Stadt?«
»Ja. Er könnte uns helfen.«
»Also, dann . . . hm . . . besuchen wir . . . hm . . .«
»Johann?«
»Johann.«
»Mein Gott, Max, bin ich froh, daß du dir das alles ausgedacht hast. Du scheinst es ja bis ins kleinste Detail geplant zu haben. Und was ist, wenn wir den Wärtern nichts in den Kaffee tun können?«
»Hm . . . eine Pistole.«
»Hast du eine Pistole?«
»Nein. Du?«
»Max, ich denke, du hast alles genau geplant?«
»Willie, traust du mir etwa nicht?«
»Max, zu deinem Herzen habe ich vollstes Vertrauen.« Er blinzelte mich durch seine dicken Brillengläser an. »Aber deinem Kopf trau ich nicht.«
Max blickte nur starr vor sich hin. Langsam senkte sich sein Kopf auf seinen Schoß. Die Glut seiner Zigarette fiel auf sein Hemd, und es fing zu brennen an.
»Max! Dein Hemd!«
»Du meine Güte!« Max wischte die Asche von seinem Hemd. Wieder verschleierten Tränen seine Augen. »Willie, einmal kommt der Tag, an dem du weißt, daß du's niemals fertigbringst.«
Er schlurfte zum *revir* zurück.
Ich legte mich auf mein Bett und starrte zur Decke. Wenn ich jemals hier herauskommen wollte, das wurde mir klar, mußte ich meine ganze Energie zusammenraffen. Und ich mußte dann diese Energie stur auf ein

Ziel konzentrieren. Wie die Scheinwerfer eines rasenden Zuges, wenn sie die Dunkelheit durchschnitten. Ich erkannte, daß ich all meine Gedanken auf START einstellen mußte.
Dann kam ein Brief von zu Hause.

15. November 1974

Billy,
... ich denke an längst vergangene Zeiten. Es heißt, das sei ein Zeichen, daß man alt wird. Es geht mir gut. Ich bleibe immer dieselbe. Das Leben geht weiter, auch wenn mein Herz jeden Tag ein wenig schmerzt, weil mein ältestes Kind so weit weg ist.

In Liebe,
Mom

Der Brief verpaßte mir das größte Seelentief innerhalb der letzten vier langen Jahre. Mein ganzes Inneres tat mir weh. Einsamkeit und tiefe Sehnsucht überkam mich. Meine Mutter! Welches Leid mußte sie ertragen.
Ich griff zu Arnes Gitarre.
Ich hatte inzwischen ein wenig spielen gelernt und beherrschte ein paar Akkorde.
Harvey kam daraufhin herüber. Leise begann er, einen alten Alabama-Blues zu singen. Wir schlugen einen einfachen Rhythmus an und improvisierten zusammen ein paar Takte. Der Text ergab sich fast wie von selbst.

> Hmmm ... hör den Blues, Baby,
> Hör den alten Istanbul-Blues.
> O ja, ich kenn den Blues, Baby,
> Kenn den alten Istanbul-Blues ...
> Dreißig Jahre Türkei, Baby,
> Und du hast nichts mehr zu verlieren.
>
> An der Grenze geschnappt
> Mit zwei Päckchen in den Schuhn.
> Bin an der Grenze geschnappt
> Mit zwei Päckchen in den Schuhn ...
> Und ich kriegte dreißig Jahre, Baby,
> Und ich lern den alten Istanbul-Blues.

Ich rief: Rette mich, Herr, rette mich,
Erlöse mich von dieser Qual.
Ich rief: Komm, Herr, und rette mich,
Komm, erlöse mich von dieser Qual.
Ach, befreie mich, süßer Jesus.
Und ich sündige nie mehr.

Wir spielten eine Weile so weiter. Dann ließen wir das Lied ausklingen.
»Wie lange bist du schon hier, Willie?«
Er kannte die Antwort: »Vier Jahre.«
»Wie viele Sommer?«
»Vier.«
»Vier Sommer. Diese Türken stehlen dir deine Sommer. Sie stehlen dir den Sonnenschein. Du könntest jetzt irgendwo am Strand liegen, neben dir dein Mädchen und über dir der weite, ewig blaue Himmel. Statt dessen steckst du seit vier Sommer hier drin. Und jetzt kommt ein neuer Winter. Ich frage dich, kann man einen verlorenen Sommer zurückholen? Kann man das?«
Ich dachte darüber nach. Harvey schwieg und zupfte ein paar Saiten.
»Okay«, sagte ich plötzlich. »Laß uns abhauen.«
»Durchs Fenster?«
»Durchs Fenster.«
Das Fenster. Jetzt war ich also entschlossen, trotz Kugelhagel und allem. Die Feile, die Gitter, das Fenster, das Dach, die Mauer, die Wächter, die Maschinengewehre, die Suchscheinwerfer, das Seil im Dunkeln, Johann, die Grenze, der Nachtexpreß nach Griechenland. Ich fühlte, wie der Druck von meinem Kopf wich. Vielleicht würde ich bei der Flucht durch das Fenster umkommen. Aber ich war ohnehin schon halb tot. Und vielleicht klappte es doch. Wie es in unserem Lied schon hieß: ». . . dreißig Jahre Türkei, Baby, und du hast nichts mehr zu verlieren . . .«
Bis auf das Leben.
»Wann?« fragte ich Harvey.
»Heute nacht«, sagte er schnell. »Mein Horoskop ist gerade richtig. Skorpion steigt auf.«
Wir verbrachten den Nachmittag damit, unsere Sachen in Ordnung zu bringen. Ich las sorgfältig mein Tagebuch durch. Ich nahm alles Geld heraus und steckte es in meine Unterhose. Feile und Seil blieben

einsatzbereit in ihrem Versteck. Meine weißen Turnschuhe färbte ich mit Tinte schwarz.
Auch meinen Schlapphut staubte ich ab.
Um zwei Uhr morgens schaute ich mich in der schlafenden Baracke um. Ich ließ meine Augen auf jedem einzelnen der schnarchenden Männer ruhen. Leise glitt ich von meinem Bett herunter, meine Turnschuhe in der Hand. Ich ging zu Harveys Bett hinüber. Er wartete schon auf mich. Wir schlichen in den Waschraum um die Ecke, der den Blicken des übrigen *koğus* entzogen war.
»Okay, fangen wir an.«
Ich ließ die Feile aus meinem Ärmel gleiten und schlich auf Zehenspitzen zum Fenster. Langsam und vorsichtig zog ich die Feile über die Kante eines der Eisenstäbe. Es quietschte wie ein Fingernagel auf einer Schiefertafel. Wir erstarrten.
Harvey überprüfte den *koğus*. Niemand schien etwas gehört zu haben. Vorsichtig versuchte ich, die Feile langsam und mit starkem Druck zu führen. Das Geräusch war nicht sehr laut; das schien uns nur so. Harvey hielt Wache.
Ich arbeitete nervös. Ich war sicher, daß jeden Augenblick die Wärter auftauchen würden, um uns abzuführen.
»Du hast doch gesagt, das wäre in fünf Minuten erledigt«, flüsterte Harvey.
»Das dachte ich auch. Da muß was mit der Feile nicht stimmen.«
»Laß mich mal versuchen.«
Harvey arbeitete eine Weile. Das Gitter hatte nur einen leichten Kratzer. Das würde ja ewig dauern.
Wir arbeiteten abwechselnd; der eine feilte, während der andere Wache stand. Bis fünf Uhr morgens hatten wir das harte Metall kaum angeritzt. Harvey vermischte etwas Fensterkitt mit Zigarettenasche, um die Spuren zu überdecken. Wir gingen wieder ins Bett.
Später am Morgen versuchten wir herauszufinden, was da nicht stimmte. Wir verglichen das Metall der Betten mit dem harten Eisen an den Fenstern, und da erkannte ich meinen Fehler. Ich hatte die Feile ja nur leicht durch die Farbschicht am Bett gleiten sehen und daraus geschlossen, daß sie sich ebenso einfach durch das Eisen fressen würde. Ich hatte mich geirrt. Die Arbeit konnte wochenlang dauern. Und das an einer so gefährlich exponierten Stelle!

Aber Harvey gab nicht auf. Die Stäbe hatten breite Abstände. Wenn wir nur einen einzigen durchsägten, glaubten wir uns durchzwängen zu können. Danach würde der schwierigere Teil beginnen.
Wir arbeiteten noch zwei weitere Nächte. Wir feilten etwa ein Drittel des Gitterstabes durch.
»Es hat keinen Zweck«, sagte ich im Laufe des Tages zu Harvey. »Das dauert noch wochenlang, und der Kitt nützt verdammt wenig. Wir werden ganz bestimmt erwischt.«
»Hör zu«, erwiderte Harvey. »Du brauchst nichts weiter zu machen, als mich aufzuwecken. Und für mich ein bißchen Wache zu schieben. Ich säge allein. Wenn ich durch bin, hauen wir zusammen ab.«
Ich dachte noch einmal darüber nach.
»Ist gut. Es gefällt mir zwar nicht, Harvey, aber ich mache mit.«
Schweigend, verbissen arbeitete Harvey noch drei, vier, fünf Nächte lang. Das dämliche Gitter wollte nicht nachgeben. Das Geräusch beim Feilen machte es unmöglich, seine ganze Kraft einzusetzen. Harvey aber gab nicht auf.
Eines Morgens um fünf Uhr prophezeite er, daß wir es in der nächsten Nacht schaffen würden. »Übermorgen«, versprach er, »kaufe ich dir *souvlaki*.«

Arief! Der Knochenbrecher war wieder da. Wir dachten, er würde nie zurückkommen, nachdem er gesehen hatte, was Hamid zugestoßen war. Der *koğus* verstummte, als Arief hereinkam. Mehrere kräftige Wärter folgten ihm. Necdet ging ihm entgegen, um ihn zu begrüßen, doch Arief bedachte ihn nur mit einem finsteren Blick.
»Der Häftling mit der weißen Strähne im Haar«, brummte er. »Wo ist der?«
Diese Beschreibung konnte nur auf einen einzigen Mann passen. Der schnarchte nach der langen Nachtarbeit auf seinem Bett.
Die Wärter zerrten ihn hoch. Er protestierte und wehrte ihre Fäuste ab. Arief schlug ihm ins Gesicht.
»Wir wollen die Feile!« rief er.
»Was?« fragte Harvey.
Wieder traf ihn ein Schlag. Harvey fiel den Wärtern in die Arme.
Arief zog Harvey zum Waschraum. Er rieb an ein paar Gitterstäben herum, bis er von einer Stange hinten am Ende den Kitt abkratzte. »Die

Kinder haben dich gesehen«, schrie er. »Wir wissen, daß du es warst. Wir wollen die Feile.«
Harvey zuckte mit den Schultern. Was konnte er machen? Er ging zu seinem Spind und zog unter der hinteren Metalleiste die Feile hervor. Arief grinste zufrieden, und die Wärter schleppten Harvey nach unten. Überall im *koğus* wurden Vermutungen über das Fenster angestellt.
Den ganzen Tag über sprang ich bei jedem Geräusch nervös auf. Ich versuchte, mich auf ein Buch zu konzentrieren . . . es ging nicht. Popeye kam herüber, um mich mit Späßen aufzumuntern. Aber ich ignorierte ihn, und er ging wieder weg. Fast die ganze Nacht hindurch starrte ich die Decke an.
Am nächsten Morgen steckte ich dem Wärter an der Tür zwei Schachteln Zigaretten zu. Er bediente mich mit Informationen. Harvey war im *revir*. Noch zwei Schachteln, und ich war auf dem Weg dorthin, um mir etwas gegen mein »Kopfweh« zu holen.
Im *revir* ging ich eine Reihe kleiner Zellen entlang. Wo steckte Harvey? Hatte der Wärter sich geirrt? Harvey war nicht da. Ich wandte mich zum Gehen.
Da erblickte ich einen Gefangenen, der mit aufgequollenem bläulichem Gesicht im Bett lag.
Wer war dieser bedauernswerte Mensch?
»Harvey! O mein Gott! Ich hab' dich nicht erkannt.«
»Ja, die haben mich ganz schön zugerichtet«, murmelte er durch seine geschwollenen Lippen. Mehrere Zähne waren locker und schief. Seine Ohren standen wund und blaugeschlagen vom Kopf. »Ich mach' mir Sorgen wegen meines Bruchs. Sie haben mich ein paarmal in die Eier getreten. Ich glaube, dadurch ist alles wieder aufgebrochen. Willie, du mußt dich an den Konsul wenden. Mir geht's entsetzlich. Ich brauche einen Arzt. Und diese Hunde streichen mir meine Zeit für gute Führung und bringen mich wegen der Flucht vor Gericht. Ich brauche den Konsul, damit er sie wegen der Prügel drankriegt. Vielleicht ist das ein Druckmittel. Ich weiß auch nicht. Aber wenn die mich in die Zange nehmen wollen, gut, dann nehm' ich sie auch in die Zange.«
»Die wollten meinen Namen wissen, stimmt's?«
»Ja. Woher weißt du das?«
»Ich hab' gehört, wie Necdet mit dem Wärter sprach. Sie sagten, die Kinder hätten noch jemanden am Fenster gesehen. Danke, Harv.«

»Schon gut. Was sollte ich machen? Ihnen etwa deinen Namen verraten?«
Er brachte auf seinen geschwollenen Lippen ein Grinsen zustande. Es sah wie eine Grimasse aus.
»Aber wenigstens hab' ich diesem Arief eine in die Fresse geknallt, bevor bei mir das Licht ausging. Hast du ihn gesehen?«
»Nein, aber ich habe gehört, daß er ein blaues Auge hat.«
»Wenigstens etwas. Hör zu, Willie, setz dich mit dem Konsul in Verbindung. Ich glaube, die Türken wollen mich in irgend so ein kleines Gefängnis draußen auf dem Land stecken. Ich hab' Angst.«
»Ich geb' ihm Bescheid, Harvey.«
»Und warum zum Teufel tust du dir nicht selbst den Gefallen und machst, daß du aus diesem Kasten kommst, solange du's noch kannst? Das hier ist ein mieses Loch.«
»Da hast du recht.«
Zwei Tage später wurde Harvey in aller Stille nach Ankara verfrachtet, in dasselbe Gefängnis im Südosten der Türkei, das auch Robert Hubbard, Jo Ann McDaniel und Kathryn Zenz beherbergte.

Langsam, ganz allmählich begann ich die Lektionen der vier letzten Jahre zu begreifen. Ich dachte viel über Weber und Jean-Claude nach, die zwei Ausländer, die von Sagmalcilar geflohen waren. Beide hatten das Problem ohne Umschweife und mit ihrer ganzen Energie angepackt. Sie hatten die Sache gut vorbereitet. In den Augen der Gefängnisleitung war keiner von ihnen an einem Ausbruch interessiert gewesen. Weber hatte sich eine eigene Karriere innerhalb des Gefängnisses aufgebaut. Jean-Claude hatte »Tuberkulose« gehabt. Jetzt waren beide frei.
Es war mir vollkommen klar, daß ich von Sagmalcilar weg in ein anderes Gefängnis kommen mußte, wenn ich ausbrechen wollte. Zu viele Wärter und zu viele Gefangene wußten, daß ich mich selbst nach so langer Zeit nicht an die Gefängnisroutine gewöhnt hatte. Sie beobachteten mich. Ich brauchte eine andere Umgebung, wo ich in aller Ruhe planen konnte. Aber wo? Und wie?
Da kam mir die türkische Regierung selbst zu Hilfe. Suleiman Demirel gelang es, eine Koalitionsregierung zu bilden. Er hatte Verständnis für das Verlangen der Schmuggler. Sie waren bei der vorausgegangenen Amnestie um sieben Jahre betrogen worden. Demirel versprach, sich im

Parlament dafür einzusetzen, daß den Schmugglern diese sieben Extrajahre bewilligt wurden. Bis Mai waren im türkischen Parlament genügend Stimmen zusammen, um die Amnestie von sieben zusätzlichen Jahren durchzusetzen. Popeye verließ uns, grinsend und pfeifend in der Vorfreude auf eine Nacht in der Stadt. Was auch immer nach dieser Nacht käme, sagte er, sei ihm egal. Wieder einmal ließ mich der Abschied von einem Freund mit gemischten Gefühlen zurück. Ich freute mich für Popeye und fühlte mich selbst hundeelend.
Durch die Amnestie verringerte sich meine Haftzeit auf dreieinhalb Jahre. Mein Entlassungstag war nun der 7. Oktober 1978. Das war gut. Ich hatte nicht die Absicht, mich dagegen aufzulehnen. Aber ich hatte ebensowenig die Absicht, deswegen noch länger hier herumzuhängen. Was die Amnestie für mich wirklich bedeutete, das war ein neues Leben durch die Verlegung auf eine Insel. Willard kam vom Konsulat und half mir, die Formulare auszufüllen. Ich beantragte eine Verlegung nach Imros, der halboffenen Haftanstalt meiner Träume. Es bestand eine kleine Chance. Als zweite Wahl gab ich Imrali an, wo Charles seine Zeit abgesessen hatte.

22.

Juli 1975

Meine Lieben,
jetzt bin ich also auf der Insel Imrali und schreibe Euch einen Brief in der klaren blauen, freien Luft. Ich kann mich nicht sattsehen an der Natur, die mich umgibt. Hohe Bäume im Wind. Wasser mit weißen Schaumkronen. Eine hufeisenförmige Bucht und ein lavendelfarbener Nebelstreifen am fernen Horizont, wo das tiefe Blau des Marmarameers sich mit den Hügeln Asiens vereinigt.
Das Gefängnis besteht nur aus einer Handvoll alter Häuser, die früher wahrscheinlich einmal ein Dorf gewesen sind. Schlafsäle mit knarrenden Holzböden und metallenen Bettgestellen. Ein bißchen schmutzig zwar, aber das stört mich nicht mehr. Ich bin mit etwa dreißig anderen in einem Saal zusammen. Die Atmosphäre hier ist ganz anders als in Sagmalcilar. Sämtliche Häftlinge haben nur noch eine kurze Zeit vor sich und benehmen sich einigermaßen erträglich ... hier gibt es kaum Kämpfe oder Messerstechereien, wie sie in dem anderen Gefängnis an der Tagesordnung waren.
Der Tag, an dem ich hier ankam, war ein Freitag, unser freier Tag. Könnt Ihr das glauben? Ich schwimme im Meer! Stellt Euch vor, nach fünf Jahren Waschen im Ausguß schwimme ich im Meer. Wenn das kein Wunder ist!
Ich arbeite in der Konservenfabrik. Das ist nur ein altes Gebäude, das man mit den nötigen Maschinen ausgestattet hat, um die verschiedensten Früchte und Gemüse zu verarbeiten, die hier und anderswo angebaut werden. Am ersten Arbeitstag haben wir 40 Millionen Erdbeeren von den Sträuchern gepflückt. Ich konnte es kaum fassen. Fünf Jahre lang gab es keine einzige, und dann so viele Erdbeeren, wie ich nur zu essen vermochte. Nachdem ich sie drei Stunden lang geputzt und zerkleinert hatte, mußte ich auf die Toilette rennen. Aber es war

phantastisch. Jetzt arbeite ich an einer Maschine und stanze die Deckel für die Konservendosen aus. Das ist eine ganz ordentliche Arbeit.
Ich habe einen Sonnenbrand, nicht schlimm, nur gerade so viel, daß es meinem Wohlergehen nicht abträglich ist. Gestern und heute habe ich von zwölf bis zwei am Strand gelegen. Ich lasse das Mittagessen aus, das es hier gibt. Wir dürfen auf der ganzen Insel herumspazieren, darum gehe ich lieber zu einem entfernteren Strand an eine Stelle der Bucht, wo ich allein bin. Da gibt es nur mich und das Meer. Es tut so gut, allein zu sein, zum erstenmal seit fünf Jahren allein, still in der Sonne zu liegen und den Möwen zuzuhören.
Es heißt, im Winter würde es hier sehr kalt werden. Aber ich kann jetzt alles ertragen. Das ist ein geringer Preis dafür, mich frei bewegen zu können, gar nicht zu reden von der Gelegenheit . . . mehr darüber in den nächsten Briefen, wenn ich die Gegend hier besser kenne.
Ich kann mich immer noch nicht über das Foto von der ganzen Familie beruhigen. Oma sieht aus, als würde sie immer jünger. Und Dad, es hat mich direkt getroffen, daß Du die Bäume hinten im Garten stutzen mußtest, um die Sonne hereinzulassen. Ich dachte: »Welche Bäume?« und dann fiel mir ein, daß Bäume in fünf Jahren ein ganzes Stück wachsen. Wie die Menschen auch.
Lilian dürfte am 24. Juli wieder in North Babylon eintreffen. Ich habe sie gebeten, bei Euch vorbeizuschauen. Sie wird Euch eine Menge erzählen können, denn ich habe ihr viele Briefe geschrieben. Ich weiß wirklich nicht, was in Zukunft aus meinem Leben werden soll. Aber Lilian hat mir über manch harte Zeiten hinweggeholfen. Ich frage mich, wie es wohl wäre, wenn wir in guten Zeiten zusammenleben würden. Mir scheint, ich habe hier einiges über Lieben und Geben gelernt . . . zu spät für Kathleen, aber für Lilian, ja, Lilian, wer weiß? Doch erst einmal bin ich noch drei Jahre hier. Vielleicht. Ich schreibe nächste Woche wieder, wenn ich mich hier ein bißchen besser auskenne. Macht Euch keine Sorgen.

In Liebe,
Billy

Anfangs kam mir Imrali wie das Paradies vor. Und verglichen mit Sagmalcilar war es das auch. Aber die Wachttürme an der Hafeneinfahrt erinnerten mich daran, daß ich noch immer im Gefängnis war. Nachts

glitten Suchscheinwerfer über den Strand. Wachtposten patrouillierten. Trotz des blauen Himmels über mir befiel mich bald wieder graue Verzweiflung. Wenn ich schon im Gefängnis sein mußte, dann wollte ich hier sein. Aber warum mußte ich überhaupt im Gefängnis sein? Max meinte, von Imrali aus könnte ich niemals fliehen. Charles hatte in seinen Briefen von »vielleicht« gesprochen: *şöyle böyle.*
Als ich über das ruhige Wasser des Marmarameeres blickte, wußte ich, daß es möglich war. Das Marmarameer ist ein Binnenmeer, das den nordwestlichen Zipfel des Landes zwischen dem Schwarzen Meer und der Ägäis durchschneidet. Die Nordküste gehört zu Europa. Die Südküste gehört zu Asien. Imrali liegt, wie ein langgestrecktes Ei geformt, etwa zwanzig Meilen vom südöstlichen Ufer entfernt. Eine Meeresströmung umfließt die Insel und zieht in Richtung der Dardanellen ab.
Das Wasser war während der ersten Tage so ruhig, daß ich glaubte, ich könnte vielleicht die zwanzig Meilen bis zum Ufer schwimmen. Aber was dann? Ich befände mich immer noch in der Türkei, weiter als je von der griechischen Grenze entfernt. Sorgfältig studierte ich meine türkischen Karten. Bursa war die nächste größere Stadt. Von dort konnte ich einen Bus in Richtung Norden, zurück nach Istanbul, nehmen. Konnte ich noch damit rechnen, daß Johann mir helfen würde, das Land zu verlassen?
Jeden Freitag fuhr ein Fährschiff mit ein paar neuen Häftlingen oder Besuchern vom Festland nach Imrali. In der Woche nach meiner Ankunft auf der Insel brachte das Schiff zwei unerwartete, höchst willkommene Gäste. Der eine war Mike Griffith, mein Anwalt von Long Island. Der andere war Joey, der unter seinem Schnurrbart hervorgrinste.
Freitag war unser freier Tag. Niemand arbeitete. Die Häftlinge saßen mit ihren Besuchern in einem schattigen kleinen Garten. »Ich habe noch nie so viele Fliegen erlebt«, klagte Mike, während er mit beiden Händen nach ihnen schlug.
Ich lachte. »Ich glaube, ich habe sie gar nicht bemerkt. Man vergißt solche Sachen einfach, wenn man fünf Jahre mit ihnen gelebt hat.«
Joey hatte mir eine Stange Zigaretten mitgebracht. Er hatte vergessen, daß ich mir das Rauchen abgewöhnt hatte. »Wie geht's dir so?« fragte er.
»Mir geht's prima. Ich gehe jeden Tag schwimmen.«
»Soll das ein Scherz sein?«
»Nein, bestimmt nicht.«

»Was zum Teufel ist aus dem Knast geworden?« fragte er und sah sich um. Joey hatte einen Job als Matrose auf einem Touristenboot übernommen, das den Bosporus entlangschipperte.
Mike öffnete seine Mappe und zeigte mir einen Stapel Akten. »Ich habe mit Ihrem Vater gesprochen, Billy. Wir wissen beide, auf welchen Zug Sie warten. Und wir wollen nicht, daß Ihnen etwas zustößt.«
Ich zuckte die Achseln. »Ich werde schon aufpassen.«
»Billy, dies ist der letzte Aufenthalt, bevor die große Fahrt losgeht. Die Überführung ist in die Wege geleitet. Wenn Sie uns die medizinischen Unterlagen – die psychiatrischen Gutachten – verwenden lassen, dann dürfte das ausreichen, daß die türkische Regierung in die Überführung einwilligt. Wir möchten bloß nicht, daß Sie uns einen Strich durch die Rechnung machen, indem Sie hier irgendeine Dummheit planen.«
»Klar. Warum nicht? Benutzen Sie ruhig die Gutachten. Ich bin mit allem einverstanden, was mich nach Hause bringt.«
Mike war erleichtert. »Sie bleiben also hier und warten ab?«
»Ich verspreche nichts, Mike.«
Der Vormittag verging viel zu schnell. Mich füllte allein das Vergnügen aus, im Schatten zu sitzen und mit Freunden zu plaudern. Aber als Mike sich entschuldigte, um aufs Klo zu gehen, kamen Joey und ich schnell zur Sache.
»Was brauchst du?« fragte er.
»Ein Boot, Joey. Mit einem Boot ist es ganz einfach. Ich kann bis zehn Uhr abends nach Belieben überall auf der Insel herumlaufen.«
»Ich will sehen, was ich tun kann. Ich brauche vielleicht ein bißchen Zeit, bis ich alles zusammenhabe.«
»Beeil dich, Joey. Wir haben jetzt Juli. Ich muß hier weg, bevor die kalte Jahreszeit beginnt. Charles hat gesagt, daß die See im Winter ziemlich rauh wird.«
»Okay. Ich schreib' dir.«
Mike kam zurück. »Puh, stinkt die Toilette. Wie halten Sie das aus?«
Ich warf meinen Kopf zurück und lachte. Mike sah mich verwirrt an. »Mike, morgen kommt der Justizminister zu einer Besichtigung. Die Toilette ist gestern extra geputzt worden. Die ist heute richtig sauber.«
»Puh. Ich bin froh, daß ich sie nicht gesehen habe, als sie schmutzig war. Und Papier war auch keins da.«
»Man benutzt hier kein Papier.«

»Was zum Teufel nehmen die dann?«
»Ihre Finger. Sie nehmen Wasser und . . .«
»Genug. Das reicht. Ich werde einfach nicht mehr gehen, bevor ich wieder im Hilton bin.«
Die Fähre kam zurück. Es wurde für meine Freunde Zeit aufzubrechen. Mike wandte sich noch einmal an mich, bevor er an Bord ging. »Hören Sie, Bill«, sagte er. »Ich flehe Sie an, wenn's sein muß. Verlassen Sie die Insel nicht. Geben Sie mir eine Chance. Sie verscherzen sich sonst die Überführung. Dann kriegen Sie noch einmal zehn Jahre. Vielleicht werden Sie sogar erschossen.«
»Mike, warum reden Sie dauernd von Flucht? Denken Sie, ich will mir die guten Aussichten verderben?«
»Billy, es steht Ihnen im Gesicht geschrieben.«
Ich senkte meine Stimme. »Mike, Sie haben eine Menge für mich getan. Wenn nicht so 'n blödes Mißgeschick dazwischengekommen wäre, hätten Sie mich längst nach Hause geholt. Also bitte, bemühen Sie sich weiter. Tun Sie, was Sie tun können. Aber ich werde tun, was ich tun muß.«
Und ich wartete. Wer auch immer zuerst etwas erreichte, Mike oder Joey, es sollte mir recht sein. Aber nach fünf Jahren Enttäuschung über die türkische Regierung setzte ich wenig Hoffnung auf die Überführung. Die Flucht schien mir der bessere Ausweg zu sein.
Die anderen Häftlinge nahmen an, daß ich nur darauf wartete, daß die Regierungen der USA und der Türkei ein Rüstungsabkommen unterzeichneten. Das würde den Weg zu verbesserten diplomatischen Beziehungen ebnen, und dann würde es endlich auch mit meiner Verlegung klappen. Wegen dieser so naheliegenden Möglichkeit gab es für niemanden einen Anlaß zu vermuten, ich bereitete meine Flucht vor. Genauso wollte ich's haben. Ich dachte an Weber und Jean-Claude.
Ich meldete mich freiwillig zu schwererer Arbeit. Den ganzen Tag hievte ich in der Konservenfabrik fünfzig Kilo schwere Säcke mit Bohnen auf die Verladekarren. Das kostete mich meine ganze Kraft. Aber ich spürte, wie sich meine Muskeln stärkten, die fünf Jahre lang so wenig beansprucht worden waren. Während der zweistündigen Mittagspause zwang ich mich, ununterbrochen zu schwimmen, um wieder fit zu werden. Abends machte ich dann meilenweite Läufe im Innern der Insel.

Und jeden Freitag wartete ich sehnsüchtig auf das Postschiff, um etwas von Mike oder Joey zu hören.
Wochen vergingen. Nichts als Schweigen. Dann traf ein Brief von zu Hause ein. Ich konnte die Tränen zwischen den Zeilen herauslesen. Dad flehte mich an, auf die Überführung zu warten. Und selbst wenn aus der Überführung nichts würde, sagte er, sollte ich Geduld bewahren. Ich hätte ja nur noch drei Jahre, meinte er, und bald nur noch zwei. Dann würde ich die Tage des letzten Jahres zählen, und danach wäre ich frei. Das sei besser als zehn weitere Jahre, sagte er. Besser, als erschossen zu werden.
Doch mit all diesen Argumenten hatte ich mich selbst schon vor langer Zeit auseinandergesetzt. Ich fand, niemand würde das wirklich verstehen, der nicht selbst fünf Jahre lang eingesperrt gewesen war. Ich schrieb zurück und versprach Dad, nichts zu unternehmen, bis ich sicher wäre, daß mit der Heimreise alles klar ginge.
Weitere Wochen verstrichen. Endlich kam eine Postkarte von Joey. Er wollte mich nächsten Freitag besuchen. Und es kam eine Nachricht von Mike Griffith. Mit der Verlegung sei jeden Tag zu rechnen. STILLHALTEN, schrieb er in Großbuchstaben.
Joey erschien am Besuchstag.
»Ich kann ein Boot bekommen«, sagte er. »Aber der Motor muß überholt werden. Ich brauche ein bißchen Geld.«
»Wieviel?«
»Etwa vierzig- oder fünfzigtausend Lira.«
Ich ging in meine Baracke und holte mein Tagebuch, um es Joey zu zeigen. Während der nächsten Stunden lasen wir es sorgfältig durch. Joey verließ mich mit zweitausend Dollar, die er in seinen Ärmel gestopft hatte. Er sagte, er würde mich nächste Woche wieder besuchen. Dann wollten wir die endgültige Planung besprechen.
An diesem Abend kam plötzlich Sturm auf. Ich kletterte auf eine dreißig Meter hohe Klippe, um die See zu beobachten, die unter mir gegen die alten Holzdocks peitschte. Plötzlich füllte sich der Hafen mit lauter Booten! Fischer vom Festland, die auf offener See überrascht worden waren, brachten ihre Boote im Hafen vor dem Sturm in Sicherheit. Die Fischerboote waren zu groß und zu schwerfällig für mich, um allein damit umzugehen. Aber jedes zog ein Beiboot hinter sich her. Konnte ich zwanzig Meilen bis zum Festland rudern? Im Sturm?

Um diese Ruderboote kreisten meine Gedanken während der ganzen folgenden Nacht. Der nächste Freitag kam. Joey war nicht auf dem Besucherschiff. Keine Nachricht von Mike. Nichts. Hatte Joey mich versetzt? Hatte Mike herausgefunden, daß die Überführung nur ein weiterer Zug ins Nichts war?

Ich wachte früh am Morgen auf und machte meine Yoga-Übungen. Irgend etwas war anders als sonst; eine kalte Frische lag in der Luft. Ich merkte es sofort. Das erste Anzeichen des Herbstes. Bald würden die Winterstürme einsetzen. Wenn ich noch länger zögerte, wäre ich weitere sechs Monate gefangen; und ich konnte es keinen Winter mehr aushalten.

Vor fünf Jahren war ich in diesen Schlamassel geraten. Fünf Jahre lang hatte ich darauf gewartet, daß meine Angehörigen, meine Freunde, meine Anwälte mich herausholten. Ich war jetzt achtundzwanzig Jahre alt. Jetzt mußte ich die Sache selbst in die Hand nehmen.

»Es wird Zeit«, sagte ich zu der Morgenluft. »Es wird Zeit.«

23.

28. September 1975

Lieber Dad,
ich weiß nicht, ob dies vielleicht der letzte Brief ist, den ich Dir schreibe. Ich warte täglich auf bestimmte Witterungsverhältnisse, um meinen Plan durchzuführen. Dieses Mal ist es ein fester Entschluß. Ich will das ein wenig genauer erklären: Wie wir bereits besprochen haben, ist es vorteilhaft, so viele laufende Züge wie möglich im Auge zu behalten. Auf der mittleren Spur näherte sich mit unbestimmbarer Geschwindigkeit der seit zwei Jahren dahinratternde TRANSFER. Die Umstände halten diesen Zug ständig wieder auf. Ich meine, er rumpelt seit zwei Jahren dahin. Und wer weiß, vielleicht kommt er eines schönen Tages wirklich zu Hause an.
Aber jetzt habe ich hier einen Zug auf der alleräußersten Spur beobachtet, der nicht mehr sehr lange in Betrieb sein kann, weil er wegen der kalten Winterwitterung eingestellt wird. Und bis zum Frühjahr ist es, nach einer Wartezeit von fünf Jahren, einfach zu lange hin. Ich weiß, daß es dir schwerfallen wird, meinen Absichten zuzustimmen, und daß du der Chance von drei zu möglicherweise dreizehn nicht zustimmen kannst. Aber bitte glaube nicht, daß ich mich um den Schmerz meiner Lieben im Falle der Entgleisung nicht kümmerte. Und ob ich das tue! Aber ich muß mich auf den Weg machen ... ich muß einfach los, um diesen Zug zu erreichen. Bitte rege Dich nicht auf und schreibe keine flehenden Briefe. Ich stehe am Bahnhof und warte, genau wie Du.
Ich hab' Euch lieb, Mom und Dad und alle anderen.

Billy

Am Abend nach der Arbeit lief ich in meine Baracke, um die letzten Vorbereitungen zu treffen, während die anderen Männer zum Abendessen gingen. Ich zog dunkle Kleidung an – meine Bluejeans und die

Turnschuhe, die ich schon für meine Flucht durchs Fenster mit Harvey Bell schwarz gefärbt hatte. Ich nahm meine kostbare Karte von der Türkei, die vom vielen Anfassen, Verstecken und Einwickeln in Wachspapier bereits ganz abgegriffen war, und stopfte sie zusammen mit meinem Adreßbuch in meinen Lederbeutel. Dann zählte ich meine geringe Barschaft und verfluchte Joey, der das meiste Geld mitgenommen hatte. Ich besaß jetzt nur noch etwa vierzig Dollar in türkischen Lira. Ich schob das Geld in meine Brieftasche und steckte die Brieftasche ebenfalls in den Beutel. Den Beutel befestigte ich eng an meinem Körper und zog einen marineblauen Rollkragenpullover darüber.
Vorsichtig trat ich ans Fenster und vergewisserte mich zweimal, daß niemand kam. Dann ging ich zu meinem Bett und zog ein Messer unter der Matratze hervor. Ich stand Todesängste aus, daß ich mit diesem Messer erwischt würde; Waffenbesitz war ein äußerst schwerwiegendes Vergehen. Ich hatte das Messer aus der Konservenfabrik gestohlen. Es war kurz und spitz und diente zum Obstschneiden; sein zersplitterter Holzgriff wurde von ausgeleierten Schrauben kaum noch zusammengehalten. Ich hatte es im Obstgarten unter einem Stein aufbewahrt und erst am Tag vorher zu meinem Bett gebracht. Die ganze Nacht hindurch, sogar während ich schlief, war ich mir des verbotenen Messers unter der Matratze bewußt gewesen. Jetzt wickelte ich es in Papier ein und steckte es in meine Hosentasche. Zum Schluß setzte ich meinen Schlapphut auf.
Doch ich konnte mich nicht einfach auf den Steg setzen und darauf warten, daß ein Boot erschien. Folgender Plan schwebte mir vor: Auf einem niedrigen Hügel oberhalb des Hafens befand sich die Tomatenmarkfabrik. In fünf großen Betonbottichen wurde die Paste gelagert. Von meiner Arbeit dort wußte ich, daß die letzte Wanne leer war. Darin konnte ich mich jede Nacht, wenn das Wetter günstig schien, verstecken und den Hafen beobachten, ohne dabei den Wachpatrouillen aufzufallen. Früher oder später würde ein neuer Sturm das Marmarameer aufwühlen und die Boote in den Hafen treiben.
Ich wartete bis zur Dämmerung und spazierte dann einen Pfad entlang. Das war völlig normal. Ich war bloß ein Häftling, der draußen die Natur genoß. Mein Weg führte mich in die Nähe der Tomatenmarkbehälter. Ich prüfte, ob die Luft rein war, sah in den leeren Bottich und sprang dann hinein.
Es war kalt und düster. Ich kauerte mich auf den Boden. Langsam wurde

der Himmel über mir schwarz. Von Zeit zu Zeit überblickte ich den Hafen; zwar war es unwahrscheinlich, daß bei gutem Wetter wirklich irgendein Boot auftauchte, trotzdem hoffte ich darauf.
Ich hörte Schritte, den gemessenen Gang eines Aufsehers. Reglos hockte ich da. Was sollte ich sagen, wenn er in den Bottich schaute? Das Messer fiel mir ein. Ich betete, daß er nicht stehenbleiben möge, und er ging vorbei.
Ich wartete ruhig bis 9 Uhr 45. Heute abend wurde es nichts. Ich sprang aus der Wanne und jagte vor der Sperrstunde zu den Baracken zurück. Wir wurden zwar erst am Morgen richtig gezählt, aber ich wollte kein Risiko eingehen.
Ich beobachtete und wartete eine ganze Woche lang. Auf träge Spätsommertage folgten geruhsame, stille Abende.
Und dann, am Donnerstag, dem 2. Oktober, wurde ich morgens vom Rauschen des Windes und vom Regen geweckt, der gegen die Fensterscheiben der Baracke schlug. Ich sah zu dem grauen Himmel auf, und mein Herz fing zu klopfen an. Ich wußte, der Tag war gekommen. Der Sturm wurde bis zum Abend immer heftiger. Bis zur Mittagspause arbeitete ich wie besessen, dann rannte ich zum Hafen. Ein halbes Dutzend Fischerboote hatte bereits Anker geworfen. Und es waren noch mehr nach hier unterwegs! Wenn nur der Sturm bis nach Einbruch der Dunkelheit anhalten würde!
Am Nachmittag arbeitete ich langsamer, um meine Kräfte für das Rudern in der bevorstehenden Nacht zu schonen. Um 17 Uhr 30 entließen uns die Wärter von der Arbeit. Der Regen hatte aufgehört, doch der Himmel war dunkel, und die Wolken hingen niedrig; es ging ein starker Wind. Ich lief zum Hafen. Die See war wild und aufgewühlt. Alles war voller Boote. Ich begab mich zur Baracke zurück, um mich fertig zu machen.
Als sich die Dunkelheit über die Insel Imrali senkte, kletterte ich in den Tomatenmarkbottich. Ein Suchscheinwerfer vom Gefängnis streifte routinemäßig über diesen Bereich der Insel. Sein Weg war mir inzwischen vertraut: Jedesmal, wenn er vorüberglitt, stiegen bizarre Schatten an den Wänden des Behälters hoch. Auf den Booten in dem dunklen Hafen brannten Lichter.
Ich wollte bis nach der Sperrstunde warten. Dann konnte ich sicher sein, daß keine anderen Häftlinge mehr draußen waren. Geduckt saß ich da

und überdachte noch einmal meinen Plan. Ich wollte bis zum äußersten Fischerboot schwimmen und das dazugehörige Beiboot losbinden, um dann zur asiatischen Küste zu rudern.
Die Zeit verging nur langsam. Ich spürte einen heftigen Drang. Leise kroch ich in die hinterste Ecke des Behälters und pinkelte. Der Urin vermischte sich mit den Regenpfützen, rann über den Wannenboden und sammelte sich ausgerechnet in der Ecke, wo ich mich versteckt hielt. Wenn ich meine Stellung wechselte, würde ich mich vielleicht den Blicken eines patrouillierenden Wächters aussetzen. Also mußte ich mich in die Pfütze hocken. Der Geruch machte mir kaum noch etwas aus.
Die Zeit schlich nur noch. Es kam mir vor, als wartete ich bereits seit Tagen. Auf meiner Uhr war es erst acht. Ich versuchte, mich zu entspannen, und meine Gedanken waren bei all dem, was ich tun wollte, wenn ich erst einmal draußen war. Ich dachte an Lilian. Ich dachte an Mom und Dad. Ich stellte mir vor, wie ich eine Straße in einer Stadt entlangspazierte. In irgendeiner Stadt. Als freier Mann. Ich war so nahe daran. Ich *mußte* meine Freiheit haben.
Ein Geräusch! Schritte! Ich wagte nicht zu atmen. Ein Wächter kam den Weg herauf auf die Bottiche zu. Ich hörte, wie er neben meinem Versteck stehenblieb. Ein heller orangener Schein glühte auf, flackerte im Wind und verlöschte. Der Wächter hustete. Dann ging er weiter.
Der Regen setzte wieder ein. Er durchnäßte mich bis auf die Haut. Der Wind war eisig. Ich kauerte mich auf den Wannenboden und wartete.
Endlich zeigte meine Uhr 10 Uhr 30. Ich steckte meinen Kopf aus der Wanne und lauschte. Die Nacht war vom Rauschen des Sturmes erfüllt. Ich holte ein paarmal tief Atem und hob ein Bein über den Wannenrand. Was war das?
Schnell ließ ich mich ins Innere zurückfallen. Ich drückte mich fest gegen die Wand. In der Ferne bellte ein Hund. Der Wachtturm mit seinen Maschinengewehren kam mir in den Sinn.
Lauschend wartete ich weitere zehn Minuten. Wieder hob ich den Kopf über den Wannenrand und spähte durch den strömenden Regen. Dann stieg ich mit einem Bein hinüber. Wieder glaubte ich, ein Geräusch zu hören, und ließ mich zurückfallen. Ich flog am ganzen Körper vor Angst. Da kam ich zu der Überzeugung, daß ich mir alles nur eingebildet hatte. Meine Hände zitterten. Ich fragte mich, ob ich wirklich die Nerven hatte, das alles durchzustehen.

Zum drittenmal raffte ich meinen Mut zusammen und holte ein paarmal tief Luft. »Also gut«, sagte ich mir. »Also gut. Jetzt geht es los.«
Die Uferseite, die zum Hafen abfiel, bestand teils aus Felsbrocken, teils aus fauligen Tomatenresten. Der Boden war glitschig und voller Pfützen. Ich beschmutzte mich von oben bis unten mit Schlamm, als ich vorsichtig auf dem Bauch die Böschung hinunterrutschte; denn ich war ohne Deckung dem Suchscheinwerfer ausgesetzt. Jedesmal, wenn er vorbeiglitt, drückte ich mich fest in den Dreck. Ich blieb liegen und rührte mich nicht. Ich betete.
Langsam arbeitete ich mich bis zum Ufer vor. Der schwierigere Teil begann erst jetzt. Die ersten fünfzig Meter Wasser mußten direkt unterhalb des Wachtturms durchschwommen werden. Ich konnte einen Soldaten erkennen, der den Suchscheinwerfer bediente. Ein anderer marschierte gemächlich mit einem Maschinengewehr auf und ab. Ich war dankbar für das Rauschen von Wind und Wellen...
Ich glitt in das kalte Wasser. Über mir suchte der Scheinwerfer den Hafen ab. Vorsichtig stieß ich mich vom Ufer ab. Mein Herz klopfte vor Angst und Freude, daß meine langerträumte Flucht endlich begonnen hatte, und daß es nun kein Zurück mehr gab. Ich hatte mich dem Schicksal gestellt.
Ich schwamm langsam, ängstlich bedacht, nicht zu spritzen. Die schweren Kleider zogen mich nach unten. Eine Welle schwappte mir ins Gesicht, und Salzwasser rann in meine Kehle. Ich unterdrückte ein Husten und stellte mir dabei die Kugeln vor, die meinen Rücken durchbohren würden.
Ich schwamm auf dem Bauch, so daß nur mein Kopf über Wasser war. Als ich nicht mehr konnte und ausruhen mußte, hielt ich an und blickte zurück. Die dämmrigen Hafenlichter hatte ich hinter mir gelassen. Vor mir konnte ich schaukelnde Laternen erkennen; jede zeigte mir, wo ein Fischerboot lag. Ich wollte zum weitest entfernten schwimmen.
Ich mußte heftig gegen den Sturm kämpfen. Mehrmals hielt ich an, und während ich im Wasser auf der Stelle trat, stellte ich meine Position fest und schnappte nach Luft. Dann schwamm ich wieder weiter, auf das letzte Fischerboot zu.
Da war es, mit einem winzigen Beiboot, das hinten angebunden war. Würde es bei diesem Seegang durchhalten? Es mußte.
Ich zog mich seitwärts in das Ruderboot. Das kostete mich meine letzten

Kräfte. Erschöpft sank ich auf die nassen Bodenplanken. Dort lag ich ein paar Minuten, zitterte vor Kälte und versuchte, wieder zu Atem zu kommen. Dann hob ich langsam den Kopf, bis ich über die Bootskante blickte. Ich suchte das Ufer ab, ob eines der Patrouillenboote auf mich zuhielt. Doch keine Lichter verfolgten mich.

Der Bug des Beibootes war etwa einen Meter breit überdacht. Der Rest war völlig offen. Ich tastete im Dunkeln nach den Rudern. Ich fand sie. Sie waren dick und schwer.

Krach! Über meinem Kopf wurde ein Fenster aufgestoßen. Ich erstarrte. Ein türkischer Fischer räusperte sich ausgiebig und spuckte über meinen Kopf hinweg ins Wasser.

Mein Herz hatte vor Schreck zu schlagen aufgehört.

Das Fenster quietschte in den Angeln und wurde krachend wieder zugeschlagen.

Langsam schlich ich unter die Bedachung des vorderen Bootsteils. Fröstelnd lag ich in einer kalten Wasserpfütze. Ich rollte mich so eng wie möglich zusammen, aber meine Beine ragten trotzdem ins Freie. Ich wollte hier weg, bevor der Fischer sein Fenster noch einmal öffnete.

Ich betrachtete die Unterseite der Bedachung. Über mir konnte ich undeutlich einen mächtigen Knoten ausmachen; es war das Ende des Taues, mit dem das Beiboot an dem Fischerboot festgemacht war. Es war unmöglich, den dicken, festen Knoten zu lösen. Ich langte in die Tasche meiner Bluejeans nach dem Messer. Meine Hose war mit Wasser vollgesogen. Sie klebte mir an den Beinen, doch schließlich erwischte ich das Messer. Das Seil war naß und dick. Das Messer arbeitete sich mit tödlicher Langsamkeit hindurch. Ich säbelte drauflos, bis meine Muskeln schmerzten und Arme und Rücken von der Reibung gegen die Bootsplanken wundgescheuert waren. Mich quälte ein Hustenreiz, und die angestrengte Unterdrückung schien mir den Brustkasten zu sprengen. Klamme Kälte kroch in mir hoch.

Mit tauben Fingern sägte ich vor und zurück, vor und zurück, und schließlich waren nur noch ein paar Taustränge übrig. Ich hielt inne. Noch einmal schaute ich mich um. Ich horchte. Mit angehaltenem Atem durchschnitt ich die letzten Fasern.

Der Knoten fiel. Das abgetrennte Tauende glitt zitternd ein paar Zentimeter durch das Loch im Dach. Und dann verschwand es scharrend in der Öffnung. Das Boot war frei!

Ich trieb im Wind. So ruhig ich konnte, kroch ich in die Mitte des Bootes und zog mich auf die Sitzbank. Ich sah auf. Ich trieb auf das Ufer, auf das Gefängnis zu! Rasch ergriff ich die Ruder, konnte aber die Rudergabeln nicht finden. Nirgendwo gab es Licht. Meine Hand berührte ein Stück Seil in der Mitte einer Ruderstange. Es war wie eine Acht geschlungen. Die Öse dieser Brezel mußte doch zu irgend etwas gehören! Ich tastete das Dollbord ab. Ja. An den Seiten des Bootes waren Krampen angebracht. Ich verhakte die Seilwindungen in diesen Krampen.
Aufgeregt und eilig strengte ich mich an; denn das Ruderboot trieb nicht nur auf das Ufer, sondern außerdem noch auf den Rumpf eines anderen Fischerbootes zu. Ich klemmte die Ruder in die Halterungen und zog an. Ein Ruder traf nicht richtig im Wasser auf, das Boot schlingerte, und ich wurde in der Dunkelheit herumgeschleudert. Das zweite Fischerboot tauchte bedrohlich nahe vor mir auf. Schnell setzte ich mich wieder in die Mitte der Bank und balancierte die Ruder aus, bis ich beide Blätter im rechten Winkel hatte. Und dann zog ich einmal durch, und noch einmal. Die Abdrift verringerte sich und kam dann zum Stillstand. Das Boot fing sich und begann sich in die entgegengesetzte Richtung zu bewegen.
Ich ruderte mit aller Kraft. Durch den bewegten Seegang rutschte ich ständig von einer Ecke in die andere. Oft verfehlten auch die Ruder das Wasser. Dann hatte ich Mühe, das Gleichgewicht zu halten und nicht von der nassen Bank zu rutschen. Ich stemmte meine Füße gegen den Boden, und nach einigen Minuten hatte ich endlich einen gleichmäßigen Takt gefunden.
Jetzt mußte ich vorsichtig Kurs entlang der Innenseite der hufeisenförmigen Insel nehmen. In der Brandungslinie gab es große Felsen. Und weiter südlich waren noch viel mehr Fischerboote verankert, die ich erst jetzt entdeckte. Ich mußte mit dem Boot zwischen diesen beiden Gefahren hindurchmanövrieren. Der Regen prasselte in Strömen, vom Wind gepeitscht, herunter. Seine Heftigkeit machte mir Angst. Doch andererseits verschaffte er mir auch Deckung.
Meine Muskeln waren durch die Yogaübungen und das Hantieren mit den Bohnensäcken gestählt. Ich ruderte und ruderte. Langsam glitt die Spitze der Insel vorbei.
Ich beobachtete die Hafenlichter. Im Entschwinden verschmolzen sie zu einer kleinen Traube von hellen Stecknadelköpfen in der dunklen Nacht. Ich wußte, daß ich mich auf einer Linie mit den Lichtern an der Spitze der

Insel halten mußte. Wenn ich die Lichter aus den Augen verlor, war ich zu weit abgetrieben. Ich kämpfte angestrengt gegen den Wind an, um das Boot auf Kurs zu halten.

Auf dem offenen Meer war die Strömung noch viel stärker. Sie drückte das Boot nach Westen. Die Wellen klatschten an die Breitseite, und der Wind sprühte mir salzige Gischt in die Augen. Bald war ich erschöpft. Als ich zu rudern aufhörte, um meine Position zu bestimmen, hatten sich die Lichter der Insel zu einem einzigen Punkt vereinigt. Hinter mir, irgendwo zwanzig Meilen südlich, lag das türkische Festland.

Ich ruderte, bis ich zusammenzubrechen glaubte. Dann bestimmte ich abermals meine Position. Sah ich Lichter in Richtung Festland? Ich schaute noch einmal hin, aber da war nichts. Weiteres, rückenschmerzendes Rudern. Wieder ein suchender Blick. Lichter! Drei blasse Lichter. Aber sie befanden sich seitlich von mir. Ich war zu weit vom Kurs abgekommen.

Eine Welle des Selbstmitleids überschwemmte mich. Ich lockerte meinen Griff. Dadurch geriet ein Ruder in die Strömung, löste sich aus seiner Halterung und rutschte mir beinahe aus der Hand. Mit einem Ruck zog ich es ins Boot. Ich warf beide Ruder auf den Boden, und jetzt schaukelte das winzige Boot hilflos auf den Wellen.

Ich würde es nie schaffen! Es würde Tage dauern, um an die Küste zu kommen. Falls ich nicht vorher ertrinken würde. Mein Atmen ging in heftiges Schluchzen über. Ich blieb einen Augenblick still auf der Bank sitzen. Das Boot ritt auf einem Wellenkamm. Einen Moment lang hing es in der Schwebe, dann plumpste es plötzlich auf der anderen Seite hinunter. Eine neue große Welle rollte unter mir weg. Wieder hob und senkte sich das Boot. Ich hatte Angst.

Aber es war eine seltsame Angst. Ich konnte hier draußen auf dem offenen Meer sterben, aber ich starb wenigstens in Freiheit. Allein das Wort »Freiheit« erfüllte mich mit neuer Kraft. Frei! Ich war frei! Die Lichter von Imrali waren hinter mir verblaßt. Jetzt brauchte ich nur noch zu sehen, daß ich am Leben blieb, diese Bootsfahrt hinter mich brachte und meine Füße auf festen Boden setzte.

Ich ergriff die Ruder und machte mich von neuem an die Arbeit. Mit aller Kraft zog ich, riß das Boot herum und brachte es auf seinen richtigen Kurs. Dann nahm ich meinen Ruder-Rhythmus wieder auf. Ich sang laut vor mich hin, während ich mich verbissen abmühte.

»Wenn sie mich fangen . . .
Dann schlagen sie mich . . .
Erschießen sie mich . . .
Wenn ich's schaffe . . .
Bin ich frei . . .
Bin ich frei . . .
Bin ich frei . . .«

Ich hatte fünf Jahre auf diese Fahrt gewartet. Ich würde jetzt nicht aufgeben. *Nein, das würde ich nicht tun.*
Die Strömung zog mich immer noch nach Westen. Mit meinem rechten Arm ruderte ich mit doppelter Kraft und versuchte so, wieder Kurs auf die drei blassen Lichter zu bekommen.
Ich sang vor mich hin, schrie laut vor mich hin, fluchte auf türkisch und auf englisch.
Die Stunden vergingen in finsterem, nassem Kampf. Meine rechte Hand schmerzte an der Stelle, wo Hamid sie vor langer Zeit mit seinem *falaka*-Stock getroffen hatte. Dann bekam ich einen Krampf in der Hand. Die Haut war an beiden Händen eingerissen, und Salzwasser drang in die aufgeplatzten Blasen.
Ich hörte zu rudern auf. Vorsichtig zog ich die Ruder ins Boot. Die Finger meiner rechten Hand ließen sich nicht bewegen. Ich mußte sie mit meiner linken vom Ruder lösen. Mit meinem durchnäßten Taschentuch verband ich die pochende Hand. Den Knoten zog ich mit den Zähnen fest.
Dann wieder an die Arbeit. Ich ruderte weiter, ruderte mit sturer Entschlossenheit. Das einzig Wichtige war, nicht mit Rudern aufzuhören, in Bewegung und im Rhythmus zu bleiben. Meinen Körper spürte ich nicht mehr. Ich war jenseits von Schmerz. Ich triumphierte innerlich, denn ich war frei.
Die Lichter kamen näher. Wirklich! Ich konnte es schaffen. Selbst das Meer tat sich mit mir zusammen. Der Sturm schien nachzulassen, und die erste Andeutung eines hellblauen Schimmers färbte den Himmel im Osten. Nur noch eine Stunde.
Rums. Das Ruder stieß an irgend etwas. Dann knirschte der Bootsboden über Sand. Eine kleine Welle hob das Boot, beförderte es noch ein Stückchen weiter und setzte es wieder ab. Ich fiel auf die Seite; das

Wasser war nur wenige Zentimeter tief. Eilends lief ich an das Ufer und sank dort auf die Knie.

Aber noch war ich in der Türkei.
Mein nächstes Ziel war die Stadt Bursa. Ich wußte von der Karte her, daß die Stadt irgendwo in östlicher Richtung an der Küste lag. Sie hatte ungefähr 250 000 Einwohner. Dort konnte ich untertauchen. Und von Bursa aus konnte ich auch auf irgendeine Weise nach Istanbul gelangen. Dann wollte ich zu Johann gehen. Der würde mich ein paar Wochen lang verstecken, bis die Suche nach mir eingestellt würde.
Die Suche! Die aufgehende Sonne vor mir erinnerte mich daran, daß die Fischer bald aufwachen würden. Einer von ihnen würde sein Fenster zum morgendlichen Ausspucken öffnen und natürlich sein Beiboot vermissen. Die Gefängnisaufseher würden nur wenig Zeit zum Zählen brauchen. Jetzt mußte ich schnell handeln.
Meine Uhr lief noch. Es war fünf Uhr früh vorbei. Ich stand auf und sog die salzige Luft tief in meine Lungen. Dann machte ich mich auf und ging der Sonne entgegen. Das warme Licht gab mir neue Kraft. Vor mir erstreckte sich die einsame Nordküste Kleinasiens. Es war der schönste Morgen meines Lebens.
Ich rannte weiter an der Küste entlang. Ich hätte eigentlich müde sein müssen, hätte hungrig sein müssen, aber meine Beine sprinteten, ohne anzuhalten. Jeder Schritt brachte mich ein Stück weiter vom Gefängnis weg. Wieviel Zeit hatte ich noch? Wann würde man das Beiboot finden?
Ich rannte weiter und weiter. Die Küste war hier noch wild und einsam. Die Sonne trocknete meine Kleider. Mein Gesicht und meine Arme waren salzüberkrustet. Mein Mund brannte.
Dann kam ich zu einem riesigen Felsvorsprung, der steil ins Meer abfiel und den Strandweg versperrte. Ich watete bis zur Taille im Wasser um den Felsen herum. Als ich an der Felsnase vorbei war, erblickten meine Augen oben in den Hügeln etwas, das wie ein modernes Dorf aussah – eine befremdliche Ansammlung von Häusern hier mitten im Niemandsland.
Ich sah drei Türme. Waren das die drei glimmenden Lichter, die ich während der Nacht gesichtet hatte?
Es war ein Militärlager!
Ich verschwand wieder hinter dem Felsen, watete zum Strand zurück

und wanderte landeinwärts auf die schützenden Wälder zu. In weitem Bogen passierte ich den Armee-Stützpunkt.
Ich wanderte noch eine Stunde. Ich wußte, daß ich äußerst vorsichtig sein mußte. Inzwischen hatten sie bestimmt schon Alarm gegeben. Warum hatte ich bloß meinen blonden Schnurrbart nicht abrasiert, bevor ich aufbrach? Außerdem hätte ich Schuhcreme oder sonst etwas mitnehmen sollen, um mir das Haar zu färben.
Ich kam zu bebauten Feldern. Von weitem konnte ich ein paar Bauern arbeiten sehen.
Noch eine Kurve, und dann lag ein kleines Dorf vor mir.
Vorsicht.
Nichts überstürzen.
Ich folgte einer Lehmstraße, die bis in den Ort führte, wo sie in eine gepflasterte Straße überging. Ein alter Mann mit einem strähnigen grauen Bart hockte auf seinen Fersen an einer Mauer. Er nuckelte an einer Pfeife.
»Ich muß nach Bursa«, sagte ich.
Der alte Mann musterte mich. Ein *turist*, zweifellos. Schmutzig, naß, verdreckt, schmierig, die rechte Hand verbunden. Ein tief in die Stirn gezogener Schlapphut.
»Woher können Sie Türkisch?« fragte er.
Ich zögerte mit der Antwort. »Zwanzig Monate Gefängnis in Istanbul. Hasch.«
Er grinste.
»Was machen Sie hier?« fragte er.
»Ich war mit ein paar Freunden am Strand. Mit einem Jeep. Gestern abend habe ich eine Menge *rake* getrunken, und dann habe ich mich verlaufen. Und jetzt muß ich nach Bursa.«
Mit seinem Pfeifenkopf deutete er die schmale Straße hinauf auf einen alten Volkswagenbus.
»Bursa«, sagte er.
Auf dem Dach türmten sich Säcke voll Zwiebeln, Oliven und anderen ländlichen Produkten. Im Inneren drängten sich lauter Bauern. Ich wandte mich an einen Mann, der mir der Fahrer zu sein schien.
»Bursa.«
»Sechs Lira.«
Ich zahlte. Dann quetschte ich mich auf den Rücksitz ans Fenster. Ich zog

meinen Hut noch tiefer ins Gesicht und versuchte, mit einer Hand meinen Schnurrbart zu verdecken.
Der Bus rumpelte die schlammige Küste entlang und eine gewundene Bergstraße nach Bursa hinauf. Der alte Fahrer nahm die Kurven mit hoher Geschwindigkeit. Ich war seit Jahren in keinem öffentlichen Verkehrsmittel gefahren, und es schien mir beängstigend. Bei den Außenkurven drückte die Schwerkraft mich beinahe über die Klippenränder. Wie lächerlich wäre es, wenn ich jetzt hier stürbe, dachte ich. Jetzt, nachdem ich endlich frei bin.
Doch ich konnte absolut nichts tun. Und der Fahrer mußte die Straßen schließlich kennen.
Wir hielten in jedem Marktflecken an, der an der Straße lag, und die Bauern stolperten aus dem Autobus, um ihre Waren zu verkaufen. Allmählich lichtete sich die Menge. Der Busfahrer erhöhte die Geschwindigkeit.
Schließlich kam Bursa in Sicht. Es war eine Stadt von 250 000 Einwohnern, wie ich wußte, und die einzige größere Stadt an dieser Küste. Die Straßen waren heiß, trocken und staubig, gesäumt von baufälligen Häusern in alter türkischer Bauweise und hin und wieder von einem Bürogebäude in westlichem Stil, das aber ebenfalls verfiel. Ich sah auf meine Uhr. Halb zehn. Ich wußte, daß man mich jetzt vermißte, denn ich war nicht zur Arbeit erschienen.
Ein zerbeultes Taxi hielt am Bordstein.
»Istanbul?«
»Siebenhundert Lira.«
»Vierhundertfünfzig.« Das war alles, was ich besaß.
»*Yok*. Siebenhundert.«
Ich zuckte die Achseln.
Der Taxifahrer zeigte auf den Busbahnhof. »Fünfundzwanzig Lira«, sagte er.
Ja, aber ich wollte mich nicht in die Nähe des Bahnhofs begeben. Dort würde man nach mir suchen. Ganz bestimmt. Als ich die Straße hinunterspähte, konnte ich zwei Polizisten vor dem Bahnhof stehen sehen. Ich fragte mich, ob sie wohl schon einen Steckbrief von mir hatten und mir auflauerten.
Aber ich hatte keine Wahl. Ich mußte nach Istanbul. Zu Johann. Je länger ich wartete, um so größer wurde das Risiko.

Ich ging auf den Bahnhof zu. Als ich den Eingang passierte, gähnte einer von den Polizisten.
Ich kaufte mir eine Fahrkarte nach Istanbul. Der Bus sollte in einer halben Stunde fahren. Ich setzte mich auf eine Wartebank, und auf einmal war ich total erschöpft. Und auch hungrig. Ich entdeckte ein Stehbuffet und kaufte mir dort eine Tafel Schokolade und eine große Tüte Brezeln.
Der Bus kam. Wieder mußte ich an den Polizisten vorbei. Sie schienen mich gar nicht zu bemerken. Ich stieg ein und setzte mich auf einen der hinteren Plätze. Mein Herz klopfte wie rasend. Bitte, Herrgott, laß mich nach Istanbul kommen.
Ich wartete, daß der Bus abfuhr. Ich dachte schon, er würde nie losfahren. Aber schließlich setzte er sich in Bewegung, verließ den Bahnhof und strebte der Straße zu, die sich an der Ostküste des Marmarameers nach Üsküdar schlängelt. Ich begann wieder freier zu atmen.
Es war eine holprige Fahrt. Der Bus vibrierte von türkischem Geschnatter. Fliegen stritten sich um meine Brezeln.
Wir kamen nach Üsküdar. Drüben am Goldenen Horn, steil an den Ufern aufsteigend, sah ich Istanbul liegen; die Spitzen seiner Minarette krönten seine Hügel. Dort hatte alles angefangen.
Der Bus überquerte noch die Yeni-Kopri-Brücke, und dann war ich wieder in Europa.
Es war fast Mittag. Ich war aufgeregt. Ohne Zweifel war die türkische Polizei jetzt hinter mir her. Ich konnte nur hoffen, zwischen den anderen Touristen unterzutauchen, die die Istanbuler Busstation bevölkerten.
Ich stieg aus und hielt meine Augen starr zu Boden gesenkt. Ich mischte mich unter eine Gruppe Touristen und ging zwischen ihnen auf die Straße hinaus. Erst in einiger Entfernung blieb ich stehen, um zum Bahnhof zurückzuschauen. Zwei Polizisten standen vorm Haupteingang. Kein Zeichen von Unruhe.
Nun zu Johanns Hotel. Jetzt war fast alles geschafft. Ich nannte einem Taxifahrer den Namen des Hotels. Wir kurvten durch Nebenstraßen und hielten schließlich vor der Tür. Ein Hilton war das jedenfalls nicht, das sah man sofort.
Ich fragte mich, was ich mit meinem Schlapphut anfangen sollte. Er verdeckte zwar meine blonden Haare, aber der Hut selbst war auffallend

genug. Vielleicht sogar mehr als die Haare. Bevor ich das Hotel betrat, nahm ich den Hut ab und schob ihn unter den Arm.
Ich betrat den Empfangsraum. Hinter dem Tresen saß ein kahlköpfiger Türke und blickte auf.
»Johann?« fragte ich. »Ich suche Johann.«
»Johann?« Er musterte meine Kleidung. »Johann ist gestern nach Afghanistan aufgebrochen.«

24.

Bestürzt, benommen, müde und verwirrt taumelte ich wieder auf die Straße hinaus. Johann nach Afghanistan? Wieso? Und warum ausgerechnet jetzt, da ich ihn so dringend brauchte?
Ich lief etwa eine Stunde in den Straßen umher, bevor mir einfiel, daß ich mich verstecken mußte. In einer Drogerie kaufte ich eine Tube billiger schwarzer Haarfarbe. Ich befand mich im Stadtteil der roten Laternen. Auf der anderen Straßenseite lag ein heruntergekommenes Hotel. Ich ging hinein.
»Ich brauche ein Zimmer«, sagte ich auf türkisch zu einem pickligen Angestellten.
Er musterte mich von oben bis unten.
»Wo haben Sie Ihr Gepäck?«
»Gestohlen.«
»Wo ist Ihr Paß?«
»Gestohlen. Mit meinem Gepäck.«
Seine Augen verengten sich. »Sie sprechen Türkisch?«
»Ja. Ich war eine Zeitlang im Gefängnis. *Tamam?*«
»*Tamam.* Das macht fünfzig Lira für das Zimmer.«
Ich setzte zum Protest an. Zehn Lira wären schon zuviel für dieses Loch. Doch dann bezahlte ich.
Der Bedienstete grinste und händigte mir den Schlüssel aus.
Ein paar wacklige Stiegen führten zu meinem Zimmer hinauf. Es war total verwanzt. Ich zog die Tube mit dem Haarfärbemittel aus meiner Tasche. Es war eine klebrige Paste. Laut Gebrauchsanweisung mußte man sie mit vier weißen Kügelchen vermischen, die nach Ammoniak rochen, und dann ein wenig davon auf die Innenseite des Handgelenks tupfen. Ich sollte vierundzwanzig Stunden warten, ob sich eine allergische Reaktion zeigte. Aber dazu hatte ich wirklich keine Zeit.

Mit einem Wattebausch verrieb ich die teigartige Masse in meinen Haaren und meinem Schnurrbart. Meine Hände zitterten vor Schwäche. Unglücklicherweise kleckerte mir immer wieder die schwarze Farbe ins Gesicht. Ich trat einen Schritt zurück und betrachtete mich im Spiegel. Mein Haar sah seltsam aus, aber für Istanbul ganz passabel. Mein Schnurrbart jedoch klebte wie eine schwarze Lakritzenstange auf meiner Oberlippe. Der Schnurrbart mußte weg.
Nervös schlich ich aus dem Hotel auf die belebte Straße hinaus und fand bald einen Laden, wo ich einen Rasierapparat und Klingen kaufte.
Der Schnurrbart war im Nu abrasiert, eine einzige unappetitliche Masse. Jetzt war mein Gesicht richtig nackt. Jedoch wo vorher der Schnurrbart gesessen hatte, zeichneten sich jetzt auf meiner Oberlippe schwarze Konturen ab. Es sah schlimmer aus als vorher.
Ich fiel aufs Bett und rang nach Luft. Der Schlaf übermannte mich, aber nicht lange. Bei jedem Schritt auf der Treppe, jedem verdächtigen Geräusch von der Straße schreckte ich auf. Ich sah zum Hoffenster hinaus. Eine verfallene Stiege führte zu einer engen Gasse hinunter. Gefährlich, aber jedenfalls eine Möglichkeit. Ich lege mich wieder aufs Bett, und nach einer langen Zeit döste ich schließlich wieder ein.
Es war Morgen. Sorgfältig studierte ich meine Landkarten. Ich rief mir die zahllosen Gefängnisgespräche über Flucht und Ausbruch in Erinnerung. Die Landstraße westlich von Istanbul führte nach Edirne. Nichts für mich. Dort befand sich der Hauptgrenzübergang. Zu gründlich bewacht. Ich besaß keinen Paß. Inzwischen hatten die Zollbeamten bestimmt meinen Steckbrief.
Südlich von Edirne lag Uzun Köprü. Eine andere Möglichkeit. Die Gefangenen hatten viel von dem Land dort unten gesprochen. Stellenweise war es öde und unbebaut. Der Fluß Maritsa kam von den bulgarischen Bergen und bildete die Grenze zwischen der Türkei und Griechenland. Die war zwar ebenfalls bewacht, aber nicht so streng wie bei Edirne. Eine dritte Möglichkeit bot der Zug zwischen Edirne und Uzun Köprü. Das war der Zug, welcher den Fluß Maritsa überquerte und eine Zeitlang durch griechisches Gebiet fuhr. Aber vermutlich würde mein Geld für den Fahrpreis nicht ausreichen. Auch schien mir der Bahnhof zu gefährlich. Und woher sollte ich wissen, wo ich abspringen mußte?
Ich beschloß, einen Bus nach Uzun Köprü zu nehmen. Von dort aus würde ich schon irgendwie über die Grenze gelangen.

Mein Hotel lag an einem steilen Hügel unmittelbar über dem Hafen. Jenseits der Galata-Brücke, auf der anderen Seite des Goldenen Horns, gab es eine Straßenbahnstation. Von dort gedachte ich zum Busbahnhof am Stadtrand von Istanbul zu fahren.
Es war ein strahlend heller Morgen; die Uhr zeigte etwa gegen sieben. Auf den Straßen ging es für diese Tageszeit erstaunlich lebhaft zu. Ich kaufte eine Zeitung und mischte mich unter die Menschenmenge, die über die Brücke hastete. Meine Kleider waren zerknittert, meine Augen blutunterlaufen. Mein Haar war schwarz, die nackte Haut über meinem Mund, wo ich die schwarze Farbe abzureiben versucht hatte, war gerötet und entzündet. Ich wußte, daß ich nach Schweiß und Seetang roch, und zum ersten Mal in diesen fünf Jahren muß ich wirklich wie ein Türke ausgesehen haben. Jedenfalls hoffte ich das.
Ich fand die Straßenbahnhaltestelle. Polizisten patrouillierten gemächlich umher. Falls sie mich suchten, dann hielten sie nach einem Blonden mit Schnurrbart Ausschau. Obwohl ich das wußte, lief mir eine Gänsehaut über den Rücken bei dem Gedanken, wie leicht ich geschnappt werden konnte. Ich nahm mir vor, mich *sehr* in acht zu nehmen. Ich setzte mich in die Straßenbahn und hielt mir die Zeitung vors Gesicht. Ich überflog die Seiten, ob etwas über mich darinstand. Gott sei Dank, nichts. Das letzte, was ich brauchen konnte, war eine Warnung an die gesamte Bevölkerung, daß sich in ihrer Mitte ein gefährlicher ausgebrochener Sträfling befand.
Der Busbahnhof war voller Menschen.
Was hatte das zu bedeuten? Die Leute drängten sich auf dem riesigen staubigen Parkplatz und kletterten in die lärmerfüllten Busse. Aber es war noch so früh!
Ich kaufte an einem Stand einen Apfel und setzte mich gegenüber dem Bahnhof unter einen Baum. Ich mußte den Grund für diesen Menschenauflauf herausfinden.
Wieder studierte ich die Zeitung. Dann, mit einem Schlag, ging mir ein Licht auf. Heute war der erste Tag des *şeker bayramı*, eines vier Tage dauernden Festes, das die dreißigtägige islamische Fastenzeit abschließt. Es war das größte Fest des Jahres. Alles machte Besuche. Genau wie zu Weihnachten.
Ich bahnte mir meinen Weg durch die Menge zum Bahnhof und stellte mich ans Ende einer langen Menschenschlange; sie wollten alle Fahrkar-

ten kaufen. Als ich endlich am Schalter stand, erklärte mir der Fahrkartenverkäufer, daß der Bus nach Uzun Köprü voll wäre.
»Ich bezahle auch mehr«, sagte ich, »wenn Sie mich nur in den Bus lassen.«
Er sah mich scharf an. »Er ist voll!« schnauzte er.
Vorsicht. Keine Aufmerksamkeit erregen.
»Gut. Dann geben Sie mir eine Fahrkarte nach Edirne.«
Ich bezahlte. Er stempelte den Fahrschein ab und wies mit dem Finger auf einen abfahrbereiten Bus. Ich stieg ein und fand einen freien Platz neben einer Bauersfrau, die nach Knoblauch roch.
Was wollte ich jetzt tun? Keinesfalls konnte ich riskieren, bei Edirne über die Grenze zu gehen. Während der Bus aus dem Bahnhof rollte, studierte ich meine Karte. Edirne lag 50 Kilometer nördlich von Uzun Köprü. Der Karte nach mußte das Land wild zerklüftet sein. Vielleicht konnte ich zwischen den beiden Orten irgendwie über die Grenze kommen. Ich machte die Eisenbahnstrecke ausfindig, die mal durch die Türkei, mal durch Griechenland lief. Es war eine vertrackte Gegend. Zahllose Kriege zwischen den beiden Völkern hatten die Grenze vor- und zurückverschoben, und die kleine Karte war ungenau. An den meisten Stellen schien der Fluß Maritsa die Grenze zu bilden, aber an einigen Stellen schien sich die Türkei bis weit aufs jenseitige Ufer zu erstrecken.
Obgleich es an diesem Oktobermorgen kalt war, wurde es in dem Bus bald heiß und stickig. Er ratterte wie eine rumpelnde Kutsche über die Landstraßen. Ich versuchte, mich zu entspannen. Es war zwecklos. Ich war viel zu nervös. Jedesmal, wenn der Bus sein Tempo verlangsamte, fürchtete ich, wir würden von Soldaten angehalten werden. Mit dem Entspannen würde ich warten müssen, bis ich in Griechenland war. Ich schloß die Augen und stellte mir ein heißes Bad vor. Wie schön müßte es sein, den Schmutz von fünf Jahren in einer Wanne voll sauberen, dampfenden Wassers abzuspülen.
Plötzlich war ich hellwach. Irgend etwas stimmte nicht. Der Bus war mit einem Ruck zum Stehen gekommen. Ich beugte mich vor, um nachzuschauen. O Gott! Auf der Straße stand ein Polizist, den Arm ausgestreckt, und zwang den Fahrer anzuhalten. Ich blickte mich rasch um. Es gab nur eine Tür. Ich saß in der Falle. Nachdenken! Nachdenken!
Die Tür wurde aufgerissen, und der Polizist sprang auf. Er ließ seine

Blicke flüchtig über die Passagiere gleiten. Ich las meine Zeitung und beobachtete ihn vorsichtig aus einem Augenwinkel. Sein massiger Körper versperrte die ganze Tür. Der einzige Weg nach draußen führte durch ihn hindurch.
Der Polizist bat den Fahrer um seine Papiere. Er las sie sorgfältig durch. Noch ein Blick auf die Fahrgäste. Dann war er verschwunden.
Ich stieß einen leisen Seufzer aus. Die Suche mußte mir gegolten haben, sagte ich mir. Sie sind mir auf der Spur. Aber sie haben die Zeitungen nicht informiert. Vielleicht wollte die Polizei sich nicht blamieren.
Dicke weiße Gewitterwolken tauchten am fernen Horizont auf. Ich wünschte sie mir sehnlichst herbei. Ich hatte keine Ahnung, was mich an der Grenze erwartete, vermutete aber, daß ein Regenguß mir in jedem Fall nützen könnte. Er hatte sich schon einmal als hilfreich erwiesen.
Der Bus kam gegen Mittag in Edirne an, einem Ort, der aus allen Nähten zu platzen schien, so übervölkert und schmutzig war er. Ich beschloß, bis zum Nachmittag zu warten, bevor ich nach Süden zog. Ich wollte versuchen, die Grenze bei Nacht zu überqueren. In der Zwischenzeit würde ich mich in der schiebenden und stoßenden Feiertagsmenge verbergen.
Ich schlenderte mitten zwischen schwatzenden, geschäftigen Polizisten durch die Straßen. Im überdachten Basar trank ich Tee und kaufte Obst. Unter anderen Umständen hätte es mir hier gefallen. Max hatte mir eine Menge über Edirne erzählt. Es hatte einst Adrianopolis geheißen, als es noch zu Griechenland gehörte. Ich wünschte, die Stadt wäre heute noch griechisch. Von den Plätzen der Stadt aus konnte ich in der Ferne einige Hügel erkennen, die mit Sicherheit auf griechischem Gebiet lagen. Ich konnte die Freiheit *sehen*. Ich mußte nur noch dort hingelangen.
Überall wimmelte es von Soldaten und Polizisten. Ich konnte nur in ständiger Bewegung bleiben und hoffen, daß mein schwarzes Haar und der blinde Zufall mich schützten.
Am Spätnachmittag war es soweit. Ich schlenderte vorsichtig durch den Basar und hielt nach einem Taxifahrer Ausschau, der vertrauenswürdig aussah. Ich entschied mich für einen jungen Mann mit langen Haaren.
»Meine Freunde sind mit dem Zelt unterwegs«, sagte ich. »Ich sollte sie heute vormittag hier treffen, aber ich muß sie in der Menge verpaßt haben. Können Sie mich hinfahren?«
»Vierzig Lira«, sagte er.

Das war ein Haufen Geld für die Strecke. Aber ich hatte noch hundert Lira, und es war nicht der gegebene Zeitpunkt, um zu feilschen. »Einverstanden.«
Wir fuhren aus der Stadt, eine staubige Lehmstraße entlang.
»Wo haben Sie Türkisch gelernt?« fragte er.
Meine Maskerade hatte ihn also nicht getäuscht.
»Ich war zwanzig Monate im Gefängnis in Istanbul.«
»Hasch?«
»Ja.«
»Wollen Sie welches? Billig?«
Um Gottes willen! Damit hatte ich mir das alles aufgehalst. Haschisch konnte ich jetzt am allerwenigsten gebrauchen.
Wir fuhren zu einem kleinen Ort zehn Meilen südlich von Edirne. Auf meiner Karte war das die letzte Ortschaft vor Uzun Köprü. Südlich dieses Dorfes erstreckte sich zu beiden Seiten des Flusses weites, wildes, offenes Land. Grenzland.
Der Taxifahrer sah ein paar Leute am Straßenrand und fuhr langsamer.
»Wo ist hier der Campingplatz?« fragte er.
Sie sahen ihn erstaunt an.
»Wo geht's zum Campingplatz?«
Sie zuckten die Achseln.
Wir fuhren bis zu einer kleinen Wirtschaft. Der Fahrer hielt an und rief zu ein paar Männern auf der Terrasse hinüber: »Hat jemand hier Touristen mit einem Campingbus gesehen?«
Zu meinem Schrecken kamen drei Polizisten zum Wagen geschlendert. Ihre Kragen standen offen. Sie hielten Biergläser in den Händen. Einer von ihnen beugte sich unmittelbar neben meinem Kopf zum Fenster herein. Ich konnte seine Bierfahne riechen.
Ich hielt den Atem an.
»*Ne oldu?*« wandte sich der Polizist an den Taxifahrer.
»Haben Sie hier ein paar Touristen mit einem Campingbus gesehen?«
Der Polizist zog seinen Kopf aus dem Fenster zurück und blickte die Straße hinunter. Er nahm einen Schluck Bier und spähte in die andere Richtung. Schließlich schüttelte er den Kopf.
Ich gab dem Fahrer mit einem Rippenstoß zu verstehen, daß er weiterfahren sollte.
»*Turists*«, rief er zum Fenster hinaus. »*Kamper. Volkswagen.*«

Der Polizist zuckte die Achseln.
Wieder stieß ich den Fahrer an und drängte ihn weiterzufahren.
Schließlich hatten die Polizisten genug und gingen auf die Terrasse zurück. Ich atmete erleichtert auf.
Wir fuhren weiter.
Am südlichen Ende der Ortschaft hörte auch die Lehmstraße auf.
»Weiter kann ich nicht«, erklärte der Fahrer.
»Ich schätze, meine Freunde sind nur ein kleines Stück weiter vorn.«
»Das hält mein Wagen nicht aus.«
»Nur noch ein Stückchen aus der Stadt hinaus. Nur ein kleines Stückchen. Ich zahle es Ihnen auch extra.«
Er murmelte irgend etwas vor sich hin, legte aber dann doch den Gang ein. Auf ausgefahrenen Spuren erreichten wir niedriges Hügelland. Bald befanden wir uns mitten in einem Feld. Der Fahrer hielt an.
»Es geht nicht mehr weiter. Wir müssen umkehren.«
»Ich möchte mich mal umsehen.«
Ich stieg aus dem Taxi und kletterte auf die verbeulte Kühlerhaube. Ich schaute nach Westen in die untergehende Sonne. Ich mußte mich orientieren. Am Horizont dehnten sich wellige Hügel und Wälder. Irgendwo dort unten mußte der Fluß sein.
Ich sprang hinunter. »Hören Sie, fahren Sie zurück. Ich finde meine Freunde schon.«
»Ich kann Sie doch nicht hier allein lassen. Wie stellen Sie sich das vor? Die finden Sie nie.«
»Lassen Sie nur. Ich finde sie bestimmt. Ich weiß ja, daß sie hier sind.«
»Was ist mit Ihnen los, sind Sie verrückt? Sie verlaufen sich hier. Sie sind ganz allein, und das ist nicht . . .« Er verstummte. Ein Hundertliraschein wedelte vor seinem Gesicht.
Er zog die Schultern hoch. Er schnappte nach dem Geld und wendete das Taxi.
»Viel Glück.«
Und weg war er.
Rasch überquerte ich einen frisch gepflügten Acker und versteckte mich in einem verdorrten Getreidefeld. Ich wartete auf die Nacht.

In westlicher Richtung hatte ich einen Hügel entdeckt, der über die anderen hinausragte. Der sollte mein erstes Ziel sein. Auf den Feldern,

die sich weithin zu meiner Rechten erstreckten, konnte ich Schafe weiden sehen; andere Schafherden waren auf dem Rückweg zum Dorf. Ihre Glocken bimmelten in einem sanften, trägen Rhythmus. Die Töne klangen weit durch die klare herbstliche Dämmerung. Ich würde mich sehr still verhalten müssen.
Moskitos überfielen mich. Ich schlug nach ihnen, aber es waren zu viele. Sie stachen sogar durch meine Kleider. Schließlich schloß ich die Augen und ignorierte sie. Das war, so hoffte ich, die letzte Gelegenheit für türkische Insekten, sich von meinem Blut zu ernähren. Ich versuchte, an Lilian zu denken.
Die Dunkelheit brach herein. Auf dem Gipfel des hohen Hügels sah ich mehrere Blinklichter, die langsam hin und her schwankten. Grenzwachen! Vorsicht!
Ich verließ mein Versteck. Der Boden war steinig und zerklüftet. Es war mühsam, schnell voranzukommen. Ich schlich leise wie eine Katze und hielt nach jedem Schritt lauschend an.
Nach ungefähr einer halben Stunde blieb ich stehen. Ich kam viel zu langsam vorwärts. Welche Strecke ich bereits zurückgelegt hatte, wußte ich nicht . . . aber viel war es jedenfalls nicht. Ich dachte, ich wäre leiser, wenn ich barfuß ginge, lehnte mich an einen knorrigen Baum und zog meine Turnschuhe und Socken aus. Ich hob ein flaches Loch aus und vergrub sie. Falls die Grenzwächter Hunde hatten, wollte ich ihnen keinerlei Fährte hinterlassen.
Langsam erklomm ich seitlich kriechend den schrägen Hang des großen Hügels. Wie ein Bergsteiger prüfte ich vorsichtig den Grund, bevor ich fest auftrat. Obgleich ich mir Zeit ließ, war es doch anstrengend. Bald war mein Körper von Schweiß durchnäßt. Ich fröstelte, als die Nachtluft sich abkühlte. Nach jedem zweiten Schritt hielt ich an und lauschte.
Ich konnte die Blinklichter auf dem Hügelkamm nun deutlicher erkennen. Ich beobachtete sie genau, vermochte aber in ihrer Bewegung keine Regelmäßigkeit festzustellen. Manchmal löschten die Wächter sie aus und wanderten im Dunkeln weiter, um sie dann plötzlich wieder einzuschalten. Ich hätte gern gewußt: War das normal, oder waren sie gerade jetzt besonders auf der Hut?
Ich hatte den Hügelkamm schon fast erreicht, als ich auf einen betonierten Abzugsgraben stieß. Langsam ließ ich mich hinabgleiten. Meine Füße sanken in dickem Morast ein. Das tat wohl. Ich rastete und machte

es mir, so gut es ging, in dem Schlamm bequem. Im Nu war die Luft von fröhlichem Quaken erfüllt. Frösche!
Ich wartete mehrere Minuten in der Dunkelheit, froh, den ungeschützten Hügel verlassen zu haben. Dann begann ich, mich ruhig und bedächtig aus dem Graben zu ziehen.
Ein Geräusch! Schritte! Ich rutschte in den Schlamm zurück. Ich rollte mich zusammen, den Kopf auf die Knie gedrückt, und bemühte mich, mein helles Gesicht zu verdecken. Ich dachte an nichts. Ich war leblos. Ein Stein im Erdreich.
Die Schritte kamen näher. Stimmen. Sangen sie? Zwei Wächter schlenderten langsam am Rand des Grabens entlang und sangen ein zärtliches türkisches Lied.
Ihre Worte klangen melancholisch. Sie waren in *şeker-bayramı*-Stimmung. Sie entfernten sich zum Grat des Hügels hin. Ich wartete, bis die Frösche wieder zu quaken anfingen.
Schnell zog ich mich hoch. Tief geduckt rannte ich über den Kamm und den Hügel hinunter. Keine Zeit mehr, um zu schleichen. Keine Zeit mehr, um stehenzubleiben und zu lauschen. Ich lief vielleicht zweihundert Meter, dann warf ich mich auf den Bauch. Ich horchte auf Geräusche, die mich verfolgten. Aber es war nichts zu hören. Kein Laut außer meinem eigenen Herzschlag, der vor Angst raste.
Die Luft war still. Mein Körper wurde ruhiger und entspannte sich allmählich. Wieder Stimmen? Von links? Ich war mir nicht sicher.
Zwischen dürren Büschen lief ich über kleine ausgewaschene Gräben hinweg den Hügel hinab. Meine nackten Füße waren wund, aber das war jetzt belanglos. Ich wandte mich nach rechts, von den Stimmen weg, und erreichte eine Baumgruppe. Wo war nur dieser Fluß? Er mußte doch irgendwo in der Nähe sein!
Dann entdeckte ich zwischen den dunklen Ästen der Bäume hindurch einen leichten Schimmer von reflektierendem Metall. Was konnte das sein? Rasch bog ich die Zweige auseinander. O mein Gott! Ich blickte in die riesige, lange Rohrmündung eines Panzers. Wie ein hungriges Tier sah er aus, das geduckt auf der Lauer lag.
Dann entdeckte ich weitere Panzer. Aber sie waren alle ruhig und unbewegt – unbemannt. Mit Netzen getarnt, standen sie im Wald und zielten nach Griechenland. Hierher hatte ich nicht unbedingt gewollt.
Wo Panzer waren, mußten auch Soldaten sein. Wieder schlich ich

vorsichtig weiter durch den Wald. Jetzt wandte ich mich nach links, um von den Panzern wegzukommen. Der Wald wurde dichter. Selbst die Lichter der Sterne waren nicht mehr zu sehen. Ein Zweig peitschte mir ins Gesicht. Ich streckte zum Schutz eine Hand weit vor mich hin.
Ich gelangte den Hügel hinunter. Endlich lichtete sich der Wald. Die Erde wurde feucht, dann morastig. Ich blieb nach jedem Schritt stehen und lauschte zurück. Stimmen? Eine Bewegung? Ich war mir nicht sicher. Doch jetzt mußte ich weitermachen. Ich war der Freiheit schon so nahe.
Dann vernahm ich – konnte es wahr sein? – ja! Ich vernahm das sanft glucksende Rauschen eines Gewässers. Genau vor mir. Ich betrat Sumpfland. Dann hörte das Gebüsch plötzlich auf, und vor mir strömte ein Fluß dahin. Ich war sicher, daß das der Maritsa war. Ich setzte mich ans Ufer, um einen Augenblick auszuruhen, bevor ich losschwamm. Die Strömung schien stark zu sein. Die Füße taten mir weh. So gut es in der Dunkelheit ging, zog ich die Dornen heraus.
Dann glitt ich in das eiskalte Wasser. Meine Füße sanken in dem schlammigen Grund ein. Die strömenden Fluten rissen mich fast mit sich fort. Die Kälte war betäubend. Ich bewegte mich ganz langsam und paßte höllisch auf, daß ich nicht spritzte. Auch auf der anderen Seite konnten Soldaten sein. Türkische oder griechische. Auf die Nationalität der Kugeln kam es nicht an.
Das Wasser umspülte mich bis zur Taille, dann wurde es schon wieder flacher. Schnell stieg der Grund zum anderen Ufer an. Ich war drüben. Ich war in Griechenland. Oder doch nicht?
Hohe Bäume versperrten den Blick zum Himmel. Immer noch vorsichtig, ging ich weitere zehn Meilen durch den Wald, und dann stieß ich erneut auf ein Gewässer. Was sollte das? In dem fahlen Licht sah ich, daß das Wasser mehrere hundert Meter breit war. Da wurde mir klar, daß den Fluß wohl nur bis zu einer kleinen Insel überquert hatte. Ich war noch nicht in Griechenland.
Die Freiheit war zu nahe, um jetzt noch auszuruhen. Ich watete geradewegs ins Wasser. Der Fluß war hier weitaus tiefer und die Strömung viel stärker. Ich warf mich ihr mit kräftigen Schwimmstößen entgegen. Die Strömung trieb mich flußabwärts. Wie ein Verrückter dagegen ankämpfend, versuchte ich, über den dunklen Fluß zu kommen.
Mein Körper vergaß seine Erschöpfung. Meine Arme arbeiteten gegen

die Strömung. Meine Füße stießen wütend in das eisige Wasser. Ich hatte keine Zeit, mich jetzt um Geräusche zu kümmern. Es ging ums Überleben. Zum Teufel mit der Spritzerei – ich strampelte, so fest ich nur konnte.
Wieder und wieder stieß ich abwechselnd mit Armen und Beinen und kämpfte gegen die Strömung, ohne daß ich das Gefühl hatte, voranzukommen. Ich fragte mich schon, ob ich überhaupt von der Stelle kam, oder ob ich dem Fluß hoffnungslos ausgeliefert war. Dann streifte mein Knie plötzlich einen Stein – Grund. Ich stand auf und stemmte mich gegen den Sog des Wassers. Die Insel war verschwunden. Der Fluß hatte mich weit nach Süden gezogen. Ich hatte keine Ahnung, wo sich die Grenze befand.
Ich watete ans Ufer und warf mich in den zähen Schlamm. Ich fror und hatte entsetzliche Angst. Doch den Fluß hatte ich überquert.
Wie lange ich am Ufer liegen blieb, weiß ich nicht. Vielleicht war ich ohnmächtig geworden. Doch plötzlich fuhr ich hoch, von der Erkenntnis getroffen, daß ich noch nicht frei war. Vielleicht war ich in Griechenland. Vielleicht auch nicht. Diese Grenze jedenfalls war voller Gefahren. Ich wollte von keinem Soldaten erwischt werden. Ich mußte weiter. Nach Westen.
Neue Wälder. Ich wandelte jetzt wie im Schlaf. Ich war seit drei Tagen unterwegs, dazwischen hatte ich nur die eine Nacht in dem Istanbuler Hotel stundenweise geschlafen. Ich war hungrig, müde, kalt, naß und völlig durcheinander. Der Wald wurde dichter. Holzsplitter bohrten sich in meine nackten Füße. Dann gingen die Wälder in bebaute Felder über. Meine verletzte rechte Hand pochte. Mein Herz klopfte bei hunderterlei Geräuschen – ob sie wirklich waren oder eingebildet, das wußte ich nicht. Ich ging immer noch in Richtung Westen.
Hinter mir zeigten sich die ersten blassen Anzeichen des Sonnenaufgangs. Ich taumelte eine Lehmstraße entlang. Verschwommen konnte ich ein Bauernhaus erkennen, schwarz gegen die schwarzen Bäume im Hintergrund. Plötzlich rannten bellende Hunde auf mich zu. Ich ging schnell weiter, bis die Hunde die Verfolgung aufgaben.
Ich darf nicht auf dieser Straße bleiben, sagte ich mir. Es ist zu riskant. Doch der weiche Lehm unter meinen geschundenen Füßen tat so wohl. Nur noch eine kleine Weile. Dann wollte ich mich wieder aufs offene Feld begeben.

Mein Kopf hämmerte. Ich hielt mich nur noch in Bewegung, weil ich mußte. Ich durfte jetzt nicht anhalten. Irgendwie zwang ich meine Füße, auf der Straße weiterzugehen. Meine schmutzigen Kleider klebten an mir. Ich zitterte und hustete.

Vor mir wuchs zu beiden Seiten der Straße eine Baumreihe auf. Meine Füße bewegten sich darauf zu. Was war das dort im Schatten? Es sah wie ein Schuppen aus. War ich so erschöpft, daß ich Halluzinationen hatte? Ich trottete in den Baumtunnel hinein.

Plötzlich sauste ein Bajonett vor meinem Gesicht nieder und hielt wenige Zentimeter vor meiner Nase an.

Eine Stimme fuhr mich barsch an: »Huuhhh!«

25.

Michael J. Griffith
1501 Franklin Avenue
Mineola, N.Y. 11501   16. Oktober 1975

Lieber Mike,
bittere Ironie wollte es, daß Ihr erfreulicher Brief über den Fortschritt Ihrer Bemühungen um eine Verlegung Bills in eine amerikanische Haftanstalt mich beinahe gleichzeitig mit der Nachricht von Bills Ausbruch erreichte. Sie können sich unsere Empfindungen vorstellen – nachdem wir endlich einen Lichtschimmer am Ende des Tunnels erkennen konnten.
Jetzt bleibt uns nichts übrig, als zu hoffen und zu beten, daß es ihm gut geht. Wenn wir etwas erfahren, werden wir uns sofort mit Ihnen und der Familie Hayes in Verbindung setzen, was ich vice versa auch von Ihnen erwarten darf.

Mit den besten Grüßen
William B. Macomber
Botschafter der Vereinigten
Staaten in der Türkei

Die Zelle maß vier mal vier Schritte.
Sie hatte eine hohe Decke und rings herum nichts als die so hinreichend vertrauten Betonwände. Doch es gab zwei wesentliche Unterschiede. Sie war sauber. Und sie war griechisch. Sie mußte griechisch sein. Ich verstand kein Wort von dem, was die Soldaten sprachen, also konnten sie keine Türken sein.
Nach ein paar Stunden kam ein Wärter, verband mir die Augen und führte mich in ein anderes Gebäude. Die Augenbinde wurde mir wieder

abgenommen. Ich befand mich in einem kleinen Zimmer. Ein Tisch, zwei Stühle und ein Mann in Zivil.
Der Mann sprach sehr gut Englisch. Er stellte sich als Offizier des griechischen Nachrichtendienstes vor.
Er hörte sich kurz meine Geschichte an und machte sich Notizen.
»Müssen Sie mich in einer Zelle gefangenhalten?« fragte ich. »Ich werde dort noch verrückt.«
Er lehnte sich auf seinem Stuhl zurück. Er blickte mir forschend in die Augen. Dann sagte er ruhig: »Wir könnten einiges mit Ihnen anstellen. Wir könnten Sie an die Türken ausliefern. Wir könnten Sie zur Grenze bringen und abschieben. Wir könnten Sie wegen illegalen Grenzübertritts belangen. Wir könnten Sie sogar in die Wälder hinausbringen und *erschießen*. Kein Mensch würde je davon erfahren.«
Ich scharrte mit den Füßen.
»Oder . . . wenn Sie sich ruhig verhalten und sich eine Weile gedulden . . . könnten wir Ihre Ausweisung in die Wege leiten. In die Vereinigten Staaten.«
»Ich werde mich ruhig verhalten und mich gedulden.«
»Gut. Wir brauchen Zeit, um Ihre Geschichte zu überprüfen. Wenn Sie die Wahrheit sagen, dürfte soweit alles in Ordnung sein. Und wir möchten uns auch gern mit Ihnen unterhalten. Wir würden gern erfahren, was Sie über die Türkei wissen.«
Die Tage vergingen. Abends schritt ich in der Zelle auf und ab. Mein Examinator versorgte mich mit Büchern in englischer Sprache. Ich las Herodot. Mehrere Bücher von Niko Kazantzakis, dem Lieblingsautor des Befragers. Ich las noch einmal *Catch-22*. Und noch einmal *Papillon*. Der Geheimdienstoffizier verbrachte täglich viele Stunden bei mir. Er wollte alles über Sagmalcilar und Imrali wissen. Wie sah es mit Militärstützpunkten aus? Welche Farbe hatten die Uniformen? Wie sahen die Abzeichen aus? Und dann diese Panzer an der Grenze. Ich beschrieb sie wieder und wieder. Er hielt jedes kleinste Detail fest. Er bohrte stets von neuem in meinem Gedächtnis nach jenem flüchtigen Blick, den ich in den dunklen Wäldern auf die Panzer geworfen hatte. Er entfaltete große, detaillierte Karten von der türkischen Seite der Grenze. Ich zeigte ihm, an welcher Stelle ich sie überquert hatte.
»Sie haben großes Glück gehabt, William.«
»Ich weiß.«

»Nein, das wissen Sie nicht. Sie hatten mehr Glück, als Sie ahnen. Dies ganze Gebiet hier« – er zeigte dorthin, wo ich herübergekommen war – »ist äußerst dicht vermint. Sie hätten ohne weiteres in die Luft fliegen können.«
Gott schützt die Heiligen und die Narren.

Zwei volle Wochen vergingen. Ich wußte, daß meine Familie aus Angst um mich verrückt wurde. Ich wollte sie anrufen, und auch Lilian. Doch der Offizier ließ noch nicht zu, daß ich mit jemandem Verbindung aufnahm.
In der Nacht vom 2. zum 3. Oktober war ich von Imrali geflohen. In der Nacht vom 4. zum 5. hatte ich die Grenze überquert. Endlich, am Freitag, dem 17. Oktober, überbrachte mir der Offizier die Nachricht: »Sie werden ausgewiesen.« Er grinste. »Wegen des schlechten Einflusses, den Sie auf die griechische Jugend ausüben.« Dann schüttelte er mir die Hand und wünschte mir Glück.
Am Samstag, dem 18. Oktober, brachte man mich nach Saloniki. Die beiden jungen Polizisten, die mich begleiteten, fesselten mir nicht einmal die Hände. Sie wußten, was für ein zufriedener Gefangener ich war.
Ich blickte aus dem Busfenster auf die zerklüftete griechische Landschaft hinaus, die an mir vorüberglitt.
Frei.
Ich war frei.
Ich dankte den uralten Göttern der Berge und den Göttern des unendlichen blauen Himmels. Lieber Jesus, ich werde auf ewig dein Freund sein.
Am späten Nachmittag lieferten sie mich auf dem Polizeirevier von Saloniki ab. Man erlaubte mir, im amerikanischen Konsulat anzurufen. Ein netter junger Mann namens Jim Murray kam sofort zu mir.
Er kam mit vollbepackten Armen. Er brachte mir eine Tüte mit gebratenem Hähnchen, ein paar Äpfel, Haferflockenplätzchen und etliche Becher Karamelpudding. Außerdem hatte er ein paar Exemplare der *International Herald-Tribune*, ein paar Nummern des *Time*-Magazins und eine Ausgabe von *Hurriyet*, einer türkischen Zeitung, dabei. Auf der Titelseite der *Hurriyet* prangte mir mein lächerlich gezeichnetes buntes Konterfei entgegen. Der Künstler hatte mich als grimmigen

Muskelprotz mit entblößter Brust porträtiert, der mit einem langen Messer das Tau eines Beiboots durchschnitt. Das war typischer türkischer Journalismus.

Jim brachte mir auch ein warmes Unterhemd, Socken und ein Paar getragene Turnschuhe mit. Es waren seine eigenen Sachen. Er sagte, er hätte sich bereits mit dem Außenministerium in Verbindung gesetzt. Von dort aus wollte man meine Familie benachrichtigen. Gott sei Dank! Ich wußte, wie schwer diese fünf Jahre für sie gewesen waren. Am schlimmsten aber mußten für sie diese letzten beiden Wochen gewesen sein.

Die Griechen sagten, ich könnte abreisen, sobald mir ein Paß ausgestellt worden wäre. Jim meinte, Montag könnte es soweit sein. Ich bat ihn, er möge meine Familie anrufen. »Sagen Sie ihnen, daß ich sie liebhabe«, trug ich ihm auf.

»Gut. Sie brauchen Geld; soll ich bitten, daß man Ihnen welches schickt?«

»Ja, bitte.«

»Wieviel?«

»Genug, um nach Hause zu kommen.«

Zwei Polizisten begleiteten mich die Treppe hinunter und brachten mich in eine Zelle. Sie war quadratisch, etwa fünf mal fünf Meter, und hatte eine kleine abgeteilte Ecke mit Waschbecken und Toilette. Sie war nicht gerade sauber, fand ich. Es sei denn, man verglich sie mit einer türkischen Zelle. Zwei schmale Holzregale standen an der Wand. Die Aufseher gaben mir drei dünne Decken und verschlossen hinter mir die Tür. Ich war in Ekstase. Bald war ich endgültig frei. Bald würde meine Familie wissen, daß ich frei war, und in zwei Tagen saß ich im Flugzeug. Ich fiel über das Brathähnchen her.

Die zwei Tage verflogen. Ich war allein in der Zelle. Es schienen überhaupt keine anderen Gefangenen dazusein. Ein paar der griechischen Polizisten sprachen Türkisch, und wir unterhielten uns. Nachdem sie meine ganze Geschichte erfahren hatten, schlossen wir alle Freundschaft, denn jeder, der ein Feind der Türken war, war ein Freund der Griechen.

Am Montag, dem 20. Oktober, suchte ich mit meiner Polizeieskorte das amerikanische Konsulat auf. Dad hatte zweitausend Dollar geschickt. Mein Paß war fertig.

Jim rief das Reisebüro direkt gegenüber an. »Wann wollen Sie abreisen?« fragte er mich.
»Wann geht der nächste Flug nach Westen?«
»Um 18 Uhr nach Frankfurt.«
»Den nehme ich.«
Ein Konsulatsangestellter holte das Ticket, während Jim für mich eine Telefonverbindung nach Long Island, zu einem kleinen Haus mit zwei Hypotheken, herstellte.
»Dad?«
»Will? Will! Wie geht's dir, mein Junge?«
»Großartig, Dad. Ich hab's geschafft! Ich hab's *geschafft!*«
»Das kann man wohl sagen.« Die Freude verschlug ihm fast die Sprache. »Hier kommt deine Mutter.«
Zum erstenmal seit fünf Jahren hörte ich wieder Moms Stimme. Mein Herz wollte zerspringen. Die Augen wurden naß.
»Mom!«
»O Billy, ist das schön, deine Stimme zu hören! Wir haben uns solche Sorgen um dich gemacht.«
»Jetzt brauchst du dir keine Sorgen mehr zu machen, Mom. Es ist alles vorbei.«
»O Billy, ich bin so glücklich; ich weiß gar nicht, was ich sagen soll!«
Ich lachte. »Du brauchst nichts zu sagen, Mom. Ich spüre auch so durch die Leitung, daß du da bist. Du hast mir so gefehlt.«
»Wann kommst du nach Hause?«
»Sobald wie möglich. Ich muß mich erst mal richtig waschen. Und schlafen. Ich bin völlig verdreckt und todmüde.«
»Sei nur vorsichtig. Komm heil nach Hause.«
»Das ist von hier aus nur noch ein Kinderspiel, Mom. Grüß alle von mir, und könntest du Lily anrufen und ihr sagen, daß es mir gut geht? Bis bald.«
»Gut. Hier kommt dein Vater nochmal. Ich hab' dich lieb.«
»Will?«
»Ja, Dad?«
»Was hast du als nächstes vor? Dauernd rufen mich Reporter und Leute vom Fernsehen an. Sie wollen wissen, wann du ankommst.«
Plötzlich bekam ich Angst. Ich wußte nicht, ob ich das alles schon ertragen konnte. Wie würde es nach fünf Jahren in New York aussehen?

Ich antwortete ausweichend. Doch ich wußte, daß ich mich zusammennehmen mußte. »Dad, bis jetzt habe ich nur ein Ticket bis Frankfurt. Ich brauche ein paar Tage, um ins Leben zurückzukehren; ich muß mich auf das Wiedersehen mit Mom vorbereiten . . . und mit allen anderen.«
»Klar, Will. Was glaubst du, wann du zu Hause sein wirst?«
»Bald. Voraussichtlich Freitag.«
»Okay. Gib uns Bescheid. Und paß auf, Junge. Noch bist du nicht zu Hause.«
»Mach ich, Dad. Und wegen der Ankunft ruf ich an.«
Wir schwiegen.
»Dad?«
»Ja, Will?«
»Danke . . .«

Die Polizisten wichen mir nicht von der Seite, bevor ich nicht endgültig im Flugzeug saß. Wir fuhren zum Gefängnis zurück und warteten, bis es Zeit war. Dann zum Flughafen. Es war 17 Uhr 30. Der Zollbeamte war gerade dabei, meinen Paß zu stempeln.
»William Hayes«, erklang eine freundliche Stimme aus dem Lautsprecher. »Telefon. William Hayes, Telefon.«
Ein Anruf? Für mich?
Jim Murray war am Apparat. »Billy, ich habe soeben vom Außenministerium erfahren, daß Westdeutschland einen Auslieferungsvertrag mit der Türkei hat. Es könnte sein, daß Sie am Frankfurter Flughafen von der Polizei erwartet werden.«
»Mein Gott! . . . Was meinen Sie, was soll ich tun?«
»Billy, bleiben Sie noch eine Nacht hier. Wir buchen morgen für Sie einen Direktflug Athen–New York.«
Noch eine Nacht, das bedeutete noch eine Nacht im Gefängnis. Nein. Das hielt ich nicht aus. Nicht nach diesen fünf Jahren. Ich war jetzt in Schwung. Den wollte ich nicht erlahmen lassen.
»Muß ich hierbleiben?« fragte ich.
»Nun, ich denke, wenn Sie in Frankfurt nicht durch die Paßkontrolle gehen, dann passiert Ihnen nichts.«
»Gut. Ich paß auf.«
Das Flugzeug hob ab. Ich schaute kein einziges Mal zurück.
Nach der Landung in Frankfurt hielt ich mich im Transitraum auf, um

die Paßkontrolle zu vermeiden. Es gab auch dort einen Ticket-Schalter. Ich erkundigte mich nach dem nächsten Flug nach Westen. Amsterdam. Ausgezeichnet. Mit Amsterdam verband ich zärtliche Erinnerungen. Das Flugzeug startete in vierzig Minuten.
An einem Zeitungsstand kaufte ich einen *Playboy*. Natürlich schlug ich sofort die Mittelseiten auf. Aber ich klappte sie schnell wieder zu und fragte mich, ob mich wohl jemand beobachtet hatte. Dann sah ich wieder hinein. In fünf Jahren war vieles anders geworden. Es würde eine Zeit dauern, bis ich mich daran gewöhnt hatte.
In Amsterdam stempelte ein Zollbeamter mit langen strähnigen Haaren meinen Paß und winkte mich durch. Ich nahm einen Bus zur Stadtmitte. Ganz genauso wie irgendein anderer freier Mann.
Ich fand ein kleines Hotel an einem Kanal. Ich trug mich ein. Dann rief ich zu Hause an. Ich teilte Mom mit, daß ich Freitag in New York ankäme. Dad erzählte mir, daß am Flughafen eine Pressekonferenz stattfinden würde.
Ich begab mich in die Hotelbar. Dort saßen lachende Menschen und tranken ihr Bier. Aus der Musikbox schmetterten Saxophonklänge – auch die Musik hatte sich gewaltig verändert. Eine hübsche Kellnerin brachte mir ein Bier. Das Leben! Es war so süß. Ich ging ins Restaurant des Hotels und trank zwei Erdbeer-Eiscreme-Sodas.
Oben duschte ich mich lange heiß ab. Der Schmutz von fünf Jahren glitt an mir herunter und verschwand wirbelnd im Abfluß. Ich hüllte meinen erschöpften Körper in die raschelnden, sauberen Bettlaken. Ich lag da und dachte über alles nach. Es kam mir wie ein seltsamer Traum vor. Ich hatte ihn überwunden. Ich fühlte mich stark. Und dankbar. Das Leben lag vor mir. Ich wußte, es würde ewig dauern . . .
Ich sank in einen köstlichen Schlaf.
Gegen drei Uhr morgens weckte ich mich selber auf: ich merkte, daß ich lauthals lachte.

Nachwort

Mein Flugzeug landete am Freitag, dem 24. Oktober 1975, auf dem New Yorker Kennedy-Flughafen. Dad war mit meinem Bruder Rob und meinem Anwalt Mike Griffith gekommen, um mich abzuholen. Mom und Peg waren daheimgeblieben. Sie wollten mich nicht in aller Öffentlichkeit begrüßen.
Wir vier begaben uns in den Warteraum der PanAm hinunter, um uns der Presse zu stellen. Ich hatte meinen Arm um Dad gelegt, während ich die Fragen beantwortete. Es fiel mir leicht, in die Kameras zu lächeln.
Die folgenden Wochen verbrachte ich im Genuß meiner Freiheit mit meiner Familie und meinen Freunden. Ich aß Pizza, Cheeseburger und Hummer und schlürfte Vanille-Shakes. Mit weit offenen Augen spazierte ich durch die Straßen von New York. Ich fuhr mit Dads Fahrrad zu Hause die dreispurigen Straßen entlang. Und ich sah meinen ersten Film seit fünf Jahren – *Der weiße Hai*.
Dann traf ich mich mit verschiedenen Verlegern und Hollywood-Produzenten, die mich angerufen hatten. Dieses Buch hier ist das Ergebnis dieser Zusammenkünfte. Mit dem Honorarvorschuß konnte ich die zweite Hypothek auf unserem Haus in North Babylon löschen. Ich schickte Mom und Dad zur Erholung nach Kalifornien. Jetzt begleiche ich den Rest meiner alten Schulden, die ich als Student in Marquette gemacht hatte, und mit der Zeit werde ich Dad all das Geld zurückzahlen, das er für die türkischen Anwälte, für seine Reisen und für meine Flucht ausgegeben hat. Nachdem das Buch nun fertig ist, trage ich mich mit Berufsplänen.
Zur Zeit meiner Flucht hielt sich Lilian in den Bergen von Britisch-Kolumbien auf. Sie erfuhr die Neuigkeit erst zwei Wochen nach meiner Heimkehr. Sie flog nach New York. Wir verbrachten eine glückliche Zeit zusammen, erkannten aber bald, daß das Bild, das wir uns in den fünf

Jahren voneinander gemacht hatten, nicht mit der Wirklichkeit übereinstimmte. Lilian ging nach Europa. Augenblicklich ist sie in Asien unterwegs.

Johann kehrte von seiner Reise nach Afghanistan zurück und lebt noch immer in Istanbul.

Arne hat eine Band gegründet. Seine Musiker haben einen alten Londoner Doppeldeckerbus umgebaut und sind auf dem Weg nach Indien.

Charles ist wieder in Chicago, schreibt Gedichte und versucht, sein Buch zu veröffentlichen.

Popeye lebt in Israel.

Max' Haftzeit ging ein paar Wochen nach meiner Flucht zu Ende.

Von Joey habe ich nie wieder etwas gehört.

Harvey Bell, Robert Hubbart, Kathryn Zenz und Jo Ann McDaniel sind noch in Ankara in der Türkei im Gefängnis. *Geçmiş olsun* – möge es schnell vorübergehen.

Billy Hayes
5. August 1976